The Mystery Collection

CRY NO MORE

悲しみにさようなら

リンダ・ハワード／加藤 洋子 訳

二見文庫

CRY NO MORE

by

Linda Howard

Japanese language paperback rights arranged

with The Ballantine Publishing Group,

a division of Random House, Inc.

through Japan UNI Agency, Inc., Tokyo

一生分の食器を投げつけ、割ってしまった友人のベヴァリー・バートンと、リンダ・ジョーンズへ。ふたりとも、わたしがこの物語を語ったとき泣いてくれました。

担当編集者のケイト・コリンズとバランタイン・ブックスの製作チームへ。職務の範囲をはるかに超えた仕事ぶりに頭がさがります。あなたたちってすばらしい。

一緒に泣きじゃくってくれた、エージェントのロビン・ルーへ。一緒に仕事をするようになって、もうじき二十年たつのよ、気づいてた?? 結婚生活だって、こんなにつづかないこともあるのに。

そして、二〇〇四年一月五日誕生予定のウィリアム・ゲイジ・ウィーマンへ。わたしは八日になると睨んでいるけれど。

悲しみにさようなら

主要登場人物

ミラ・エッジ……………行方不明者の捜索団体〈ファインダーズ〉代表
デイヴィッド・ブーン……外科医。ミラの元夫
スザンナ・コスパー………産科医。ミラの友人
リップ・コスパー…………麻酔医。スザンナの夫
ジャスティン………………ミラとデイヴィッドの息子
ブライアン・キューザック
ジョアン・ウェストフォール
オリヴィア・マイヤー
デブラ・シュメイル
……〈ファインダーズ〉のメンバー
アルトゥーロ・パヴォン……密輸組織の一員
ロレンソ……………………パヴォンの仲間
ローラ・ゲレロ……………ロレンソの姉
エンリケ・ゲレロ…………ローラの息子
エリン・ドーゼット………検認裁判所の職員
トゥルー・ギャラガー……エルパソの実業家。〈ファインダーズ〉の支援者
ディアス……………………フリーランスの〝追跡者〟

1

一九九三年、メキシコ

赤ちゃんにお乳をあげながら、ミラはうたた寝をしていた。デイヴィッド・ブーンはそのかたわらに立って、妻と子を眺めていた。われながらしまりのない顔をしていると思う。胸がいっぱいだ。わが妻。わが子。

ああ、ぼくのもの。

これまで心を占領していた、妄執と言っていいほどの医学への熱い思いは、同じぐらい心惹かれるものの登場によって多少勢いが削がれた。妊娠の過程や出産、乳児のめまぐるしいほどの成長ぶりに、これほど心を奪われるとは思ってもみなかった。外科の道を選んだのは、挑戦のしがいがあったからだ。それに比べて、産科は、草花の成長を見守るようなものに思えた。もちろん、なにかあれば医者の責任は重大だが、たいていの場合、胎児はほっておいても成長し生まれてくるのだから、産科医の出番はあまりない、と。

そう思っていた。自分の子ができるまでは。臨床的には、胎児の成長過程を知りつくしているものの、ミラのおなかがせりだしてきて、赤ん坊がおなかを蹴《け》り、足をばたつかせる力がどんどん強くなってゆくのを感じたときの感激ときたら、まったく不意打ちにあったようなものだ。ミラはどう感じていたのだろう？　臨月に入ると、肉体的にはつらいはずなのに、無意識におなかをなでながら、恍惚《こうこつ》とした表情を浮かべていることがあった。その顔を見れば、ミラが赤ん坊とふたりきりの世界に迷いこんでいるのがわかった。

そして、ついにジャスティンが、全身を振り絞って泣きながらこの世に現れた。五体満足な姿を見て、デイヴィッドは安堵《あんど》と幸福感で頭がくらくらするのを感じた。それから六週間、幼子《おさなご》は毎日少しずつ変化しながら成長している。茶色の産毛はブロンドになった。青い瞳はさらに色濃く、そして生きいきとしてきた。目に映るものを認識し、声を聞き分け、小さな筋肉が発達するにつれ、ぎくしゃくと手足を振りまわす。お風呂が大好きだ。怒っては泣き、腹をすかせては泣き、おしめが濡れたり、不機嫌になったりしたときも泣く。ミラは数日でその違いがわかるようになった。

妻の変化にも目をみはるばかりだ。ミラはつねに世間から一歩身を引き、参加者というより傍観者として生きてきた。出会ったときからひと筋縄ではいかないことはわかったが、背景のなかの動く部分としてではなく、ひとりの人間として見てもらえるまで、デイヴィッドはくじけずに口説きつづけた。とうとう勝利をつかんだ瞬間は、きのうのことのように憶えている。ふたりは大晦日のパーティーに出席していて、おさだまりの飲めや笑えやの空騒ぎのさなかに、ミラが彼を見て目をしばたたき、軽い驚きの表情を浮かべたのだ。まるでふいに、彼の顔に焦点が合わさったと言いたげに。そこで勝負がついた。熱いキスを交わしたわけでも、琴線に触れる話をしたわけでもない。ただ、ミラの視界が突然晴れて、ついにほんとうにデイヴィッドを見た。それからほほえみ、デイヴィッドの手を取った。軽く触れただけで、ふたりは結ばれた。

驚きだ。

それもそうだが、デイヴィッドが研究と仕事を中断して重い腰をあげ、ミラに気づくだけの時間を取ったことも驚きだ。大学教授の両親はよく内輪のパーティーを開く。うんざりするほど退屈なものだが、そこでミラと出会い、その瞬間から、彼女の顔を心から締めだせなくなった。ミラは美人ではない。かわいいと言えなくもない、という程度だ。でも、意志の強そうなすっきりとした面立ちや、地面に足がついているとは思えない、滑るような歩き方には心惹かれるものがあり、その姿が意識にまつわりついて、しつこい蚊《か》のようにデイヴィッドを悩ませつづけた。

ミラのことを知るのは喜びだった。好きな色はグリーン、ピザにペパローニは載せない、アクション映画が好きで、ありがたいことに恋愛映画と聞けばあくびを漏らす。芯から女らしい人なので、これは意外だった。本人いわく、女のことなら知り抜いているから、わざわざ映画で観ることもない。デイヴィッドは、ミラの静穏な佇《たたず》まいに魅了された。感情をあらわにするのを見たことがない。心のバランスがみごとに取れているのだ。結婚してから二年たったいまでも、デイヴィッドは自分の幸運が信じられなかった。

ミラがあくびを漏らし伸びをすると、赤ん坊の半開きの口から乳首がこぼれでた。赤ん坊は小さくうめき、まだ乳を吸おうと口をモグモグさせ、それからおとなしくなった。吸い寄せられるようにデイヴィッドは手を伸ばし、むきだしの胸の丸みに指を添わせた。彼女の胸のこの豊かさを、彼はひそかに喜んでいた。妊娠前は長距離ランナーのように痩せていたのだ。こうして妻の体が丸みを帯び、ふくよかになったのに、当分セックスをおあずけにされているから、デイヴィッドはどうにかなりそうだった。あすまで待てるかどうか。あすは、同じ医療チームの産科医、スザンナ・コスパーの六週間検診の日だ。急患が入って二度延期されたから、実際には出産から七週間近くたっており、デイヴィッドにしてみれば、いつ月に向かって吠えてもおかしくない気分だった。自分で慰めればひとまず落ち着くものの、妻を抱く満足感には及びもつかない。

ミラは目を開けて、眠そうな顔をほころばせた。「あらあら、ドギーったら」彼女がささやく。「あしたの夜のこと考えてるのね？」

『天才少年ドギー・ハウザー』（十四歳で医者になった少年を主人公にしたテレビドラマ）の主人公の名で呼ばれたことにも、心を読まれたことにも、笑いを誘われた。もっとも、読心術のほうはたいしたことではない。この二カ月、デイヴィッドの頭のなかにはセックス以外なにもなかったのだから。「それしかないもの」

「もしかしたら、ドギー・ジュニアは、ひと晩じゅうぐっすり眠ってくれるかも」ミラはやさしい手つきでわが子のやわらかな髪をなでた。それに応えて、赤ん坊がお乳を吸うように口を動かす。大人ふたりが声を揃える。「そうはいかない」デイヴィッドはまた笑った。ジャスティンは食欲旺盛で、二時間おきにお乳を欲しがる。母乳の栄養が足りないのでは、量が少ないのでは、とミラは不安がっているが、どう見てもジャスティンはすくすく育っているし、スザンナも言っていた。心配いらない。赤ん坊は子豚みたいなものなんだから。

ミラがまたあくびをするのを見て、デイヴィッドは妻の体を気づかい、その頬にそっと触れた。「あす、スザンナの許可がおりたからといって、しなくちゃならないというわけじゃないんだ。疲れているようなら、もう少し待ったほうがいい」出産直後の母親が、とくに母乳をやっている場合どれほど疲れるものか、スザンナからくどいほど叩きこまれていた。

あくびを途中で引っこめ、ミラはデイヴィッドを睨んだ。「あら、もちろんするのよ」きっぱり言う。「わたしがあと一秒でも待てると思うの？　そんなこと言うと、ジャスティンをスザンナに預けて、診療所に押しかけてやるから」

「メスを突きつけて、服を脱げって脅すつもり？」デイヴィッドはにやりとした。

「それもいいかも」ミラは夫の手を取って引き寄せ、その指先に乳首をこすりつけた。「もう六週間以上たっているもの。スザンナから正式な許可が出るのを待つことないと思う」

デイヴィッドに異存はなかった。現にもっと前から同じことを考えていたのだが、セックスのことしか頭にない男と思われたくなかったから、口には出さなかった。ミラのほうから言いだしてくれてほっとし、誘惑に負けそうになる。腕時計に目をやり、うめき声をあげた。

「あと十分で診療所に行かなくちゃならない」患者たちが診察を受けられるのなら何時間でも待つ覚悟で、診療所の前に列を作っている時間だ。デイヴィッドは医療チームの外科医で、きょうも三十分後には手術が控えていた。着替えて手を洗ってぎりぎり間に合う時間だ。いまならものの十秒で絶頂に達しそうだが、ミラがそれで満足するはずがない。

「じゃあ、今夜」ミラは寝返りを打ち、彼にほほえんだ。「夜、寝つきがよくなるように、昼間はできるだけ起こしておくわ」

「いいね」デイヴィッドは立ちあがって、鍵に手を伸ばした。「きょうの予定は？」

「とくにはないけど。暑くならないうちに、市場へ行くつもり」

「オレンジを買ってきてくれ」最近、むしょうにオレンジが食べたくなるのは、体がビタミンCを求めている証拠だろうか。手術室にこもりきりなのだから、そうかもしれない。デイヴィッドはかがんでミラにキスをし、ジャスティンのすべすべのほっぺに唇をつけた。「ママを頼むよ」眠っている息子にそう言い残して、足早に戸口へ向かった。

ミラはそのまま数分間ベッドにとどまり、安らぎの時を楽しんだ。いまこの瞬間は、だれからもなにも求められていない。出産前から、赤ちゃんの面倒をみる覚悟はできていると思っていたけれども、育児がこれほどはてしもないものだとは知らなかった。ジャスティンが満腹でおむつも濡れていないあいだに、大急ぎで家事をこなそうと思うのに、疲れて体が重く、まるで水のなかを歩いているみたいだ。夜、満足に眠れなくなってから、もう何カ月もたつ気がする。いや、気のせいではなく、ほんとうに何カ月もたっている。四カ月ほど前におなかの子が膀胱《ぼうこう》を圧迫するほど大きくなって以来、三十分おきにトイレに通わねばならなかった。胎盤の位置が低かったためだ。そのぶん呼吸が楽なのよ、とスザンヌは言った。でも、その代償が頻繁なトイレ通い。母親業は華やかな商売ではない。報われるけれど、絶対に華やかではない。

眠っている息子を眺めていると、つい顔がほころぶ。ジャスティンのかわいらしさときたら。みなが口々に褒めてくれる。ブロンドの髪、青い瞳、愛くるしい唇。ベビー用品を飾る、大きな目の理想の赤ちゃんそのもの。ちっちゃな爪から、体重が増えるにつれ目立ってきたえくぼまで、息子のすべてに魂を奪われていた。一日じゅうでも眺めていられるだろう……もし、ほかにするべきことがなければ。

たちまちミラは気持ちを切り替え、きょうすべきことを頭のなかに並べた。洗濯、掃除、炊事、もしデスクに向かう時間が取れれば、診療所の書類仕事にも手をつけたい。そのあいまに女としての身だしなみを整えなければ。髪を洗ったり、足のむだ毛を処理したり。なにしろ、今夜は夫とホットな時を過ごすのだから。母親業に飽くことは断じてないけれど、それだけでは物足りない。熱く燃える女であることもやめたくない。セックスが恋しかった。デイヴィッドは興味を引かれたものにはなんにでも一心不乱になる。それはセックスも同じで、その一心不乱さを注がれるのはとってもいいものだ。いいどころではない、最高だった。

でも、まずは日が高くなる前に市場へ行かなくては。

ここでの生活もあと二カ月。国に帰ったら、メキシコが懐かしくなるだろう。メキシコの人たち、太陽、ゆっくりとたゆたう時間。デイヴィッドと仲間の医者たちは、一年の約束で無料診療所に奉仕している。合衆国に帰ったら、また医学界という競争社会に身を投じることになる。故郷に帰るのがうれしくないわけではない。家族や友だちのもとへ、そしてエアコンのきいたスーパーマーケットのある便利な社会に戻れるのだ。ジャスティンを公園に連れて行きたいし、母を訪ねて一緒に過ごしたい。長い妊娠期間中、母が恋しくてたまらなかった。たまの電話や慌ただしい帰省で心が満たされるわけもない。

デイヴィッドと一緒にメキシコに来るのをやめようと思ったこともあった。出発直前に妊娠がわかったときには。でも、ふたりの初めての子どもを身籠っているから、よけいに離ればなれにはなりたくなかった。医療チームの産科医、スザンナに会い、覚悟が決まった。ミラの母親は震えあがった。孫が異国で生まれるなんて！　そんな母の心配をよそに、つつがなく妊娠期間は過ぎ、医者の手を煩わせることはなかった。ジャスティンは予定日の二日後に生まれ、それからというもの、ミラは、等量の愛と疲労でできた霧のなかを漂っていた。

こんなふうな生活を送るようになるとは、思ってもいなかった。人生って不思議。大学で身につけた教養を武器に、世界を変えるつもりでいた。一度にひとりずつ。孫を持つ年ごろになったときにしみじみと思い出すような先生、ミラが学生時代に大きな影響を受けたような先生になりたかった。派閥や勢力争いも含めて、大学というところが性に合っていた。博士号を取るまで勉強をつづけ、いずれ大学で教えるつもりだった。結婚は……そのうち。三十か三十五くらいになったら考えてもいい。子どもは……いてもいいかも。

ところが、医学界の神童、デイヴィッドと出会ってしまった。彼は、師事していた歴史学の教授の息子だった。教授の学生アシスタントになってから、いろいろと彼の噂《うわさ》を聞くようになった。天才レベルをしのぐ知能指数で、高校は十四歳、大学は十七歳で卒業、すぐ医学校に進み、ミラが出会った二十五歳のときにはもうメスを握っていた。きっと、自分の意見がいちばん正しくて世の中のことはすべてお見通しの、鼻持ちならない男だろうと思っていた――あるいは、まるっきり世間知らずのインテリ。

どちらでもなかった。若くてハンサムだけれど、長時間の手術の疲れがいつも顔に出ていた。そのうえ飽くこと知らずの知識欲に駆り立てられ、睡眠時間を削ってまで医学書に没頭するから、疲労の翳《かげ》はさらに濃くなる。笑顔はとろけそうにセクシーで、青い目はユーモアを湛《たた》え、ブロンドの髪はいつでもくしゃくしゃ。背が高いのにも好感が持てた。ミラは身長が五フィート七インチあり、ハイヒールを履くのが好きだから。本音を言えば、デイヴィッドのすべてが好ましくて、デートに誘われたときも躊躇《ちゅうちょ》などしなかった。

それでも、大晦日のパーティーで、デイヴィッドから、情欲むきだしの視線を向けられ、ぎょっとした。鳩尾《みぞおち》に一発食らったような、ヨシュアの角笛が城壁を崩したような衝撃とともに気づいたのだ。デイヴィッドはわたしを愛している。わたしも彼を愛している。単純明快。

ミラは学位を取り終えた二十一歳のときに妻となり、二十三歳で母となった。それを一瞬たりとも後悔したことはない。もっとも、いまでも教職をあきらめたわけではなく、合衆国に帰ったら復学する計画も立てている。でも、息子という小さな奇跡に結びついた決断のどれひとつをとっても、取り消したいとは思わない。妊娠がわかった瞬間から虜《とりこ》になった。おなかの子が愛しくて、体の内側から強烈な輝きに満たされているように感じた。この感覚は出産後さらに強まり、ジャスティンとのあいだに引力を感じるまでになった。ジャスティンが隣の部屋で寝ているときでも、引力は働いていた。どんなに疲れていても、この結びつきが喜びをもたらしてくれる。

ミラはベッドから出て、赤ちゃんのまわりにそっと枕を置いた。まだ寝返りは打てないけれども、念のため赤ちゃんが動かないようにしておいて、そのあいだに髪を洗い、短いカーリーヘアにブラシを入れ、ゆったりとしたサンドレスに着替えた。出産後に着ようとわざわざ持ってきたものだ。妊娠前と比べると、体重はまだ七キロオーバーだけれど、余分な肉がついたことは気にならない……それほどは。母親らしいふくよかさは悪くないし、バストがBカップからDカップへと膨張したことに、デイヴィッドは大満足だもの。

ミラは今夜のことを思って期待に胸を震わせた。一週間前、デイヴィッドが診療所からコンドームをひと箱持ち帰ってきた。箱がそこにあると思うだけで、ふたりともどうにかなりそうだった。コンドームを使ったのは、つきあいはじめのひとときだけ。ほどなくミラは避妊薬を飲むようになり、子どもを作ろうと決めるまでそうしていた。またコンドームを使うと思うと、初めのころに戻るような気がした。なにもかもが新鮮で、怖くなるほど激しく求めあっていたころに。

ジャスティンが小さく身をよじり、おっぱいを探すように口を動かす。青い目を開け、小さな拳を振り、うめきはじめたかと思うと、〝おむつがぬれてる、とりかえて〟の泣き声をあげた。パパと愛を交わす白昼夢から意識を引きはがして、ミラはきれいなおむつを取るとかがみこみ、やさしい声であやしながら取り替えた。ジャスティンはミラになんとか焦点を定めると、宇宙にはママしか存在しないというようにその顔を見つめた。喜びに口を開け、手足をばたつかせる。

「はいはい、ママの赤ちゃん」ジャスティンを抱きあげながら話しかける。胸に抱き寄せたとたん、ジャスティンはおっぱいを探しはじめた。「ママの子豚ちゃんだったね」言い換えて腰をおろし、ドレスの前ボタンをはずした。それに呼応して乳房が張りつめ、ジンジンしてくる。ジャスティンが乳首を口に含んで吸いはじめると、ミラは混じりけのない喜びにホーッとため息をついた。お乳をやるあいだ、小さな指や足のつま先をいじくりながら軽く体を前後に揺すった。夢見ごこちで目を閉じ、子守唄を口ずさみ、ほんの一瞬まどろむ。人手を借りれば、汚れたおむつや睡眠不足とさよならできるだろうけれど、母親業のなかでもこういうひとときが大好きだ。こうしてわが子を抱いていれば、ほかのことはどうだっていい。

お乳をやり終え、赤ちゃんをベッドに戻し、さっと朝食をすませた。歯を磨いてから、デニム生地のベビースリングを首からさげて赤ちゃんをくるみこんだ。心臓の鼓動が聞こえるところに頭をつけると、赤ちゃんは早くもまぶたを閉じ、うとうとしはじめた。帽子と買い物籠《かご》を持ち、お金をポケットに入れて、市場に出発。

市場まで一キロもない。まばゆい朝日が、昼の焼けつくような暑さを約束しているが、いまのところはまだひんやりとして爽《さわ》やかだ。こぢんまりとした村の市場は、早出の買い物客で賑わっていた。オレンジ、色とりどりの唐辛子、バナナ、メロン、たまねぎなどが並ぶ。

ミラは店先をひやかし、村の女たちが足を止めて赤ちゃんを褒めてくれれば、おしゃべりをして、欲しい品物があればじっくり吟味した。ジャスティンはボールのように丸まっている。まだ生まれたばかりだから、自然と足をあげて胎児の姿勢をとるのだろう。ミラは帽子のつばを持ちあげ、ジャスティンに日差しが当たらないようにした。気持ちのいいそよ風がミラの短い巻き毛をくすぐり、赤ちゃんのブロンドの産毛をなでる。ジャスティンが身じろぎし、バラの蕾《つぼみ》のような唇をすぼめてチュパチュパした。ミラが買い物籠を置いて、小さな背中をさすってやると、また眠りに落ちていった。

ミラは果物売り場で足を止め、オレンジやメロンの山をはさんで、売り場のおばあさんと話しはじめた。たどたどしいながら会話が弾んだ。相手の言っていることはわかっても、話すほうはまだまだ。それでもなんとかわかってもらえたようだから、あいているほうの手で、目当てのオレンジを指さした。

ミラは近づく影に気づかなかった。男ふたりが忽然《こつぜん》と現れ、ミラを囲んだ。男たちが発する熱と体臭が襲いかかってくる。本能的にあとずさったが、逃げ場はなかった。左にいた男が腰の鞘《さや》からナイフを抜き、スリングの吊りひもを急いで裁ち切る。アッと驚きの声をあげるのがやっとだ。時間が途切れる。それからの数秒は、ストップモーションを見ているようだった。老婆が尻もちをつき、顔を恐怖にゆがめている。赤ちゃんを包むスリングがずり落ちてゆく。パニックになりながらも、赤ちゃんを必死でつかむ。右側の男が片手で赤ちゃんをもぎ取ると、あいた手でミラを押した。

なんとか倒れずにすんだ。恐怖に心臓をわしづかみにされながらも、悲鳴をあげ、男に飛びかかった。赤ちゃんを取り戻さなければ。引っかいた爪が、男の顔に赤い血の筋を残す。男はよろめき、一歩あとじさった。

赤ちゃんが驚いて目を覚まし、大声で泣きだした。ごった返していた買い物客が、突然の暴力沙汰に恐れをなし、散りぢりになる。「助けて!」ミラは何度も何度も、声をかぎりに叫んだけれど、だれも助けにこない。慌てて逃げだそうとする人ばかりだ。男がミラの顔をつかんで押しのけようとする。その手に嚙みつき、血の味がするまで歯を深く食いこませた。男が悲鳴をあげる。つぎは目だ。掻きむしるとやわらかいものに爪がズブリと沈むのを感じた。男の悲鳴が絶叫に変わり、ジャスティンをつかむ手がゆるむ。ミラは無我夢中で赤ちゃんをつかもうとして、ばたつく小さな手をなんとか捉えた。胸が破裂しそうなその瞬間、赤ちゃんを取り返したと思った。そのとき、男の片割れが背後に回ってきて、とたんに、灼《や》けるような、痺《しび》れるような痛みが背筋を貫いた。

ミラの体がびくっと痙攣《けいれん》して、地面に崩れ落ちる。指が地を掻く。男のひとりが赤ん坊をフットボールのように抱え、ふたりは逃げていった。片方は血に染まった手を顔に当て、悪態を吐き散らしながら。ミラは腹這《はらば》いに倒れたまま、砂ぼこりのなかで激痛と闘い、息を喘《あえ》がせていた。声をあげなくては。肺は懸命に空気を吸いこもうとしているのに、ちっとも入ってこない。起きあがろうとしたが、体が言うことをきかない。黒いベールがおりてきて視界を遮る。か細い声を出す。繰り返し。「赤ちゃん！　わたしの赤ちゃん！　だれか取り返して！」

だれも取り返してはくれなかった。

デイヴィッドがヘルニアの手術を終え、手を洗っているあいだに、スザンナの夫でチームの麻酔医のリップ・コスパーが、患者の血圧と心拍数の最終チェックをすませ、看護師のアネリ・ランスキーにあとを任せた。診療所で働く医療チームはよくまとまっている。一年が終わって母国に戻ってから、きっと懐かしく思い出すことだろう。平屋で狭苦しいコンクリート・ブロックの診療所をではない。床のタイルは欠けているし、設備にも事欠く始末だ。そうではなく、チームのみんなと患者たちを懐かしく思い出すだろう——それに、メキシコという国そのものを。

デイヴィッドがつぎの患者の胆嚢《たんのう》のことを考えていると、ドアの向こうが急に騒がしくなった。叫び声、罵《ののし》り声、バタバタと足音、そして甲高い泣き声。手を拭いて、そちらへ向かおうとしたそのとき、看護師のファアナ・メンドーサが大声でデイヴィッドの名を呼んだ。

デイヴィッドはすでにドアに突進していた。廊下に飛びだし、人だかりにぶつかりそうになる。ファアナとスザンナ・コスパーの姿があった。男ふたりと女ひとりの三人がかりで、女を運びこんできたのだ。人垣でけがをしている女の顔は見えなかったが、ドレスが血だらけなのに気づき、デイヴィッドはただちに緊急モードに入った。「なにがあった？」足元の箱を蹴り、車輪つきの担架を引きだす。

「デイヴィッド」スザンナの声は張りつめ、鋭かった。「ミラよ」

一瞬、なにを言われたのかわからず、デイヴィッドはあたりを見まわした。まるで背後に妻がいるのを期待するように。それからスザンナの言葉が腑《ふ》に落ちると、意識を失っているけが人の真っ青な顔に目をこらし、やわらかな茶色の巻き毛がその顔にかかっているのを見たとたん、世界がぐるぐる回りはじめた。ミラ？　ミラのわけがない。いまごろジャスティンと一緒に安全な家にいるはず。出血しているように見えるこの女は、ただミラに似ているだけだ。本物のミラのはずがない。

「デイヴィッド！」スザンナの声がいっそう鋭くなる。「しっかりして！　担架に乗せるのを手伝ってちょうだい」

ミラに似た女を持ちあげ、担架に乗せることができたのは、ひとえにこれまでの訓練の賜物だ。ドレスは血にまみれ、腕も手も血にまみれ、足もつま先も、靴さえも血にまみれている。いや――履いてるのは片方だけ、そのサンダルはミラがよく履いていたやつに似ている。ピンクのペディキュアと、右足首の細い金のアンクレットを見たとたん、自分の内部がそっくり崩れ落ちてゆくのを感じた。

「なにがあったんだ？」かすれた声は、遠くから聞こえてくるようで、とても自分の声とは思えないが、それでも体は動きつづけ、ミラの乗った担架を、いま出てきたばかりの手術室へ運びこんだ。

「背中の下のほうに刺し傷があります」ファアナが言う。てんでにしゃべる人たちの声に耳を傾けてから、ドアを閉めて騒音を締めだした。「市場でふたりの男に襲われたそうです」震える声をいったん切る。「ジャスティンが連れ去られました。ミラは抵抗して、男に刺されたんです」

リップが騒ぎを聞きつけて手術室に戻ってきた。「なんてこった」ミラを見てひと声漏らし、それきり口をつぐんで器具の用意を始める。

ジャスティン！ デイヴィッドはふたつめのショックにめまいを感じながら、体をなかばドアのほうへ向けた。ふたりの悪党が息子を連れ去った！ 悪党を追いかけて息子を捜そうとドアのほうへ一歩踏みだす。そこでためらい、振り返って妻を見た。

手術室を消毒する時間も、トレイに備品を補充する時間もなかった。アネリが飛びこんできて、必要な器具をつかむ。ファアナが血圧計の加圧帯をミラのだらりと垂れた腕に巻きつけて素早く空気を入れ、スザンナが裁断鋏《さいだんばさみ》を使ってミラの服を切る。「血液型はOプラス」スザンナが言う。なんで知っているんだ？ ああ、そうか、ジャスティンを産む前に血液検査をした。

「上六〇、下四〇」ファアナが血圧計を読みあげる。目にもとまらぬ早業でミラの腕に点滴の針を刺し、血漿の入ったバッグをフックに掛ける。

ミラを失いかけている、とデイヴィッドは思った。自分がショックから立ちなおって、行動を起こさなければ、目の前で死んでしまう。傷の位置からすると、ナイフは左の腎臓まで達しているだろうし、ほかにも損傷を負っているかもしれない。こうしているあいだにもミラは血を流しつづけている。内臓が機能停止するまで、あと数分しかない。

すべてを頭から締めだし、アネリが差しだした手袋に手を突っこむ。手を洗っている時間はない。ジャスティンを捜している時間はない。つづけて手渡されたメスを握り、持てる技術を駆使する時間しか残されていない。祈り、悪態を吐き、時間と戦いながら、妻の体にメスを入れた。思ったとおり、ナイフの刃は左の腎臓まで達していた。達するどころではない。真っぷたつに切り裂いていた。こちらの腎臓を救う手立てはない。記録的な速さで腎臓を摘出し、血管を繋げなければ、命すら救えないのだ。

これは残酷で無慈悲なレースだ。たった一度の誤り、ためらい、見落とし、あるいは手元のわずかな狂いが、敗北に繋がる、それはミラの敗北でもある。いつもの手術ではない。一刻を争う容赦ない戦場の手術であり、妻の命は一瞬の判断と行動にかかっている。あるかぎりの血液を輸血しながら、血液が入ってくるのと同じ速さで流れでてゆくのを、彼は必死で食い止めた。切断された血管を探しては止血しながら、じりじりとレースを勝ち進んでゆく。どれくらい時間がたったのだろう。一度も尋ねなかったし、知りたいとも思わなかった。時間は問題ではない。重要なのは勝つことだ。それ以外のことは、断じて受け入れられない。

2

十年後、メキシコ、チワワ

ペイジ・シスクは恋人のコルトン・ロールズにもたれかかって、ゆっくりと目を閉じ、マリファナを肺いっぱいに吸いこんでから、吸いさしをコルトンに回した。ざまあみろ。あの連中、知ったふうな口きいて、メキシコに行ったってろくなことにならないって言ってたけど。メキシコは最高。つまり、ペイジはばかじゃない。警官の目の前でマリファナを手に入れるようなばかな真似はしない。もっとも、金をちらつかせりゃ、警官だろうが問題ないのはわかっている。でもそれじゃ、まるで金をドブに捨てるようなもんじゃない。

ふたりがここに来てもう四日もたつ。コルトンはチワワがいちばんクールだと思っている。パンチョ・ヴィラでなにか大事な用事があるらしい。ここに来るまで、パンチョ・ヴィラというのは、ポンチョを作っている家のことだと、ペイジは思っていた。パンチョと言われて思い浮かぶのは、大昔の西部劇に出てくるオマヌケな男の口癖ぐらいだ。その男が、でっかい帽子をかぶったもっとオマヌケな男に向かって連発していた。「おお、パンチョ」って。でもコルトンは、そうじゃないと言う。このパンチョは本物だ、と。まるで、偽者のパンチョがいっぱいいるみたいに。なんにしても、コルトンはパンチョに夢中だった。彼に連れられ、撃たれて蜂の巣になったポンコツのダッジを二度も見物に行った。どうやら車のなかで、本物のパンチョがスイス・チーズにされたらしい。ボニーとクライドみたいに。

ペイジからすれば、パンチョ・ヴィラなんて、死にぞこないのジジイみたいなものだ。ダッジだってダサいだけ。ハマーに乗ってればクールだったろうに。

「ハマーに乗ってたら」ペイジは言う。「撃ってきた奴らを轢《ひ》き殺せたかもしんないじゃん」

コルトンはマリファナの霧の底から浮きあがってくると、目をぱちくりさせた。「だれがハマーに乗ってたって？」

「パンチョ・ヴィラ」

「違うよ、ダッジに乗ってたんだ」

「だから、その話してるんじゃん」むかっ腹が立って彼を小突く。「もしパンチョがハマーに乗ってたら、敵をぺちゃんこにできたって」

「あのころには、ハマーなんてなかったぜ」

「もう！」ペイジは怒って言う。「あんたってほんとにトンチンカンなんだから。〝もし〟って言ってるじゃんか！」マリファナを引っつかみ、もう一服して、ベッドから出た。「トイレ行ってくる」

「ああ」マリファナをひとり占めできるのがうれしくて、コルトンは枕に背をつけ、部屋を出るペイジに小さく手を振った。ペイジは振り返さなかった。そんな気分になれるわけない。トイレはこの階にひとつしかないし、トイレットペーパーのかわりに雑誌で拭かなくちゃならないうえに、とんでもなく臭いのだ。もっとましなホテルがあるのに、コルトンは、ここがいいと言い張る。部屋代が安いから。そりゃ安いさ。こんなところに泊まるのに大金を払うばかがどこにいる？　でも、市場に近いから、便利は便利だ。

ペイジはマリファナでいい気分になっていたけれども、トイレが平気になるほどではなかった。鍵も壊れている。ドアノブから靴ひもがさがり、ドア枠に釘が打ってある。靴ひもを釘に巻きつけて鍵のかわりにするってわけ。それでドアは閉まるけど、この方法はあまり信頼できない。だから、いつも大急ぎで用を足すことにしている。

ああ、もう。懐中電灯を忘れた。トイレにいるあいだに電灯が切れたことはまだないけど、よく切れるってみんな言ってる。ペイジは暗闇が怖いので、この忠告にはおとなしく従っていた。なるべく早くすませたいけど、出る速度には限界があるし、トイレを使うのがいやで、いつも限界まで我慢してしまう。中腰になり——便座に座るなんてとんでもない——出して、出して、出して、そのうち脚が痛くなってきた。ついに便座に座るはめになるんだろうか。そんなことになったらどうしよう。お尻を熱湯消毒？

とうとう出し終え、雑誌をちぎって拭き、無理な姿勢から腰を伸ばし、ほうっとため息をついた。もしコルトンを、チワワや蜂の巣状態のダッジから引きはがし、旅行をつづけることができたら、彼を説得してもっとましなところに泊まってやる。

ショーツをあげて手を洗い、タオルも忘れたから、着ているもので手を拭いて、靴ひもを釘からはずした。ドアを開けて、薄暗い電灯を消し、真っ暗な廊下に出た。ペイジはたじろぎ、足を止めた。トイレに入ったときは、廊下に電気がついていたはず。切れてしまったに違いない。

背筋に悪寒が走った。それほど暗闇が苦手だった。なにも見えないのに、どうやって部屋まで帰りゃいいのさ。

左側で床板が軋《きし》んだ。ペイジは飛びあがって悲鳴をあげようとしたが、心臓が喉元までせりあがってきて、か細い声しか出なかった。

乱暴に口を塞がれた。吐き気がするほどきつい体臭を嗅いだ。そのとき、硬いものが脳天を強打した。ペイジは崩れ落ち、意識を失った。

テキサス州、エルパソ

ミラの携帯電話が鳴った。出ないでおこうかと思った。疲労困憊《こんぱい》、気力もないし、ひどい頭痛がする。外気は四十度を超えていて、四駆のエアコンを最大にきかせていても、フロントガラス越しに熱気が腕を焼く。ティエラ・アルヴァーソンの潰された顔が、頭から離れない。十四歳の少女の、なにも映さずに虚空を見上げている青い目。娘が二度と帰ってこないと知ったときの、レジーナ・アルヴァーソンのすすり泣きを、今夜、夢のなかで聞くのだろう。捜索人協会《ファインダーズ・アソシエーション》の捜索は成功することもあるが、間に合わないこともある。今回は間に合わなかった。

いまだけは、とても他人の心の痛みを引き受ける気になれない。自分の痛みだけで精いっぱいだ。でも、だれが、どうして電話をかけてきたのか、取ってみなければわからないし、だいいち、人捜しの〝十字軍〟に加わったのは、だれの指示でもない、自分の意思で決めたこと。ミラは薄目を開けて正しいボタンを押し、すぐに目を閉じて、容赦なく照りつける午後の日差しを締めだした。「もしもし」

「セニョーラ・ブーン?」スピーカーフォンから、訛《なま》りのある声が、シェビーの四駆の車内に響いた。その声に心当たりはなかったけれど、毎日大勢の人たちと話しているので、全員の声を聞き分けるのは無理というものだ。ともかく、仕事の話なのは間違いない。ファインダーズの活動にかぎって、ミラ・ブーンで通していたから。離婚後、旧姓のエッジに戻ったが、世間ではブーンという名が行方不明の子ども捜しに結びついているため、広報活動やファインダーズに関連するところではあえてその名を使うようにしてきた。

「ええ、わたしです」

「今夜、会合がある。グアダルーペで、十時半。教会の裏手」

「どんな会合――」ミラの言葉は途中で遮られた。

「ディアスが現れる」

電話が切れた。ミラは体を起こした。噴出したアドレナリンで体じゅうがざわめきたち、頭痛など吹き飛んだ。電話を切るボタンを押し、じっと座っていた。いろいろな思いが頭のなかを駆けめぐる。

「どこのグアダルーペだ?」ブライアン・キューザックが運転席から口をはさむ。全部聞いていたのだから、苛立つのも無理はない。

「いちばん近いところでなければ、あきらめるしかないわ」五万の人口を抱える町から二百人ほどの村落まで、メキシコにはグアダルーペと名の付く土地が数箇所ある。国境からいちばん近いところは村の部類だ。

「クソッ」ブライアンが言う。「ちくしょう」

「まったく、えらいことになったわ」いまは六時。情報の裏づけ調査をしてもらおうにも、オフィスにはだれも残っていない。自宅に連絡することはできるが、時間がない。会合が十時半ならば、最低でも一時間前には現場に到着していたかった。グアダルーペまで、エルパソや対岸のシウダー・フアレスから八〇キロの距離だ。いまの時間なら、国境まで車で四十五分から一時間はかかるだろう。そこで四駆を置いて、橋を歩いて渡ったほうが面倒が少ない。メキシコに入ってから別の車を手配すれば、車で国境を越えるときの事務手続きをしなくてすむ。それでも、面倒は〝少ない〟のであって、〝絶対にない〟とは言いきれない。時間が足りないとき、なにかひとつでも面倒が起これば、それで明暗が分かれる場合もある。

ふたりとも、パスポートとマルティプル・エントリー・ビザ（通常のビザより滞在期間が長く何度でも出入国できるビザ）を持っている。いつ国境を越える必要があるかわからないから、つねに携帯しているのだ。しかし、いま持っているのはそれだけだった。ほかに役立ちそうなのは、幼いディラン・ピーターソンを捜すのに使った暗視鏡くらいだ。ありがたいことにディランの捜索は成功し、その足でティエラ・アルヴァーソン捜しに向かったため、暗視鏡はダッフルバッグに入れたままだった。ティエラを捜すのに大がかりな道具は必要なかった。ニューメキシコ州カールスバッドで必要とされたのは、忍耐力と時間であって、非常時用の道具ではなかった。

手持ちのもので対処するしかない。ディアスを捕まえるチャンスをみすみす逃すわけにはいかないのだから。

ディアス。風の強い日の煙みたいに捉えどころのない男。今回は運がよかったのだろう。

「武器を調達している時間はないだろう」ブライアンが気持ちを抑えた口調で言い、わずかな隙間に大きな四駆を押しこみ、のろのろ運転の白いトヨタの前に割って入った。トヨタのドアはところどころ錆《さ》びているのが目立つ。

「時間を作るしかないでしょ」武器を隠し持って国境を越えるような危険は絶対に冒せない。そのかわり、向こうに入ってから武器を買うことにしている。武器が必要になることはまずない――人と話をするのがミラの仕事だ――が、自分の身は自分で守れるようにしておけ、という良識の声に従わざるをえないときもある。

連絡係をしてもらおうと、ジョアン・ウエストフォールに電話をかけたが、応えたのは留守番電話だった。早口で、行き先と、ことのあらましをメッセージに残した。これはミラが決めたルールだ。捜索人は単独行動をしてはならず、だれにも行き先を告げずに行動してはならない。

二年を経て、初めてディアスを射程距離におさめた！

胸が高鳴っている。これが十年間捜し求めていた突破口になるかもしれない。

ジャスティンの誘拐は、謎と噂と疑惑に包まれていた。身代金の要求は一度もなく、小さな村の市場であの日ミラから赤ちゃんを奪った男たちは、姿を消してしまった。それでも、しばらくして片目の男の断片的な情報が耳に入ってくるようになった。だが、ミラが追おうとしても、男は絶対に尻尾をつかませなかった。そして二年前、ディアスという男がなにか知っているかもしれない、とある女が耳打ちしてくれたのだ。それから二十五カ月間、ミラは猟犬のようにディアスを追いつづけたが、手に入ったのはでたらめな噂話だけだった。

ある老人はこんな忠告をくれた。ディアスを見つけるのは、死を見つけるのと同じだ。関わりにならないのがいちばんだ、と。ディアスは数々の行方不明事件について知っている、もしくはその背後にいる。片目の男の名がディアスなのだと言う者もいた。そうではなく、片目の男はディアスに雇われているのだと言う者もいた。また、片目の男は間違ってアメリカ人の赤ん坊を誘拐して騒ぎを起こしたため、ディアスに殺されたという話も聞いた。

ミラはどんな話を聞いてもあきらめなかった。人びとはディアスについて話すのを恐れているようだが、ミラは質問をしてまわり、待ちつづけ、そしてついに、答えのようなものが返ってきた。これだけの時間を費やしても、ディアスがどんな人間なのかはっきりせず、ただ、なんらかの形でジャスティンの誘拐に関わっているということしかわからなかった。

「何者かがディアスを罠にかけようとしている」ブライアンが唐突に口を開く。

「そうね」電話の理由はほかに考えられない。それが不安だった。裏切りや復讐に巻きこまれたくはない。ミラの願いは、ジャスティンを見つけること。それだけだ。行方不明になった子、誘拐された子を見つけることに、ファインダーズは心血を注いでいる。正義が行なわれるのなら、それも結構、でも、それは警察の仕事。ミラは捜査の邪魔をしないし、むしろ助けになる場合が多いけれど、いちばんの目的は子どもたちを家族のもとに帰すことだった。

「厄介なことになったら、身をひそめたままやりすごしましょう」ミラは言った。

「そいつが、ずっと捜してきた奴だってわかったらどうする?」

ミラは答えられず、目を閉じた。面倒が起こったら関わりにならない、と口で言うのは簡単だが、もしディアスがほんとうにジャスティンを奪った片目の男だったら? 内なる火山のように、いまも身内にたぎる怒りを抑えられるだろうか。すぐに殺すわけにはいかない。仮にその男が犯人だったとしても、まずは話をして、子どもをどうしたのか訊かなければならない。でも、ああ、殺してやりたい。この手で八つ裂きにしてやりたい。そいつは彼女の心をずたずたにしたのだから。

答えられなかったから、ミラは目の前のことに集中した。ミラにはそれができた。この十年、そのときできることだけに心を傾けて、なんとかやってきたのだ。ミラとブライアンは疲れていて、空腹で、先には長い夜が待ちかまえている。最後の部分はどうすることもできないが、非常用のキャンディバーを取りだして、ひとりに一個ずつ袋を開けた。キャンディバーのピーナッツはエネルギーになる。家路につくなり、晩飯にはステーキを食ってやる、と言いつづけていたブライアンは、夕食がキャンディバーだとわかると、引っつかんで三口でたいらげてしまった。ミラがもうひとつ渡すと、今度はもう少し味わって食べた。

ミラは出勤時、果物を常備しておくようにしていたが、きょうはもう家に帰るつもりでいたから、補充しておかなかった。バナナが一本残っているだけだ。皮をむいて半分に折る。ブライアンは、皮をむき終わらないうちから、手を伸ばしてきた。

「ほかには？」ミラが残りの半分を食べ終えるのを待って、ブライアンが尋ねた。

「ちょっと待って。キャンディバーがあとふたつ。ハッカ飴がひと包み。水が二本。以上」

ブライアンがうめく。キャンディバーは帰りのために取っておかなくてはならない。「じゃあ、夕食は終わりだな」見るからに不満そうだ。ブライアンは大柄で、いつでも腹をすかせている。

ミラとしてもうれしいわけがない。水のボトルを開けたけれど、ふたりとも二、三口飲むにとどめた。膀胱をぱんぱんにさせてしまうのだけは避けたい。

以前にもグアダルーペに行ったことはあったが、ミラは地図の入った箱をかきまわして町が載っているものを見つけ、その配置を調べた。「グアダルーペには教会がいくつあったかしら。思い出せない」

「ひとつだけであることを祈るよ。電話の男は教会の名前を教えてくれなかったんだから。ハッカ飴をくれ」

ミラが手渡すと、ブライアンは包みを破り、三、四個いっぺんに口に放りこんでガリガリ嚙んだ。飴が溶けるのを待っている余裕などないのだ。

ミラは携帯電話に手を伸ばして、シウダー・フアレスでいつも連絡を取るベニートにかけた。名字は教えてもらったことがない。ベニートは車を調達するプロで、必要なときにはいつでも用立ててくれるが、扱っているのは、レンタカー屋で借りられる類いの車ではない。いまにも分解しそうなおんぼろピックアップ・トラックが専門だ。だれも注意を払わないし、路上に乗り捨てても壊される心配がない。壊そうにも、壊す部分が残っていないのだから。骨組みだけの、盗む価値もない代物。それでもちゃんと走るし、満タンで渡してくれる。警察の検問に引っかかった場合に備え、書類も揃っていた。

武器を手に入れるのはもう少し面倒だ。ファインダーズが武器を必要とすることはめったにないから、そういう場合に遭遇すると、ミラはいつも不安になった。メキシコは銃の規制が厳しい。出まわっている数が少ないということではなく、捕まったときに所持していると厄介なことになる。法律を破るのは気がすすまなかったけれども、悪賢い敵と対峙《たいじ》するときは、用心するにこしたことはない。ミラは武器専門の闇屋に電話で注文を入れた。どんな代物をつかまされるか、そのときになってみないとわからないが、おおかた安い二二口径リボルバーだろう。合衆国に戻る前に処分することになる。

ミラの予想どおり、国境の手前で四駆を停めたのは七時半で、あたりは暗くなりかけていた。ふたりは歩いて橋を渡り、入国手続きをすませた。ベニートが辛抱強くふたりを待っていた。トラックとは名ばかりの代物と一緒に。塗料より錆《さび》のほうが多い大昔のフォードで、テールゲートはなく、助手席のドアは針金でくくりつけてあり――かろうじて落ちない程度に――フロントガラスは、ダクトテープでとめてある。まさにポンコツ。急いでいるにもかかわらず、ミラとブライアンはその廃棄物に足を止め、目をぱちくりさせた。

「今回もやってくれるね、ベニート」ブライアンが、おそれいったというように声をかける。

ベニートはニカッと笑って欠けた歯の隙間を見せた。背が低く、痩せぎすで、年齢は二十以上、七十以下の何歳でも通る。彼ほどいつもにこやかな表情をしている人を、ミラはほかに知らない。「頑張ったよ」ベニートはニューヨーク訛りだ。生まれはメキシコだが、まだ幼いころ両親に連れられて国境を越えたため、生まれた土地のことは憶えていない。成人してから故郷へ帰り、幸せに暮らしているが、訛りだけは抜けなかった。「クラクションは鳴らない。つまみを引いてもヘッドライトがつかないようなら、力いっぱい押し戻してから、そっと引いてみてくれ。正しい位置にきたら手ごたえがあるはずだ」

「エンジンはついているの？　それとも、押して歩かなきゃならない？」ミラは車内を覗きながら尋ねた。床の一部が錆び落ちて地面が見えるような状態だったから、半分本気で言った言葉だ。

「いやいや、エンジンは一級品だよ。エンジン音は子猫が喉を鳴らしてるみたいだし、あんたらが思っているよりパワーがある。重宝するだろうさ」どこへ行くのかとか、なにをするのかとか、ベニートはけっして訊かないが、ファインダーズがどんな活動をしているのかは知っている。

ミラは運転席側のドアを開けて乗りこみ、床の穴を避けながら、慎重に、かつ素早く座席を移った。ブライアンが荷物の入った袋をミラに手渡した。暗視鏡がふたつ、四駆にあった深緑のブランケットが一枚、水が二本。ブライアンがハンドルの前に身を滑りこませるあいだに、ミラは荷物を安全な場所にしまった。

トラックは古すぎて、シートベルトがついていなかった。もし警官に止められたら、ほぼ確実に罰金を払うはめになるだろう。それでも、ベニートの言葉どおり、エンジンは一発でかかった。ブライアンは交通量の多いフアレスの道を縫うように車を走らせ、〝ファーマシア〟つまり薬局の前で車を停めた。ブライアンが店のなかに入って、チェラという名前しかわかっていない闇屋に会うあいだ、ミラはトラックのなかで待っていた。その女性は品があり、身なりもよく、四十代の後半くらいに見える。チェラはブライアンにサンボーンの買い物袋を渡した。ブライアンはお金を渡したが、きわめて自然な動きだったから、取引が行なわれているとはだれにもわからなかったはずだ。ブライアンはトラックに戻り、グアダルーぺへと車を出した。

そのころには真っ暗になっていたので、ブライアンはつまみをいじくってなんとかヘッドライトをつけた。メキシコでは、夜になったら運転しないにこしたことはない。強盗が出没するだけではない。舗装道路に残った熱が、家畜をおびき寄せてしまうのだ。馬や牛とぶつかるのは気持ちのよいものではない。おたがいにとって。道路の穴ぼこやらその他の危険物が、夜になれば見えにくくなる。さらに運転を命がけのものにするのが、メキシコ人のなかに、わざとヘッドライトを消して走る輩《やから》がいることだ。そのほうが坂道やカーブで対向車を見分けて避けるのが楽だからだが、これがうまくいくのは、双方ともヘッドライトを消している場合にかぎられる。かくして、運転は〝目隠し鬼ごっこ〟の様相を呈する。

ブライアンはメキシコで運転するのが大好きだ。二十五歳の若さだから、自分の役目と反射神経を試す絶好のチャンスとばかり闘志を燃やす。岩のようにどっしりしていて、〝パニック〟という言葉とは無縁だから、ミラは喜んで彼に運転を任せ、手に汗を握りながら必死で祈った。

やっとグアダルーペに着いたのは、会合の時間ぎりぎりの十時近かった。人口四百人程度の小さな村で、一本きりの本通りには、おさだまりの酒場をはじめ種々雑多な店がひしめきあっている。いまだに馬をとめる柱がそこかしこにある。道の舗装はおおかた剝《は》げ落ち、土と石ころがむきだしだ。

本通りを流して、教会がひとつしかないことを確認する。教会のうしろは墓地で、十字架や墓石が密集している。走行中は視界が悪くて、教会と墓地のあいだに路地があるのかどうかわからなかったが、ともかく、車一台通れるだけの幅はありそうだ。

「駐める場所がないな」ブライアンのつぶやきに、ミラは道に注意を戻した。たしかにそのとおりだ。駐車するスペースがないのではなく、詮索《せんさく》されるのを好かない男たちの目にとまらずに車を駐められる場所がないのだ。

「酒場まで戻りましょう」ミラは言った。自動車やトラックが数台駐まっていたから、いいカモフラージュになる。ブライアンはうなずいて、ゆっくりとした速度を変えずに、教会の前を通り過ぎた。つぎの角を右に曲がって、路地を走る。別の道が交差しているところで、また右に曲がり、酒場に戻った。

七八年型シボレー・モンテカルロと、フォルクスワーゲン・ビートルのあいだにトラックを駐めた。すぐには動かず、人通りに目をこらした。酒場からは喧騒が漏れてくるが、目に入る動きは、酒場の戸口を嗅ぎまわる犬の姿だけだ。それぞれ拳銃と暗視鏡を身につけた。ブライアンがドアを開ける前に、ミラは車内灯を消そうとして無意識に手を伸ばしたが、車内灯など最初からなかった。

トラックから降り、すっと暗闇にまぎれる。犬がこちらに顔を向け、もの問いたげに吠えたが、反応がないとわかると、また餌探しの仕事に戻った。

通りに歩道はなく、舗装が剝げた穴ぼこだらけの道路があるだけだ。たまたまだが、ふたりとも暗闇でこっそり動くのにぴったりの服を着ていた。ブライアンは緑のカーゴパンツに黒いTシャツ、ミラはジーンズにワイン色のノースリーブのブラウス、そしてどちらもゴム底のワークブーツを履き、ダークグリーンの野球帽をかぶっている。帽子の前面には水色でファインダーズのロゴ〝FA〟がついている。ブライアンはよく日焼けしていたが、ミラのむきだしの腕は目立つので、毛布を肩からはおった。夜の帳《とばり》が落ちるといっきに冷えこんできたので、毛布が心地よかった。

走ったり、戸口から戸口へと身をひそめたりはしない。そんなことをすれば不審に思われるだけだ。ことさら急ぎはせず、確実な足取りで歩く。不利なのは、会合の予定時刻まであと十五分もないこと。有利なのは、メキシコでは時間を守るのは旅行者だけで、時間厳守はむしろ無作法だと思われていること。だからといって、だれも教会を見張っていないと断定はできないが、見咎《みとが》められずに近づける可能性は大きい。

教会から七〇メートルほど手前で、本通りから路地に折れると、そこは墓地に面していた。

「どうする？」ブライアンはささやきながら銃をポケットに滑りこませ、暗視鏡を取りだした。「せいので飛びかかって、どいつがディアスか確かめてから、別の場所に連行して尋問する？」

「それほど簡単にいくかしら」ミラはそっけなく言った。ブライアンは若くて体格がよく腕力があり、全身に男性ホルモンがみなぎっている。いままで向かうところ敵なしだった。問題は〝いままで〟という部分だ。ミラは、最悪の事態がいとも簡単に起こりうることを重々承知している。「もし、現れたのがふたりだったら、いま言ったとおりにする。もっと大勢だったら、中止にしましょう」

「三人しかいなくても？」

「中止よ」相手がふたりなら、不意をついて襲いかかり、ミラとブライアンだけで押さえることができる。ディアスに尋問するあいだ、銃口を突きつけておくくらいなんとも思わない。でも三人以上の場合は……ミラは愚かでも向こうみずでもなく、ましてやブライアンの命を危険にさらすわけにはいかない。つぎにディアスと話す機会を得るのに、もう二年かかったとしても、だれかを埋葬するよりはましだ。「ぐるっと回って、墓地の反対側に行ける?」

「忍び歩きなら猫にも負けない」ブライアンは元軍人で、高校卒業後すぐに陸軍に入隊したというだけでなく、テキサス東部の農場生まれで、鹿を狩るのに足音をたてず森を歩きまわって育った。

「じゃあ、教会の裏が見渡せる場所を見つけて。わたしもこっち側でそうする。忘れないでね、三人以上現れたら、見てるだけ」

「了解。でもふたりだけだったら、襲いかかる合図はどうする?」

ミラは口ごもった。ふだんは無線を使うのだが、今回は充分な道具を揃える暇がなかった。

「ふたりが現れて話しはじめてから、きっかり三分後に動きましょう。会合がそれより短ければ、向こうが動きだしたときに、こっちも動く」ここで密会する男たちが警戒していたとしても、三分たてば気を緩める。緩めてくれるのを願うしかない。ブライアンとミラが同時に行動を起こすのに、この方法は最適とは言えないが、いまの状況ではこれ以上のことは考えられなかった。いったいどれくらい待つことになるのやら。

ブライアンは暗闇に消え、ミラは反対方向に進み、まずは墓地から離れて裏手に回りこんだ。背の高い墓石に隠れ、暗視鏡を使ってまわりを見渡し、ブライアン以外に自分と同じことをしている人間がいないかどうか調べた。目に入るかぎり、教会の暗がりにひそんでいる者も、ほかの墓石に隠れている者もいないようだ。

それでも、ミラは数分待ってからもう一度眺め渡した。やはりだれもいない。用心しながら別の墓石へ移動する。チワワ州のこのあたりは砂漠で、サボテンや低木はあっても草が生えていないから、足音を消すことができない。片膝を突くと小石が膝にめりこんだ。思わず顔をしかめたものの、パッと動きそうになる体の反応は抑え、そっと脚の位置をずらした。

なにかが手を這っている。小さな虫。アリかハエか。ふたたび肉体をコントロールする。肌がムズムズし、悲鳴をあげて飛び跳ね、虫を払い落としたい衝動を抑えるのに苦労した。虫は大嫌い。汚れるのも大嫌い。虫と汚れの両方に接近することになるから、地面に体を伏せるのも大嫌いだ。それでもやらねばならないから、汚れと昆虫を無視する訓練をしてきた。自分がやっていることがいかに危険かよくわかっている。心臓がドキドキして吐き気がするほどだが、それも無視するすべを覚えた。たとえ内心ですくみあがっていても、けっして表には出さない。

膝にめりこんだ小石を拾い、指で形を確かめた。なめらかで、小さなピラミッドのような三角形だ。うん、これはおもしろい。深く考えずにジーンズの前ポケットに入れる。すぐ自分の行動に気づいて小石をポケットから出し、わきに放ろうとしたが、どうしてもできなかった。

ミラが小石を拾うようになってから、もう何年もたつ。すべすべした石や、珍しい形の石をつい探してしまうのだ。家にはちょっとした石のコレクションがある。だって、男の子は石が好きなものでしょう？

墓地とその周辺に再度視線を走らせ、腰をかがめたまま右へ移動し、隣の墓石に身をひそめ、そうやって見張るのにいい位置まで進んでいった。片手で腕時計を覆ってボタンを押すと、文字盤の明かりがミラの顔を照らした。十時三十九分。電話の情報がいんちきだったのか、ここに来るはずの連中が急いでいないのか。ミラは後者であることを祈った。そうでなければブライアンともども、とんだ無駄足を踏んだことになる。

いや。無駄足ではない。いつかかならず息子を見つけてみせる。そのためにはひたすら手がかりを追うだけのこと。追いはじめてから十年たつけれど、もし必要ならあと十年でも追う。あと二十年でも。幼い息子をあきらめることはまったく考えられなかった。

十年のあいだ、ミラはジャスティンがなにに興味を持つのか、その対象が成長とともにどう変わっていくのか想像して、ジャスティンが好きそうなおもちゃを買いつづけてきた。ボールやおもちゃのトラックに夢中になるかしら？　ブーブーって言いながら、トラックを走らせて遊ぶのかな？　ジャスティンが三つになると、三輪車に乗る姿を想像した。四つのときは、石ころや虫を拾ってはポケットに入れるだろうと思った。虫をこの手でつかむのは無理。でも石なら……石ならつかめる。そのときから、ミラは小石を集めはじめた。

六歳になれば、そろそろサッカーやTボール（ゴルフのティーを大きくしたような棒に載せたボールを打って飛ばし野球のように遊ぶ子どものゲーム）をやりはじめるころだ。でもまだ小石も好きだろう。そこでいちおう、野球のボールとバットを買い揃えた。

八歳のジャスティンには、永久歯が生えはじめているだろう。小さな顔に永久歯は不釣合いなほど大きいだろうけれど、ほっぺたの子どもらしいふくよかさは失われつつあるはず。

何歳になればリトル・リーグに入れるの？　きっともう自分のグローブとバットは持っている。それに、平らな小石を投げて水面を飛び跳ねさせる水切りの方法をだれかから教わっているかも。そうだった場合に備えて、ミラはなめらかで平らな小石を探しはじめた。

いまはもう十歳だから、水切り遊びをやるには大きくなりすぎた。ミラの想像では、ジャスティンは十段階の変速自転車に乗っている。一年に一段階ずつギアを増やしてきたのだ。パソコンに夢中という可能性もある。もうリトル・リーグでプレーする歳でないのはたしかだ。もしかしたら水槽を持っているかも。形のいい石を底に並べて。ミラはおもちゃを買うのをやめた。パソコンは持っていたが、自転車も水槽も買わなかった。留守がちでちゃんと餌をやれないから、魚を飼ってもじきに死なせてしまう。

顎を引き、墓場の暗闇に目をこらした。ジャスティンが死んでいるとは、なにがなんでも考えないようにした。そうではなく、拾われるか、金で買われるか、養子に出されるかして、そこの人たちに愛され、大切に育てられていると想像した。

ありうる話だ。さらわれた赤ん坊は違法な養子斡旋組織に売られ、ブラックマーケットに流されて、子どもを欲しがっているアメリカ人やカナダ人に提供される。こうした里親たちは、さらわれた子どもを引き取ったとは夢にも思わない。実の親が深い傷を負い、悲嘆に暮れているとは想像もしない。ミラはこの可能性を信じようとした。ジャスティンが遊び、成長し、笑っているところを想像して慰めを見いだそうとした。ジャスティンがどうなったのかわからないのは最悪だったが、死んだと考えるよりはましだ。

現実には、さらわれた赤ちゃんの多くが死んでいる。ひそかに国境を越える際、トランクに押しこめられるからだ。熱気で十人中八人が死んだとしても、さらってくる労力以外に元手はかかっていないし、生き残ったふたりで十人分稼ぐことができる。ひとり二万ドル、うまくすればそれ以上。いくらの値がつくかは、子どもを欲しがっている人の財力しだい。ジャスティンはブロンドに青い目だから大丈夫、高値がつくので特別待遇を受けてますよ、とメキシコ政府軍はミラを慰めようとした。おかしなことに、その言葉は慰めになった。ヒスパニックの赤ちゃんが黒髪に黒い目というだけで特別待遇を受けられないのかと思うと、さすがに胸が痛んだけれども。

でも、もしかして――ジャスティンが運の悪い赤ちゃんのひとりだったら？　赤ん坊をさらって売ったり、その命を平気で犠牲にしたりするような悪党が、小さな遺体をわざわざ葬るだろうか？　おおかたそのへんの溝にでも投げ捨て、なにかに食べられ――

だめ。そんなことは考えちゃだめ。身の毛もよだつような結末を、心に忍び寄らせてはならない。そうなったら、自分を抑えられなくなるし、それこそいまここでは絶対にしてはいけないことだ。もし電話の情報どおりに、だれかがほんとうにここで密会するなら、心の準備をしておかなければ。

あらためて墓地を見渡し、最終的に身をひそめる墓石を決めた。ほかのものより大きく、飾りも凝っていて、台座がちょうどいい厚さなので、うつぶせになれば完全に姿を隠すことができる。ミラは腹這いになって残りの距離をつめ、そのまま墓石の陰に隠れた。低い位置にいるので頭を動かしやすく、少し右を向けば教会の裏手をすっかり見渡せるし、右の側面まで見える。あとは待つだけだ。

時計の長い針がじりじりと進む。短い針が十一を指し、過ぎていった。十一時三十五分、ついに車のエンジン音が聞こえた。酒場から家に帰る農夫の車かもしれないが、それでも警戒態勢に入った。じっと目をこらしてもヘッドライトは見えず、ただエンジン音だけがどんどん近づいてくる。

車の黒い影が、教会の左角から現れ、裏手を三分の一ほど進んで停まった。

ミラは深く息を吸って、急に飛び跳ねはじめた心臓を落ち着かせようとした。密告のほとんどはガセネタで無駄骨に終わるのだが、今回はほんとうに実を結びそうだ。うまくいけば、ディアスを捕まえられるかもしれない。

3

暗視鏡でふたりの男が車のなかにいるのを見て、ミラの心は沈んだ。どうやらほかにも人が来るようだ。車内の男ふたりがここで話しあいを持つ可能性は、まずないだろう。暗視鏡を覗くと、ふたりの男が不気味なグリーンの光のなかに浮かびあがったが、車から降りてこないと顔まではっきり見ることはできない。

ブライアンが自分と同じ推理をして、動かずにいてくれることを祈った。どこにいるのか先ほどから捜しているのだが見当たらない。どこにいるにせよ、うまく隠れているということだ。

数分たっても、ブライアンの姿は見えなかった。よかった。ミラと同じように、ほかにも人が来ると踏んだのだ。

十分後、別の車のエンジン音が聞こえた。教会をわずかに通り過ぎると、路地をバックで入ってきて、最初の車と背中合わせに停まった。

二台めの車から男がふたり出てきた。最初の車のドアも開き、やはり男がふたり出てくる。ミラはあとから来たほうの男たちがこちらに近づき、顔を見せたとき、暗視鏡の焦点を合わせた。運転席から出てきた男は背の高い痩せた混血人で、黒髪を長く伸ばし、うしろでひとつに縛っている。助手席にいたほうはもう少し背が低くて、肉づきもいい。助手席の男を暗視鏡で捉えたとき、ミラの血が凍った。

十年間、ミラはあの人でなしを追いつづけてきた。ジャスティンを奪われた日の記憶は、ぼんやりとした恐怖しか残っていない。その後、田舎町の小さな診療所で、生きるために闘った数日間は永久に失われた。でも、不思議なことに、襲われた瞬間の記憶はいくつか鮮明に残っていた。とくに、この腕からジャスティンをもぎ取っていった男の顔は。

いまとなっては自分の子どもの顔はわからないだろうけど、赤ちゃんを奪った男の顔なら……どこであろうと見分けがつく。必死で掻きむしるうち、指先で眼球をえぐりだした感触は忘れられないし、左の頬に刻んだ血の筋もはっきりと覚えている。男を盲《めしい》にし、傷跡を残したことに、意地の悪い喜びを感じた。あの人でなしがどれほど歳を取ろうと、顔に残した傷跡で見分けられる。

十年後のいま、その男がまっすぐこちらに歩いてくる。左目の眼窩《がんか》は空っぽで、まぶたは醜く引き攣《つ》っている。左の頬には深い傷跡が二本。

見つけた。

息が止まりそうだった。肺が痛い。喉が痛い。怒りで目の前がぼやける。

三人以上現れたら動くな、とブライアンに言った。ブライアンは頭がいい。たったふたりで四人の男をどうにかできるとは思わないはずだ。しかも、四人とも武装している可能性は高い。

でも、あの人でなしがここにいる。目の前に。予想できたこととはいえ、ミラの反応は視界がかすむほど激しいものだった。目の前に赤い霧が垂れこめ、耳鳴りがしてきた。

筋肉が激しく痙攣する。あいつをこの手で八つ裂きにしてやる。錯乱しているのだと、頭のどこかではわかっていたが、自分の手がもう言うことをきかない。勝手にポケットのピストルに伸び、ミラは体を起こしはじめた。

膝立ちにすらなれなかった。硬くて重いものに背中の真ん中を強打され、地面に突っ伏すと、体の動きを封じられた。一瞬のあいだにいくつかのことが同時に起きたので、反撃する間もなかった。脚にだれかの脚が絡まってきて締めつけられ、手で口を塞がれて頭をのけぞらされ、鉄のように硬い腕で喉を絞められた。ほんの一瞬のうちに、身動きできなくなっていた。

「動いたり、音をたてたりしたら、首をへし折る」

冷たく威圧的な声は、やっと聞き取れるほど低い。それでも内容は完璧に理解できた。酸素の供給を断っている腕だけでも、その意図は明らかだ。ミラは地面に押さえこまれて、身を守ろうにも腕一本あげることができなかった。

くらくらする頭で懸命に考えた。この男は見張りで、待ち伏せされていないことを確かめるために送りこまれたのだろうか？　でも、もしそうなら、ブライアンも見つかったはずだ。ブライアンをまず片付けるのが順当というもの。おそらくそうしたのだ。墓地の反対側で、ブライアンは死んでいるのかも。喉を切られるか、首の骨を折られるかして。でも、もし見張りなら、どうして音をたてるなと言ったのだろう?

そう、この男は四人の男たちの仲間じゃない。どんな事情にせよ、自分なりの理由があってここに来ているのだ。ならば、ブライアンはまだ生きているかもしれないし、このままじっとしてれば、背骨を折られずにすむかもしれない。

息ができなかった。視界がぼやけてきたので、なんとか小さく喘いだ。喉を絞めていた腕がほんのわずかに緩み、いくらか空気を吸えるようになった。

顔を仰向けにさせられているので、四人の男たちは視界の端に引っかかっているだけ。しかも暗視鏡がないからはっきりしない。男たちはそれぞれの車のトランクを開け、ふたりが二台めの車からなにかを引きずりだし、もう一台の車に移した。

ポケットに入れた石が、脚のつけ根の敏感なところに当たっている。胸は土に押しつけられてぺしゃんこだし、首を思いきりのけぞらされているので背中が痛い。重しのようにのしかかっている男の体には、やわらかさのかけらもない。弾力がまるでなくて、鉄でできているみたいだ。男の横顔がミラの頭に押しつけられる格好になって、男の胸がゆっくりと、規則的に動くのはわかるのだが――こん畜生、まるっきり息をしてないんだか、神経が通ってないんだか――呼気で空気がそよぐのが肌に感じられないのだ。人間じゃないみたいで、気味が悪かった。

男はミラにまるで注意を払っていなかった。ミラを押さえつけたいま、教会の裏にいる四人の男たちに意識を集中している。

内容まではわからないが、四人は取引をすませ、それぞれの車に乗りこもうとしていた。ジャスティンをさらった男が行ってしまう。十年かけてやっと見つけたのに、取り逃してしまう。のしかかっている男を押しのけようと全身に力を入れると、喉を絞めつける腕がきつくなった。また視界がかすんできたとき、ミラはがっくりと体の力を抜いた。むせび泣きで胸が震える。こんな体勢では、引っくり返った亀のように、手も足も出ない。

二台めの車がゆっくりと発進し、教会の角を曲がって見えなくなった。最初の車は路地を反対方向に進みはじめた。男がふいに体を離し、ミラを仰向けに転がした。「お休み」うなるように言って、ミラの首のつけ根に指を強く押しつける。

ミラは抵抗しようとしたが、酸素不足で意識を失う寸前だった。男がかがみこみ、暗く、形のない脅威がじわじわと迫ってきた刹那《せつな》、世界が暗転した。

気づくと、ブライアンの膝に支えられていた。ブライアンは心配そうに、ミラの顔や肩、腕を叩いている。「ミラ？　ミラ！　目を覚まして！」

「起きてる」つぶやいたものの、ろれつが回らない。「寝てた」

「寝てた？　寝てたって？」信じられないという思いで、ブライアンの声が高くなる。

散りぢりになった意識を掻き集める。水のなかにいるみたいで、指一本動かすのもたいへんだ。「違う。男に、襲われた」

「なんだって？　くそっ！」ブライアンは顔をあげて、あたりを睨《ね》めつけた。「あいつら、見張りを立ててたんだな」

ゆっくりとブライアンの膝から身を起こし、ミラはひとりで座った。体じゅうが痛む。地面に叩きつけられたみたい。ああ、そうよ――ほんとうに叩きつけられたんだ。

「ううん、仲間じゃない」

「なんでわかる？」

「音をたてたら、首をへし折るって言われたの」危うくそうされるところだった。喉に加えられた腕の力からして、男は本気だったのだろう。

「そう言うってことは――」

「――つまり、そいつも連中を見張っていたってことね」ブライアンが働かせた推理を、ミラが引き取って口にした。

「でもなんで襲ってくるんだ？　おれたちは見ていただけだろ。そいつだってじっとしていれば、こっちはなにも気づかなかったのに」

ジャスティンを奪った男にあと一歩というところまで近づいたのを思い出し、ミラの心は苦悶に引き裂かれた。

「わたしがばかなことをしようとしたから」

「どんな？　きみはばかなことなんてしない人だろ」

「二台めに乗っていた男、助手席にいたほうが、ジャスティンをさらった奴だった」

ブライアンは大きく息を吸い、吐きだした。「くそっ。なんてこった」しばらく口をつぐむ。「攻撃しようとしたんだな？　四人もいたのに」

沈黙が答えだった。ミラは野球帽を脱いで、もつれた髪を手で梳《す》いた。「あいつにもう一度会うのを夢見てきた。十年間そう願って、捕まえるところを想像してた。どうしても訊きださなきゃならない。たとえ、それでわたしが死ぬことになっても」

「死ぬところだったぜ。四人とも銃を持っていた。念のために言っとくけど」

気づかなかった。十年間、夢にまで見た顔を目の前にして、ほかのことにはまったく注意が回らなかった。自分を襲った男に、はからずも命を救われたのだ。

ミラはうめきながら立ちあがった。肩にかけていたブランケットは一メートルほど先に落ちている。それを拾った。暗視鏡は近くの墓石の脇に転がっている。しかし、ポケットに入れていた銃はなくなっていた。襲撃者が持ち去ったのだろう。

ひどい頭痛がぶり返していた。こめかみが脈打ち、軽い吐き気を感じた。「帰りましょう」疲れきった声で言った。もう一歩のところまでいったのに、収穫はなかった。苦々しい思いが、口のなかをざらつかせる。

無言でトラックまで戻った。酒場の前を通り過ぎたとき、怒りがこみあげてきて、ミラは衝動的にきびすを返した。酒場の扉を力まかせに開けると壁にぶつかって大きな音をたてた。紫煙がこもった薄暗い店内から、ひげ面の男たちが驚いた顔を向けてくる。

ミラは、なかには入らなかった。そのかわり、十年で磨きをかけたスペイン語で言った。

「わたしはミラ・エッジ。エルパソでファインダーズの仕事をしてる。ディアスを見つける方法を教えてくれた人に、アメリカドルで一万払う」

　メキシコにディアスという名前の人間は五万といるだろうが、酒場の男たちが急にしんとしたことから判断すれば、だれのことを言っているのかわかっているようだ。もちろん、懸賞金は以前にもかけられた。十年前、ジャスティン・ブーン誘拐事件にまつわる情報に対して。ミラ自身も、役人たちに再三賄賂《モルディダ》をつかませ、大勢の密告屋に金を払いつづけてきた。小さな村の、薄汚れた酒場で懸賞金を呼びかけたところで、たいした情報は得られないだろうけど、少なくともなにかしていると実感できる。十年前に人生をめちゃめちゃにした男が、まさしくこの村の、教会の裏にいたのだ。その男に結びつく名前は〝ディアス〟しかないのだ。下手な鉄砲でも数打てば当たるかもしれない。

　メキシコの酒場では、売春婦でないかぎり女は歓迎されない。男のひとりが腰をあげたとき、ブライアンがミラの背後に進みでて、威圧感たっぷりにその存在を知らしめた。「行こう」ブライアンはミラの腕をつかんだ。握る力の強さから、大まじめなのがわかった。ミラはおんぼろのトラックに乗りこみ、そのうしろからブライアンがつづいた。キーを回したとたんにエンジンがかかり、酒場の客がふたり出てきたときにはもう動きだしていた。男たちは走り去るトラックを見送るしかなかった。

「どうしたっていうのさ？」ブライアンが怒りもあらわに問いただす。「危ない橋は渡るなってしょっちゅう言ってるくせに、酒場に入っていくなんて。面倒を呼ぶだけだよ」

「なかには入っていない」ミラは額をこすってため息をついた。「そのとおりね。ごめんなさい、考えが足りなかった。ようやくあいつを見つけて……」ミラは言葉を詰まらせ、唾を呑んだ。「ごめんなさい」繰り返して、ダクトテープでとめられたフロントガラスの先の、闇を見つめた。

言いたいことを言ったあと、ブライアンはくどくどと責めたりしなかった。道路の穴ぼこや牛、ヘッドライトをつけていない車に気をつけながら、運転に集中していた。

ミラは、爪が掌に食いこむほど拳を握りしめていた。十年だ。悪魔のようなあいつの顔を見てから。あの悪魔にとって、この十年が、長く惨めな年月であったことを願った。それでも、ミラの十年よりつらいはずはない。治療法のない病に倒れ、耐えきれぬ痛みに苛《さいな》まれていればいいと願った。でも、死んでもらっては困る。苦しみにのたうちまわらせたいけれど、死んでほしいわけではない。いまはまだ。ジャスティンを見つけるのに必要な情報を得るまでは。そのあとでなら、喜んで殺してやる。あいつに殺されたも同然なのだから、お返しに殺してなにが悪いの？

この十年のことが、順々によみがえってくる。

十年前、ジャスティンがさらわれた。

九年前、デイヴィッドから離婚を言い渡された。デイヴィッドのことは責められない。子どもを失った夫婦が、ストレスと心労のせいで離婚することは多い。ミラたちの場合、デイヴィッドは息子を失っただけではない。妻をも失ったのだ。刺されたあと、意識が回復したときから、ミラはジャスティンを見つけることしか考えられず、全人生をそのことに捧げた。デイヴィッドのために残しておく余地はなかった。

八年前、ジャスティンに結びつく情報を追っているうちに、さらわれた別の赤ちゃんを見つけた。その子は死にかけていたが、なんとか命を繋いだ。子どもを取り戻し、ヒステリックに喜ぶ母親を見たとき、いくらか心が癒された。ミラ自身にハッピーエンドは訪れなかったけれども、もしかしたら、人にハッピーエンドを与えることはできるかもしれない。

七年前、ミラはファインダーズを立ちあげた。有給の職員数名と、大勢のボランティアで組織された団体だ。たんなる迷子だろうとさらわれたのであろうと、子どもがいなくなれば、動員をかけて捜しまわる。この国ではどこの警察署も財源不足、人手不足で、こうした事件に割く時間も人手も足りない。行方不明になった子どもが生きて見つかるか、死んで見つかるかは、つまるところどれだけの人数を捜索に投じられるかにかかっている。ミラは人を組織するのがうまい。それに、ジャスティンがさらわれたあと、世間の注目を浴びたことが資金集めに役立った。

六年前、デイヴィッドが再婚した。ミラは、想像以上に傷ついた。デイヴィッドがミラのいない、ジャスティンのいない人生を歩んでいくことを責める気持ちもどこかにあったが、圧倒的だったのは単純な心の痛みだった。デイヴィッドを愛していた。ジャスティンを奪われた日に、愛しあう日々は終わりを告げたけれど、それでもデイヴィッドを愛していた。デイヴィッドは、これまでに出会ったなかで最高の男だ。悲しみと折りあいをつける方法は人それぞれ違うもので、デイヴィッドは仕事に打ちこみ、失われかけた命を救うことでその悲しみをまぎらわした。医療に身を捧げて苦痛に耐えた。一方でミラはけっしてあきらめず、息子を捜しつづけた。

五年前、ファインダーズは初めて大人の行方不明者捜しを手がけた。子どもだけではなく、いなくなった人間ならだれでも捜すことにしたのだ。行方不明者の安否を気づかう人たちの心の痛みは、とうてい無視できるものではない。

四年前、デイヴィッドと新しい奥さんに子どもが生まれた。人づてに妊娠を知ったとき、ミラは身悶えするほど苦しんだ。もし男の子だったら、別の息子ができたら？　狭量だとわかっていても、デイヴィッドが息子を持つなんてとても耐えられないと思った。娘だったとわかったときの安堵は計りしれなかった。そしてミラは自分の子どもを捜しつづけた。

三年前、オハイオの両親の家で、家族揃ってクリスマスを祝っていたとき、兄のロスがぶっきらぼうな口調で言った。そろそろ自分の人生を生きたらどうだ。七年も前に起こったことが、せっかくの家族の集まりに影を落とすのはたまったもんじゃない、と。恐ろしいことに、姉のジュリアはかばってくれず、ミラの視線を避けるばかりだった。それ以来、両親に会いに行くのは、兄も姉も訪ねてこないときだけにした。休暇は寂しいものになったが、ロスの冷酷さを許せるとは思えなかった。

二年前、ミラはディアスの名前を初めて耳にした。八年を経て、ついに、ジャスティンに繋がりそうな情報を耳打ちしてくれる人が現れたのだ。

一年前、デイヴィッドと奥さんにふたりめの子どもができた。息子だった。それを知ったとき、ミラは泣きながら眠った。

今夜……今夜ついに、ミラの人生を滅ぼした怪物を見つけた。あれほど近づいたのに、またも空振りに終わった。

でも、あいつはまだ生きていた。話を聞きだす前に死なれたらどうしようと、心の片隅に恐怖が居座っていた。奪った赤ちゃんをどうしたのか訊くことができれば、あとはあいつがどうなろうとかまわない。こうして、生きていることも、行動範囲もわかったのだから、これからは捜査にいっそう力を入れることができる。狂犬のように、なりふりかまわず追いつめてやる。そうできないなら、死んだほうがましだ。

4

四時半を回ったころ、ミラはやっと自宅に戻った。疲れはて、うち萎《しお》れ、すぐにでもベッドにもぐりこんで、上掛けの下に隠れたかった。

あれほど近づいたのに。

頭のなかで繰り返し考えずにはいられない。なんの進展もないままの日々に希望と決意を燃やしつづけてきて、やっとあの男が生きていることを知り、どのあたりにいるのかを知ったのに、いま感じるのは、捕まえられなかったという絶望感だけだった。

「こんなことで、あきらめたりしない」ミラは声に出して言うと、浴室に入り、汚れた服を脱いだ。「絶対に」十年の地獄を、ミラはあきらめないことで乗りきってきた。第二次世界大戦が終結しても敗戦を受け入れられず、戦いつづけた日本兵に自分を重ねてみることがときどきあった。

まわりからは、見つかりっこないと言われてきた。自分の人生を生きろと、実の兄までが言った。さらわれたとき、ジャスティンはあまりに幼かったから、どんな子に成長したのか見当もつかない。DNA鑑定でもしないかぎり本人だと確認できないが、まさか国じゅうの十歳児にDNA鑑定をさせられるわけがない。それもジャスティンが合衆国にいるとしての話だ。どこにいてもおかしくなかった。カナダかもしれないし、まだメキシコにいるのかもしれない。ある女性から、ジャスティンのお葬式をして安らかに眠らせておあげなさい、と言われたことがある。善意で言ってくれたのだろうが、頭がおかしいとしか思えなかった。

その女性がまだ生きているのは、ミラの自制心の賜物だ。

ジャスティンは死んでいない。そう信じることをやめたら、自分はきっと使いものにならなくなる。

浴室の鏡には、疲労でやつれた青白い顔が映っていた。茶色の目の下には黒々としたくまができて、口元は真一文字に結ばれている。今夜、ミラの顔は三十三という歳より老けて見えた。乱れた髪のひと筋が、蛍光灯の下で際立っている。誘拐の数日後、ミラの髪がひと房だけ真っ白になっていることに診療所の看護師が気づいた。寄付金集めの席で撮られる写真ではいつも、このひと房がひときわ目立ち、ミラが子を失った親の苦しみを充分に味わいつくしたことを、見る者に思い出させるのだ。ほかの部分はもとのままの茶色だが、人目を引きつけるのはこのひと房だった。

あすの晩も寄付金集めのパーティーがある。疲れきった脳が間違いに気づく。違う、きょうの晩。まだ自分がベッドに入っていないからといって、新しい日が来ていないというわけではない。

ところが、シャワーを浴び、ナイトガウンを着てベッドに倒れこんでも、眠りは訪れなかった。今夜はジャスティンを奪った男を捕まえそこねただけでなく、自分とブライアンの命を危険にさらしかけた。もし、銃を片手に四人の男たちに襲いかかっていたら、反対に、ブライアンもろとも撃たれていただろう。ブライアンが援護するために出てくるのは確実だから。あらためて、自制心を失ったことにぞっとした。ブライアンが怒ったのも当然だ。ファインダーズは自警団ではない。銃撃戦の訓練などしていないのだ。活動の中心になっている者たちは、全員が火器の扱い方を習っているが、それは万一の場合に身を守る方法を知っておきたいからにすぎない。武器については、軍人あがりのブライアンがいちばん精通していた。

ジャスティンに関わることだったから、理性も、常識も、完全に吹っ飛んでしまったのだ。これからはもっとうまくやらなければ、ジャスティンを見つけられない。その前に死んでしまうだろう。

ようやく訪れた眠りのなかで、ジャスティンの夢を見た。何度も見た夢、ジャスティンが誘拐されてから数年間はよく見たけれど、最近は潜在意識の奥にしまわれていた夢だ。まるでスナップショットのように鮮明で、胸が張り裂けそうなほど真に迫っている夢。ミラはジャスティンにお乳をやりながら、やさしく揺すっている。腕にささやかな重みを感じ、小さな体のぬくもりを感じる。赤ちゃんの甘い香りがして、ブロンドの髪に触れればやわらかく、指先で頰をなでればベルベットのような手触りがする。母乳がほとばしるのを感じ、バラの蕾の唇が乳首を吸って……ミラの心は安らいでいる。

泣きながら目を覚ました。いつものことだ。疲れきっているのに体はあまのじゃくで、眠りに戻ることができない。見たばかりの夢を心から締めだそうと半時間ほど悪あがきをしたあと、起きあがってコーヒーの支度をし、待つあいだ、ナイトガウンを脱いでストレッチとヨガをやった。こういう運動がいちばん好きだ。

いつどんな事件を頼まれて、町なかを駆け抜けたり、岩山を登ったりすることになるかわからないから、体力の維持には心を配っている。でも、体を動かすことは心地よくもないし、性に合ってもいない。虫や汚れと同じくらい、汗をかくことは嫌いだ。それでも必要なことだから、運動もするし、銃の扱い方も習う。銃にしたって、その音も煙も臭いも、なにもかもいやだった。射撃の腕はせいぜい人並みというところだが、それもたゆまぬ努力の結果だ。ジャスティンを奪った男を追ううちに、ミラは嫌いなことをいくつも受け入れなければならず、その結果、本来の自分とは違う人間になっていった。昔のミラにはとてもできそうにないことばかりだから、無理やり自分を変えたのだ。

いや、ミラを変えたのは、あの悪党たちだ。ジャスティンをその腕から奪われたとき、ミラは変わった。小さな診療所で意識を取り戻した瞬間、弱って動くこともできず、痛みに苛まれながらも、ミラは別の女に生まれ変わった。ひとつのことだけに邁進《まいしん》する女に。わが子を捜しだすことに。

だから、デイヴィッドはミラと別れた。

離婚はしたが、デイヴィッドはミラを見捨てなかった。エルパソのウェストサイドにあるこの建売住宅を買い、扶養料として年に四万ドル支払うと言いだしたのはデイヴィッドのほうだ。おかげでミラはファインダーズの仕事に専念することができた。そうでなければ生活のために仕事をしなければならず、行動を制限されて、すべての手がかりを追うことなどできなかった。

もしミラが許していたら、デイヴィッドは自分が貧乏をしてでもミラに贅沢《ぜいたく》なマンションを買い、途方もない額の扶養料を支払っていただろう。この家は中流向けで、広さは一八〇平米、二階にベッドルームがふた部屋、バスルームがふたつあり、一階にもトイレがある。築二十年で、贅沢ではないが、居心地がよかった。年四万ドルという扶養料は、ミラが気楽に受け取れる額より一万五千ドルほど多かったが、デイヴィッドはそうやって捜索の手助けをしてくれているのだとわかっていた。デイヴィッドにはミラがしていることができないから、できることをしているのだし、いまはもう新しい家族がいることを考えれば、ほんとうによくしてくれていると思う。

運動を終えるとコーヒーを注ぎ、カップを手に二階へあがって服を着た。ありがたいことに、きょうはジーンズもブーツも必要ない。スカートにサンダルのほうがずっと過ごしやすい。ちょっとした贅沢はつらい日々を乗りきる助けになるので、遠出しなくていい日には念入りに肌の手入れをし、髪やメイクにたっぷり時間をかけ、香水もつけた。ささやかなことでも、自分のためにこういうことをすれば、くすぶる不満をなだめてやれる。ＧＩジェーンか、はたまた断崖に車で突っこんでいくテルマとルイーズかというような生活を送ってはいても、女らしさに心惹かれる部分は健在だった。

身づくろいに時間をかけたため、オフィスに着くのが遅れた。ファインダーズは倉庫の二階に本部を置いている。エルパソの実業家で、数年前からファインダーズを資金面で支援しているトゥルー・ギャラガーに提供してもらった場所だ。一階はまだ倉庫として使われており、階下で牽引車がうなりをたてて動きまわる音や、労働者の怒鳴り声、機械類を出し入れするトレーラートラックの轟音《ごうおん》にはすっかり慣れっこになった。

階上のオフィスには、必要最低限の設備しかない。入ってまず目につくのは、むきだしの蛍光灯、ひび割れたリノリウムの床、それに味もそっけもないグリーンの壁だ。中古で買った金属のデスクはへこみ、ほとんどの椅子はダクトテープでつぎが当てられ、個室《プライベート・オフィス》はたったふたつ――それを言うならセミプライベート。前面の壁の上半分がガラスだから、プライバシーは半分しか保てない。

だが、電話回線システムは一級品だ。ファインダーズでは、ほんとうに役に立つことにはお金をかける。

スタッフはいい連中ばかり。給料はとても充分とはいえないのだから、彼らがお金のために働いているのでないことはたしかだ。毎日遅くまで働き、土曜日も出勤することが多いし、ときには日曜も出てきてくれる。ミラ自身は、びた一文受け取っていない。ファインダーズのメンバーはほとんどがボランティアで、そのネットワークは国じゅうに広がり、それぞれの地域で行方不明者が出ればいつでも時間を割いて捜索に手を貸してくれる。とはいえ、中心となるのは、ここエルパソで働くフルタイムのスタッフだ。

たいていのボランティアは善意で活動に加わっている。フルタイムのスタッフも同じだが、なかには個人的な理由からここに来た者もいた。ジョアン・ウェストフォールの小学校時代の親友は、家族でキャンプをしていて迷子になり、見つかる前に、長時間外気にさらされたことによる体温低下で死んだ。デブラ・シュメイルの前夫は娘ふたりを連れて姿をくらまし、デブラが居場所を突きとめて、子どもたちを取り返すのに二年の歳月を費やした。ハーバード出のオリヴィア・マイヤーは、生粋のニューヨーカーだ――エルパソを小ばかにした彼女の物言いが、地元出身のスタッフの反発を買っている――が、そんな彼女がこんなしんどい仕事を選んだのは、痴呆症の祖父が、十一月の寒空に街を徘徊《はいかい》したことがあったからだ。警官が見つけて警察署に保護してくれるまで、体を温めるセーター一枚身につけぬ状態で何時間も歩きまわっていた。

行方不明者を捜す最良の方法は、多数の捜索人を投入するローラー作戦だ。ミラの仲間たちはそれを理解し、仕事に身を捧げてくれている。

オフィスに着くと、ブライアンがコーヒー・メーカーの前にいた。「飲む?」呼びかけられて、ミラはうなずいた。

ジョアンが顔をあげ、心配そうに見つめる。「ゆうべはどうだった? なにかわかった?」

「ジャスティンをさらった男がいた」ミラがずばり言うと、その言葉を聞きつけた全員が息を呑んだ。慌てて椅子から立ち、ミラのまわりに集まる。

「それで?」そう尋ねるデブラの青い目は大きく見開かれている。「なにか話した?」

　ブライアンが近づいてきて、コーヒーの入ったプラスチックのカップをミラの手に押しつけた。「いや。向こうは四人、こっちはふたりだったから」ブライアンはミラをちらりと見た。判断力を失ったことを、みんなに知らせるつもりはないと言いたいらしい。

　しかし、ミラに隠しておく気はなかった。「そのつもりだった。相手が三人以上だったら、話を聞くのはあきらめるつもりだったの。でもあの男を見たとたん、かっとなってしまって。あいつの首を絞めることしか考えられなかった」

「おやまあ」オリヴィアがつぶやく。「それからどうなったの? 撃ってきた?」

「向こうは、わたしたちがいることに気づかなかった。わたしは別の男に襲われて、のされてしまったから」

「おやまあ」オリヴィアが繰り返す。「けがは? 医者に行った?」

「どっちもノーよ」

「わからないんだけど」ジョアンが言う。「その別の男は、あなたに気づいたのに、どうして仲間に知らせなかったのかしら?」

「仲間じゃなかったから。その男も、四人のことを見張っていたの」

「話が込みいってきたな」だれかがつぶやいた。

「その男が何者か、心当たりは?」デブラが尋ねる。

「全然。顔も見ていない。あの男がなんのためにあそこにいたのかわからないけど、ともかく、わたしに襲いかかって、命を救ってくれた。ついでに告白すると、わたしは酒場に入って、ディアスの居所を教えてくれたら一万ドル払うって通告してきた。懸賞金に対する問い合わせがあれば、そういう事情だから」

「それでわかった」眉を吊りあげて、オリヴィアが言う。「朝一番で脅迫電話を取った。ディアスに近づくな、さもなければ殺す。たぶんそう言ったんだと思う。コーヒーを飲む前だったから、早口のスペイン語についていけるとこまで頭が働いてなかった。ともかく、その女に言ってやったわ。ディアスなんて名前のボーイフレンドはいないって」

「女？」ミラの眉毛も吊りあがった。

「絶対に女だった。だから、怒り狂った恋人だと思ったの。なんにせよ、だれかをたぐり寄せたみたいね」

たしかに。おもしろくなってきた。「番号は控えてある？」

「もちろん」オリヴィアは自分のデスクに戻って、番号を確認した。「エルパソの番号ね。でも、交換局まではわからない」

ブライアンがふらりと近づき、覗きこんで言った。「テレホンカードだよ。追跡は無理だな」

ブライアンの態度には、オリヴィアのニューヨーカー気質を逆なでするものがあるらしい。

「あら、そう」オリヴィアの声は氷のように冷たい。「じゃあ、電話番号から年齢も、性別も、体重もわかるんでしょうね、森の白い狩人さま、なら」ターザン映画で原住民はターザンのことをそう呼ぶ。それを持ちだしたのは、軍人あがりの彼のマッチョぶりを暗に冷やかしているのだ。オリヴィアはがちがちの平和主義者で、銃器の扱い方を習うのにだれよりも渋い顔をしていた。

「性別は違う」ブライアンがにやりとする。「そっちは別の方法を使うさ」ブライアンはオリヴィアの髪をくしゃくしゃにして話題を締めくくり、賢明にも彼女の手の届かないところへ逃げた。「それだけじゃなくて、おれは長距離電話をかけるときテレホンカードを使うから、どう通知されるか知っているんだな。おれの豊富な経験から言うと、こいつはAT&Tのテレホンカードだ。スーパーでもどこでも、買える場所はそれこそ星の数ほどある」

ミラ自身も、外出先や、携帯電話の電波が悪い場所などでテレホンカードをよく使うが、金持ちのオリヴィアが、カードはどこででも手に入ることを知っているかどうか疑わしい。電話をかけたいときに携帯電話が繋がらない場合、オリヴィアなら、たとえ法外な料金を請求されようと、クレジットカードか自宅の番号につけるだろう。

話を戻して、ミラは言った。「事実を整理しましょう。きのうの午後遅く、わたしの携帯にディアスのことを密告する電話がかかってきた。電話をかけてきたのは男だった。番号に覚えはなかったけど、きょうの電話と一緒かどうか、あとで確認してみる。ブライアンとわたしは罠だと思った。わたしたちじゃなくて、ディアスにかけられた罠。つまり、何者かがディアスを片付けたがっている、と。

わたしたちは落ちあう場所に先回りして、そこに現れた男たちのなかに、ジャスティンをさらった奴がいた。顔に見覚えがあったのはその男だけ。これだけ偶然が重なれば、あの男がディアスだという可能性は大きい」

　ジョアンがせっせと要点をメモしていることに、ミラは気づいた。

「四人の男たちは二台の車で現れた。一台にふたりずつね。そして車から車になにかを移した。それがなんなのか見えなかったけど——」首がつりそうな角度にのけぞらされていたからだ。

「死体だ」ブライアンがそっけない声で言う。「防水シートか、毛布にくるまれていた」

　背筋がぞっとした。気づくべきだったのに、片目の男に気を取られすぎていた。感情を抑えられなかったことが、これでまた実証された。わかって当然のことまで、目に入らなくなっていたのだ。

「わたしは何者かに襲われた。その襲撃者も、四人の男たちに関心を持っていたけど、わたしがあそこにいたことについては、それほど関心がなかったみたい。二台の車が行ってしまうと、その男は、頸動脈になにか細工をしてわたしを気絶させ——」

「そんなこと言わなかったじゃないか」ブライアンが、険しい顔で口をはさんだ。

「気絶してたことに変わりはないでしょ。少なくとも脳震盪《のうしんとう》は起こしてなかった」

「いや、やり方をちゃんとわきまえてなければ、頸動脈を長く押しすぎて脳に損傷を与えることもあるんだ。まあ、相手の脳に血液を送らないようにしようってんだから、そこまで気をつかいやしないだろうけど」

いまのいままで考えもしなかったが、障害が残ってもおかしくない状況だったのだ。身を守るすべはなにもなかったのだから、そもそもああいう場所に行くべきではないのだろうが、捜索をやめる気は毛頭なかった。

いまさら怖がってもしょうがない。「その男は、二台の車のどちらかを追っていたんでしょうね、おそらく。あるいはひょっとして、ブライアンとわたしをつけてきたのかもしれない。好奇心以外に彼がそんなことをする理由は思いつかないけど、そうしなかったとは言いきれない。満員の酒場で、ディアスに関する情報に一万ドルの懸賞金をかけたら、けさ女が電話してきて、ディアスから手を引かなければ殺す、と言った」そこで間を取る。「さて、このごった煮に、なにか付け加えることある？」

だれも答えなかった。ジョアンは書きとめた事実とにらめっこしている。「ひとつだけおかしいのは、ミラを襲った男のことね。ほかのことはみんな繋がっている。わたしは、片目の男がディアスで、だれかがディアスを陥れようとしているんだと思う。ミラが酒場で懸賞金をかけたことが、ディアスの耳に入った。ゆうべ、あなたがすぐ身近に迫っていたことを、ディアスは知ったってわけ。同じ時刻に同じ村にいたってことをね。そこで人に頼んで警告の電話をかけさせた」

ミラもすでに同じ結論に達していたが、ここまで簡潔に説明できない。さすがはジョアン。みごとにすっきりとまとめてくれた。

「だれかが――最初わたしに電話をかけてきた人が――わたしたちにディアスを見つけさせ

たがっているのはたしか。理由はなんであれね。縄張り争いかもしれないし、まあそれはいいとして。いまできるのは、もう一度連絡が来るのを待つことだけ」

でも、待つことは性に合わない。論理的に考えれば時間の無駄だとわかっていても、グアダルーペ一帯をしらみつぶしに捜したかった。数日後か、数週間後か、いつ来るとも知れない電話を待つよりも、体を動かしてなにかをしていたかった。

そのとき、電話が鳴った。スタッフのひとりが慌てて受話器を取る。しばらく話を聞いてから、顔をあげて言った。「警戒警報、カリフォルニア、サンクレメンテ地区」

戦闘配置につけ、の電話だ。数秒のうちに全員が電話に向かって、サンクレメンテ地区とその周辺地域のボランティアたちを集め、幹線道路や高速道路に人を配置し、問題の車、ブルーのホンダ・アコードを捜すための手配を始めた。目撃者によると、ファストフード店の駐車場で、男が十二歳の女の子を車に押しこんだらしい。ある女性が、大慌てで駐車場を出ていく車のナンバープレートを、なんとか一部だけ読み取っていた。

この情報をもとに、ファインダーズは見張りを立てる場所を決め、双眼鏡を持った人間を配置して、男が運転している青いホンダ・アコードを捜す。もし見つかったら、車で待機している仲間に知らせ、その後は車両班が問題の車に近づいてナンバープレートを確認する。ファインダーズは犯人を捕まえようとはしない。捜しあてた後、地元警察に知らせて、あとを引き継いでもらう。

ミラは時刻を確認した。カリフォルニア時間で八時四十五分。道路が渋滞している時間だが、これが助けになるかどうか。通勤の車を運転する人たちがラジオを聴いていれば、警戒警報を耳にして道を空けてくれるだろうが、CDを流していたり、デジタル・ミュージック・プレイヤーを聴いていたりすれば、道路を塞いだままだ。

ミラは昨夜の出来事を頭から押しやり、カリフォルニアの少女を生きたまま取り返すことに集中した。

自分の子どもを取り返せなかったけれど、人の子どもを見つけてあげることはできるかもしれない。

5

その夜の寄付金集めのパーティーは、地元の高校の体育館で開かれた。ファインダーズではふつう、蝶ネクタイの着用を求めるような催しは開かない。ミラにはきらびやかな場が似合ったが、その手の派手なパーティーに出席することはめったになかった。そういう場にふさわしいイヴニングドレスも一着しか持っていない。途方もなく高価なドレスなので、一着あれば充分、二着も揃えるのはお金の無駄遣いだ。カクテルドレスならすてきなものが数着あり、今夜身にまとっているのは気に入りの一着だ。くたびれているときには、好きなドレスで気持ちを引き立たせないとやっていられない。アイスブルーのドレスは、やわらかな顔色を引き立て、ドレスに合わせた靴は、お開きまで履いていても足が痛くならない。

ミラは二時間前にオフィスを出て、満足のいくまで支度に時間をかけた。化粧、マニキュア、ペディキュア。ほんのいっときだが、昼寝までした。これであと数時間は頑張れる。カールしたくせ毛にはいつも手を焼かされる。どうにかこうにか、〝わざとくずしてます〟と言えるスタイルに落ち着いた。顔の手入れをすると肌の色が明るくなり、疲れもそれほど目立たなくなった。そこに軽くメイクすると、表情がずいぶんやわらいで見える。香水、ストッキング、アクセサリー。こうした儀式も、つけるときの感触も大好きだ。表立って女らしくできる贅沢はめったに味わえないので、寄付金集めのパーティーはうれしいものだった。こうしたパーティーはファインダーズの財政面で大事なものだが、もっと微妙なところで、ミラの精神衛生に役立っていた。

ミラが六年落ちのトヨタの四駆に乗って会場の高校に着くと、駐車場はすでにいっぱいだった。乗用車やトラック、四駆であふれている。トラックと四駆が、数のうえでは圧倒的だ。着飾った人たちが、そそくさと体育館へ向かってゆく。八月のエルパソの熱気のなかで、ぼうっと突っ立っているなんて愚の骨頂。夕闇が迫っているのに、体育館まで歩いただけで、胸の谷間に汗がにじんでいくのを感じた。

寄付金集めのパーティーにはいつもひとりで出席する。ブライアンや、ファインダーズのほかの男性スタッフに同行を頼むのは簡単だが、そうしなかった。ひとつには、こうしたパーティーは死ぬほど退屈なものだから、その苦しみをだれにも押しつけたくなかったため。もうひとつは、大義のためにお金をくださいと頼むとき、その相手の目に自分がどう映っているのか、痛いほどわかっているためだ。

ミラの過去は細かいところまでよく知られている。子どもをさらわれたこと、その一年後に心労のため離婚したこと、それ以来ミラが自分の子どもだけでなく、ほかの行方不明者を捜すことに人生を捧げていること。なぜか、ミラが孤独だという事実が、財布のひもを緩めさせるようだ。毎回違う男性に伴われてパーティーに姿を見せたりすれば、仕事よりも男にうつつを抜かしていると思われかねない。同じ顔ぶれに寄付を頼むことで仕事が成り立っているのだから、彼らの思惑をないがしろにはできない。

両開きの重い扉の片方を押して体育館に入り、涼気にほっとひと息ついた。八人から十人が座れるくらいの丸テーブルがいくつも用意されている。体育館の床は、靴跡が残ったり、傷ついたりしないよう緑色のフェルトで覆われていた。テーブルには白いテーブルクロスがかけられ、食器類とナプキンがきちっと並び、それぞれのテーブルの真ん中に花が活けてある。会場のいちばん奥の、間に合わせの台座の上に長テーブルと演壇が置かれてあった。ミラはそこで、パーティーの主催者、市長、エルパソの名士たちと席をともにすることになる。

こうした催しでは、かならずスピーチをするのだが、何年もつづけているから原稿を用意する必要もなかった。基本的な筋はだいたい同じで、細かいところを変えるくらいだ。話題にするのはファインダーズが行なってきた捜索のことで、成功例と失敗例の両方を取りあげる。成功例は、ファインダーズが有益な機関であることを示すために。失敗例は、充分な資金がなければ、よりよい結果を出すことができないことを示すために。今夜は、ティエラ・アルヴァーソンのことが心を占めていた。十四歳の女の子が、麻薬漬けにされ、ごきぶりが這いまわるゴミ捨て場で人生を終えるなど、あってはならないことだ。

列席者に笑顔をふりまき、言葉をかけながら上座に向かう途中で、力強く、温かい手に肘をつかまれて、足を止めた。そのとたん、肘に触れていた手が離れた。振り返ると、トゥルー・ギャラガーの細く黒い目と目が合い、ほほえみかけた。「こんばんは、トゥルー、お元気でしたか？」

「疲れているようだな」トゥルーは社交辞令抜きで、ぶしつけな言葉を吐いた。

「それはどうも」ミラの口調は皮肉たっぷりだ。「時間をかけて努力したのが、無駄だったとわかりました」

「魅力的でないとは言っていない。疲れて見えると言ったんだ」

「ええ、でも、疲れて見えないように努力したんです」

「効果はあがっているようだ」トゥルーは鋭い視線でミラの顔を眺める。「ほんとうのところ、どれだけ疲れているんだ？」

「くたくたです」ミラは笑顔を見せた。

「それならたしかに効果はあがっている」

トゥルーは、貧困から這いあがった叩きあげの実業家だ。幾多の苦労が彼をパワフルな男にした。そのパワーは、いまのところまだ財政基盤によるより、強烈な個性に負うところ大だが、いずれ大富豪になることは間違いない。トゥルーは意志が強く、冷酷で、邪魔だてするものを許さなかった。それでも、成功を享受するようになってからすぐに、ファインダーズに関心を持ち、大口の供与者になってくれた。

ミラはトゥルーの年齢を知らない。三十五でも、四十五でも通る。長年テキサス西部の日差しにさらされた顔は浅黒く、体は引き締まってたくましい。背が高く、六フィート三、あるいは四インチくらいあるかもしれない。トゥルーの持つ野性的な魅力には、女ならだれでも惹きつけられる。ときどき、トゥルーはこうした催しに女性を連れてくることもあったが、たいていはひとりで出席している。〝ミス八月〟が腕に絡みついていないので、今回はひとりだな、とミラは思った。

「長い夜だった？」そう尋ねながら、トゥルーはミラの背中に手をあてがって会場の奥へと促し、横に並んで歩きはじめた。

「ええ、ゆうべは。今夜はもっと穏やかに過ごしたいです」

「なにがあったんだ？」

昨晩の出来事をはじめから終わりまで話すつもりはなかったから、言葉を濁した。「ひどい一日でした。家出した女の子を見つけたのに、もう死んでいたんです」

「ああ、それはたいへんだったね。その子の歳は？」

「十四」

「むずかしい年ごろだ。お先真っ暗、と思いつめる年ごろだからな。だが、未来を見ていない者を諭すことはできない」

トゥルーが思春期特有の不安感や、麻薬中毒といった心の弱さに苦しんだことがあるなんて想像できなかった。そういう知識があるだけでもびっくりだ。まわりのことに無感覚な、鉄木のような人だと思っていたのだから。

彼の強さには惹かれる。トゥルーとの、いちゃつきの一歩手前のじゃれあいを楽しんではいたが、一線を越えないようつねに気をつけていた。トゥルーは大事なスポンサーなのだから、個人的な関係を持つなんて愚の骨頂。条件がすべて整っていたとしても、仕事と恋愛は相容れないものだ。部分的にせよ、トゥルーの気前のよさに頼ってファインダーズの活動をつづけている以上、火遊びが身の破滅を招かないともかぎらない。

それでなくても、いまのところは遊びにせよ本気にせよ、恋に割く暇はなかった。恋愛に没頭できないせいでもあり、仕事の性質上しょっちゅう遠出しなければならないせいでもある。離婚してから、デートも何度かしてみた。たとえ好意を持ってくれても、ミラが街を離れることが多く、すれ違いばかりでは向こうだって嫌気がさす。残念ながら、そこはミラが譲れないところだったから、それでおしまい。努力して恋愛関係にまで発展させたことも二度ほどあったが、相手をないがしろにしたせいで愛情は枯れてしまった。そこで気づいた。こんなふうに時間を無駄にするのは、相手にとっても、自分にとってもいいわけがないということに。ジャスティンを見つける以外のことに身も心も捧げられる日が来るまで、恋愛はおあずけ。

心の奥では、デイヴィッドを愛したほど愛せる男に出会っていないとわかっていた。デイヴィッドへの気持ちは恋愛感情ではない——時間と日々の生活が気持ちに決着をつけさせてくれた——けれど、デイヴィッドのことは、心のどこかで、男としてこれからも愛しつづけてゆくだろう。でも、もう恋い焦がれたりはしない。夜中に目を覚まして、身を焦がすこともない。ミラの人生は明確に線引きされていて、デイヴィッドはその線の向こう側にいる。それでも、人を愛することがどういうものか知っているし、そんなふうに感情を掻き立ててくれた人は、彼以外にひとりもいなかった。

トゥルー・ギャラガーは、ミラを真剣に口説こうとしている。そういうことに女は聡いもので、ミラも敏感に察した。じつを言えば、トゥルーが触れてくるその感触からそうだとわかった。人目のあるところで、礼儀をわきまえてはいるが、触れてくることに違いはない。トゥルーはまだ、関係を深めるための行動を起こしていないが、そのつもりでいることはたしかだ。きっとそのうち、一歩踏みこんでくる。

つまり、ファインダーズに損害を与えず、トゥルーを傷つけることなく振る方法を考えなければならない。

体育館はあっという間に人でいっぱいになり、主催者側の代表者、マルシア・ゴンザレスがミラとトゥルーに席につくよう手振りで促した。ミラはトゥルーが引いてくれた椅子に腰をおろした。演壇のすぐ横の席だ。隣にトゥルーが座っても驚かなかった。ただ、反射的に足を横に引いて、ふたりの脚がうっかり触れあわないようにした。

ケータリング・サービスの人たちが、寄付金集めのパーティーの定番、安い鶏料理とインゲン豆の皿を運んできた。ローストした鶏肉、アーモンドをまぶしたインゲン豆、ぱさぱさのロールパン。鶏肉もインゲン豆もうんざり。タコスでもハンバーガーでもなんでもいいから、ほかのものを食べたかった。だがとりあえず、なかなか健康的な食事だし、これなら食べすぎる心配はない。

殺さんばかりの勢いで、トゥルーが鶏肉にフォークを突き立てた。「ローストビーフが出ためしがないのはなぜだ?」ぼやきが入る。「ステーキが出たことがあるか?」

「赤肉を召しあがらない方が多いもので」

「ここはエルパソだぞ。赤肉を食べない人間がどこにいる」

トゥルーの言葉はおおかた正しいが、この街で赤肉を食べない人がいるとしたら、慈善事業の催しの参加者のなかにいる。主催者は安全策をとった。この場合、安全とは鶏肉とインゲン豆を意味する。

トゥルーはスーツのポケットから小さな容器を取りだして、自分の皿になにか赤いものをふりかけはじめた。

「それはなんですか?」ミラは尋ねた。

「南西部の家庭料理で使う定番のスパイスだ。試してみるかい?」

ミラは目を輝かせた。「ええ、お願いします」

トゥルーほどたっぷりかけたわけではないが、それでもミラの味覚は感謝にむせび泣いた。

「二年前からこのスパイスを持ち歩くようになった」トゥルーが説明する。「命を救われている」

トゥルーの向こうに座っている女性が身を乗りだした。「少しいただけます?」スパイスは順々に回され、みんな笑顔になり、食事に対する意欲のレベルがぐんとあがった。

ミラは食べながら、横目でトゥルーの精悍《せいかん》な顔を見た。その面立ちにはどこか、ラテン・アメリカの血が混ざっているのではと思わせるところがある。国境の両側で、トゥルーがヒスパニック社会と強い繋がりを持っていることは知っていた。

トゥルーは貧民街で育った。ヒスパニック社会との繋がりは、表立った有力者たちだけにとどまらず、裏社会にも及んでいる。トゥルーなら、ディアスのことで、ミラには知りえない情報を探りだせるのではないか。

「ディアスという名の男について、なにかご存じありませんか？」ミラは訊いてみた。

気のせいかもしれないが、トゥルーがびくっとしたように見えた。「ディアス？」トゥルーが言う。「ありふれた名前だな。五十人か、六十人は知っている」

「わたしが言っているディアスは、人間の密輸に関わっていると思うんです」

「密入国案内人《コヨーテ》か」

「いえ、そうではなくて。直接そういうことはやっていないと思うんですが」ミラは言いよどんだ。昨晩の男たち四人は、死体の受け渡しをしていた、とブライアンが断定したことを思い出す。「たぶん、殺人にも手を染めていると思います」

トゥルーは水をひと口飲んだ。「そんな男のことを尋ねるのはなぜかな？」

その男がわたしの赤ちゃんを奪った悪党だと思うから。そう言いたいのをこらえ、水を飲んで気持ちを落ち着かせた。「ジャスティンに繋がりそうな人間は、残らず追うつもりだから」しばらくして、ミラは言った。

「つまり、そのディアスという男が関係していると？」

「ジャスティンを奪った男は片目しかないんです。わたしが片目をえぐりだしたから」ミラは震える息を深く吸いこんだ。「おそらく、その男の名前はディアスだと思います。確信はないけど、繰り返しその名前を耳にするもので。もし、ディアスという名の片目の男のことで、なにか探りだしていただければ、とってもありがたいのですが」

「片目というだけでだいぶ範囲が狭まるな。よし、調べてみよう」

「ありがとうございます」この依頼を渡りに船と利用される可能性はあったが、そうなったらそうなったで対処すればいい。トゥルーは、この名を知っている。そう、たしかにディアスという名の人間を大勢知っているのだろう。でも、彼女の話に関連して、この名は彼にとって意味があるのだ。なんらかの理由で、トゥルーは用心し、手持ちの札を隠している。おそらく、うしろ暗い過去にディアスとつきあいがあり、そのことを世間に知られたくないのだ。

デザートが運ばれてきた。チョコレートのかかった黄色のケーキだ。ミラは手を振ってデザートを断り、コーヒーだけもらった。スピーチの時間が近づいてきたので、考えをまとめておきたかった。パーティーの列席者は、とりたてておいしくもない食事に四十ドルも払ってくれたのだし、なかには、あとから別に小切手を切ってくれる人もいる。せめて、まともなスピーチを聴いてもらわなければ。

十時半には、スピーチをすませて感謝の言葉を述べ、列席者たちと握手を交わし、くたびれきって車に乗りこんだ。ドアを閉めようとしたとき、トゥルーが名を呼びながら大股で近づいてきた。

「あすの晩、夕食をつきあってもらえないか？」前置きもなにもない、直球の誘い文句だ。それがありがたかった。あまりに疲れていて、言葉による微妙なやりとりなどできそうにない。

「ありがとうございます、でも、あすの夜はダラスでまた寄付金集めのパーティーがあるんです」

「じゃあ、あさっては？」

ミラは苦笑いした。「あさっては、どこにいるのか見当もつきません。なにもお約束できないんです」

トゥルーは数秒のあいだ、沈黙が流れるにまかせた。「そんな生活はきついだろう、ミラ。自分の時間がまったく取れないとは」

「承知のうえだとご理解ください」ミラはため息をついた。「どちらにしても、いまの状況では、夕食におつきあいすることはできません」

「つまり……？」

「あなたはファインダーズのスポンサーです。私生活のせいで、組織に迷惑がかかるような危険は冒せません」

また沈黙が流れた。「なるほど」トゥルーがぽつりと言う。「正直だな。感服するが、いずれきみの気持ちを変えてみせよう」

「変えられるかやってみよう、だと思います」ミラはやんわりと訂正した。

トゥルーの笑い声は太く、男らしくて、ぞくぞくした。「それは挑戦状？」

「いいえ、事実です。わたしには、息子を捜しだすより大切なことはこの世にありませんし、それをなげうつようなことはできない。それだけです」

「もう十年になる」

「二十年であろうが同じです」疲労のせいか、思ったより刺々しい口調になっていた。でも、トゥルーが言おうとしたことは、兄のロスが言ったことと同じだ。あの一件は過去のことと割りきり、そろそろ自分の人生を生きたらどうか。まるでジャスティンの命を葬り去れと言わんばかり。まるで、愛に制限時間があると言わんばかり。「残りの人生をすべてかけてもかまいません」

「ずいぶん険しい道のりを選んだものだ」

「その道しか見えませんから」

トゥルーは車のドアをそっと閉めて、一歩さがった。「きょうはここまでだ。きみが追っているディアスという男について調べがついたら、また連絡しよう。それまでは、気をつけて」

気をつけて、とは思いがけない言葉だった。ミラはトゥルーをじっと見つめた。その言葉が、骨の髄まで達した疲労に染みわたる。「なにか知っているんですね？　ディアスのことで」

トゥルーは問いかけには答えなかった。「なにかわかるかやってみよう」そう言い残して自分の車に歩き去る彼の姿を、ミラは目で追った。

そうよ、絶対になにか知っている。そして、気をつけろ、と言うからには、よくないことに違いない。

夜遅くなっても居座る熱気にもかかわらず、背筋に寒気が走った。正しい線を追っている。ミラは確信した。そして、追いつづければ、殺される可能性もある。

6

夜のうちに目を覚ました。頭だけが冴えている。そういえば、まだ携帯の番号表示を調べていない。グアダルーペの会合を密告してきた電話の番号を確認しておこうと思っていたのに。番号など重要ではないかもしれないけど、でもやっぱり……重要かもしれない。疲労のうえ、寝起きでふらふらするが、ベッドから転がりでて天井の電気をつけ、痛いほどのまぶしさに目を瞬いた。バッグから携帯電話を抜きだし、電源を入れて、最後にかかってきた電話番号を探す。表示された番号は、エルパソの交換局だった。

〝リダイアル〟のボタンを押したあとで、時計に目をやり、二時二十分なのを知った。慌てて終了のボタンを押す。どんな相手だろうと、朝まで待ったほうが協力を得やすいだろう。

電話番号を書きとめ、電気を消してベッドに戻った。それから見た夢は、切れぎれの断片で意味をなさず、眠りから覚めそうになるたびに夢を見ているのだと気づき、すぐに忘れる類いのものだった。ぐっすり眠ったとはとてもいえなかったが、いつもどおり五時半に起きたときには、疲れが取れているように感じた。はたと気づけば、きょうは日曜で、一週間のうち唯一オフィスに出なくてもいい日——なにも起こらなければの話だけれど。少なくとも半分の確率で、なにか起こる。子どもたちは家から迷いでるのに曜日を選ばないし、誘拐犯だってそんなことに気をつかいはしない。

それから十五分ほどベッドでぐずぐずして、急いで起きなくてもいいという贅沢を味わった。たとえそれだけのゆとりがあっても、遅くまで寝ていることはめったにない。まったくないといっていいほどだが、ベッドから飛び起きて大急ぎで一日を始める必要がないのは、やはりうれしいものだ。

そろそろ起きようかというときに、電話が鳴った。うめき声をあげて上掛けをはねのけ、ぱっと身を起こした。夜中の――それに早朝の――電話には慣れているが、たいていは仕事の電話なので、受話器を取るときは胃が締めつけられる気がする。

「ミラ、トゥルー・ギャラガーだ。起こしてしまったかな?」

驚いてベッドに腰をおろした。「いいえ、早起きのたちですから。あなたもそうみたいですね」

「いや、じつはひと晩じゅう、情報集めをしていて、仕事に行く前に結果を知らせたかったんだ」

「ひと晩じゅう?」そこまで急がせるつもりはなかったのに。「日曜なのにお仕事ですか?」

トゥルーはくっくと笑った。「めったにないが、どうしてもきょうのうちにすませておきたいことがあってね」

「わたしがお願いしたことで徹夜させてしまったなんて。ごめんなさい。緊急というわけではありませんし、あすまで待っていただいてもよかったのに」

「話を聞きたかったのは、昼間はつかまらないような連中ばかりだからね」

「そうでした。事前に気づくべきでした」ミラ自身もそういう輩と何度も渡りあってきたのだから。

「いい知らせと悪い知らせがある。いいほうは、きみが追っているディアスだと思われる男の情報をつかんだことだが、悪いほうは、その情報がおそらく役に立たないということだ」

「どういうことでしょうか？」

「きみは赤ん坊を盗んだ男を捜しているんだろう？　つまり、その男は十年前にチワワで活動していたということだ。だが、このディアスはそうじゃない。名前があがるようになったのは五年前からだ」

　苦い失望が全身に広がる。誘拐に関連して耳にしたのは、この名前だけだったから。「たしかですか？」

「いまのところ、調べたかぎりではたしかだろう。この男には、過去を探れるような記録が残っていないんだ。だが、捜している相手がこいつじゃなくてよかったと思うんだな。ともかく危険な人物だから。はっきり言えば、殺し屋だ。消えてほしい人間がいたら、そう意思表示をするだけでいい。ディアスが接触してくる。あとはディアスが標的を追って、依頼者の問題を解決してくれるというわけだ。すご腕だという評判だよ。ディアスに追われて《オン・ゼア・トラック》いると知って逃げだしても、かならず見つかる。一部では、〝猟犬《トラッカー》〟の名で通っているほどだ」

「そのディアスが片目じゃないのはたしかですか？」

「おそらく」

ミラは別の藁《わら》にすがった。「彼が、コヨーテの組織を動かしているという噂を聞きました。ジャスティンを誘拐した男はディアスの手下かも」

「どうだろう。そういう話はまったく出てこなかった。調べたかぎりでは、ディアスはつねにひとりで行動しているようだ」

新しいチャンスに手を伸ばしたとたん、シャボン玉のように弾けて消えるのを感じた。この十年、チャンスはそうやってつぎつぎに消えていった。なにか聞きつけ、これで進展が望めると期待し、それから――なにもなし。新しい情報もなく、進展もなく、ジャスティンは見つからない。

「ほかにもディアスがいる可能性は？」つぎのシャボン玉をつかもうとしているだけだとわかっていたけれど、ほかになにができる？　つかむのをやめる？

トゥルーはうんざりと息を吐いた。「数が多すぎる。わたしもディアスという名の男は何人か知っている。いずれも背中を向けたくないような連中だ。そのうちの数人は除外できる。いま問題にしている時期を考えると」

つまりその時期、刑務所にいた、という意味だ。「残りは？　片目の人はいませんか？」

「まだもう少し調べてみないと。だが近ごろじゃ〝ディアス〟と言えば、だれもが例の殺し屋のことを口にする。きみが質問をしたときに、その名前があがったのも当然だが、きみがこの男と対決する必要がなくなって、ほっとしているよ」

　ミラは、ジャスティンを見つけるためなら、悪魔とでも喜んで渡りあうつもりだった。

「情報がほしいだけです」額をこする。「こうなったら法に背いたってかまわない。いくつか質問ができればいいんです。もし十年前のことに関わっているディアスを見つけたら、伝えていただけませんか。警察に突きだす気はないし、話を聞きたいだけだ、と」嘘だ。どんな名前だろうと、ミラはあの片目の男を殺したかった。もちろん、話をしたあとで。だが、必要ならば、なんでもするつもりだ。逃がさなければならないのなら、逃がす。そんなことしたくはないが、必要ならしかたがない。

「やってみるのはかまわないが、あまり期待しないでほしい。それから、ひとつ頼みがある」

「できることなら」

「なにかを捜したり、だれかと交渉しなければならないときは、わたしを通してほしいんだ。ああいった連中をきみが自分で追うのは危険すぎる。それにきみの名前を出さなければ、向こうの情報網に引っかかることもないだろう」

「わたしの名前は電話帳に載せていないんです。名刺にもオフィスの住所しか載せていませんし」

「それは結構だが、きみとやつらのあいだに、防護幕を一枚はさんでもかまわんだろう。わたしはああいう連中とつきあい慣れているからね」

「でも、あなたが危ない目にあうのでは？　この十年で、ファインダーズは信用を築いてきました。わたしたちが関心を持っているのは人捜しであって、警察の仕事ではないことは、世間もよくわかってくれています。その連中が、わたしよりあなたを信用すると言いきれますか？」

「ああ、わたしはそれなりの人物を知っているから」にべもなく言う。それから声をやわらげた。「手伝わせてくれ、ミラ。わたしにやらせてくれ」

直感的に、申し出を受けるべきではないと思った。受ければ、ミラがよしとする距離以上に、トゥルーが近づいてくるのを許すことになる。彼はまだ、この申し出に個人的な意味合いを含めていないが、声の調子にそれが表れている。その一方でトゥルーは情報提供者として役に立つ。ディアスについて――同じ男のことを話していると仮定して――ひと晩でミラが二年かけたよりも多くのことを調べあげたのだから。

「しかたありませんね」ミラは、しぶる気持ちを声ににじませた。「気はすすみませんが」

「だろうね」言い分を通したので、トゥルーの声は朗らかだった。「損はさせないから、頼りにしてくれ」

「わたしが損をしないのはわかっています。ただ、あなたにご迷惑がかかるのではないかと心配で。ここまでしていただいて、お礼のしようも――」

「あるよ。あすの晩、街にいるようなら、夕食につきあってくれればいい」

「だめです」ミラはきっぱり言った。「きのう申しあげた理由はいまも有効ですから」

「いや、なに、だめもとってやつだ」トゥルーはさっと話題を変えた。「ダラスへのフライトは何時？」

「二時ごろ」

「今夜は帰ってくる？」

「いいえ、あちらに泊まって、あす朝一番の飛行機に乗ります」

「そうか、気をつけて。帰ってきたらまた話そう」

「ええ。いろいろとありがとうございました。そうだわ——」ふと思いついて言った。「ディアスのファースト・ネームはわかりました？　殺し屋のディアスのことですけど。それがわかれば、噂として耳にした話を選り分けて、彼に関係しているものは切り捨てられると思うんです」

「いや、ファースト・ネームはわからなかった」トゥルーは言ったが、声にかすかなためらいがあり、言葉以上のことを知っているとミラに思わせた。

しかし、トゥルーはわざわざ助けてくれると言っているのだ。根掘り葉掘り訊いて困らせる気はなかった。もう一度礼を言い、電話を切って、ダラスへの旅支度を始めた。

洗濯物がたまっているし、請求書に小切手を切って、ほかにもちょっとした家事をすませなければ。ものをきれいにするという作業のうち、洗濯以外で苦手なのはほこりだ。それでも、家がきれいで、いい香りがするのは気持ちがいいから頑張る。毎週、それぞれの部屋のポプリを新しくしているので、いつ帰ってきてもいい香りに迎えられる。慰めを見いだせるのはそれだけ、ということがたまにあった。

九時半までに、洗濯物の最後のひと山が乾燥機のなかに入った。何通かしたためた手紙を封筒に入れて切手を貼る。クレジットカードの支払い小切手を入れた封筒もあり、明朝、集配人が来るまで自宅の郵便箱に置きっぱなしにするより、郵便局に出しにいったほうがいいだろうと思った。車の鍵をつかんで出かける間際、たれこみ屋の電話番号がまだ表示されるかどうか確認した。ときどき番号が消えてしまうことがある。原因不明。もしかしたらボタンの押し順を間違えて記録を消去しているのかもしれないが、原因がなんであれ、そういうことが実際に起きるのだ。それを裏付けるように、メニューを立ちあげて、着信履歴を表示しても記録は残っていなかった。一件残らず。きれいさっぱり消えている。

むっとして頬をふくらませ、二階に駆けあがって、昨晩、走り書きした紙切れを取ってきた。書きとめておいてほんとうによかった。オフィスに寄って、書類仕事をいくつか片付けるついでに、パソコンで番号を調べればいい。

日曜は倉庫が休みなので、砂利敷きの駐車場はいつもなら空っぽだ。でもきょうはジョアンの赤いジープ・チェロキーが入り口のわきに駐まっていた。チェロキーの隣に駐車して、二階へとつづく急な外階段をのぼった。ドアを開けようとしたら、鍵がかかっていた。ジョアンはひとりでいるのだから、いい心がけだ。ミラは鉄製の重い扉の鍵を開け、なかに入って呼びかけた。「ジョアン?」友だちがどこにいるのか知るためと、人が入ってきたことを知らせるためだ。安全第一で、ドアに鍵をかけた。

「ここよ」ジョアンが答えて休憩所から出てきた。「ポップコーンを作っていたの。もうひと袋あるけど、食べる？」

「ううん、本物の朝食を食べてきたから」

「ポップコーンだってれっきとした食べ物ですからね。ペストリーもあるし」

ジョアンはジャンクフード中毒だ。それでいてスリムなのだから、驚くほかない。四十歳、バツイチ、十八歳の息子がいて、大学へ発つ前に父親と夏の終わりを過ごすため、今週末は家を離れている。なのにジョアンは三十より上には見えない。ブロンドの髪を男の子みたいに短く切って、青い瞳にはきらめきを絶やさない。オフィスでだれかが感情を爆発させると、ジョアンは理性の人になる。感情の爆発はよく起こる。この仕事は過酷で、ときには心が張り裂けそうになることもある。ちょっとしたヒステリーは例外というよりも日常茶飯事だった。

「きょうはどうしたの？」ミラは尋ねた。

「書類仕事、ほかにある？　そっちは？」

ミラはため息をついた。「書類仕事。それに、電話番号をパソコンで調べたくて」

「電話番号って？」

「金曜の午後、わたしの携帯にかけてきて、ディアスのことを密告した奴。エルパソの交換局だったの。おかしいでしょ」

「かけてみた？」

「まだ。ゆうべかけようとしたんだけど、時間が遅かった――というか早すぎた――から、あとでかけることにしたの。それに、前もってだれがかけてきたのかわかっていたほうがいいから」

自分の部屋に入ってパソコンを立ちあげる。コンピューターが複雑怪奇なデジタルの羅列を整えているあいだ、ミラはデスクに向かって書類の山をぱらぱらとめくり、かぎられた時間で処理できそうなぶんだけ引っぱりだした。

背後でコンピューターがビーブーと騒々しい音をたてるのを聞きながら考える。システムをアップグレードしなきゃ。それも、ほかのもろもろのことと同じく、つねにあとまわしにされている。もっと大切なもの、緊急に必要なものがつぎからつぎへと出てきて、そちらに予算を割かれてしまうからだ。いまのままで動くうちは、アップグレードに何千ドルも使うわけにはいかない。

初期画面が表示されると、くるりと椅子を回してインターネットに接続し、検索サイトを呼びだして電話番号を打ちこんだ。二秒で、その番号に該当するガソリンスタンドの名前と住所がわかった。うしろから、ジョアンが部屋に入ってくる音がした。

「なにかわかった？」

「ガソリンスタンドだった」

ジョアンはお尻でデスクに寄りかかり、ミラがその番号に電話をかけるのを待った。五度めの呼びだし音で繋がった。「ガソリンスタンド」

わかりやすい応答だ、とミラは思った。「もしもし、こちらはファインダーズのミラといいます。金曜の午後六時にそちらから電話をもらったんですけど、どなたか――」

「悪いね」スタンドの男はあっさりと言った。「これは公衆電話なんだ。使う人間をいちいち見張ってられるほど、おれは暇じゃない。いたずら電話でもかかってきた？」

「いいえ、合法的な電話ですけど。ただ、かけてきた人に連絡を取りたいだけで」

「悪いが役には立てないね」電話が切れた。ミラも受話器を置いてため息をついた。

「なんですって？」ジョアンがもどかしそうに尋ねる。

「ああ」低く、感情のない声が、背後から聞こえた。「なんだって？」

ジョアンが飛びあがって振り返り、キャッと声をあげた。ミラはぱっと立ちあがり、その勢いで椅子がデスクにぶつかった。どうにかジョアンと並び、そのまま身動きできずに、部屋のドアを塞ぐ男の顔を見つめた。背筋を寒気が這いあがり、心臓が激しく脈打つ。オフィスにはミラとジョアンしかいなかったはずだ。ドアには鍵がかかっていた。この男はどうやって入ったのだろう？　目的は？

男は武器を持っていなかった。とりあえず、目に見えるところには持っていない。だが、両手が空でも安心できない。男はいままで見たこともないほど冷たく、無表情な目をしていた。殺人者の目だ。怖くて震えているのに、その視線には人を陶然とさせるものがあって、なぜか目を離せない。コブラが獲物に襲いかかる前に、催眠術をかけているかのように。

男には不可思議な静けさがあり、どこか人間離れしていた。

隣でジョアンが息を喘がせながら目を丸くし、まばたきもせずに侵入者を見つめている。安心させようと手に触れると、必死に握り返してきた。

男は、繋いだ手をちらりと見てから、視線をふたりの顔に戻した。「同じ質問をさせるな」男の声には、やはり感情がいっさいない。

この声。この声には聞き覚えがある。でも、パニックが全身の血管をドクドク脈打たせている状態では、記憶をたぐることなどできない。ミラはごくりと喉を鳴らし、無理やり言葉を絞りだした。「公衆電話だった。そこの人から、だれが使ったのか知らないと言われた。忙しくて、気にしていなかったと」

ミラの言葉に、侵入者はかすかに目を細めただけだった。

男から逃げる方法はなさそうだ。大男というほどではないが、六フィート一、いや二インチはありそうだ。脂肪のないがっしりした体つきを見れば、全身が筋肉のかたまりで、力があるだけでなく、攻撃するガラガラヘビの俊敏さも兼ね備えていることがわかる。この男は暗闇、手に触れられそうなほどの脅威に満ちた影だ。

ようやく男の正体に気づいた。血の気が引いてめまいがする。片手を伸ばしてデスクの端をつかみ、体を支えた。「わたしを気絶させたのはあなたね」声はか細く震えていた。その瞬間、思いあたった。膝ががくがくして、へたりこんでしまいそうだ。「あなたが、ディアスね」

やはり表情は変わらない。「おれと話したがっていると聞いた」男が言った。

7

どうしよう。あのディアスだ。ディアスは殺し屋だ、というトゥルーの言葉が頭に浮かんだ。ミラはその言葉を信じた。疑う余地はない。

覚悟しておくべきだった。用があると伝言を残せば、ディアスのほうから接触してくると、ほんの数時間前に聞いたばかりではないか。ミラは満員の酒場で、ディアスの情報を提供してくれたら懸賞金を払うと通告した。本人がその地域にいて、それどころかミラの言葉をじかに聞いている可能性もあることを知りながら。ディアスが現れるのに三十六時間もかかったことを驚くべきなのかもしれない。きのうの朝、待ち伏せすることだってできたはずなのに。そこまで考えて、酒場の男たちに告げた名前がいつも使っているミラ・ブーンではなく、本名のミラ・エッジだったことを思い出した。自宅の電話番号は〝エッジ〟で登録されている。電話番号は記載されていないとトゥルーに言ったときは、〝ミラ・ブーン〟の話をしていた。トゥルーが自宅の番号を知っていたのは、ミラが自分で名刺の裏に書いて渡したからだ。噂ほど腕が立つなら、ディアスはけさ、ミラが起きる前に家に押し入ることもできたはずだ。

それとも、ほかにすることがあって遅れただけだろうか。

ディアスは部屋のなかに足を踏み入れてドアを閉め、横に移動して、ガラス越しに向こうから背中を狙われないようにした。また、そうすることで、ミラとジョアンがU字型のデスクから出る道を塞いだ。出たければ、デスクを飛び越えるしかない。

ディアスは手近の椅子を引きずってきて腰をおろし、いったん膝を伸ばしてから、ブーツを履いた足を足首のところで交差させた。「来てやった。話せ」

頭の一部は真っ白だった。殺し屋になにを話すの？　こんにちは、はじめまして？　でも、脳のほかの部分は働いていて、点と点を結び、明確な結論に達していた。どう見ても、ディアスは片目の男ではない。とはいえ、この男も金曜の会合を監視していたのだから、あの場にいた男たちのひとりを追っているか、あの四人が標的まで案内してくれるのを期待して追跡しているかのどちらかだ。ミラとしては後者が正解ではないかと思った。あのときディアスはただ見ていただけだから。そして、片目の男を見つけられる人間がいるとすれば、ディアスしかいない。もしかしたら、あの人でなしがいまこの瞬間にどこにいるのか知っているかもしれない。

ゆっくりとジョアンをわきに引き寄せ、その前に進みでた。これはミラが個人的な問題を解決したいがために招いた事態なのだから、ジョアンを巻きこむのはフェアじゃない。Uの字にミラたちを囲んでいるデスクから、椅子を引いて腰かけた。ディアスと膝が触れあいそうになったが、貴重な数インチの間隔は保った。

「わたしはミラ・エッジ」

「わかっている」

表情というものがまったくない顔を見ると、勇気がくじけそうになる。それを言うなら、彼のどこを見ても勇気は出てこない。でも、もし彼と道ですれ違っても、振り返って見ようとはしないだろう。つまり、ディアスはよだれを垂らした狂人ではないし、見るからに殺人鬼然ともしていない。完全に自分をコントロールし、超然とした人間に見える。黒髪を短く刈りこみ、顎にはゆうに一日分の無精ひげをたくわえているが、薄汚い印象はない。くすんだオリーブ色のTシャツは清潔で、それはブラックジーンズも、黒いゴム底のブーツも同じだ。Tシャツの袖は二の腕にぴったり張りついているのに、太いというよりも、筋張った感じがする。筋肉と血管だけで繋がっているみたいだ。もし武器を携帯しているとすれば、ブーツに隠しているのだろう。たとえ武器が見えなくても、これほどくつろいだ体勢で座っていても、けっして安心はできない。蛇は予告なしに襲ってくることがある。もっともこのときミラの頭によぎったのは、蛇ではなくパンサーを詠《うた》った詩の一節だった。オグデン・ナッシュ（アメリカの詩人。一九〇二‐七一年）の詩――『パンサーが一頭訪ねてきたら、ほかのパンサーは寄りつかない』。すでに一頭訪ねてきているから、なんとかうまくあしらわなければ。

ジョアンがミラの手を握ったときにちらりと目を走らせた以外、ディアスはミラの顔から視線を動かさず、ミラにはそれがなににもまして気をくじかれる原因になった。

「あなたは人捜しをしてくれると聞いたわ」ミラはささやくように言った。

背後で、ジョアンがふいに動いた。「ミラ――」ジョアンがきつい声を出す。その口調から、賛成できない、考えなおしたほうがいい、と言いたいのだとわかる。冷静に考えてから言葉を口にすべきだ、と。ディアスの視線は動かず、ミラは片手をあげて友人の異議を制した。

「ときには」ディアスが言う。

「金曜の会合にいた片目の男。あの男を見つけたいの」

「あいつは下っ端だ。取るに足らん」ディアスの話し方にはかすかな抑揚があった。声の調子ではなく、表現のしかたに。英語が母国語ではないみたい。テキサス西部の訛りで、完璧な英語を話しているけど、そこからは名前以上にメキシコを感じる。もしディアスがアメリカ生まれなら、帽子を食べたっていい。

「わたしには重要なの」そう言って息を吸いこむ。〝成功〟がまたしてもローレライを歌いだし、ミラを手招きしている。この男は、息子になにが起こったのかを知るための本物のチャンスを与えてくれる。悪魔と取引しなければならないなら、いまがそのときだ。「十年前、生後六週間の息子がさらわれた。わたしの前夫は医者で、仲間と一緒にチワワの貧しい地区で無料の診療所を開いていたの。そのあたりに一年ほど住んだわ。息子はそこで生まれた。市場にいたとき、ふたりの男に息子を奪われた。でもわたしは抵抗して、息子を抱えていたほうの男の左目をえぐりだした。もうひとりの男がわたしの背中を刺して、結局ふたりとも逃げてしまった。そのときから、息子とは会っていない」

ディアスのまなざしが揺らいだ、そのわずかな変化が関心の高まりを意味していた。「じゃあ、おまえがあいつだったのか」

「あいつ?」ミラはおうむ返しにした。

「ブタ野郎のパヴォンの目を潰した奴だ」

パヴォン。ああ! それがあいつの名前。十年たって、ようやく名前がわかった。目を閉じ、深く息を吸い、拳を固く握りしめた。多少はおさまっていた動悸が、いままた激しくなり、血管のドクドクいう音で耳が聞こえない。叫びたかった。泣きたかった。いますぐにでも立ちあがって、パヴォンを捜しだし、訊きたいことに答えるまで、あの男の頭を何度でも壁に打ちつけたかった。ただし、そのうちのふたつはやりたくてもできなかったし、ひとつは控えるべきことだから、ぐっとこらえて激しく震える両の拳を目に当て、気持ちを落ち着かせようとした。

「ファースト・ネームは知ってる?」ミラは詰まった喉から声を押しだした。

「アルトゥーロ」

アルトゥーロ・パヴォン。その文字が心に焼きつく。あの男の顔をけっして忘れないのと同じく、ミラはその名前を、そしてこの瞬間を、絶対に忘れない。長年あがきつづけ、少しも進展しない状況に苦しんできた。それがここへきて事態は急展開し、自分の世界の中心がぐらぐら揺れているように感じる。これまで、頭では、ジャスティンが見つかることはないと観念していた。心では、どうしてもあきらめられなかった。それがついに、彼が生きているかどうか、それだけでも知ることができる可能性が生まれたのだ。現実に見つけだせるかもしれない、かわいいわが子を……。

「あいつを見つけてもらえる?」ミラは身を乗りだした。意志の力で、事態を自分の望む方向へ持っていこうとするかのように。「話がしたいの。わたしの息子をどうしたのか知りたい——」

「おまえの子どもは売られた」にべもない。「だれに売られたのか、パヴォンは知らないだろう。あれはペンデーホでガニャンだから」

ミラは目をぱちくりさせた。〝ガニャン〟は知っている単語だ。〝ごろつき〟。でも、聞き間違いでなければ、ディアスはパヴォンのことを〝陰毛〟と呼んだ。どうやら、メキシコのスペイン語の慣用的ニュアンスをつかめていないようだ。「彼がなんですって?」

「あいつは下っ端だ。人の命令どおりに動くチンピラにすぎん」ディアスは肩をすくめた。

「たちの悪い下司《げす》野郎だが、なんの権限もないことには変わりない」

「それでもパヴォンは唯一の手がかりだし、わたしはそこからたどって息子を見つけたいの」

「たどることはできても、出発点に戻ってくるのがおちだ。密輸業者は記録を残さない。あいつは、おまえのことなら憶えているだろう。当然だ。それにおそらく赤ん坊のことも。だが、赤ん坊の行方となると、国境のこっち側に売られていったということしか知らないはずだ」

手がかりがそこで途絶えるなんて話、受け入れられるわけがない。パヴォンが自分でジャスティンを連れ、国境を越えたということは考えにくい。その役目は二番めの男、つまりミラを刺した男である可能性のほうが高い。パヴォンは相棒の名前を知っているはず。そうして相棒を見つけたら、そいつはまたほかの名前を知っているだろう。たどりつづければ、いつかジャスティンを見つけられる。

「それでもいいからパヴォンを見つけたい」ミラは食いさがった。「あなたはあの夜、あいつを見張っていて、わたしが――」

「――死のうとしたのを止めた」

「ええ」ミラは反論しなかった。「そうね。でも、わたしを守ろうとは思っていなかった。ただ、ほかに人がいることを、奴らに気取られたくなかった。どちらにしても、どうせパヴォンを追っているなら、どうして――」

「とくにあいつを追跡しているわけじゃない」ディアスはみなまで聞かずに言った。「おれは蛇が頭《かしら》のところに戻るのを追っているんだ」

「でも、パヴォンがどこにいるか知っているでしょう?」

「いや」

もどかしくて、もどかしくて、わめき散らしたい。どん詰まりだということを、ますます受け入れられなくなった。なにがなんでも。「あなたならパヴォンを見つけられる」

「だれであれ、見つけられる。いずれはな」

「それはあきらめないからよ。わたしもあきらめられない。お金の問題なら、もちろん、ちゃんとお支払いするわ」ファインダーズに支払わせるのは自分の気持ちが許さないから、貯蓄を残らず差しだす。足りなければデイヴィッドに泣きつこう。いや、泣きつく必要はない。デイヴィッドはジャスティンを捜すためならなんでもしてくれるはずだもの。

ディアスはその目に好奇の色をちらりと浮かべて、ミラを見つめている。まるで異星人を見るような目で。なぜそんなことを言いだすのかわからない、と言いたげに。ディアスは見たところ感情のない男だ。一方のミラには感情がある。ありあまるほどに。ディアスの感情を動かせないのなら、作戦変更、理性に訴えるしかない。「ファインダーズのネットワークや人脈はあなたの想像以上に広いの。もし助けてくれるなら、わたしもお返しができる」

「助けはいらない」視線がまた冷たく、よそよそしくなった。「おれはひとりで動いている」

なにかほかに提供できるものがあるはずだ。「グリーンカードは?」知己を頼れば、多少の便宜を図ってもらえるだろう。

ディアスの顔に、はじめて表情といえるものが浮かんだ。おもしろがっているようだ。

「おれはアメリカ国民だ」

「じゃあ、なに?」もう、じれったい。「どうして仕事を請けないの? だれかを殺してくれって頼んでいるわけじゃないのよ。ただあいつを見つけてほしいだけなのに」それとも、ディアスは追跡のスリルや、死の苦しみを楽しんでいるのだろうか。

「どういうわけで、おれに人殺しを頼めると思った?」口調はまたやわらいだが、表情は硬く冷ややかだ。

いつもなら、情報源を漏らすようなことはしないのだが、ガラスのかけらで切り刻まれたように神経がずたずただった。それに、どうにかして、手伝ってもらえるようにディアスを説得しなければならない。「トゥルー・ギャラガーが情報を集めてくれたの。ディアスという名前で、息子の誘拐事件に関わっていそうな人について」

「トゥルー・ギャラガー……」ディアスは、その名が舌に乗るかどうか試すように、繰り返した。

「うちのスポンサーのひとり」

「で、その情報によると……?」ディアスが促す。

「あなたは殺し屋だ、と」ミラは事実を包み隠さず話し、言いしぶるようすも見せなかった。もしかしたら殺し屋ではないのかもしれないが、この男なら人を殺せるし、過去に殺しているに違いない。もし殺し屋なら、ミラがすべてを承知していながら、それでも彼を雇いたいと思っていることが、彼の判断を違うものにするかもしれない。

ジョアンは小さく驚きの声をあげたが、ディアスは視線を向けなかった。

「その情報は間違っている。殺すとすれば、なにか理由があるときだ。金の支払いを受けるかもしれないが、金が人を殺す理由にはならない」

過去に殺したことがない、または、これから殺すつもりがない、とはまったく言っていない。それでも、ミラはその言葉を信じ、安堵《あんど》した。ディアスはとりあえず、自分を律する道徳基準を持っている。

ディアスは両の手を合わせて、指先越しにミラを眺めた。なにかをじっくり考えているようだ。しばらくして、口を開いた。「金曜の夜、おれのことでどんなたれこみがあったのか話してくれ」

「話せることは多くないわ。電話の男はヒスパニックだった。わたしが聞いたのは、十時半に、グアダルーペの教会の裏で会合があって、そこにあなたが現れるということだけ。電話は例のガソリンスタンドからかかってきたもので、そこの店長はなにも知らなかった」

冷たく、暗い瞳の裏の動きは、ミラには読めなかったが、知りあいのだれのしわざか考えているのだろう。

「そのときは、パヴォンがディアスなんだと思っていた」ミラは言った。「ディアスという名の男が何件かの行方不明事件に関わっているという噂を耳にしていたから。それで、あなたが片目の男だと思ったわけ。彼と関連してあなたの名前がしょっちゅう出てきていたから」

「おれは奴と関連などない」

「あなたに雇われているって聞いた」

ディアスの目がさらに冷たくなった。

「つまり、この二年間、わたしはあなたについての情報を得ようと探りを入れてきた。だから、だれが電話してきてもおかしくないのよ」ほかにも思いあたるふしがあった。「最初から懸賞金をかけてきたのに、電話が匿名だったのも、お金を取りにこようとしないのも、おかしいわね」

「だれかが、おれの居所を知っているのもおかしい」

気に入らないのだ。

「居場所を知っていた人は？」ミラは訊いた。「あなたのほうから居所を話した相手。それに、あなたに、会合のことを教えた人」

「おれはだれにも話していないから、範囲は狭まるな。だが問題は、なぜか？」

「ブライアンとわたしは、あなたが罠にかけられたと思っていたけど、違うみたいね。パヴォンたちは、あなたがあそこにいたことをまったく知らなかった」

「ブライアン」ディアスが言う。「墓地の反対側に隠れていた男か？」

じゃあ、ブライアンの姿も見ていたのだ。ミラはうなずいた。「彼もファインダーズで働いている。ある事件で一緒に捜索に出て、その帰り道に、例の電話がかかってきたの」

なにかが起こっている。ディアスの行く手を遮るため、何者かがミラを放りこんだようだ。ディアスの心を読むために、表情をうかがう必要はなかった。ミラも同じことを考えていたからだ。

「引き受けよう」ディアスは唐突に言って、すっと立ちあがった。「また連絡する」

ディアスは部屋を出ていって、数秒後には、表のドアが閉まる音がした。ミラとジョアンは顔を見合わせ、同時に振り返って窓に駆け寄り、ディアスの行き先を見ようとした。

外階段は無人だった。駐車場も。ディアスの姿はどこにもなかった。ミラはドアを開けて、車のエンジンをかける音が聞こえないかと耳をすましたが、なにも聞こえなかった。掻き消すようにいなくなった。

「どうやって出ていったかはわかってる」ミラは呆然として言った。「でもどうやって入ってきたの？」

「わからない」ジョアンはうめいて、いちばん近くの椅子にへたりこんだ。「ああ、もう、こんなに怖かったの、生まれて初めて！　きっとわたしが来たときには、もうなかにいたんだわ。その気になれば、なんだってできたじゃない」

ミラは窓から窓を回って、押し入られた痕跡がないか調べた。探偵ではないけれど、それでも、掛け金に新しい傷跡がないことはわかったし、窓も破られていなかった。どんな方法で入りこんだにせよ、目につくような証拠はいっさい残っていない。

ジョアンは目に見えて震えはじめた。「ミラったら、そこに座って、落ち着きはらってあの人と話していたなんて、信じられない」

「落ち着いて見えた？」ミラは唾を呑みこみ、隣に座りこんだ。「そんなわけないじゃない。震えすぎて、立っているのがやっとだったから、座るしかなかったの」

「気がつかなかった。ふたりとも、殺されるかと思ったわよ。あの人の目、まるで死神を見ている感じ」

「でも殺されなかった。それに、十年間求めつづけてきた情報をくれた」ミラは目を閉じた。

「アルトゥーロ・パヴォン。名前がわかった。とうとう、名前がわかった！　どういうことか想像つく？」涙が目を焼き、閉じたまぶたの縁からあふれでた。「わたしは本物のチャンスをもらったのよ。初めて、わたしの子どもが見つかるチャンスを！」

8

ダラスでの寄付金集めは、期待以上にうまくいった。パーティーで寄付金が集まっただけでなく、法人のスポンサーをつけることもできた。ソフトウェアの会社が、ファインダーズのコンピューター・システムをアップグレードしてくれるというのだ。新しいシステムのことを想像するだけでミラの心は躍ったが、その晩、ホテルに戻っても眠れなかったのはそのせいではなかった。

けさの出来事を思い出すたびに、興奮で胸が高鳴った。火のなかに飛びこんで、無傷で戻ってきたような気分だ。希望に酔いしれているといってもいい。デイヴィッドに電話をかけたかった。ついに事態が好転し、誘拐犯の名前がわかって、人捜しのエキスパート――ディアスのことを、ほかにどう呼べばいい？――の協力を得られるようになったのだと、彼に告げたかった。湧きあがる喜びをだれかと分かちあいたいとき、ジャスティンの父親よりふさわしい人がいるだろうか？

でも、電話をかけるわけにはいかない。デイヴィッドはもう夫ではないのだから。新しい家族がいるのに、そこへずかずかと踏みこんでいってはならない。デイヴィッドが毎年支払ってくれるお金のことで、奥さんに迷惑をかけているのかどうか、ミラは知らなかったし、訊くつもりもない。離婚後はできるだけデイヴィッドと接触せず、新しいミセス・ブーンに怒りの種を植えつけないよう心がけてきた。

新しいミセス・ブーン？　心のなかでくすりと笑った。奥さんの名前はジェンナといって、とてもいい人だし、その結婚生活は、ミラのときの倍以上に及んでいるのだ。

ジャスティンについてなにか具体的なことがわかったら、そのときこそデイヴィッドに電話をしよう。これまでも、噂《うわさ》や、捜査の進捗《しんちょく》ぶりをいちいち報告してきたわけではない。年に二回、デイヴィッドのほうから電話をくれるので、なにか進展があればそのときに伝えた。もっとも、この十年間、進展と呼べるものはないに等しかった。なるべく円満な家庭生活を送ってもらうため、ミラから電話をかけたことは一度もない。今回もそれでいい。外科医の妻というのは、ただでさえ毎日がたいへんなのだ。夫は留守がちだし、急患の知らせは、夕食の席についたとたんや、休暇旅行に出かける間際を見計らってくる。前妻の電話でよけいな動揺をさせては気の毒だ。

ミラは興奮と期待感を抑えることができず、無理に眠ろうとするのはやめて、そのかわり、けさ起きたことや話したことをすべて、頭のなかでなぞってみた。トゥルーの電話からディアスが消えた瞬間までのことを、何度も何度も。

ミラにとって最大の謎は——ディアスにはもうわかっているのかもしれないが——グアダルーペの会合を知らせてきたのはだれか、ということだ。それに、動機は？　電話は匿名だったから、報酬が目的でないのはたしかだ。いずれにしても、何者かがわざわざミラをディアスに会わせようとした。助けようとしてのことなのか、傷つけようとしたのか、意図がはかれない。ディアスにとっては、ミラを気絶させるより、殺してしまったほうが簡単だったはずだ。彼のあのようすからして、ミラを殺したからといって寝覚めが悪くなるとも思えない。

いくら頭を絞っても、筋の通った動機が思いつかず、いいことだけに目を向けることにした。ディアスが〝いいこと〟かどうかは微妙だけれど、ともかく、ほんの数分姿を現しただけで、貴重な情報をもたらし、最高のチャンスを与えてくれた。これで、ジャスティンが見つかる可能性が出てきた。

ディアスを説得して協力を得られたなんて、自分でも信じられなかった。膝と膝がくっつきそうなほど間近に向かいあいながら、彼を恐れていないふりを通せたことも、嘘みたい。あんなに冷たくて虚ろな目を見たことがない。どんな感情にもいっさい左右されないという目だ。社会病質者《ソシオパス》で通りそうなほどだが、彼のなかには、生まれもった暴力性を制御する装置が備わっているらしい。善悪の別を承知しているが、肌で感じ取るのではない。正しいと理解したことを実行に移す場合、感情ではなく理性で判断するのだろう。

だからこそ、交渉が成立したのだ。ファインダーズが今後、ディアスに脅されることはないはずだ。あの晩、グアダルーペで、ディアスはミラとブライアンを殺してもおかしくなかった。邪魔をしたという理由だけで。でもそうしなかったのは、ミラたちが、彼にとって

——彼自身にとってではなく、彼の目的にとって——脅威ではなかったからだろう。こちらから彼の領域に踏みこまないかぎり、ディアスを信じて、行動をともにできると思う。

そうであることを願う。

ディアスの名を出したときのトゥルーの反応を考えれば、当の本人がオフィスに現れたことは黙っておくべきだろう。彼とは距離を置くべきだとわかっているけれど、ミラを守ろうとする態度には好感が持てた。だからといって、警察を呼ばれでもしたら、たまったものではない。

トゥルーにアルトゥーロ・パヴォンのことを調べてもらおうかと考えたが、やめておくことにした。なぜその名前を知ったのかと問いただされるだろうし、あれほど親切にしてもらっておいて、あからさまな嘘をつく気にはなれない。それに、ディアスの意に反するだろうから。なぜそう思うのか自分でも不思議だけれど、そのことは確信できた。ディアスはひとりで動くのを好み、どこにいるのか、なにをしているのかを知っている人間がいるとしても、ごく少数だろう。もしディアスとトゥルーが両方でパヴォンを捜したら、いずれどこかでかちあう可能性は高い。だめ、ディアスを怒らせてしまう。手を貸してくれなくなるかもしれない。それだけは避けたかった。

ディアスのことを知る人間は、少なければ少ないほどいい。あすの朝、ジョアンがオフィスに出る前に電話をかけ、ディアスのことはだれにも言うなと釘をさしておかなくては。

朝一番の飛行機でダラスからエルパソに帰り、荷物を家に置いてオフィスに直行した。まだ早い時間なのに、うだるような暑さだ。あらためて冬が待ち遠しくなる。

オフィスに入ったとたん、ブライアンが朝からご機嫌なのに気づいた。それはたいてい、オリヴィアをからかって怒らせるという形に現れる。きょうのブライアンは、オリヴィアのファッションにあれこれと口を出し、それがちっとも噛《か》みあわないのを、スタッフのほぼ全員が少し離れたところから聞いて楽しんでいた。

「新しい髪型を試してみるべきだ」ブライアンは、オリヴィアのデスクの端にもたれかかって言った。「もっと、こう、膨らましてさ。ボリュームのあるやつ。な、あのクルクルで、ブワーッとなってるやつだよ」

フェミニストであることを頭から侮辱され、オリヴィアは冷ややかな視線を彼に思いきり浴びせた。「わたしが、なに、あのクソったれ・チャーリーズ・エンジェルのファラ・フォーセットに似てるって言うわけ？」

「いいや、でもやってみれば」ブライアンはまじめな顔で言う。

ブライアンは若くて、大柄で、身のこなしも素早いけれど、それでも命が危ういかも、とミラは思った。オリヴィアが悠然と立ちあがり、ふたりは鼻と鼻を突きあわせた。五フィート二インチしかないオリヴィアにそれができたのは、ブライアンがデスクに座っていたからだ。「ねえ、坊や」ゆっくりと言う。「わたしはね、あんたより数段いい男たちを葬ってきたの。利用して、搾《しぼ》り取って、あとはポイ。だからね、背伸びするのはおやめ」

ブライアンはどこ吹く風と聞き流す。「え?」驚いたふり。「手を貸そうとしただけなのに。ほら、ちょっとしたアドバイス」

「あらそう。ネアンデルタール人がファッションの権威だとは知らなかった」

ブライアンはにんまりした。「毛皮のパンツに流行りすたりはない」

「でしょうね」

ジョアンがミラの視線を捉え、身振りでミラの部屋を示した。だれが待ちかまえているのかを知って、思わずうめき声をあげそうになった。ミセス・ロバータ・ハッチャーは、いなくなった夫を捜している。数週間前、ロバータがオースティンの妹を訪ね、週末を過ごしているあいだに、夫は行方をくらました。衣類と預金の半分も消えていたため、警察は当然ながら、犯罪に巻きこまれたわけではないと結論づけ、ミスター・ハッチャーが自分の意思で出ていった以上できることはなにもない、と言った。そこで、ロバータはファインダーズに助けを求めにきて、いくら断っても、聞く耳を持たない。

ブライアンとオリヴィアに不安な視線を投げかけ――オリヴィアの非暴力主義が破綻《はたん》しないことを願いつつ――部屋に入って、ミセス・ハッチャーに笑顔を向ける。「おはようございます、ロバータ。コーヒーはいかがです?」

ロバータは首を振った。感じがよく、白髪まじりのふくよかな女性で、歳は五十代後半、丸ぽちゃの顔には愛嬌があり、笑顔を浮かべているときがいちばん自然に見えるに違いない。ところが、ある晴れた日にベニー・ハッチャーが姿を消して以来、ロバータの目は涙で赤く腫《は》れ、ミラはいまだに笑顔を拝めずじまいだった。

ミスター・ハッチャーを捕まえることができるなら、喜んで首を絞めてやる。奥さんをこんなに苦しめるなんて、どういうつもり？　出ていくならいくで、勇気を出してきちっと説明するのが道理なのに、ふいに姿をくらませて奥さんをいたずらに苦しめるなんて。もちろん、告げられるのも悲しいだろうけれど、とりあえず事態を把握して、夫の生死や自分の法的身分については悩まずにすむ。ロバータはどっちつかずの状態でつらい思いをしている。ミスター・ハッチャーは懲らしめてやるべきだ。

「お願い、助けてください」ロバータは低くかすれた声で訴えた。泣きすぎたせいで、喉が傷つき、腫れてしまったような声だ。ミラにはその気持ちが痛いほどよくわかった。「夫は行方不明者ではないとおっしゃるんでしょう。自分の意思で、自発的に出ていったと。でも、わたしにはどうしても確信が持てないんです。もしかしたら、甘い言葉に乗って騙《だま》されたんじゃないか、お金を全部なくしてしまって、ばつが悪くて帰ってこられないんじゃないか、けがをしてるんじゃないか。死んでいるかもしれない。この前言われたとおりに探偵事務所をいくつかあたってみましたけど、どこも高くて。いちばん安いところでも手が届きません。お願いです」

「そうおっしゃられても」ミラだってつらいのだ。「うちも苦しいんです。資金は無限ではありません。切りつめに切りつめて、ある分だけで、いえ、たとえなくてもやりくりしているんです。このオフィスを見てください。わたしたちが費用のほとんどを捜索にあてていることがわかっていただけるでしょう。旦那さんはあなたを置いて出ていくのに、そう告げる勇気がなかったという可能性が高いと思います。ご自身の意思で出ていかれたのはほぼ確実ですから、それでは人手を割いて捜索する理由にならないんです」

「じゃあ、社会保障の記録から、どこかで働いていないか調べていただけませんか？」

「それには、特別な手続きが必要で、うちではできません。わたしたちが捜しているのは行方不明者であって、逃げ隠れしている人ではないんです」ミラは額をこすって、解決策を絞りだそうとした。「救世軍にはあたってみましたか？　人捜しのようなことをやっていますよ。たしか、一回めは無料です。こういう状況でも引き受けてもらえるかどうかわかりませんが、たぶん、助けになってくれるでしょう」

「救世軍？」ロバータはひとり言のように言った。「そんなことをしていたなんて知らなかった」

「ええ、でも、どういう条件を設けているのかはわかりません。もし救世軍で助けてもらえなかったら、弁護士に相談してください。法的に守れるものは、守っておかないと」

涙がひと筋、ロバータの頰に流れた。「まだ子どもたちに話していないんです」つっかえつっかえ言う。「おとうさんは黙って出ていったなんて、とても言えない」

ロバータには息子がふたりいて、いまではどちらもそれぞれ家庭を持ち、子どももいる。

「話さなきゃだめです」ミラは言った。「ほかの人から聞かされる前に、話しておかないと。旦那さんがお子さんたちに電話をかけたらどうします？　お子さんたちは、事情を話してくれなかったあなたに腹を立てますよ」

「そうね」ロバータは頬をぬぐった。「いずれ夫が帰ってきて、子どもたちには話さなくてすむことを、心のうちで願ってるのね」

「もう三週間になります」ミラはやんわりと言った。「仮にいま、旦那さんが帰ってこられたとしたら、受け入れますか？　まだ帰ってきてほしいと思ってらっしゃいます？」

また涙がこぼれ落ちた。「夫はもうわたしを愛してない、そうでしょ？　愛していたら、こんなことはしなかったでしょう。できるはずありません。そりゃこのごろじゃ、身なりもかまわなくなってしまって、でも、六十に手が届こうって歳なんだから、白髪が増えるのもあたりまえでしょう？　でも、ベニーはいつでもこざっぱりしてました。白髪も少なくて」

「愛人がいた可能性は？」これを訊くのはやりきれない気持ちがした。そもそも警察がすでに同じ質問をしている。ただし、そのときは、ショックと、不安と、人生が壊れる恐怖で、ロバータは即座に否定していた。

しかしいまは、顔をくしゃくしゃにして、手で両目を覆っている。「わからない」すすり泣きながら言う。「いたかもしれません。ベニーはほとんど毎日ゴルフをしていました。ほんとうかどうか確かめたことはありません。夫を信じていましたから」

焼けつくような日差しのなかでも、喜んでゴルフをする人はいるだろうけど、でも毎日？疑わしい。ロバータも疑っている。客観的な目で事態を見られるようになっているのだ。

「どうか弁護士に相談してください」ミラはもう一度言った。「それから、銀行口座を変えなければ。名義は旦那さんのままでしょう？　全部引きだされてしまったら？　そうなったらどうします？」

「そんな、そんなこと」ロバータはうめき、悲しげに体を前後に揺すった。それから、やみくもにバッグのなかを掻きまわしはじめた。ミラは察しをつけ、デスクの上の箱からティッシュを抜き、ロバータの手に押しこんだ。

ひとしきり泣いて感情を吐きだすと、ロバータは大きく息を吸いこんだ。「この数週間のわたしは、まるっきりばかな年寄りそのものだったわね。目を覚まして、見るべきものを見なくちゃ。夫はわたしを置いて出ていった。救世軍も試してみますけど、あなたのおっしゃるとおり、まずは銀行口座を変えて、残ったものを守ります」ロバータの口元がわなないた。「息子たちには今夜電話をかけて、すべて話します。やっぱり、夫のしたことは信じられないけれど。わたしのことはともかく、子どもたちは？　夫と子どもたちは昔からあんなに仲がよかったのに。これでなにもかも変わってしまうと夫も承知してるんだろうから、子どもたちのことも、もうどうでもよくなったんでしょうね」

ミラは内心で、いずれ、ミスター・ハッチャーのほうから息子たちに連絡してくるだろうと思った。すまないとかなんとか謝れば、すべてが丸くおさまると期待して。自分の行動がどんな結果を招くのか、まるで頓着しない無責任な人間というのがいるものだ。世の中そんなに甘いものではない。いずれにしても、自分には関係のないことだ。

目は真っ赤に腫れていたが、ロバータは顔をあげ、きびきびとした足取りで部屋を出ていった。その背中に向かってドアが閉まりきらないうちに、電話が鳴った。ボタンを押してから、椅子に背をあずける。すでにくたびれていた。

「ミラです」

「もしもし。きょうのお昼は空いてる?」

電話の主はスザンナ・コスパー、メキシコの小さな診療所でジャスティンを取りあげてくれた産科医だ。人生とは不思議なものだ。スザンナと夫のリップは、メキシコの人たちにすっかり惚《ほ》れこんでしまい、エルパソで開業することにしたのだ。これなら合衆国で生活しながら、大好きなメキシコの文化も楽しめる。ふたりは、いまでも年に二回はメキシコのあちこちを旅してまわっているらしい。

スザンナはミラと連絡を絶やさないよう心がけてくれている。産科医の忙しさを考えれば、その心づかいには頭がさがる。ふたりのあいだには絆《きずな》があった。あの悪夢の日、スザンナは例の診療所にいて、夫のリップともども、デイヴィッドがミラの命を救う闘いを援護したのだから。おたがいの過密スケジュールのせいで、二カ月も連絡が途絶えることもあったが、時間が空いたときにはいつでも、一緒にランチを取るようにしてきた。誘いの声をかけるのは直前になってしまうが、なんとか時間をやりくりして会っていた。

「なにも起こらなければ」ミラは言った。「場所と時間は?」

「十二時半に、ドリーズで」

ドリーズはこぢんまりとしたおしゃれなカフェで、小鳥の餌のような食事を出し、昼食時は、ふつうの食事より軽いものを求める女性でいつも混んでいる。会社勤めの男性も多少はいるものの、たいていの男は、ドリーズの華奢《きゃしゃ》な椅子とテーブルにけめったなことでは近寄らない。

ミラが電話を切ると、ジョアンがドアから顔をのぞかせた。「あの人のこと、だれにも言っていないから」か細い声だったが、わざとそうしたわけではないようだ。「けさ早くに電話がかかってきたの。とにかく、わたしはあの人だと思った。ぞっとするような声だったし、電話を取っただけで鳥肌が立ったから、だれからかわかったわけ」

自分で聞いたわけでもないのに、ミラの肌も寒気でざわざわしてきた。無意識のうちに、両腕をさすっていた。「それで、どんな用だって?」

「聞いていない。ミラはいるかって訊かれたの。いないって答えて、飛行機の到着時刻と、ここに来る予定の時間を教えたら、電話が切れた」

「わたしの携帯電話の番号を教えた?」

ジョアンは不安そうな顔をした。「ううん。教えかけたけど、あなたがどう思うかわからなかったから」

うっかり仕事用の名前ではなく、本名を口にしてしまったのだから、自宅の電話番号も住所もすでに知られているだろう。携帯電話の番号を教えたからといって、さしつかえになるとは思わなかった。「今度会ったときに、自分で教えるわ」

「だれに会うって?」ブライアンが戸口に立っていた。

職場の若い子には、もっとけじめをつけさせたほうがいいかも。ミラは振り返りながら思った。そうはいっても、ファインダーズは企業というより、同じ目的を持った人たちの共同体に近い。名目上はミラが代表者であり、捜索の指揮もとるが、組織としてはかなり自由で、ミラ自身もそうした雰囲気を大切にしていた。ディアスのことは、いずれブライアンに話すことになるだろう——生来の一匹狼の協力を得ることになったいきさつを、どう説明したらいいのやら、しかも無報酬で——が、いまはまだ話す準備はできていないので、話題を変えてブライアンの気をそらした。

「ブライアン、あなたがオリヴィアをからかうのは悪気があってしてるわけじゃないって、わたしにはわかってるけど、オリヴィア本人はどうかしら。職場の雰囲気が悪くなるような——」

「彼女、わかってるよ」ブライアンは言って、ジーンズのポケットに両指を引っかけ、満面に〝なあ、おいらはただの田舎者〟の笑顔を浮かべた。これを見せられると、だれでも警戒心を解く。「おたがい、遊んでるだけだよ」

「そうは言うけど」ジョアンが疑わしそうに口をはさむ。「さっきのようすじゃ、殴られる寸前だったじゃない」

「いんや。オリヴィアは平和主義者だから。殴って解決しようとは思っていない」

「限界まで怒らせなければね」ミラは言った。「かなり近づいてたわよ」

「おいらを信じなさい」ブライアンはミラにウィンクをよこした。「それより、ハッチャーさんになにを言ったのさ？　帰るときは、これから戦《いくさ》に向かうって勢いで、ずんずん歩いていったぜ」

「銀行口座を変えて、弁護士に相談するよう説得したの」

「よかった」ジョアンが声をあげた。「ほんとならお金を半分取られたって気づいたとき、すぐに変えるべきだったのよ」

「人の話を聞く心の準備ができていなかったのよ。ショックが薄らぐまでは、耳に入らなかったのね」

「二、三カ月後に旦那がしょぼしょぼ戻ってきたら、あんたなんかとっくに離婚したわよって言ってやりゃいい」ブライアンが言う。「いい気味だ」

「ご愁傷さま」ミラはデスクに山をなしている書類の束を眺めて、ため息をついた。「なにもなければ、スザンナとお昼を食べるつもり。万事異状なし？」

「まずまずってとこ。けさ一番で、ヴァーモント支部に手配させて、徘徊するアルツハイマーのおばあさんを捜してもらった。一時間以内に見つかったよ。それから、シエラネヴァダ山脈に山登りに行った大学生たちが帰山日になっても戻らなかった。いま向こうで捜索の準備をしているところだ」

「どれくらい遅れているの？」

「一日。ゆうべ戻る予定だったのに、家族にも連絡がない」

「ばらばらに行動しないだけの分別があることを祈りましょう」それから、けが人がいないことを。せめてひとりぐらいは、詳しい旅程を家族か友人に伝えてあることを。どこへ行くのかだれにも告げず、大自然のなかへ出かけていく人の多さには、いつも驚かされる。

ダラスで新しいスポンサーが見つかったこと、新しいコンピューター・システムを請けあってもらえたことをスタッフに告げてから、デスクに腰を据え、増えるばかりの書類の山を切り崩しにかかった。

一時間後、オリヴィアが質問をしにやってきたので、いい機会だから言ってみた。「ブライアンのおふざけが度を超すようなら、ひと言知らせてね」

「大丈夫、うまくあしらうから」オリヴィアはほほえんだ。「ほんとに問題ないから。ブライアンはあたしをからかって怒らせてると思っているけど、あたしは、彼の奮戦ぶりを楽しんでるの。ブライアンがまわりをうろちょろするのをやめて、あたしをデートに誘うだけの勇気が出せたときには、ふわふわの髪で頭が空っぽな女のことなんて忘れさせてやるわ」

デートに誘う？　そういうことだったの？　「ブライアンは元軍人で」ミラはうっかり口を滑らせた。「保守的で、マッチョのかたまりで――」

「十歳年下」オリヴィアのほほえみは、にやにや笑いに変わっている。「いいと思わない？社会問題を話しあえるとは思わないけど、話しあったとしても、わたしは自分の意見を曲げない。ひょっとしたら、向こうの考え方を変えられるかもしれないし」

オリヴィアが弾むような足取りで歩き去るのを、ミラはぽかんと見送った。男女の仲はわからない。これから、オリヴィアとブライアンが一緒にいるときは、見る目を変えなければ。

もっとも、言われてみればふたりとも気が強くて人の言いなりには絶対にならないタイプだから、かえってしっくりくるのかも。

なるほど。ともかく、退屈しない朝だった。

スザンナとのランチは楽しい。スザンナはファインダーズのことをいつも気にかけてくれる。設立のころから本気で関心を寄せ、ときには寄付金集めのパーティーにも出席することもあった。ジャスティンを奪われた、あの恐ろしい日のことを蒸し返すことはけっしてないけれど、捜査の進捗状況はかならず尋ねてくる。なにか進展があれば、ミラはそれを話したが、たいていは話せることなどなかった。きょうはあるが、尋ねられたとき、ミラはただ首を横に振った。スザンナはときどき資金集めのパーティーに出ているし、トゥルー・ギャラガーとは交友範囲が同じだから、彼女から話が漏れないともかぎらない。秘密にしてほしいと頼んでも、無理な話だ。スザンナはリップに話し、リップはだれかに話し、ミラの知らないうちにトゥルーが面倒を起こすような電話をかけ、ディアスが消えてしまう。そんな危険は冒せないため、黙っていることにした。

食事が終わるころ、スザンナはパパイヤのシャーベットにスプーンを入れながら、なにげない調子で尋ねた。「最近、だれかいい人、現れた?」

ミラは思わず吹きだした。噂工場は効率よく稼働中! 「トゥルー・ギャラガーのことを言っているなら、答えはノーよ」

「聞いた話と違うなあ」スザンナの形のよい唇はいまにもほころびかけ、青い日は笑っている。

「誘われたけど、断った。それだけ」

「土曜の夜、トゥルーがあなたの車まで送っていったそうじゃない」

「でもそれで終わりよ」

「ねえ、どうしてデートしないの？　彼は……」言葉を切って、ぞくっと肩を震わせる。

「いい男よ。すこぶるつきの」

「そうね。それにファインダーズのスポンサーでもある」

「だから？」

「寄付金集めを危険にさらすような真似はできない。トゥルーから寄付が途絶えたら困るし、わたしがスポンサーのひとりとデートしたら、ほかのスポンサーが機嫌を損ねるかもしれないでしょ」

「貞節の誓いを立てたわけじゃあるまいし」スザンナがじれったそうに言う。

「わかってる。わたしが自分で決めたことなの。私生活よりファインダーズが大切。たとえその人がスポンサーじゃなくても」

「だから、デートしてもすぐ別れちゃうのね？」

ミラは苦笑した。「あのね、いつもわたしが振られてるの。それにデイヴィッドと離婚してから、つきあった人はふたりしかいない」

スザンナはあんぐりと口を開けた。「ふたり？　ふたりとしかデートしてないの？」

「そうは言ってないわ。時間に余裕があればデートぐらいしてきたわよ。それでもあまり多くないし、最近はまるっきりしてない。ただ、恋人といえるような人はふたりだけだった。クリント・タイドモアを憶えてる?」

「なんとなく。一度か二度デートした人でしょ?」

「もっとよ。彼が、恋人のひとり」

「かわいい人だったわね」

「そうよ。彼はもっと頻繁に会いたがったけど、わたしにはそこまで時間を作れなかった。仕事を人任せにはできないでしょ、だから別れたの」

「なにも言わなかったじゃない。もっと気軽な関係なのかと思ってた」

「こっちには妥協するつもりがないんだもの、いちいち話しても意味がない」

「でもそうしなきゃ」スザンナが真剣な視線をよこす。「いずれは、そうしなきゃ。だれだって妥協しているの。生きていくにはしかたのないことよ」

「いつか、そのうちね」ミラは言った。いつかジャスティンを捜しだし、悪魔に追いたてられずにすむときが来たら。その日まで、足踏みはできないし、ほかのことに気を取られることもできない。

「早いうちのほうがいいわよ」スザンナは釘をさし、腕時計に目をやって、伝票をつかんだ。「急がなきゃ。二時から診察」

ミラも立ちあがって、スザンナと軽く抱きあった。スザンナは早くも仕事のことで頭がいっぱいなのだろう、体を離したとたんに駆けだした。遅れを取ったミラは、バッグをつかみ、スザンナが置き忘れたチップを残して席を立った。レジではスザンナとミラのあいだにほかの客がふたり並んでいたので、ミラがやっとカフェを出たとき、スザンナの赤いメルセデスはすでに通りのだいぶ先を走っていた。ミラはうつむき、鍵を出そうとバッグを探りながら、トヨタの四駆を停めた場所へと道路を渡った。いつもなら鍵はポケットに入れておくのだが、きょうはいているタイトスカートにはポケットがついていなかった。

あった。やっと鍵が見つかったときには、トヨタはもう目の前だった。鍵を取りだして、顔をあげたとたん、悲鳴をあげそうになった。男がどこからともなく現れて、車と彼女のあいだに立ちはだかったからだ。危なくぶつかるところだった。

「遅かったな」ディアスが言った。

9

「下を向いて歩いてちゃいけないことぐらい、知らないのか？」ディアスは言葉を継ぎ、帽子のひさしの影で目を細めた。「それに、鍵は建物を出る前に出しておくものだ」

ありがたいことに、サングラスをかけていたから、恐怖で目が飛びでそうになっているのを見られずにすんだ。心臓は早鐘を打ち、冷や汗が全身から噴きだしている。いちいちこんなふうに反応するのは、いいかげんにやめなくては。ディアスが筋肉をぴくりと動かしただけで毎回飛びあがりそうになることを、悟られてはならない。

いや、すでに悟られているのかも。ディアスの口の端がぴくりと動いたのが見えたから。ほほえみと呼べる代物ではないが、向こうはそのつもりなのだろう。

「いつもはそうしてます」ドアに鍵を差そうとしながら、言い訳が口をついて出た。手が小刻みに震えるので、一度でうまく差しこめなかった。つぎに車を買うときは、絶対にリモコンで鍵を解除できるやつにする。ドアを開けながら、ミラは言った。「電話をくれたって、ジョアンから聞いたけど」

「ああ」ディアスはミラの横から手を伸ばして、すべてのロックを解除するボタンを押し、助手席に回りこんだ。

どうやら一緒に乗っていくつもりらしい。それとも、道で立ち話をする気がないのか。ミラは大きく息を吸って運転席に座り、エンジンをかけてエアコンを最大にし、閉めきった車内にこもった熱気を少しでも追いだそうと窓をさげた。

ディアスは車に乗りこむと暑さに帽子を脱いだ。焦げ茶のカウボーイハットを後部座席に放ると、シートベルトを締めた。

殺し屋がシートベルトを締めるなんて。ミラは呆気に取られ、その行動の意味に気づくのが一瞬遅れた。シートベルトを締めたということは、車が動くことを予期している。そのことに驚き、目をぱちくりさせた。

バッグを後部座席の床に置いて、自分もシートベルトを締める。「どこへ？」目的地がある場合を考えて、尋ねた。

ディアスは肩をすくめる。「おれが運転するわけじゃない」

「わたしはオフィスに戻るけど」

「それでいい」

「あなたの車は？」

「安全な場所に駐めてある。降りるときはそう言う」

ミラは肩をすくめてミラーの位置を確認し、車の流れが途切れるのを見計らって発進させた。通気孔から吹きだす空気が冷たくなってきたので、窓を閉めた。これで、小さな密室にふたりきりだ。車のなかがこれほど狭く、これほど隔離された場所に感じられたことはない。ディアスはミラが知っているだれよりも静かな人間なのに、その場を占有し、支配するすべを身につけているようだ。ディアスは隣で静かに座っているだけなのに、ミラは圧倒され、息苦しさを感じていた。

「どうして電話を？」ディアスが自分からなにも言わないので、ミラは痺《しび》れを切らして尋ねた。

「パヴォンはもうあの周辺にいない。隠れた」

失意が大ハンマーとなってミラの胃を打った。ハンドルを握る手にぐっと力をこめる。

「たしかなの？」

「ああ。心配するな、いずれ現れる。だれかにおれのことを話したか？」ディアスがちらちらとサイドミラーを見てまわりの車を確認していることに、ミラは気づいた。あからさまではないものの、ディアスは四駆に乗ってから一瞬たりとも気を緩めていない。

「いいえ、ジョアンにも触れまわらないように言った」

「信頼できるのか？」

「たいていの人間よりは」ジョアンには全幅の信頼を寄せている、と言うつもりだったのに、口をついて出たのはその言葉だった。でもディアスは完全に人を信じたりしないだろう。より信頼できるか、あまり信頼できないかのどちらかであって、全幅の信頼を寄せたりはしない。ディアスは正しい、とミラは思った。ジョアンを信じればそれだけ、ふとした会話から、なにかが漏れる可能性が高くなる。

ディアスは行き交う車を見張り、ミラは運転しながら彼をちらちらと盗み見た。こざっぱりした男だ。衣服に汚れはなく、爪は短く、清潔だ。きょうは焦げ茶色のジーンズをはいている。Tシャツはもともとベージュだったのだろうが、繰り返し洗濯したせいで色褪《いろあ》せてクリーム色に見える。腕時計は星の軌道も図れそうなほど高性能なタイプで、ほかに装飾品は身につけていない。膝に置いたまま微動だにしない手は、頑丈そうで、骨張っていて、上腕部へとつづく血管が目立っている。

横顔には隙がなく、落ち着いていて、いささか険しかった。顎はやはり無精ひげに覆われ、固く結んだ唇は、人生に楽しいことなどいっさいないと言いたげだ。おそらく、楽しいことなどないのだろう。喜びは人間から、人と人とを結びつける人間関係から生まれるものだが、ディアスは完全に孤立している。こうして隣に座っていても、彼の一部はここにないような感じがした。

「金曜の夜に電話をしてきたのが誰かわかった?」気づまりな沈黙が数分ほどつづいたあと、ミラは尋ねた。

「いや。糸は断たれた」

断たれたって?　接触した相手が死んだということ?

「だがそのうち絶対に見つける」ディアスが言葉をつづけたので、ミラはそっと安堵の息を吐いた。

ミラの携帯電話が鳴った。ディアスはまわりを見まわして、バッグを発見すると床から引っぱりあげた。「ありがとう」ミラはそう言って、バッグのポケットから携帯を抜いた。オフィスの番号が表示されている。「もしもし」

「四歳の男の子が行方不明との知らせがあったわ」デブラ・シュメイルは前置き抜きで言った。「住まいは国立公園の近く。家からいなくなって二時間」デブラは詳しい住所を告げた。「最初に通報を受けたのは警察よ。男の子の家族と近所の人たちは、通報する前に一時間ほど自分たちで捜していたの。警察からこっちに連絡があって、援助を要請された。なるべく急いで人を集めているところよ。オフィスのスタッフもあらかた向かっている」

「その子の家で合流するわ」ミラは言って、電話を切った。車の流れに目をやり、車線を変更して、つぎの信号が青のうちに渡ろうとアクセルを踏みこんだ。右に曲がり、さらにもう一度右に曲がって、反対方向へと向かう。「どこで降ろせばいい？」ディアスに尋ねた。

「なにかあったのか？」

「四歳の子どもが行方不明なの。フランクリン・マウンテンのそばで」きょうは朝から気温が三十度以上だった。その男の子が日差しをよける場所を見つけていなければ、熱射病で死んでしまうだろう。反対に、見つけていれば、それだけ捜索は困難になる。

ディアスは肩をすくめた。「一緒に行こう。そのあたりには詳しい」

どういうわけか、これは予想していなかった。ディアスがわざわざ捜索に協力してくれることも、人前に姿をさらすことも。人目は避けるだろうと思っていた。

「名前は?」ミラは訊いた。「身元を隠しておきたいなら、ディアスと呼ぶわけにはいかないわ」

ディアスはいつでも、すぐには質問に答えない。質問と、その答えをよく吟味するように、かならず一秒か二秒の間を空ける。この間が、人を落ち着かない気分にさせる。

「ジェイムズ」ようやく口を開いた。

ミラはトヨタのギアを最高速に入れて、スポーツカーの前に出た。「ほんとうの名前?」

「そうだ」

そうかもしれないし、違うかもしれない。でも、この名前を呼べば答えてくれるなら、本名だろうと偽名だろうとかまわない。

警察に呼ばれたのがうれしかった。こういう場合、ファインダーズは警察か、郡の保安官の指揮下に入る。どちらに従うかは、管轄区と、どちらが先に通報を受けたかによって変わってくる。パニックに陥った人たちがあてもなく右往左往するより、組織化された捜索隊が捜したほうがうまくいくのだ。市や郡にも捜索救助隊はいるが、人出と時間が足りないときは、ファインダーズにお呼びがかかる。ミラの仲間たちは捜し方を知っているし、命令に背かず、でしゃばらない。

男の子が住む家のある通りは、警察や個人の車で込みあい、道の両側はその子の名前を呼びながら走りまわる人たちでごった返していた。家の前には人だかりができていて、若い女性が年配の女性の肩に顔をうずめ、さめざめと泣いているのが見えた。

胃がギュッと縮んだ。あの女性は、かつての自分の姿だ。涙にくれる母親を目にするたび、そして無事に子どもが発見されて家に帰ってくるたびに、あの狭い青空市場と最後に聞いた赤ちゃんの泣き声が、恐ろしい記憶としてほんの一瞬、脳裏をよぎる。

駐車できる場所を見つけると車を飛びだし、荷台から緊急用の装具を取りだした。ファインダーズは全員が着替えを持ち歩いている。呼びだしがかかったとき、どこにいて、なにを着ているかわからないからだ。後部座席にもぐりこみ、スカートを脱いでカーゴパンツに着替え、靴下とスニーカーに履き替えた。そのあいだ、ディアスは彼女に背を向けてドアの前に立ち、だれにも覗きこまれないよう見張ってくれた。その心づかいが意外だった。

野球帽とサングラスをつけ、それからパンツのポケットにいくつかの品を入れていった。ファインダーズ必携の無線電話機、呼び子の笛、水、包帯、チューインガム。笛は、無線がきかなくなった場合に近くの人間を呼ぶため、ほかはみんな幼い子どものため。見つかったとき、けがはないかもしれないが——見つからないかもしれないとは、けっして考えないようにしている——水は絶対に飲みたがるだろうし、チューインガムも欲しがるかもしれない。

仲間たちが四駆に目をとめて近づいてきた。先頭のブライアンは、やはりサングラスをかけていたものの、その視線がディアスに釘付けなのがミラにはわかった。

ミラは車を降りるとドアをロックして、鍵をポケットにしまった。「こちらはジェイムズ」先に紹介して、ブライアンの質問を制した。「捜索を手伝ってくれるわ。指揮をとっているのはだれ？」

「バクスター」ブライアンが答える。

「よかった」フィリップ・バクスター警部補はこうした捜索のベテランであり、まじめで良識があり、信頼に足る人間だ。

「男の子の名前は？」捜している人たちは、〝マック〟とか〝マイク〟と呼んでいるように聞こえたが、ちゃんとした名前を知っておきたかった。

「マックス。ふだんは元気な子なんだが、きょうは耳に感染症を起こして、熱っぽかったから託児所には行かなかった。母親はマックスが寝ていると思って洗濯をしていた。が、ようすを見にいってみたら、ベッドは空っぽだった」

子どもはよくこれをやる。だれにも言わずに、外に遊びにいってしまうのだ。驚くほど知恵の回るよちよち歩きの幼児を捜したことがある。その子は両親がドアの掛け金をかけるのを見ていて、ひとりになるのを待ち、ドアまで椅子を押していってその上にのぼり、あと数センチ足りないところはおもちゃのトラックを使って掛け金をはずしてしまったのだ。大人たちに脱出経路がわかったのは、その子が見つかったあと、またもやちょっとした自由を求めて、同じ作戦を遂行したおかげだ。子どもというのは驚くほど創意に富み、呆れるほど危険に無頓着だ。

マックスが病気なのが気がかりだった。熱があれば、さらに熱気の影響を受けやすくなる。とにかく急いで捜さなければならない。数分戸外にいただけで、ミラはもう汗だくになっていた。

こちらのスタッフが揃ったことを、家の前庭にいるバクスターに知らせにいく。バクスターはクリップボードを片手に、捜索漏れの地域が出ないよう手配していた。別々のグループが同じ地域を何度も捜すようなことにならないためだ。バクスターの部下、つまりしっかりとした専門家がそれぞれの地区で指揮をとる。

ミラたちが近づいていくと、バクスターが気づいてうなずいた。「ミラ」挨拶代わりに声をかけてくる。「来てくれてうれしいね。子どもがいないと気づいてから、家族がわれわれに通報するまでかなりの時間が空いたから、遠くまで行っている可能性がある。朝のうち、その子はおばあちゃんの家に行きたがっていたが、具合が悪いからだめだ、と母親は言った。それでむくれていたらしい」

「おばあさんはどこに住んでいるんですか？」

「二マイルほど先だ。母親の話では、子どもは道順を知っているから、そのあいだを重点的に捜索している」

ミラのうしろにずっと控えていたディアスが、このとき口をはさんだ。「子どもが使った出口は？」

ディアスが自分から注意を引くような真似をしたことに驚いたが、どうやらエルパソの警官に姿を見られても平気なようだ。なんだかほっとした。国境のこちら側では、追われていないということだから。

バクスターはディアスに鋭い視線をよこしてから、裏庭のほうを手で示した。「裏口だ。

見せよう」

　バクスターはすでに裏庭の捜索を終えているのだろうが、わざわざ案内してくれるなら、ミラとしても自分の目で見るにこしたことはない。みんなでぞろぞろと家の裏手に回った。

　裏庭は手入れが行き届き、鎖状のフェンスで囲まれていた。ブランコや滑り台があり、おもちゃのダンプカーがいくつも転がっている。子どもはここで、土をあちらからこちらへと運んで飽きずに遊んでいるのだろう。フェンス際にプラスチックの三輪車があった。

「三輪車にのぼって、フェンスに手をかけ、あとは自力で向こうへ越えてしまったんだろう」バクスターが言う。「外に出られそうなところはここしかなかった」

　ディアスは曖昧《あいまい》にうなずいた。冷静な目であたりを眺め、小さな男の子が気を惹かれそうなものがないか探している。「犬、もしくは」ひとり言のように言う。「子犬、子猫。コヨーテでなければいいが」

　ミラの喉が締めつけられた。動物であれ人間であれ、子どもを安全な裏庭から誘いだしたのが、彼らを食い物にするようなものでないことを願った。

「おばあちゃんの家に行ったとは思わないのか?」バクスターが尋ねる。

「おそらく。だが、子犬や子猫がうろちょろしていたら、それを追いかけていったということも考えられる。子どもとはそうしたものだ」

「たしかに」バクスターはため息まじりに言って、心配そうな目つきをした。

　ディアスはフェンスに近づき、マックスがよじのぼったあたりにしゃがんで地面を調べ、それからゆっくりとまわりを見渡した。これはファインダーズでもよくやることで、いなくなった子どもの視線の高さで、子どもが見たものを見るための行動だ。大人の視点で見おろしていては、人目につかない隠れ場所や、おもしろい形の岩などを見逃してしまうことがある。

「かなり大勢がここの土を踏みつけているな」ディアスは、自分なら見つけられたかもしれない小さな手がかりが消えてしまったことを暗にほのめかした。「警察犬は使えないのか？」

「一時間ほどで来ることになっている」バクスターの名誉のために言えば、彼はディアスの質問にも気を悪くしなかった。だが、いまのところ、彼も確たる手がかりをつかんでいなかった。目的は子どもを捜しだすこと、それだけだ。ディアスが役に立つならありがたい。

ディアスは小さく舌打ちした。子どもがいなくなってからすでに二時間がたつ。犬が到着するのにあと一時間、犬をここの環境に慣らして、匂いを覚えさせるのにも時間がかかる――幼い子どもがこの熱気のなか、病気で、水も持たずにいるというのに、本格的な捜索が始まるまで四時間が経過することになる。

バクスターはクリップボードを調べた。「よし、ミラ、おまえさんのところの連中を振り分けよう」ジョアンが名簿を渡し、バクスターはそれを資料の束に加えて、ふたりずつ名前を呼び、名簿に印をつけながら指示を出した。ディアスとミラへの指示はこうだ。「ふたりはまっすぐに山のほうへ向かってほしい」ディアスに目を向ける。「あんたには猟犬並みの嗅覚があると見た。ミラは子どもがいそうな場所を当てる第六感がある。子どもがほんとうに犬やなにかを追いかけていった可能性もあるからな」

バクスターは全員にマックスの特徴を教えた。髪は黒、目は茶色、着ているものは、青い犬の絵がついた白いTシャツ、デニムの半ズボン、それにサンダル。それから、ファインダーズはそれぞれの方向に散っていった。

ミラとディアスも出発して、ほとんど草のない芝生や小道を縫うように進み、ときには膝をつき、手をつき、腹這《はらば》いになって車の下や草むら、建築物など小さな男の子がもぐりそうな場所を覗きこんだ。何メートルか進むごとに、ミラはマックスの名を呼び、足を止めて耳をすました。尖った岩が膝に刺さり、草の葉が手を切った。肉体的な痛みも暑さも無視し、目を配り、名を呼び、耳を傾けることに集中した。数えきれないくらい同じことをしてきたが、何度やっても焦燥感の大きさに変わりはない。

家から半マイルほどのところで、ディアスは土の上に子どもの足跡を見つけた。マックスのものかどうか、確かめるすべはないが、それでも手がかりには違いない。ミラはディアスのかたわらにしゃがんで足跡を調べた。四歳児のものとしてもおかしくないくらい小さい。それに、スニーカーよりも靴底がなめらかだ。

「血が出ている」ディアスがぶっきらぼうに言う。

ミラは両手に目をやった。「かすり傷よ。戻ったら、手当てするから」

「いま、なにか巻いておけ。血の匂いで臭跡を汚すな」

そこまで頭を働かせていなかった。ミラは立ち止まって、ポケットから包帯を取り、手に巻きはじめた。かなり器用に巻けたが片手では結べない。ディアスはブーツからみごとなナイフを抜いて、包帯を切り、先端をふたつに裂いてミラの手に巻きつけ、固い結び目を作った。

「ありがとう」ミラは言って、地に目をこらした。「コヨーテの足跡はあった？」

「いや」

よかった。小さな生き物はコヨーテの餌になる。ネズミから、犬猫、人間の子どもまで。

ふたりはまた手足をついて、隅から隅まで捜した。「マックス！」大声をあげる。「マックス！」耳をすます。返答はない。

暑さで胃がむかむかしてきたので水をひと口飲み、ボトルをディアスに渡すと彼も飲んだ。一時間でこんなふうになるなら、外に出て三時間もたつマックスはどうなっているのだろう？ もしこのあたりにいるなら、ミラの声は聞こえているはずだ。

ふと思いついて、ミラは無線電話機を引っぱりだし、周波数を合わせた。「こちらミラです。マックスのフルネームは？」

数分後、ぱちぱち音をたてる無線機から答えが返ってきた。「マックス・ロドリゲス・ガラルサ」ミラは無線をポケットに戻し、両手を腰に当てて、深く息を吸いこみ、自分の母親になりきった。「マックス・ロドリゲス・ガラルサ、いますぐ出てらっしゃい」思いきり厳しい声を作る。

ディアスはミラに驚きの視線を投げ、口角をわずかにあげて、おもしろがっているような表情を見せた。

「マ、ママ？　ママ！」

蚊《か》の鳴くような声だが、たしかに聞こえた。

思いつき戦法がみごとにはまり、ミラはショックで棒立ちになった。それから、成功の甘美な喜びがこみあげてきて、ミラはディアスに向かってにっこり笑った。「やった！」嬉々として言う。もう一度声をあげる。「マックス！　どこにいるの？」

「ここだよ」かすかな声がする。

これは助かる、とミラは思った。ディアスがだしぬけに右手の裏庭を突っきっていったところを見ると、実際、助けになったのだろう。

「いますぐ出てらっしゃい！」マックスがまたなにか言ってくれるのを期待して、ミラは呼びかけた。命令口調で言うと、返事をするようだ。

「だめだよ！　動けない」

二軒先の裏庭にピックアップ・トラックが駐まっており、ディアスはその横にかがんで下を覗いた。「いた。ズボンのうしろが引っかかっている」

ミラが無線機をつかんで、うれしいニュースを伝えるあいだに、ディアスはトラックの下にもぐりこんだ。ミラも膝をつき、サングラスをはずして、ディアスがナイフでかわいらしいデニムの半ズボンのベルト通しを切るところを見つめた。そこがトラックの車台に引っかかっていたのだ。もしだれかがトラックに乗って走りだしていたらと思うと、体が震えた。

マックスは引きずられて死んでいたかもしれない。大きな音でラジオをかけでもしたら、マックスの悲鳴も聞こえなかったかもしれない。

「さあ、つかまえたぞ」ディアスは言って、片手で子どもをしっかりと抱き、もう片方の手でナイフをブーツに戻した。それからマックスを抱えたまま、トラックの下から這いでてきた。

マックスは汗びっしょりで、顔は青ざめ、目の下にはくまができていたけれども、ふたりを見あげると、きっぱり言った。「おじちゃんたちとはしゃべれないよ。知らない人だもん」

「そうね、えらいわ」ミラはマックスの前に片膝をつき、ポケットから水のボトルを取りだした。「喉、渇いている？ なにも言わなくていいのよ。うなずいてくれればいいから」

マックスはうなずき、不安そうに茶色い目を見開いて、ミラを見つめている。ミラはキャップをはずしてから、水のボトルを手渡した。「はい、どうぞ」

マックスは両手でボトルをつかんだ。子どもらしい窪みが残っているが、大柄な男になりそうな手だ。ごくごくと飲み、ボトルを高く掲げたせいで、水がTシャツの前に少しこぼれた。ボトルが半分空になったとき、ディアスが手を伸ばしてマックスを止めた。「ゆっくりだ、チキース。あまり速く飲んだり、たくさん飲んだりすると気持ち悪くなるぞ」

マックスはディアスを見あげた。「どういう意味？」

「チキース？」マックスはうなずき、ディアスは言った。「ちび」

マックスはくすくす笑ってから、手で口を塞いだ。「いけない、しゃべっちゃった」

「ママに言いつけなきゃな」ディアスはかがんで抱きあげた。「さあ、ママのところに行こう。ずっと捜していたんだぞ」

「ネコをつかまえようとしたの」マックスは言って、腕をディアスの首に巻きつける。「ネコがトラックの下にいったから、ぼくも入ったら、動けなくなっちゃった」

「ふたりとも動けなくなってもおかしくなかった」

「おじちゃんは動けたよ」

「危なかった」

ミラはマックスのおしゃべりと、ディアスののんびりした返事を聞いていた。マックスが相手だと、ディアスは肩の力を抜いている。想像していたほど孤独な人間ではないのかも。人生のどこかで子どもと接していた時期があったのだろう。子どもに対する話し方を知っているし、何百回も繰り返してきたような自然なしぐさでマックスを抱きあげた。これは、いままで想像もしなかった一面で、興味を掻き立てられる。

バクスターと部下がふたり、そして救急隊員ふたりが途中まで来ていて、そのあいだをすり抜けるようにマックスの母親が駆け寄ってきた。わが子の姿を見て甲高い声をあげ、それを聞いてマックスも叫んだ。「ママ！　ぼく、動けなかったの！」

母親はマックスをディアスの腕からもぎ取り、ぎゅっと抱きしめて、顔でも頭でも、届くところすべてにキスの雨を降らせた。母親が泣くのと、笑うのと、叱るのをいっぺんにしようとする一方で、マックスは子猫のこと、半ズボンを切ってくれた男の人のナイフがすごく大きかったこと、知らない人と話しちゃいけないことはちゃんとわかっていることを伝えようとした。

救急隊員がマックスを引き取って体の状態を調べたが、トラックの下にいたので、日焼けや日射病はまぬがれた。ミラは水とエアコンが必要だと思った。捜索隊はみなそうだろう。

ミラたちは足を引きずるようにして車を駐めた場所に戻った。仲間たちは報告をすませ、それぞれの車やトラックに散っていった。ミラも四駆に乗りこもうとしたとき、地元のテレビレポーターにコメントを求められた。いつもどおり、家族の幸運を祈り、エルパソの警察を称え、ファインダーズの宣伝をして、マックスがトラックの下にもぐりこんで、服が引っかかっていたという事情を簡単に説明した。ディアスはいつのまにか視界から消えていたし、ミラもディアスのことはなにも触れなかった。顔と名前をテレビで放送されることだけは避けたいだろう。

レポーターが立ち去ると、ミラは車に乗ってエンジンをかけ、ディアスが姿を見せるのを待った。ほどなく現れ、ドアを開けて、助手席に乗りこむ。ふたりともシートベルトを締め、ミラは車をUターンさせた。

数分たってから、ディアスが口を開いた。「あの瞬間を味わえなかったんだな」

どの瞬間のことなのか、言われなくてもわかった。マックスの母親がわが子の無事な姿を目にして、輝くような笑顔を見せた瞬間だ。「ええ」ミラは言ったが、急に喉が締めつけられていた。「最後に赤ちゃんを見たとき、あの子は泣いていた。わたしの胸で眠っている最中に突然さらわれたの。頭をのけぞらせて、泣き叫んでいた」怒りで真っ赤になった小さな顔が、いまでも鮮明によみがえる。ミラは口を結んで、あふれそうな涙をこらえた。

「なぜ人捜しをしているのか、わかるよ」しばらく間を置いてから、ディアスが言った。

「気分がいいものだ」

ミラは唾を呑んだ。「最高よ」

ディアスは軽い口調で言った。「あんたの子どもが見つかるとは思わないが、なんならおれがパヴォンを殺してやろう」

10

「だめ！」ミラは叫び、驚いた拍子に手を離したものだから、ハンドルが勝手に動いた。「まだ、だめ！」それからはっとわれに返って、「いけない」とつぶやき、縁石に車をつけた。気づくと手が激しく震えていて、運転するのが怖くなった。

「あいつに死んでほしくない？」ディアスの口調は、お料理にポテトフライをつけますか、と尋ねるウェイターの口調だった――無関心で、一本調子で、不気味なほどそっけない。

「ほしいわよ！」ミラの声は一本調子どころではない。火を吹きそうだ。「死んでほしい。わたしがこの手で殺してやりたい。もう片方の目もえぐりだし、腎臓も切り取ってやる。思いきり痛めつけてやりたい。後生だから殺してくれって言うぐらいにね。でも、いまはできない。わたしの赤ちゃんをどうしたのか訊きだすまでは。そのあとなら、あいつがどうなろうとかまわない」

例のごとく、気が滅入るほどの間を取ってから、ディアスは尋ねた。「腎臓？」

ミラは大きく目を見開いて、ディアスを見つめた。そのひと言で、すっかり気をくじかれてしまった。彼女の長広舌から、ディアスは、たったひとつだけほかとそぐわない点を取りあげてみせたのだ。あの小さな診療所で意識を取り戻した瞬間から、ミラは人生も命も、ジャスティンを見つけることに捧げてきた。その一点を凝視しながら、歯を食いしばってリハビリに励み、自分の生活は文字どおり捨て去った。息子より大切なものなど、なにもないからだ。体に受けた傷については深く考えたことがなかった。怒りにまかせて言葉を吐きだすまで、自分がされたことや、耐えがたい苦痛や、肉体的な犠牲に怒りをたぎらせていたなんて、気づきもしなかった。

ミラは顔をそむけて、フロントガラスの向こうの緑を見つめた。「刺されたって言ったでしょう」ミラは言った。「腎臓を失ったの」

「ふたつあってよかったじゃないか」

「ふたつともあるほうがいいに決まってるでしょ」ミラは言い返した。焼けつくような苦痛を思い出す。すさまじい痛みに貫かれ、土の上でのた打ちまわったことを思い出す。もちろん、腎臓はひとつでも支障はない。でも、もし残されたほうが悪くなったら？

ミラは大きく息を吸って、話を元に戻した。「あいつを殺さないで。お願い。まずは話をしなきゃならないの」

ディアスは肩をすくめる。「お好きに。あいつがおれをこけにしないかぎり、かまわない」

お上品ぶるつもりはなかったが、ディアスの口から〝ファック《ファック》〟という言葉が出ると、落ち着かない気持ちになった。近ごろでは形容詞や副詞、感嘆詞や間投詞としてふつうに口にされるが、もともとセックス用語だ。それでなくてもディアスとの取引は危うい賭けなのだから、言葉のうえにしろ、性的な要素を持ちこんでほしくなかった。よけいに緊張してしまう。オリヴィアが口にするぶんには笑みを誘われるのに、ディアスの口から出ると居心地が悪くなるのはどうしてだろう。

ふたたび車を出し、運転に集中してほかのことは頭から締めだした。沈黙が流れたが、流れるにまかせ、時間がたつにまかせた。会話より、気まずい沈黙のほうがましなときもある。

「ひとりではあいつを追うな」まわりの車をチェックしながら、ディアスが言った。「なにがあろうとも、自分で追おうとするな。オフィスのすぐ外にあいつが座っていても、おれから一週間連絡がなかったとしても。絶対に」

「ひとりで行動したことなんてない」ミラはたじろいだ。「任務中は、いつでもだれかと一緒にいるもの。でも、パヴォンがオフィスのすぐ外にいたら、なにも約束できない」

「グアダルーペではひとりだった」

「ブライアンがいたのは知ってるでしょ」

「あいつは墓地の反対側にいた。おれがいたことにもまったく気づかなかった。あのとき、あんたの首をへし折ることもできたが、あいつにはなすすべはなかった」

反論の余地はない。ミラ自身も、襲われるまでディアスがいたことに気づかなかった。それにディアスは、彼女にできそうもないことをやれと言っているわけではない。「できるだけ慎重に行動してるわ」ミラは言った。「自分の限界は知ってるもの」

「行方不明になっていた女が、昨日の夜、シウダー・フアレスで見つかった。死体でだ。アメリカの大学生で、ペイジ・シスクという女だ。恋人と一緒にチワワにいて、トイレに行ったまま戻らなかった」

ファレスに殺人鬼がいることはミラも知っていた。新聞がさかんに書き立てているから。FBIがメキシコ当局と一緒に捜査し――FBIがメキシコに捜査協力を求めたのはこれが初めてだった――一連の殺人事件は同一犯によるものと結論づけた。もしそうなら、一九九三年以来、大勢の女性がその犯人のせいで行方不明になり、死体で見つかったことになる。ふたりの犯罪学者が口を揃えて言っている。犯人はひとりではなく、ふたり、もしくは三人以上だ、と。ファレスには獲物が多い。

ついにバスの運転手がふたり逮捕され、連続殺人事件は一件落着するはずだった。だがいま、ディアスは終わっていないと言っている。

「同じ手口？」

「いや」ディアスはまた周囲の車をチェックした。「内臓を抜かれていた」

吐き気がこみあげた。「なんてこと」

「ああ。だから、言ったとおりにして、いまはまだメキシコに近づかないでくれ。この件はおれに任せてほしい」

「できるだけそうする」ミラは小声で答えた。ディアスにはこれで我慢してもらうしかない。ジャスティンに関わる情報を得られそうになったら、安全第一という約束は守れそうにないからだ。ばかな真似をする気も、嘘をつく気もなかったが、みすみすチャンスを逃すこともできない。

「雨になるな」ディアスは話題を変え、西の地平線にかかる紫色の雲を見やった。

「よかった。これで暑さもおさまるわね」酷暑で老人が死んでいるし、だれもが暑さにこらえかねて正気を失いかけている。たしかにエルパソの夏は暑いが、今年の暑さは度が過ぎている。

「ああ、そうだな」ディアスがつぶやく。「ここで降ろしてくれ」

「ここ？」車が行き交う交差点のど真ん中だ。

「ここだ」

ミラはブレーキを踏み、同時にウィンカーを出して右車線に割りこみ、道端に車を停めた。けたたましくクラクションを鳴らされたが、怒るのはもっともなので、あえてそちらを見なかった。ディアスはシートベルトをはずし、車を降りた。さよならも言わず、つぎにいつ現れるのかも言わずに歩き去った。まるで猫のような歩き方だ。足にバネがついているみたい。ディアスは小型トラックの向こうに消え、そのまま姿を現さなかった。しばらく待ってみたが、ディアスは小型トラックや信号やほかの車を利用し、どこへともなく姿を消した。ひょっとして、マンホールに隠れたとか。トラックの下にもぐりこんで、車台にしがみついたか、あるいは――

どうやって消えたのかはわからないけど、そういうことはやめてほしい。

ディアスはほこりだらけの青いピックアップ・トラックを駐めておいたところまで戻った。車にこれといった特徴はない。完璧に整備されていることを除けば。かっこよくはないが、ちゃんと走る。新しい車を買う金がないわけではないが、これを処分する理由もない。しっくりくるし、人目を引かずにすむ。

ディアスは人生の大半を、人目を引くことなく過ごしてきた。本能的に、注目されない方法を知っていて、だれかがディアスの存在に気づいたとすれば、それは本人がそう望んだからにほかならない。そもそも小さなころから、ひとりで静かにしている子どもだった。母親は心配して検査を受けさせた。ディアスがただ座ってまわりの人たちのことを見つめ、会話にも遊びにもほとんど加わらないことから、自閉症や精神遅滞を疑ったのだ。はじめは心配していた母親が、自分のことを気味悪がるようになったと知っても、ディアスはまったく感情を動かされなかったし、なんの対応もしなかった。

ディアスは人間を見る。顔つきや、体の動きを見て、口から出る言葉とはうらはらな思いを読み取る。それに、母親は知らなかったが、ディアスは不活発な子どもではなかった。母親が留守のときや眠っているあいだに、家のなかを、あるいは——そのとき住んでいる場所によって——近所や田園を歩きまわった。捕食動物と同じで、安らぎを覚えるのは夜だった。つま先立ちしてようやくドアノブに手が届いた幼いころから、夜になると家から抜けだして探検に出かけた。人間より、動物が好きだった。動物は正直だ。どんな動物も、蛇でさえ、嘘というものを知らない。動物のボディランゲージは、思考や感情を率直に表していて、ディアスはそこに敬意を抱いた。

十歳になったとき、とうとう母親はディアスを扱いかねて、メキシコにいる父親のもとに送りだすことにした。父親は、社交性よりも、どれだけ雑用の役に立つかということに重きを置いたので、ディアスはすんなり馴染むことができた。だが、祖父、つまり父親の父親に、自分と同じ魂を見いだした。おじいさん《アブエーロ》は参加することより見物することに満足し、山頂の雪冠のように隔絶し、鉄の壁のようなものを周囲に張りめぐらせてプライバシーを守っていた。メキシコ人はふつう親しみやすく、人づきあいがいいものだが、祖父だけは違った。誇り高く、人とは距離を置き、腹を立てれば容赦がなかった。アステカ族の血を引いていると も言われていた。もちろん、アステカ族の本物の子孫や、子孫だと言われている人は何十人もいる。祖父が自分からそう口にしたことは一度もなかったが、まわりの人間が言っていた。祖父の人となりを表すのに、そういう表現を使ったのだ。翻って、それはディアスを説明する言葉にもなった。

ディアスは問題を起こさないように気をつけて生きてきた。合衆国でも、メキシコでも、学校の成績はよかった。目立った行動は取らなかった。煙草は吸わず、酒も飲まない。学生の本分からはずれないというだけでなく、酒も煙草も心の弱さの現れであり、気を散らされるだけだと思っていた。それに、煙草や酒を買えるだけの金銭的余裕もなかった。

ディアスはメキシコの暮らしが気に入っていた。アメリカの母親を訪ねると、いつでも息が詰まりそうになった。もっとも、そうしょっちゅう訪ねていたわけではない。母親は新しい夫探しに忙しかったからだ。ディアスの知るかぎり、父親はたしか三番めの夫だ。両親が正式に結婚していたかどうかもあやしい。もし結婚していたとしても、教会で誓いを立てたわけではないはずだ。ディアスが父親と暮らすようになったとき、すでに別の奥さんと、四人の子どもがいた。父親は告解や礼拝に足繁く通っていたから、その結婚は教会に恥じるところがなかったのだろう。

十四になったとき、母親に呼び戻された。アメリカで学校を卒業させたいから、と。ディアスは従った。母は引っ越しばかりしていて、四年で六回も転校したが、ともかくきちんと卒業した。デートしたことはない。十代の女の子は、体は立派でも内面はお粗末に思え、燃えあがるようなことはなかった。クラスで童貞なのは、おそらく自分だけだろうと思っていた。童貞を失ったのは二十歳を過ぎてからで、それから経験した女の数も片手で足りる。セックスはすばらしいが、無防備なところをさらすことになるので、それに慣れるのに時間がかかった。それだけでなく、女はたいていディアスを怖がった。乱暴にならないよう気をつけていても、ディアスのセックスには荒々しいところがあるらしく、それで怯《おび》えさせてしまうのだ。

もっと頻繁にやれば、飢えたようにならないかもしれない、とも自嘲気味に思う。だが、自分で処理するほうが楽だから、結局はそうした。この二年、抱きたいと思うほど惹かれる女は現れなかった。ミラ・エッジに出会うまでは。

ミラの軽やかで、流れるような歩き方が好きだ。美人ではない。チアリーダーを思わせるようなアメリカ美人ではない。目鼻立ちはしっかりしている。頬骨は高く、顎はがっしりとして、茶色の眉とまつげはドラマチックだ。肩すれすれの長さの明るい茶色の髪はふわふわっとカールし、ひと筋の白に目を奪われる。桃色の唇はみごとに女らしく、やわらかそうで、丸みを帯びている。そしてあの目……見たこともないほど悲しげな瞳。

外の世界とのあいだに立ちはだかって守ってやりたい、と思わせる瞳。ほんの少しでも、またミラを傷つける者がいれば、だれであれ殺してやりたい、と。ミラと同じような経験をすれば、たいていの女は立ちなおれないだろう。だが、ミラは戦っている。勝てる望みがどんなに薄くても、前へ進むのがどんなにつらくても、戦うことをやめない。これほど勇敢な女を前にすると、自分がちっぽけな存在に思える。そんな気持ちは初めてだった。本気で知りたいと思う女が現れたのだ。少なくとも、しばらくのあいだは。

それも、ディアスがミラの命を守った場合の話だ。アルトゥーロ・パヴォンはチンガデーラ、つまり、クズ野郎だが、クズはクズでも凶暴なクズだ。ミラが悲嘆にくれながら息子を捜しつづけ、ついに性根尽きはてるなら、まだましなシナリオだ。ミラにパヴォンを追わせるわけにはいかない。彼女の力では有力な情報などつかめないだろうが、だからといって、ミラがパヴォンに殺されないというわけではない。片目を奪ったアメリカ女《グリンガ》を、パヴォンが深く恨んでいることは有名だ。大喜びで、ミラの体をブラックマーケットに売るだろう。

パヴォンはいまや、赤ん坊をさらうよりもっとやばい仕事をやっている。科せられる刑もそれだけ重い。以前なら、逮捕されれば刑務所行きだった。いまは、死刑もありうる。メキシコに死刑制度はないが、テキサスにはもちろんあるし、これまでのところパヴォンが目撃された場所から、一味はエルパソを拠点にしていると考えられる。パヴォン自身は死刑をまぬがれるかもしれないが、その上の連中なら確実だろう。こういう場合、国際法がどこまで適応されるのか、ディアスは知らなかった。が、もしパヴォンがアメリカ国内で捕まれば、アメリカの法で裁かれるはずだ。ことドラッグに関して、メキシコは自由で開放的な国だと思っているばかな旅行者も同じこと。メキシコで捕まれば、メキシコの刑務所に送られる。

とはいえ、現行の法体系には問題がある。組織の頭《かしら》の正体をつかんでも、法執行機関を動かして有罪を勝ち取れるだけの証拠が得られなければ、別な方法で片をつけるつもりでいた。

金のためには殺さないとミラに言ったのは、ある意味ではほんとうだ。人を殺して金の支払いを受けても、金のために殺したことは一度もない。世の中にはおぞましい犯罪を犯す人間がおり、裁判にかけられ、たとえ有罪が認められても、軽い刑や保護観察ですむ場合がある。そうした奴らの生死は、ディアスが決めるべきことではないのだろうし、来世でその報いを受けるかもしれないが、手を下したあと、悪いと思ったことは一度もなかった。そういう奴らから見れば、ディアスもまた殺人者だが、本人はそうは思っていない。死刑執行人だ。それで気持ちに折りあいがつけられた。

ミラのパヴォン捜しを手伝おうと思ったのは、断ってもミラは追いつづけるだろうし、それなら自分と一緒にいたほうが安全だからだ。それより肝心なのは、パヴォンが蛇の頭に繋がっていることだった。雑魚《ざこ》を追いつづけるうち、いつかは大物にたどり着く。

フアレスで、そしてチワワ州のいたるところで、大勢が死んでいる。それ自体はめずらしいことではない。そのうちの何件かは連続殺人犯による犯行だろう。だが、内臓を抜かれた状態で見つかる死体は、どんどん数が増えていて、これは殺人鬼のパターンにあてはまらない。殺害方法はまちまちだ。撃たれたもの、刺されたもの、首を絞められたもの。まれに、どう見ても生きているうちに内臓を抜かれたと思われる被害者もいて、ディアスとしては、せめてそのあいだ被害者が意識を失っていたことを願うばかりだ。被害者には男も女もおり、ほとんどはメキシコ人だが、ペイジ・シスクのように運の悪い旅行者も三人いた。死体はフアレスのあちこちで発見されている。もう用ずみとばかり、無頓着に捨ててあった。たしかに、そのとおりだ。

ブラックマーケットで心臓はどれくらいの値がつく？　肝臓は？　腎臓は？　肺は？

臓器移植希望者は、移植可能な臓器を待ちながら、毎日死んでいる。もしそのなかに、充分な金を持っていて、待つのがいやな人間がいたら？　注文すれば手に入るとしたら？　これこれの血液型の心臓一個といった具合に。そしてそれに、数百万ドルでも喜んで出すとしたら？　提供者にその意思がないばかりか、死んでいないとしたら？

簡単だ。提供者に死んでもらえばいい。

ディアスの任務は、裏で糸を引く人間を突きとめることだ。被害者をさらうパヴォンのような下っ端《ピーアン》——そういうのはひとりではない——を捕まえることではない。臓器を摘出し、冷却して、受取人へと輸送する本部のような場所がどこかにあるはずだが、その場所をまだ特定できていない。ディアスが間違っている可能性もある。そのときどきで、いちばん勝手のよい場所でやっているのかもしれない。刃物と冷却器のほかになにがいる？

だれであれ、実際に内臓を摘出しているのは、それなりの心得がある人間だ。そうでなければ臓器が傷ついてしまう。医者ではないかもしれないが、ある程度の専門技術があるのは疑いない。ディアスは頭のなかで、この未知の人物を〝ドクター〟と呼んでいた。そのほうがすっきりする。ドクターが一味の頭だとも考えられる。移植希望者のリストを見て、そのうちだれが個人的に臓器を購《あがな》える金があるのか知るのに、医者より有利な人間がいるだろうか？

金曜の夜、グアダルーペの教会の裏でディアスが見たのは、新たな被害者が引き渡されるところだった。あるいはシスクという女子学生だったかもしれない。その現場を見張る人間がほかにふたりいたのは邪魔としか言いようがなかった。とくに女のほうは、襲いかかってすべてをふいにしかけた。お頭《つむ》はともかく、その勇気は称えるが、放っておくわけにはいかなかった。パヴォンとその仲間たちが、見張られていることに気づいたら元も子もない。もっと注意深くなって、追跡が困難になる。

女をあしらうことで貴重な数秒を失い、パヴォンたちを見逃すことになった。自分が襲いかかった相手が女だということには気づいていた。野球帽からカールした髪がのぞいていたし、体つきや、腕と手の細さからもわかった。見通しのきく場所で、ディアスは自分の暗視鏡を使って、ふたりが到着したときから監視していた。男のほうはこっそり動きまわるのがかなりうまく、女はそこまでではないものの、なかなかだった。

ふたりがなにをしているのか知る由《よし》もなかったが、パヴォンの仲間ではないことは明らかだった。そこにいるだけでも充分に邪魔だったが、傷つけるつもりはなかった。パヴォンを追うチャンスはまた来る。二度とチャンスが来ないのは被害者だ。あそこで割って入れば人ひとりを救うことができたかもしれないが、それには三人の男を殺さなければならず、残りのひとりが知っていることを話す、または話せるようなことを知っているという保証はない。どちらの車に被害者が積まれるのかを見届けるまでは、どちらを追っていいのかもわからなかった。

ディアスはたれこみによって、教会裏の会合のことを知った。ミラのほうには、ディアスがそこに来るというたれこみがあった。ディアスに情報を教えた人物以外にそれを知る人間がいるだろうか？　だが、いったい何者？　ディアスに電話をかけてきたのは女だった。ミラにかかってきた電話の主は男だ。どういうことだ？　ミラとディアスが同時にグアダルーペの教会に送られたのは偶然か、それとも意図的に？

ディアスは偶然を信じなかった。そのほうが、安全だからだ。

11

スザンナ・コスパーが自宅のドライヴウェイに車を入れ、ガレージの開閉ボタンを押したのは、九時近くのことだった。ガレージの扉があがる前から、駐車スペースが二台とも空いていることはわかっていた。クリーム色の化粧漆喰《しっくい》の大きな家は真っ暗だから、リップはまだ帰っていない。帰っているなら、家じゅうがダウンタウンのように煌々《こうこう》としているはず。リップは部屋に入るたびに明かりをつけ、出るときに消し忘れる。

いまではそれもあるかないかで、スザンナが帰宅するころ、リップはたいてい留守だった。いたとしても、ほとんど口をきこうとしない。

二十年の結婚生活が泡と消えようとしているのに、彼女には止めるすべがなかった。ふたりにはこんなに共通点が多いのに、なぜこれほど距離ができてしまったのかまるでわからない。ふたりとも仕事が好きで、相当額の収入を得て、それを使う喜びも味わっている。国じゅうの産科医たちと同じく、スザンナがかけている医療過誤保険の額が高騰しても、ふたり一緒ならかなりいい生活ができた。

懸命に働いて築きあげたものを失ったらどうしようと、不安に苛《さいな》まれた時期があり、それ以来お金に対しては以前にもまして用心深くなった。それが報われた。ふたりの家はちょっとした名所となり、老後の蓄えもたっぷりあり、リップは成功を享受することになんのてらいもなかった。ふたりは同じ映画、同じジャンルの音楽を好み、選挙でもたいていは同じ党に投票した。好きなフットボールチームまで一緒。オハイオ州立大バッカイズだ。これで、どうしてうまくいかなくなるのだろう？

ガレージの扉を閉め、家に入り、暗証番号を打ちこんで警報システムを解除した。家に足を一歩踏み入れる瞬間が大好きだ。品よく飾られた部屋を見て、清潔ですがすがしい空気を吸い、ポプリの甘い香りが病院と消毒の匂いをぬぐってくれる瞬間を慈しんだ。リップがスザンナの帰りを待っていてくれるときは、その喜びも倍増したが、近ごろではそんなことはめったにない。

いちばん可能性の高い——いちばんありがちな——原因は、女だ。看護師に違いない。そうと相場が決まってるものじゃない？　成功した医者が中年にさしかかって、精力の衰えを感じはじめ、性欲をあおってくれる若い女を求める。もしふたりが離婚した場合、ふつうと違うのは、リップがスザンナに扶養料を払わなくてもいいところだろう。ふたりの経済力は同等だし、どちらにしても扶養料をもらうつもりはなかった。だが、スザンナの収入を失ったら、リップの生活水準は落ちる。一方のスザンナは、いまの生活の質を維持できると踏んでいた。家は、当然こちらがもらう。そのうえで、ローンの支払いはリップにやってもらう。リップにとって、離婚は得策ではない。

スザンナとしても離婚はしたくなかった。夫を愛しているのだ。二十年たっても、まだ愛していた。リップは愉快で頭がよく、心が温かい。麻酔医は一般的に患者と接する時間が短いものだが、リップは患者と信頼関係を築き、気持ちを落ち着かせるのがだれよりもうまかった。

子どもを作ればよかったのかもしれない。とはいえ、若いころは、学資ローンを返しながら開業するのに四苦八苦で、子どもを作るお金や時間の余裕がなかった。とりわけお金が。スザンナは、切りつめに切りつめて、死にもの狂いで生活していた時代のことを思い出し、身震いした。医者には金がありあまっていると一般に思われているが、それは間違いだ。たいていの医者は金持ちではない。医者になるまでには何年もかかり、そのあいだは学費の調達で借金がかさむばかりなのに、開業して軌道に乗せるにはさらに数年を要する。開業したらしたで、職員や看護師の給与、公共料金、消耗品、備品、保険料などの費用を捻出しなければならない。借金に押し潰されるのではないかと思えるときもあった。だが、ふたりはそれを乗り越えた。学資ローンを完済し、じょじょに黒字を増やして、ついには人生を楽しめるだけのお金を得るようになった。

だがそうなったとき、スザンナは五十歳に手が届くところで、子どもを産むにはもう遅すぎた。この半年、生理がなかった。閉経には少し早すぎるが、異常というほどではない。当然、スザンナはほかの医者に予約を入れて診察してもらったが、なにも問題がないことを確認しただけだった。健康そのもので、スタイルは抜群でも、確実に更年期に入りつつあるのだ。たとえ症状がほとんどなくても。顔がほてるわけでも汗をかくわけでもなく、不眠にも、情緒不安定にもならなかった。ともかく、いまのところは。楽に乗りきれる女性もいるし、ひどく苦しむ女性もいる。その度合いは人それぞれだ。もしかしたら、自分は楽なほうなのかもしれない。

リップとセックスをしなくなってから……四カ月？　はっきりとは思い出せない。だいぶたつことはたしかだ。リップも五十だし、衰えの来る年齢だ。でもふたりの性生活は途切れることなく、喜びにあふれていて、それが——まったくなくなった。

ほかに女がいるに決まっている。

寝室で着替えているとき、ガレージの戸が開くビーッという音が聞こえた。リップが帰ってきたのだ。顔を合わせるのがうれしいような、怖いような複雑な気持ちだった。ふだん着を兼ねたパジャマのズボンに足を入れたとき、リップが寝室に入ってきた。疲れた顔にしわが目立つ。

「どこにいたの？」きつい口調になった。夫の顔を見るまでは、もっと別の言葉を言うつもりでいたのに。「五時には帰っているはずでしょ」

「だからってたいした差はないだろう？」声に抑揚がない。「どうせきみは家にいないんだから」

「なにかあったときのために、あなたがどこにいるのか知っておきたいの」

リップは上着を脱いだ。「それなら、もっとちゃんと留守電を聞くんだな」

「留守電なら――」スザンナは口をつぐんだ。職場を出てから、確認していなかった。

「聞いていないんだろう」留守番電話のところまで歩いていって、メッセージを再生する。伝言なしで切れているのが二件、遠方の会社から一件、友だちから土曜の夜のパーティーのお誘いが一件、それから、リップ本人の声が告げた。ミゲル・カールデナスが胃のウィルスに感染して吐いているから、急患の手術の代理を務めることになった、と。

スザンナはほとんど恥じ入りそうになった。ほとんど。たまたま今回やましいところがないからといって、これまで帰りが遅かったときがすべて無実だったとはかぎらない。「急患って？」

「交通事故だ。骨盤は粉々、肋骨も折れていたし、肺はぺしゃんこ、心臓の損傷もひどかった」ひと呼吸おく。「死んだよ」

顔と同様、声にも疲れがにじんでいる。首を回し、肩をあげさげして、こりをほぐそうとする。病院で長い一日を過ごしたあと、よくやるしぐさだ。「きみのほうは？」

「いつもどおりよ。フェリシア・ダンヘロが少し出血してしまって。膣の収縮が始まったと思ったから、入院させたわ。診察して、いくつか検査をした。順調よ。あなたの愛人はだれ？」

リップは不意打ちにひるまず、唐突な質問に驚くふりもしなかった。「愛人なんぞいない」

「そうでしょうとも。だから、めったに家にいないし、わたしとはもうセックスもしないし、口をきくのも耐えられないって態度を取るのよね。いないっていう恋人のせいで。職場のだれか？　病院の看護師？」

リップは怒りをこめて眉間にしわを寄せた。「ぼくは浮気していない、スーズ。これで話は終わりだ」

「なら、どうしたっていうの？」懇願したくはなかった。したくはなかったけれど、ふたりを隔てる距離にはもう耐えきれなかった。「わたしが更年期に入りかけているから？」

「それは、知らなかった」この言葉はひどくこたえた。それだけスザンナに気を配っていないということだ。

「そうじゃなかったら、なんなの？」

リップはしばらくなんとも答えなかった。肩をすくめる。「ぼくたちはもう違う人間なんだ。それだけだよ」

「それだけ？」怒りと、もどかしさと、悲しみが渦を巻き、たがいに増幅しあい、いまにも爆発しそうだった。「違う人間？　いったいいつから違ったのよ？　変わったのはわたし？　それともあなた？」

「どちらも変わっていないんだ」リップは静かな声で言った。「じつに意外だが。ずっと違う人間だったことに、いまになって気づいたのかもしれない」

「そんな謎かけみたいな言い方、やめてよ」スザンナは拳を握りしめて叫んでいた。「どういうことなの！　なんの話だかさっぱりよ！　わかるのは、わたしたちがばらばらになりかけていて、わたしはもう耐えられないってことだけ！　頼むから、ふつうの言葉を使ってちようだい！」

「この問題はこのままにしておこう」スザンナの癇癪《かんしゃく》にも、まったく心を動かされる気配がない。「このままでいいじゃないか。ぼくは別れるつもりはない。なにがなんでもいままでどおりのやり方で、同じように生活してゆくんだ」

「なにをばかなこと言ってるの？　どうやったら同じにできるのよ？　どうしたら、これまで愛していた人間に、突然、見ず知らずの他人みたいな態度を取れるの？」

「それなら言ってやる」口調がいっきに刺々しくなる。「ひと言で足りる。トゥルー・ギャラガー」

スザンナは、文字どおり一歩退いた。頭のなかが真っ白だ。「え？」ショックで思考回路が麻痺した。突っ立って、なにか言おうとして口を開け、でも言葉が出てこなかった。まさか。彼が知ってるはずが――

リップはほかにはなにも言わず、ただスザンナを見ている。

それから、はっと合点がいった。唐突に頭が動きだし、猛烈な勢いで思考を追いはじめた。

「トゥルーとはなんでもないわよ！　わたしが彼と浮気していると思っていたの？　やめてよ、リップ、わたしはトゥルーとミラをくっつけようとしているんだから！」

リップの瞳になにかがよぎったが、すぐに消えてしまったため、スザンナには読み取れなかった。「ミラのことはそっとしておくんだ」そっけなく言う。「トゥルーにはもったいない」

「どうしてそんなにトゥルーを嫌うのよ？　なにかされた？　誓って言うけど、わたしはだれとも浮気していないし、ましてトゥルーが相手なんてことはありえない！」スザンナは、おおやけの場でトゥルーと話したときのことを思い出そうとした。それほど多くはない。そして、ふたりが不倫関係にあると思わせるような言葉や行動があったかどうか、記憶をたどった。

「信じられない、とだけ言っておこうか」リップが言う。「この話は、これで終わりだ」

背を向けて寝室を出ていく夫を見て、もう一緒に寝る気がないとわかった。きょうまでは、とりあえず同じベッドで寝ていた。たとえ、端と端に分かれて眠り、その中間地帯にどちらかの手がさまようことがほとんどなかったとしても。

スザンナは笑いだしたかった。泣きたかった。なにかを投げつけたかった。なにかを殴りたかった。頑固な態度を崩そうとしないリップを、殴ってやりたかった。ようするにリップは、やきもちを焼いているのだ。

たがいに逆のことを考えていたなんて信じられない。スザンナが夫の浮気を疑っているとき、向こうも同じ疑いを抱いていたなんて。夫の疑いは誤解にすぎない。陰険な態度でスザンナを寄せつけようとしないのは、リップも不倫をしていないということだ。

ふたりの関係は終わっていなかった。ちょっとぎくしゃくしているだけだ。スザンナが踏みとどまれば、いずれは丸くおさまって、リップも的はずれな疑惑に取り憑《つ》かれていたことに気づき、たがいに思いやる関係を取り戻せるだろう。それまでは、慎重に、慎重に行動しなくてはならない。

家の電話は使わなかった。リップに子機を見られたら、電話をしていることがわかってしまう。かわりにバッグから携帯電話を出して寝室のドアを閉め、バスルームに入ってそこのドアも閉めた。それから、トゥルーの番号にかけた。

「わたしたちが不倫してるんじゃないかって、リップが疑ってる」相手が出ると、スザンナは小声で言った。「そう思いこんでいるのよ」

「どうにかしてなだめろ。おまえのことをつけまわすようなばかな真似をされても、対処する余裕はないぞ」

「わかってる。あなたとミラをくっつけようとしてるって言ったんだけど、怒ってなにを言っても受けつけてくれない」

「うまくごまかしつづけろ。ミラのほうはうまくいってるか？」

「それが、そうでもなくて。例の団体のことになると、ミラがどれくらい頑固になるか知ってるでしょ？　あなたと出歩いたら、スポンサーとデートするのは好ましくないと思う、うるさ型のおばさん連中から寄付金を取れなくなるのが怖いみたい」

「ああ、おれもそう言って断られた。もっとけしかけろ。おれが押しすぎて、嫌われたら元も子もない」

「努力はする。おたがいに多忙だから、女同士の話をするのもなかなかたいへんなの」

「じゃあ、機会を作ればいいだろう。いつの間にか、ミラは知るべきでない情報をつかんでいた。どこまで知っているのか探る必要もあるし、ミラの行動はすべて事前に把握しておきたい。だが、それにはもっと近づかなければな」

「わかってるってば。さっきも言ったけど、努力はするから。腕をひねって、無理やりあなたとデートさせるわけにはいかないのよ」

「なぜ?」おもしろがっている口調で、トゥルーが言う。「リップと一緒にミラをディナーに連れだせ。おれは偶然、居合わせるから。それでどうだ?」

「いまのところ、リップがすんなりついてくるとは思えないけど。とにかくやってみる」

「うまくやれよ」トゥルーは電話を切り、通話が切れた音を聞いて、スザンナも終了のボタンを押した。

大きく息をつく。単純な計画だ。夫をそそのかせばいい。ただし、それを実行するのは、いやな女になるということだった。

12

トゥルーからも、ディアスからも連絡がないまま一週間が過ぎた。トゥルーから情報を得られるとは期待していなかった。ディアスをジャスティン誘拐に結びつけるのは誤りだと、いまではわかっていたから。でもせめて、なにもつかめていないという電話ぐらいくれてもいいのに。

その角を曲がったら、ディアスがひょっこり現れるのではないか、ドアを開けたらそこに立っているのではないかと、つねに気を張りつめていた。ときおり見つめられていると感じることはあったが、まわりを見まわしても、ディアスの姿はなかった。だいたい、彼にこちらをつけまわす必要がある？　きっといまごろはメキシコのどこかにいて、合法であれなんであれ、すべき仕事をしているにきまっている。

ディアスがいないのだから、もっとリラックスすべきなのに。彼が身近にいると、五感がすべてピリピリする。まだ人に慣れていない動物の前に出たときのように、身構えてしまうのだ。でも、ディアスがいなくなって危険な感じも失せると、気持ちまで緩んで、抑えてきた欲望がふいに突きあげてくることがあった。

まったくどうかしてる。デイヴィッドと別れてから、ほかの人に心を惹かれ、おつきあいをしてみたこともある。トゥルー・ギャラガーとは相性がよさそうだ。でも、それに反応してはならないちゃんとした理由があるし、ほんの一瞬でもその決心を変えようと思ったことはなかった。ところがいま、恐ろしくなるほど強く、体がディアスに惹かれている。ディアスほど安全とはかけ離れた男もいない。なにも性交感染症の心配をしているわけではない。ディアスはすさまじく暴力的になれる。この目で見たわけではないし、あの夜、グアダルーペで襲われたときに味わったのは、彼の秘めた力のほんのさわりだけだったけれど、ディアスの目からそれが読み取れるし、ディアスの噂を聞いたことのある人や、関わったことのある人の反応からもうかがえる。

仕事上の関係以上のものを求めようだなんて、愚かにもほどがある――しかもそれは、彼にまともな人間関係が築けると仮定しての話だ。セックスなら、できるだろう――恋愛は、無理。そうなるには心の繋がりが必要だが、ディアスはそんなもの望んでいないし、持てるとも思えない。だいいち、なんとなく恐ろしいと思っている男と、本気でベッドにもぐりこみたいの？

一回きりなら、と性衝動《リビドー》がささやく。つまりそれだけ強く惹かれているということだ。これまで、ジャスティン捜しの邪魔になるなら、肉体的満足をないがしろにしても平気だった。息子の安否を確かめるのに、ディアスはこれまででつかんだ最高のチャンスなのだから、へたな真似をして台なしにするわけにはいかない。

ディアスに危険な誘惑を感じていることに気づいてしまうと、予想もつかない方法で現れるのを待つのがますます不安になった。ミラの一部、とても女性的な部分は、強い男に触れられたいと切実に願っている。その情欲が本物なのか、それともディアスのいない安全地帯にいるときの想像の産物なのか、知りたかった。ディアスを性的対象と見ていることを、けっして気取られてはならないと頭ではわかっているし、それには距離を置くのがいちばんだが、それは無理な相談だ。はたして体の反応を抑えつけ、興味を抱いているそぶりをちらりとも見せずにいられるかどうか。ディアスの鋭い観察眼と、人を見るときの集中力を考えれば、なおさら用心しなければ。

パヴォンを見つけたあとでなら、もしかしたら――

だめ。頭のなかで考えるだけでもだめ。追跡が成功したときのご褒美として、誘惑を鼻先にぶらさげておくことはできない。肉体的な反応はしっかり封じこめ、ただひとつのことに集中しなければ。ジャスティンに。これで十年間うまくやってきたのだから、今回も大丈夫。これまで自分に許してきたのは、抑えられないほど強い欲望を感じさせない男との関係だけだった。それなら、一瞬の躊躇《ちゅうちょ》もせずないがしろにできるし、そうしてきた。でも、ディアスが相手だと、抑えがきかなくなってしまいそう。それもよりによって、ついにたしかな手がかりをつかんだというときに。なにがなんでも自分を抑えなければ。

そんなふうにひどく神経を尖らせていたので、ぽっかりとスケジュールが空いた晩に、たまたまスザンナから連絡があってディナーに誘われると、気をまぎらすチャンスとばかりに飛びついた。ふだんなら、めったにない自由な晩は家にいてくつろぐほうが好きなのだが、考えれば考えるほど深みにはまっていく気がしていたし、緊張感でどうにかなりそうだった。

今夜は楽しもうと決めて、気に入りのドレスを身につけた。薄いクリームイエローのシルクのノースリーブで、歩くとスカートがサラサラと膝頭をなでる。ひと雨きて熱気がおさまったとはいえ、八月のエルパソはそれでも充分に暑く、ドレスの涼しさが心地よかった。デイヴィッドとデートしていたころ、ふたりでよくダンスに出かけたっけ。こんなふうなドレスを着て。デイヴィッドがあのころ、ミラの心をつかもうとどんなに必死だったか、歳を重ねてはじめてわかった。当時彼は医学実習生で、慢性的な睡眠不足だったはずなのに、ダンス好きなミラのために、貴重なオフタイムを割いてダンスに連れていってくれた。

迎えにきたスザンナとリップのためにドアを開けるとき、そんな思い出に顔がほころんでいた。自分で運転していくからレストランで落ちあおうと言ったのに、リップは保護者然とした態度を崩そうとしない。ジャスティンを奪われ、ミラ自身も刺し傷で死の淵をさまよったあの日から、リップはずっとそうだった。ふたりと食事に行くときは、迎えにいくと言ってきかないし、帰りは帰りで、彼女が無事に帰宅するのを見届ける。

「やあ」リップはミラにほほえみかけた。「すてきなドレスだ」

「ありがとう」ミラも笑みを返し、帰りのために狭い玄関の明かりをつけた。外に出て、ドアに鍵をかける。「たまにおしゃれするのはいいものね。しかもスピーチをしなくていいなんて」

「ずいぶん長いことやってるよな」リップが後部座席のドアを開け、ミラはシートに滑りこんだ。運転席におさまると、リップが言った。「広報の仕事をほかの人に代わってはもらえないの？」

「そうできればいいんだけど。でも、わたしの顔を見れば、だれもが行方不明の子どもと結びつけるから、お声がかかるのはいつもわたし」

「だけど、あなたにも自分の人生が必要よ」スザンナが助手席から振り返り、まじめな目で見つめる。

「人生ならあるわ」ミラは言い返した。「これがそう。自分で選んだ人生よ」

「それがあなたの運命だったのかも。ねえ、なにも全部ひとりで背負いこむことないのよ。ファインダーズの毎日の業務からは退いて、寄付金集めだけするとか。いまのあなたにかかるストレスたるや……」スザンナは首を振った。「よくもこんなに長いことやってこれたものね。せめて定期的に休みを取るぐらいいなさいよ」

「まだ、だめ」ミラは言った。ジャスティンを見つけるまでは。

スザンナはため息をついた。「じゃあ、定期検診くらいは受けて、ビタミンをとりなさい。たいへんなストレスにさらされてるんだから、妊婦向きのビタミンがちょうどいいわ」

「はい、ママ」ミラが子どもの声音で言うと、リップもスザンナも笑みをこぼした。ビタミンはいい考えだ。いつどんな進展があるかわからないのだから、いま調子を崩してはいられない。いつでも動けるように、体調を整えておかなければ。

スザンナは説得をあきらめ、共通の友人のことへと話題を移し、噂話に花を咲かせた。リップもときおり口をはさんだが、いつもとようすが違うとミラが気づくのに、さほどの時間はかからなかった。ミラに話しかけるときには、声も笑顔も温かいが、スザンナとのあいだの空気は、傍目にもわかるほど張りつめていた。夫婦喧嘩《げんか》をしたに違いない。ミラは居心地の悪さを感じた。なにも無理して気詰まりな夕食のテーブルを囲むことはなかったのに。キャンセルしてくれたほうがおたがいのためだったのに、いまさら逃げだせない。

ふたりが選んだのは、くつろいだ雰囲気ながらも品位のあるレストランだった。ネクタイをする必要はないが、ジーンズはお断りというタイプ。なにしろグリル料理がおいしいので、ミラも気に入っていた。彼女が選んだのはサーモン。シーダーの板の上で焼くのだ。注文が終わると、本音を言いあえるおしゃべりの始まり。たとえ当人たちは楽しんでいなくても、ミラはふたりと一緒の時間を楽しむことができた。

ゆっくりと料理を味わい、ようやく食事が終わりかけてコーヒーを注文したそのとき、かたわらに人の気配を感じ、ミラは顔をあげた。トゥルー・ギャラガーの、よく日に焼けた細面の顔があった。「トゥルー!」ミラとスザンナは同時に声をあげた。スザンナに疑いのまなざしを送る。彼女が仕組んだんじゃないの？　トゥルーとつきあう気はないと、きっぱり言ったのに。

「偶然、きみの姿が目に入ったものでね」トゥルーは言って、手を椅子の背に置き、ミラの背中に触れた。

「スザンナ、リップ、調子はどうだい？　もっと早くに気づかなかったとは残念だな。こっちのテーブルに誘えたのに」

「まずまずね」スザンナは言って、笑みを浮かべた。「働きすぎはいつものこと。そっちは？」

「右に同じ」

「わたしたち、コーヒーを頼んだところなの。時間があるなら、ご一緒にいかが？」

「うれしいね、じゃあ、お言葉に甘えて」トゥルーは、長身の体をミラとスザンナのあいだの空席におさめ、ミラに熱い流し目を送った。「久しぶりだ。なにか変わったことは？　きょうのきみは――」

「疲れて見える、なんて言ったら殴りますからね」ミラはきっぱりと言った。

トゥルーはにやりとする。「きれいだ、と言おうとしていたんだ」

「それはどうも」ミラは信じなかった。「それに、変わったことはなにもありません。行方不明者を捜して、寄付金集めに走りまわる毎日です。ダラスでは新しいスポンサーが見つかったわ。ソフトウェアの会社」

トゥルーが言う。「よかったじゃないか」

リップはまったく会話に加わらず、トゥルーに挨拶すらしていない。ミラがちらりと視線を走らせたとき、リップの表情はいつもの温かさを失っていた。半眼に閉じたその目が、デイアスを思い出させる。

やだ。ディアスのことを頭から締めだすために、外出したのに。それにしても、リップはどうしたのだろう？　いつもは気さくな人なのに。リップにそっぽ向かれるなんて、トゥルーはなにをしたのだろう？

スザンナのバッグで、電子音が鳴りだした。スザンナが鼻を鳴らす。「少なくとも、食事が終わるまでは待ってくれたわけね」ポケベルを取りだして、表示を見る。「病院からだわ。ちょっと外で電話してくる。すぐに戻るから」携帯電話をつかんで足早に出ていった。

「医者にとって、ポケベルはありがたいものじゃないね」トゥルーが言う。片手をまたミラの椅子の背に置き、親指でそっとミラの肩をなぜてから、思いなおしたというように自分のほうに戻した。それとも、ただこずるいだけで、ミラに身じろぎする暇を与えたくなかったのだろうか。

リップは唇を固く結び、トゥルーの言葉には答えなかった。これではスザンナが戻るまで間がもたないので、ミラから話しかけた。「わたしが頼んだことで、なにか新しい情報は見つかりました？」なにも訊かなければ、変に思われるだろう。

「いや、あの時期に当てはまるものはなにも出てこない。残念だが、行きづまったようだ」

「なんの情報だ？」リップがだしぬけに口をはさんだ。柄になくぶしつけな質問だが、リップを会話から締めだした自分こそ失礼だったと、ミラは気づいた。

「とうとう、誘拐事件に関わった人間の名前がつかめたようなの。それでトゥルーに、調べてもらっているのよ」ファインダーズでは多くの事件を扱っているが、ミラがどの誘拐事件を指しているのか、わざわざ言う必要はなかった。この場にいる全員が、あの悪夢の日を中心に繫がっているのだから。

リップはトゥルーを見もしない。「なぜ警察に頼んで、その名前を洗ってもらわないんだい？　協力してもらえるだろうに」

「ええ、でもトゥルーは国境のあちら側につてがあって――」

スザンナがせかせかと戻ってきた。緊張した面持ちで会話に割って入る。「ごめんなさい、すぐに出なくちゃ。フェリシア・ダンへロが熱を出して、血圧もあがっているの。まだ妊娠二十週なのよ。病院に来るように言ったから、これから行かなきゃ」

「どっち？」リップが尋ねる。スザンナはふたつの病院をかけもちしている。

スザンナは病院の名前を言い、リップの頰にキスして、相手が身をこわばらせたのは無視した。「車を使いたいの。あなたはタクシーを拾ってもらえる？」

「なにもタクシーに乗ることはない」トゥルーが言って、ミラからリップへと視線を走らせた。「ふたりとも送っていくよ」

「いいえ、ご迷惑になるわ」ミラは言った。「まるで逆方向だもの」

「わかって言ってるんだ。たいした手間じゃない」

リップが口を開く。「ぼくたちはタクシーで帰る。ミラを安全に送りたいから、まずミラを降ろして、それから帰る」

「そんな――」スザンナが言いかけて口をつぐみ、リップに苛立たしげな視線を送った。その目つきを見て、ミラはほんとうに仕組まれたのではないかと思った。「なんでもない。好きなようにして。もう行かなくちゃ。じゃ、あとでね。今夜じゅうに帰れればいいけど」スザンナはバッグをつかみ、飛びだした。

ウェイターがコーヒーを持ってきて、それぞれに注いだ。ミラはふたりの男にはさまれ、落ち着かない気持ちでコーヒーをすすったが、ふたりはまったく手をつけず、沈黙のうちに〝ミラ争奪合戦〟を繰り広げていた。トゥルーはミラを自分で送る決意をしている。リップの決意も同じくらい固い。リップが癇癪を破裂させようとしているのを見て取り、ミラは仲裁に入ることにした。

「ちょっと待って」落ち着いた声で言った。「おふたりとも、わたしの意向を尋ねてはくださらないのね」

ふたり同時に彼女に顔を向けた。リップはかすかに申し訳なさそうな表情を見せた。「ごめんよ。身を引き裂かれる思いがした？」

「ちょっとだけ」ミラはほほえんで見せた。これから言うことはリップの気に入らないとわかっていたからだ。「トゥルーに話があるから、彼と一緒に帰るわ」

予想は当たりだ。不満そうだったが、ミラが一度決めたことに異を唱えないだけのたしなみがあった。トゥルーも勝ち誇った顔はしなかったが、頭を働かせて、ミラの話が楽しいものでないことを予期したのかもしれない。

「ならしかたがないな」リップが言ったとき、ウェイターが請求書のフォルダーを持ってきた。リップは財布からカードを抜きだし、フォルダーにはさんだ。トゥルーがミラの請求書を取ろうとするような動きを見せたので、ミラは目で押しとどめ、フォルダーにお札を数枚載せた。

ウェイターがフォルダーを持っていき、戻ってきてリップにカードを返し、受領書にサインさせるのを、三人で待った。リップはタクシーを呼ぶように頼み、そうしているあいだに、相当額のチップを書き加えてさっとサインをすませ、カードを財布にしまった。

「タクシーは十分で到着するそうです」ウェイターが戻ってきて言った。

「わたしたちも一緒に待つわ」ミラは言ったが、リップは首を振った。

「いいや、先に帰りなさい。ほんの数分のことだ。待つあいだに、ぼくはコーヒーを飲んでいるから」ミラとトゥルーが立ちあがると、リップも立って、ミラの頰にキスをした。「こうして会うのはずいぶん久しぶりだった。もっと頻繁に会いたいね」

ミラはくすくす笑った。「あなたとスザンナが、わたしよりも忙しくないような言い方ね」

「たしかに、おたがいさまだな。気をつけてお帰り」リップはトゥルーに軽くうなずいて挨拶に代え、また腰をおろして、出ていくふたりを見送った。

「車はこっちだ」トゥルーは言って、左手を指し、ミラの背中に手を当てて、そちらのほうへ導いた。「どうやら、わたしはリップに嫌われているようだな」

ミラは言葉を濁し、トゥルーの銀色のリンカーン・ナビゲーターに乗りこんでから言った。

「きょうは、お会いできてもあまりうれしくありません。仕組まれたり、操られたりするのは不愉快です」

トゥルーは鍵を手にしたまま、しばらく黙っていた。やっと口を開く。「見えすいていたかな?」鍵を差して、エンジンをかける。

「見えみえです」お膳立のことを否定されたら、それを信じたかもしれないが、悪びれずに認める態度は見上げたものだ。それからふと思いついて、ミラは尋ねた。「どうしてわたしの住んでいる場所がわかったんです?」さきほど、コスパー夫妻とは逆方向だと言ったとき、トゥルーは承知のうえだと応えた。

「はっきりとは知らない。ウェストサイドに住んでいることは、スザンナから聞いた。住所は?」

ミラが伝えると、トゥルーはうなずいた。「そのあたりならわかる」トゥルーはエルパソ生まれだから、街を知りつくしている。

「スザンナのポケベルは本物かしら?」

トゥルーは肩をすくめた。「わたしの知るかぎりでは。なんにしても、送るつもりだったから」

「こないだ言ったことは本気です、トゥルー。あなたとおつきあいするつもりはありません。送ってくださるのは感謝しますけど、それだけ」

道はかなりすいており、信号でつかまることもあまりなかった。ミラは、街灯がトゥルーの顔にさまざまな影を投げかけるのを見つめた。表情を硬くして、指でハンドルを叩いている。「自分を殺す必要はないだろう」しばらくして、トゥルーは言った。声に剣があり、苛立ちが表れている。「きみをここまで駆り立てる理由はわかっているつもりだが、どちらかひとつ、というものでもないだろう。息子を捜しながら、自分のためにもなにかできるはずだ。きみは感情を閉ざしている。だれにも心を開かないで——」

「それは、わたしが与える気のないものを人に期待させたら不公平だから」ミラは口をはさんだ。「わたしの時間のうち、たとえ一分でもあなたに割くことはできなくなるんです。その一分が、ジャスティンに繋がる情報を得られるかどうかの瀬戸際だとわかれば」

「スザンナやリップと食事をする時間はあるじゃないか」

「それはいまお話ししている関係とは違うものだと、あなたもご存じのはずです。たとえば、だれかに会わなければならなくなって、土壇場でキャンセルしたとしても——なにかあれば、そうしてきましたから——あのふたりなら怒りません。友情はありますが、たがいの人生がときおり交わるだけ。友だちとはべったり一緒にいるわけじゃありませんもの」

「じゃあ、われわれは、友だちにすらなれないと言うんだな」

ミラは鼻で笑った。「まさかそれが望みだとおっしゃるんじゃ」

むっとしながらも、トゥルーはにやりとした。「まったく、手ごわいな。だから、挑戦のしがいもあるってわけだ」

「あおるつもりはないわ。ダンスの相手役とは違うんですから。なんだか困った立場に追いつめられたみたい。どっちにしたって、あなたを怒らせてしまうもの。おつきあいしなければ、不満に思われるでしょうし、おつきあいしたらしたで、あなたを最優先にしなければ、それが不満の種になる。どちらにしても、うまくいかない」

トゥルーは顎を引きしめた。「子どもを捜すのを手伝うと約束したら？　どんな噂にせよ、それを追いかけるときは絶対につきあうと言ったら？　コヨーテやらなんやら卑劣な連中と渡りあうなら、身を守るすべが必要だろう」

「どんな場所にも、ひとりでは行きません」ミラはフロントガラス越しに外を見つめていた。ほんの二週間前だったら、トゥルーの申し出に喜んで飛びついていたかもしれないが、それはディアスと出会う前の話だ。いくらお金持ちでつてがあろうとも、パヴォンを見つけるのに、トゥルーがディアスより役に立つとは思えなかった。思い違いかもしれない。人生最大の誤りを冒そうとしているのかも。でも、そうと決めた以上はそれに従うまで。どれほどの危険がひそんでいようとも。

トゥルーは小声で毒づいて、言葉をつづけた。「いずれにせよだれかを連れて行くなら、それがわたしではなぜいけない？」

「あなたにはひもがついているから。正直に答えてください。もしわたしがおつきあいしなければ、ファインダーズのスポンサーをやめます？」

殴られでもしたように、トゥルーはのけぞった。「まさか！」

「それなら、おつきあいできないというのが最後の答えです」

トゥルーはハンドルを強く握りしめたが、角を曲がって、ミラの家がある通りに入るまで口をきかなかった。「どの家？」

ミラは自分の家を示した。左側のいちばん奥だ。短いドライヴウェイに入ると、ヘッドライトが家のドアを照らした。隣の家とはガレージ同士がくっつきそうなほど近く、たがいのドライヴウェイはコンクリートを注いだ線で区切られているにすぎない。ミラの家は角に位置し、右側は木々や低木に囲まれているため、ごたごたと家が並んだせせこましい雰囲気をいくらかやわらげていた。裏庭はフェンスで隣と仕切られている。表玄関は少し奥まり、その両脇に色鮮やかな花の鉢が並んでいた。ポーチの黄色い明かりのせいで、赤い花がオレンジ色に見える。こぎれいでよく手入れもされた家だが、トゥルーがそれを自分の家と比べ、いったいなにに金を使っているのだろう、といぶかしんでいるのがわかった。

「送ってくださってありがとう」ミラは言いながらシートベルトをはずし、ドアを開けた。トゥルーは慌ててギアをパーキングに入れ、大型の四駆から降りたが、助手席側まで回りこむ前に、ミラは車から降りていた。その肘に手を当てて、彼は玄関までついてきた。

「いいだろう」トゥルーが唐突に言う。「身を引こう。だが、なにかあったら、連絡をくれ。昼でも夜でもかまわない。本気だ。ひもつきではない」

その言葉に感動して、ミラはトゥルーにほほえみかけた。「ありがとう」

トゥルーが見下ろしている。また小声で毒づいた。と、気づいたら、その腕のなかにいた。三インチのヒールを履いているミラよりも、彼はゆうに六インチは高いから、圧倒される思いだ。手で背中を押され、唇で唇を塞がれた。

両手をトゥルーの肩に当てて懸命に押し、なんとか体を離そうとした。ほかの状況だったら、彼のキスは好ましく、それに応えていたかもしれない。トゥルーはキスのしかたを知っている。唇は温かく、息は甘く、舌はなれなれしく誘いかけるだけで、押し入ってはこない。腰と腰がぴたりと合わさると、トゥルーのものが硬くなってゆくのがわかった。

唇を離してもっと強く押しのける。トゥルーは両手をおろし、一歩さがった。

「身を引くって言ったじゃありませんか」〝ノー〟という答えをまじめに受け止めない彼が、腹立たしかった。

「引くとも」彼の表情は険しく、目がすぼまる。「その前に味見したかったし、きみにも味わってほしかった。気が変わったら、そう言ってくれればいい」

こういう男の傲慢《ごうまん》なやり方に魅力を感じないでもなかったが、トゥルーの激しさには警戒心が芽生えた。鍵を取りだしてドアを開けた。「お休みなさい」玄関に入り、ドアを閉めると同時に鍵をかけた。

心を掻き乱されていたため、玄関の明かりがついていないことに気づくのが遅れた。ミラは凍りつき、のしかかる闇のなかで、自分ひとりではないことを知った。

13

リップはタクシーの運転手に、自宅ではなく病院へ向かうよう伝えた。駐車許可証を使って医師専用の駐車場に入り、運転手にはそこで待つよう言った。タクシーから降りると、まずは場内の車を確認した。自分の車がなくても驚かなかった。がっかりはしたが、驚きはしなかった。それでもリップは、身分証となる名札を服につけ、なかに入って救急科に向かった。

「フェリシア・ダンヘロは入院してる?」リップは入退院受付の事務員に尋ねて、コンピューターで照会してもらった。

「いいえ、先生。ラモン・ダンヘロさんならいますが、フェリシアという名前の患者はいません」

念のため、彼自身も籍を置くもう一軒の病院へタクシーを回し、同じことを繰り返した。リップの車は駐車場になく、フェリシア・ダンヘロは入院していなかった。

家に帰ったらそこにスザンナの姿があることを、腹の底から願った。嘘のポケベルや作り話は、ミラとギャラガーをくっつけようという、よけいなお節介にすぎないことを願った。

ここまでされても、まだ望みを捨てきれなかった。

だが、家に着くと、どの窓も真っ暗だった。リップは運転手に気前よく払い、重い足を引きずって歩道を進み、玄関の鍵を開けた。条件反射で警報機を解除して、明かりをつけた。

帰宅したとき、スザンナはどんな話をするつもりだろう。いまどこにいるのか。これから、自分はどうしたらいいのだろう。


トゥルーはまだ車に乗っていないかもしれない。悲鳴をあげれば聞こえるかも。そう考えたら気が奮い立ち、すぼまった喉から空気を押しだそうとした。ところが、悪い夢のなかのように、いくら叫ぼうとしてもできなかった。やっと出てきたのは、空気が漏れる音だけ。それすらも、骨ばった手に口を塞がれると途絶え、鋼のような体で壁に押さえつけられると、身動きひとつできなくなった。

「しっ」低い声がした。「叫ぶな。おれだから」

おれ？　ディアスだとわかっても、パニックは少しもおさまらない。心臓が胸骨を叩く力の激しさに、気分が悪くなってきた。壁に押しつけられていてよかった。そうでなければ、膝で体を支えきれないもの。

ディアスが体をはすにして、電気のスイッチを押すのがわかった。暖かな色が玄関ホールにあふれる。外から、エンジンをかける音と、舗道をタイヤがこする音が聞こえて、トゥルーが去っていくのがわかった。

ディアスが手を放した。顔は無表情、目つきは冷ややかだ。「ギャラガーとなにかあるのか？」

ミラはディアスをひっぱたいた。腕を、肩を叩いた。それからバッグでディアスの側頭部を殴った。「なんなのよ！　恐ろしくて死ぬかと思った！」ミラはわめいた。恐怖と安堵の涙が頬をつたう。震えながらランプテーブルのわきの椅子にぐったりと体を沈め、バッグを引っかきまわしてティッシュを探した。

ディアスはもう無表情ではなかった。面食らっている。ぶたれたことに――それに、おそらく、ぶたれるままだった自分自身に。ミラも呆気に取られた。感情をここまであらわにしたこともだが、ディアスがミラの腕を折りもせず、床に投げ飛ばしもせず、ただ突っ立っていたことが、信じられなかった。謝ろうとして口を開いたのに、なぜか言葉は出ず、ディアスの膝を殴っていた。「なによ」消え入りそうな声で言い、またはらはらと涙をこぼした。ティッシュで涙をぬぐう。化粧はめちゃめちゃだろう。そう思うとさらに殴りたくなった。

ディアスが膝を突いたので、目の高さが同じになった。「そんなつもりじゃなかったんだ――すまない」そろそろと手を伸ばして、ミラの手を取る。こんなふうに触れあうことはめったにないから、どうしたらいいのかわからずまごついている感じ。その指は硬く、熱かった。掌にはたこができている。親指で指の関節をなでる。「落ち着いたか？」

「心臓がふつうの速度で打つようになったかって意味？」ミラはぴしゃりと言い、それからだしぬけに笑いだした。アドレナリンが噴出しすぎて体に力が入らず、立ちあがることができない。しかたなく頭を壁にもたせかけ、くすくす笑いながら、あいているほうの手で顔をぬぐった。

そのとき、想像もつかなかったことが起こった。ディアスの口の両端があがったのだ。

ディアスの笑顔を見たら、驚きのあまり笑いが引っこんだ。まじまじとその顔を見つめる。一度は落ち着きはじめていた心臓が、また激しく鳴りだしたが、今回は恐怖のせいではない。体じゅうがほてり、震えも出はじめた。ディアスが手を握って、ほほえんでいる——いまこそ、悲鳴をあげなくちゃ。一分前よりはるかに危険な状態なのだから。

「どうした?」じっと見つめられて困惑し、彼が尋ねた。

「あなた、笑ってる」ディアスは仮面の一部をはずし、日ごろ世間に見せている無表情の奥を垣間見せてくれたのだ。驚き、当惑、不安、おかしさ、そのすべてが、この一分間の彼の表情のなかにあった。それよりも恐ろしいのは、情欲もそこにあったこと。だから、握りあった手を引っこめ、身だしなみを整えるというかえって女らしい行動を取った。顔にかかる髪を払い、スカートのしわを伸ばし、目の下に流れたマスカラを拭いた。

「笑うよ」そんなささいなことに、なぜミラが驚いているのかわからない、といった顔だ。

「いつ?」

「おいおい、記録を取っているわけじゃないんだから。大笑いすることもある」

「今年になってから?」

ディアスはなにか言おうとして口を開き、考えなおして肩をすくめた。「なかったかもな」

口の両端が愉快そうにまたあがった。「あんたはおれをバッグで殴った」

「ごめんなさい」ミラは謝った。「すごく怖かったから、つい。けがしなかった?」

「冗談だろう」

「ほんとよ。だって、頭を殴ったわ」

「女の子がふざけてやるようなものだった」

たしかに。やるせなさに心が痛んだ。訓練して、訓練して、訓練して、戦士のような精神力を身につけ、たとえさっきみたいな状態になっても対処できるように努力してきたつもりなのに。その成果をまったく発揮できず、とっさのこととはいえ、じつに女らしい反応しか示せなかった。相手がパヴォンだったら、確実に死んでいただろう。

ディアスはひざまずいたままだ。体の熱を脚に感じるぐらい近い。短い黒髪は逆立ち、乱れていて、濡れているときに手櫛《てぐし》で梳《と》かしただけみたい。きれいにひげを剃《そ》っているのは初めて見るけれど、着ているのはいつものTシャツにジーンズ、黒いブーツ。ランプの灯りのせいでくっきりとした目鼻立ちが際立ち、黒い瞳は深く窪み、いつもは険しい唇がふっくらとやわらかく見える。

体の奥の震えを必死で抑える。ディアスに体が反応するのは、強烈なオーラにあおられた想像の産物にすぎない、そんな希望にしがみついてきたのに。女は危険な男を夢見るもの。現実には、ふつうのすてきな男性を選んだとしても。だが、これは夢ではない。手を伸ばしてその唇に触れたりしないよう、しっかりと拳を固めた。ディアスは不良少年ではない。危険な男だ。その違いを忘れてはならない。正義の味方ではないのだ。

でも、いまはミラの家にふたりきり。小さなランプの灯りのなかの、世間から切り離された世界にふたりきりだ。膝を開きさえすれば、ディアスはそのあいだに入ってくる。彼はせがみもせず、考えているそぶりも見せないけれど、拒絶もしないはず。情[illegible]かけて、また姿を消すのだろう。彼にとって肌を重ねることは、喉が渇いたときに飲む水と[illegible]程度のものだ。

だから、椅子の上で身じろぎもせず、ぴたりと脚を閉じていた。だれが相手でも、それが自分のためでも、気軽なセックスの対象になるつもりはなかった。

「ギャラガーがキスしていた」ディアスはそう言って、窓から覗いていたことをほのめかした。玄関のドアは閉じていたのだから。見ているあいだに、ディアスの表情が変わった。つかのまの生気が消え、おなじみの石の仮面へと戻ってゆく。

「キスしてほしかったわけじゃないわ」なぜだか、ディアスに対して言い訳しなければならない気になっていた。「しつこくデートに誘われたけど、ずっと断ってきたもの」

「今夜一緒にいたのは?」

「友だち夫婦と夕食を食べていたら、トゥルーがわたしたちのテーブルに顔を見せたの。夫婦はどちらも医者で、ひとりが急患で呼びだされてしまって。それで彼女が車に乗っていったから、わたしはトゥルーに送ってもらって、リップはタクシーで帰ったのよ」

ディアスは黙ってミラの話を検討し、首を振った。「あんたがあいつと距離を置かないかぎり、手伝えない」ミラは最終通牒を突きつけられても腹を立てなかった。自分の気持ちとぴったり一致していたからだ。「わかった」

「ずいぶん簡単に言うんだな？」

「簡単なことだもの。トゥルーを知っているのね？」

「会ったことがある」

それなのにトゥルーは、ディアスのことを尋ねたとき、そんなことはまったく言わなかった。そのかわりに、情報を探っているふりをした。ディアスと出会わないほうが、彼女の身は安全だと判断したためかもしれない。もしそうなら、トゥルーは正しかったわけだが、ミラは自分で決断を下して、チャンスをつかんだ。トゥルーは、ミラをディアスから遠ざけようとすることで、彼女が必死で探してきた情報をつかむのを妨げようとした。

「パヴォンは見つかった？」

「捜索中だ。手がかりはつかんだ。おれが捜していることはパヴォンの耳に入っているか[illegible]あと一、二カ月は姿を見せないかもしれないが」

まともな人間ならもっと長く、できれば一生でも隠れていようとするだろう。[illegible]にも新しい情報がないなら、どうして来たの？」

「興味を引きそうな話を偶然耳にしたから、それを伝えにきた。おれの情報提供者のひとりが、十年ほど前に赤ん坊を密輸していた一味のことを知っていた」

ミラははっと体を硬くした。悪寒が背筋と頭皮を駆け抜ける。肺がきゅっと縮こまり、うまく呼吸できない。「それで、なんて？」ミラは声を絞りだした。

「かなりしっかりした組織の仕業だ。そうでなきゃやれない。子どもたちを車のトランクに詰めこまず、小型飛行機に乗せて国境を越えていた」

ミラはまだうまく息ができなかった。出てくるのは喘《あえ》ぎだけだ。飛行機！　何度も夢にうなされた。ジャスティンが車のトランクに押しこまれ、熱射病で死に、ゴミのように捨てられてしまう夢。繰り返し悪夢に見てきたものだ。

「あんたの赤ん坊をさらったのが、この一味だと決まったわけじゃない」ディアスが釘をさす。「だが、時期は合うし、活動範囲はチワワ州の南部とコアウィラ州だ。そいつらは、このテキサスで出生証明書を手配できる人間につてがある。だから合法的に養子縁組ができた」

「出生証明書」それなら、裁判所か病院で働いている人間。ジャスティンはメキシコで生まれたから、届出などはすべて向こうですませた。どうやって出生証明書が発行されるのか詳しいことを知らなかったし、確認してみようとも思わなかった。

「いまじゃ事情が違う」ディアスはミラの心を読んで言った。「すべてコンピューターで管理されている。それに出生証明書はどの州でも手に入る」

「そうね」さらに養子縁組の記録は、生みの親の了解がないかぎり非公開だ。これは大きな障害となる。出生率の突出している郡を探すこともむずかしいだろう。養子縁組による証明書の申請は、年に数千もあるわけはなく、せいぜい数百どまりだから。大都市を抱え、人口の変動が激しい郡では、その手の申請かどうか見極めるのも困難だ。だが、大きな都市であれば、十年前すでにコンピューター化していたかもしれない。田舎の小さな郡なら、予算もかぎられているから、まだ完全には記録をコンピューター化していない可能性が高い。ミラがいっきにそれだけのことを話すと、ディアスはうなずいた。

「それでなにを探す?」

「出生証明書の交付が集中している時期。小さな郡でどれだけの赤ちゃんが同じ日に生まれるかしら? 同じ週は? 同じ月でもかまわないわ。月の合計が、ほかの月より目立って多ければ、そこに焦点を合わせてみる」

ディアスは黙りこんだ。思考を追うあいだ、ミラも黙って待った。しばらくしてディアスは顔をあげた。「その一味は、自家用飛行機が墜落して以後、幼児の密輸をやめたと考えられる」

唇が麻痺し、熱烈な希望が別な悪夢に変わってゆく。「いつ?」

「だいたい十年前。乗っていた人間は、六人の赤ん坊も含め全員死んだ」

ディアスが去ったあとも、ミラは自分の手を見つめてしばらく座っていた。人生がこんなに残酷なわけがない。神さまがこんなに無慈悲なはずはない。これほど長く、遠い道のりを歩ませておいて、すべてを奪うなんて。ジャスティンがその飛行機に乗っていたとはかぎらないし、別の一味に誘拐された可能性もある。でも、これでまた新しい悪夢とつきあわねばならなくなった。幼く、無垢《むく》な命が酷い結末を迎える悪夢と。

赤ちゃんは二度と見つからないかもしれないが、それでも、絶対に捜すのはやめない。今度は、陰で糸を引く人間――いや、人間ではない、化け物――を捜しだしてやる。ほかにできることがないなら、その化け物たちを破滅させてやる。ミラのなかでなにかが変わった。自分が失った赤ちゃんや、ほかにも行方不明になっている赤ちゃんについての情報と引き換えなら、だれであれ見逃してやろうという気持ちは失せていた。いま望むのは正義の裁き、そして復讐。

14

スザンナは疲れきり、車をガレージに入れるのも億劫《おっくう》なほどだった。戸が開くのを待つあいだ、目を閉じ、車から降りるエネルギーをなんとか掻き集めた。長い、長い夜だった。ほんの二時間ほど眠ったら、もう起きて出かけなければならない。まず病院に行って回診、それから自分の診療所で一日患者を診る。夕方からまた病院で回診。家に戻ったら、ベッドに倒れこむだけ。コーヒーを飲めば眠気は覚めるだろうけど、疲れが取れるわけではない。

昨夜、トゥルーはミラとうまくいっただろうか。短いつきあいではないから、ミラが仕組まれたことを見抜き、腹を立てたことぐらいわかる。

トゥルーはミラを落とせる気になっているが、スザンナほどには彼女をわかっていない。たしかに彼女は女らしく見えるし、事実そのとおりだ。パンツよりもスカートを好み、料理や部屋の飾りつけや子育てに喜びを見いだすタイプ。かつて教師になりたがっていたこともあったけれど、スザンナの目から見れば、それも子ども好きが高じたにすぎない。ミラの爪はいつでもきれいにマニキュアが施されている。知りあってから十一年になるが、スザンナはミラの足の爪にペディキュアが塗られていないところを見たことがなかった。出産時でさえ、淡いピンク色に塗ってあった。臨月の女にはそこまで体を曲げるのは無理だから、デイヴィッドに塗らせたのだろう。デイヴィッドのことだから、ためらうことなくやったはずだ。あのころは、ミラにべた惚れだったもの。

一方、誘拐を目撃した村人たちの話では、ミラはわが子のために猛然と立ち向かったそうだ。自分も深手を負って死にかけたというのに。意識を回復した瞬間からは、ひとつのことに憑かれた女になっていた。胸にあるのはひとつ、生きる目的はひとつ、わが子を見つけること。

以来、ミラは性格を研ぎすまし、タフな人間に自分を造り変えた。武装した男でもためらうような場所に赴き、ごろつきや麻薬中毒者、泥棒、殺人者からも話を聞いた。役に立つ情報を得られることはなかったけれど、なぜか、ひどい目にあわされることもなかった。そんな連中でも、意識の届かない細胞レベルで願うからかもしれない。おれがもし行方不明になったら、おふくろもこんなふうに一心不乱に捜してくれればいい、と。もっと自覚のある者は、自分の母親がミラのようだったら、と願うのかもしれない。

ミラがまだ若いことも、世界じゅうの悲しみを一身に背負っているようなあの大きな茶色の目もひと役買っている。ひと筋の銀色の髪は人の目を引きつけ、見る者にミラの苦しみを思い出させた。ミラはあらゆるところに現れた。テレビ、雑誌、メキシコ大統領の執務室。メキシコ連邦政府軍や国境警備隊と話し、助けになってくれそうな人ならだれとでも話した。そのうちにミラは、家族を失った者、子どもを奪われた母親の象徴となった。悲しみの

〝顔〟——そして、強い覚悟の〝顔〟。ジャスティンを捜すことに専念するため、家庭をも犠牲にした。

デイヴィッドは途中で脱落したのだ。十字軍の戦士と暮らすのは、しんどいに決まっている。鋼のような気骨と骨の髄まで達する頑固さを、ミラは表に出したのだから。デイヴィッドに夢中だったのに、それでも歩き去った。

自分ならもっとうまくやると、トゥルーは考えているのだろうか？　まず無理。だがトゥルーは言いだしたら引かず、欲しいものはかならず手に入れる男だ。スザンナなら、トゥルーを袖にするなんてばかなまねはしない。スザンナはトゥルーがどれほど残忍になれるのか知り抜いているので、不興を買わないようつねに気をつけていた。

ガレージから家につづくドアが開き、リップが現れた。「ひと晩じゅうそこに座っている気か？」

たいへん。なぜまだ起きているの？　いつもなら起きて待っていてくれるのはうれしいが、いまは、今夜だけは違った。たぶんリップはトゥルーとミラのことで怒っているだろうし、スザンナには、適当なことを言ってなだめるだけの気力が残っていなかった。

「ここで眠れそうなくらい疲れているの」そう言って、車から降りた。「たぶん病院に泊まったほうがよかったかも」

「たぶんね」リップは相づちを打ち、スザンナが通れるように一歩横にずれた。「じゃあ、ぼくが訪ねていったとき、病院にいたわけだ」

歩きだしたところで凍りつき、それからまた足を進めて家のなかに入り、体を引きずるようにして階段をのぼった。ああ、もう！　初めからなにか手を打っておくべきだったが、リップはトゥルーとの浮気を疑っていて、今夜はトゥルーと一緒ではないことを知っているのだから、まさか調べられるとは思っていなかった。

「言うことはないのか？」リップが背後から尋ねる。

「ないわ。わたしが呼びだしを聞き逃したか、職員がわたしの居場所を知らなかったせいで、あなたに癇癪を起こされたって、わたしにはどうしようもないじゃない。シャワーを浴びて寝るわ」

「電話したわけじゃない。自分で両方の病院に行ったんだ。どちらにもいなかった。フェリシア・ダンへロも。だからきみの患者名簿を見て、フェリシアの番号を調べ、確認の電話をした。念のため教えておくが、調子はいいそうだ」

しまった。二重のへまだ。なんてドジ。スザンナは心のなかで悪態をついた。なにかと便利だから、スザンナはいま診ている患者の家の番号を自宅にも置いているのだ。リップはいつからシャーロック・ホームズの真似ごとをするようになったの？

「あす、話しましょう」いまはなにも思い浮かばない。トゥルーに相談しなくては。自分でも動揺しているのがわかる。これほどの窮地に追いこまれなければ、自分に対してでも、悪態などついたりしないからだ。いまリップと口論を始めれば、口にすべきでないことまで言ってしまいそうだった。

スザンナは寝室に入ってドアを閉め、そのままもたれかかり、リップが追ってくるのを待った。彼がドアを開ければ、その勢いで倒れて転がるだけ。だが、リップの足音はドアの前を通り過ぎ、いま寝室にしている部屋へと向かった。スザンナは安堵の息を漏らし、ドアの鍵をかけてからバスルームに入った。

携帯電話を使ってトゥルーにかけた。二度めの呼びだし音で出たトゥルーの声は、いつものように鋭く、威圧的だ。

「リップがわたしのことを調べたの」スザンナは言った。「どちらの病院にもいなかったことを突きとめた。わたしが診ると言った患者に電話までしたのよ」

「適当な相手を見つけて、浮気の現場を見せればいい。奴だって、それ以上追及しないだろう」

トゥルーの無慈悲な返答に目を閉じた。最悪なのは、その言葉が的を射ていることだ。トゥルーの言うとおりにすれば、リップの疑念が解消されて、もう詮索《せんさく》されないだろう。だが、スザンナは一度もリップを裏切ったことはないし、リップにどう思われようと、トゥルーがなにを言おうと、いまさらそうする気にはならなかった。

「ミラとはどうだったの?」

「だめだ」トゥルーの声に怒りがくすぶっているのを聞き取り、ミラが予想どおりの反応をしたことがわかった。

だがトゥルーに対し、「だから言ったでしょ」などと口走らないだけの分別はあった。そのかわりにこう言った。「ミラは子どもを捜すことに取り憑かれているの。ほかのことには心を動かされないの」

「理詰めでいってもだめだな。だがどうにかして監視をつづける必要がある。けっして脅威じゃなかったんだが、いまでは危険な存在だ。だれがミラにディアスのことを教えたんだ？先回りしたつもりだったのに、いつのまにかミラはひとりで調査を進める決意を固めたらしい。なにはさておき、ディアスが絡んでくるのだけは困る」

スザンナはディアスと会ったことはなかったが、その存在は知っていた。悪魔も恐れぬトゥルー・ギャラガーが、このディアスという男には怯えていることも見抜いていた。ふたりのあいだには過去になにかあったのだろう。いや、絶対にそうだ。ディアスは、トゥルーを困らせることならなんでもするのだろう。ディアスの評判は、震えが走るほど恐ろしいものだ。ミラがどうにかしてこの男と接触を持ち、協力を頼んだとしたら、こちらも身を守るためになんらかの行動を起こさなければならない。

「もっと嘘の情報を与えればいいのよ」スザンナは持ちかけた。「そうやって、きりきり舞いさせておけばいい」

トゥルーは含み笑いを漏らした。「いい考えだ」ふと言葉を切る。「いま気づいたんだが。番号表示に出ているのは自宅の電話じゃないな」

「携帯電話からかけているもの」

「おい！　盗聴されるじゃないか」

「家の電話だと、リップに聞かれてしまうから」

「ほかの方法を考えろ。とにかく携帯は使うな」ガチャッと受話器を叩きつける音が、スザンナの耳に響いた。

顔をしかめて電話を切った。「そっちこそ、ふざけんな」小さく吐きだした。また、悪態をついてしまった。まだ立ったままだが、疲れでふらふらしていた。すぐにベッドにもぐりこみ、シャワーは起きてからにしたいという誘惑にかられたが、体を流さずに眠りたくはなかった。もちろん帰る前に手は洗ってきたが、全身を洗い流すのとは違う。目に見えない血痕を洗い落とそうとするマクベス夫人は、こういう気持ちだったのかもしれない。

スザンナからの電話を切ると、トゥルーはベッドから出た。他人としてはそこそこ信頼できるが、あの女はたまにとんでもなくばかなことをする。携帯電話やコードレスの電話は使うなと何度も何度も言ってきたじゃないか。ふつうの電話を使え、と。それがいちばん安全だからだ。コードレス電話はたしかに便利だが、トゥルーは寝室と書斎では電話線の繋がっているものを使っている。

そろそろセキュリティーを強化するべきだ。電話には盗聴防止の周波数帯変換機をつけよう。無線マイクで盗み聞きされないように電子対策をとる。いまのところはそれほどの大物ではないから、どこからもしつこく追われてはいない。だが、勢力を拡大しつつある。今後もそのつもりだ。あと一年、遅くとも二年あれば、ひと財産つかんで足を洗うことができる。

投資に注ぎこみ、しっかり管理しなければならないが、そうなれば金が金を生むようになるのだ。

あと二年は、足元から崩れるようなことがあってはならない。

ミラは執念深いが、それほど気がかりな相手ではなかった。ミラに対して、だれもなにも言わないように謀《はか》り、スザンナやほかの人間を通じて見張ってきた。それに——どうしてだか自分でも不思議だが——けっしてあきらめない彼女の生き方に、感服していた。その献身ぶり。おふくろに彼女の爪の垢《あか》を煎じて飲ませたいぐらいだ。やがてミラが自分で立ちあげた団体のために寄付金集めをするようになると、トゥルー本人が姿を現し、献金し、じょじょにミラと親しくなり、信頼を勝ち得てきた。ミラの努力の上をいくのに、これ以上の方法があるか？　トゥルーはスポンサーだ。ミラはトゥルーに話しかけ、会話の中身はたいていファインダーズの活動にかぎられていたが、こちらから尋ねれば、個人的なことにも答えるようになった。だから、かならず訊くように努めた。

意外だし、ありがたくないことだが、ミラを好きになっていた。

それどころか、ミラと寝たかった。裸にしたかった。あのやわらかな巻き髪に手を入れて抱き寄せ、ファックしたかった。自分でも理解に苦しむ。彼女は好みのタイプではないのだから。色っぽくないし、華やかでもない。率直に言ってきれいでもない。だがミラには個性がある。存在感がある。それにあの茶色の目、男ならだれでも、あのなかで溺れたくなる。

いつか殺すことになるなら、ろくでもない女であってほしかった。

なにも殺したいわけではない。ミラは有名すぎる。世間に名前も顔も、過去の事情も知られすぎている。なにかあれば全国ニュースになるし、それはつまり警察が全力をあげて捜査するということだ。

この十年、ミラはたいした脅威ではなかった。見張りをつけ、また彼自身も、その動向に目を光らせていれば充分だった。その勢いをうまく削いでおいていまになって排除するのは、まるで象撃ち銃で小鳥を撃つようなものだ。過剰に反応したくはなかったし、不必要な関心を引くのもごめんだ。ミラを抑えるにはほかの方法があるはずだ。

足を洗う準備が整うまで彼女を監視し、状況を把握するためには、関係を持ってしまうのがいちばんだ。ミラの気持ちがこちらを向いているのはわかっているし、短いながらもふたりの男とつきあったことも知っている。つまり、女としての人生を完全にあきらめたわけではないということだ。しかし、自分が始めた活動に、ああまで一途だとは思っていなかった。キスしたとき、腕のなかで体をこわばらせたそのようすから、ミラが決心を変えるつもりがないことは認めざるをえない。ここでしつこく迫れば、ミラは完全に背を向けて、友人としてのつきあいすらやめてしまうだろう。

損害を最小限に食い止めるためには、あそこで手を引くしかなかったが、まったくもって不本意だ。ゆうべは、まるで期待に胸を膨らましたティーンエイジャーの気分だった。レストランで偶然を装って会うなんて、へたな小細工をしなければよかった。スザンナは途中で退場する手はずで、レストランに協力者を配置し、トゥルーがテーブルについたらすぐ彼女をポケベルで呼びださせた。そんな高校生のようなやり方を、ミラはたちまち見抜いた。
だから、引きさがることにした。だが、あきらめたわけではない。いずれ落としてみせる。決定的な部分で、ふたりは同類だからだ。つまり、けっしてあきらめないという点で。

翌朝ミラはパッチ型の避妊薬を張り替えたとき、買い置きがないことに気づいた。残りは一カ月分だけ。処方箋を用意してもらうようスザンナに電話すること、とメモした。強姦される危険と背中合わせの仕事をしているのだから、避妊にはつねに気を配っている。電話する件は実際に書きとめた。そうでもしなければ、忘れそうだから。体はだるく、神経はぴりぴりしていた。ゆうべの出来事でへとへとなのに、妙に興奮していて、またなにか起こるのを待ちかまえている。

昨日は死んだように眠った。トゥルーをあしらうのにも苦労したが、ディアスときたら——一緒にいた短い時間のあいだに、竜巻にさらわれて大陸を半分ほど横断し、そこで氷水に投げこまれたみたい。恐怖、怒り、笑い、欲望、絶望——そのすべてを、つぎからつぎへと経験したのだ。そのおかげで、アドレナリンが体内に過剰放出され、頭はふらふら、ついにダウン。

それでいて、目覚めたとき最初に浮かんだのは、ひざまずき、ランプの光を受けてほほえむディアスの姿だった。完全に目が覚めていなかったので、想像はおかしなほうへと漂っていった。ふたりが違う位置関係にある場面へと。ディアスがミラにのしかかり、目を細め、同じほほえみを口元に浮かべながら、ゆっくりと貫き――

そこで妄想を振り払い、想像の翼をそれ以上広げさせなかったにもかかわらず、体は歓びに震えていた。それだけでも充分にショックだった。男に欲望を感じたことはあるし、愛を交わす場面を想像したこともある。でも、そのうちのだれにも、デイヴィッドに対してでさえ、これほどの欲望を感じたことはない。もうどうにでもして、というほど強烈な欲望は。ディアスには、それを感じた。ディアスと寝ることは個人的にも間違いだが、なにより怖いのは、そのせいでふたりの協力関係がめちゃくちゃになることだ。ジャスティンのために、現状を変えるわけにはいかない。そう心得ていても、ディアスに抱かれたかった。彼を味わい、彼に触れ、体のなかに彼を感じたかった。

ディアスはキスもしていない。おずおずと手を握っただけ。けれど、ほほえみひとつで、トゥルーの感触をみごとにぬぐい去った。

ばかなことをする前に、自分を抑えなければ。ディアスが思っているとおりの人間なら、こちらがしつこくして感情的な負担になったら、姿を消してしまうだろう。わかっていても、そうしないでいられる自信がなかった。こんなふうに感じたのはいつ以来だろう……いいえ、初めて。デイヴィッドとのときは、愛にくるまれて、心の底から安心していられた。ディアスは、まるっきり正反対だ。彼が与えてくれるものはほんの少し、しかもそこに安心感は含まれていない。

気がつけば、たいていの女がやることをやっている。彼の虜《とりこ》。ともかく、彼のことは心から締めだし、自分を抑えることに全力をあげ、日々の雑事に専念しよう。ファインダーズの仕事は、性欲よりも大切なのだから。

職場へ車を走らせながら、スザンナの診察室に電話を入れたが、渋滞する車の列を縫うように進むあいだ五分も待たされ、あげくに、検診に来るよう求められた。前に診てもらってから二年もたっているからだ。

ああ。ため息をつきながら予約を入れ、〝朝一番にスザンナに電話すること〟と書きとめた手帳に、日時を書いた。そのとき街にいて、約束を守れればいいのだが。

オフィスに入って最初に目についたのは、オリヴィアのデスクにまとわりつくブライアンだった。だが、話し声はささやく程度で、視線は熱っぽく、眠たげで、男がそんな目つきをするのは――

ミラは目を丸くし、信じられない気持ちでオリヴィアを見た。こちらはデスクの上で組んだ腕に身を乗りだしている。つまり、胸を寄せて押しあげているというわけ。しかも、ブライアンを見あげてほほえんでいる。

わたしだけじゃないってことね、とミラは内心でつぶやいた。情熱の花がそこかしこで満開。

ジョアンが自分の部屋から顔を出して叫んだ。「ラボックで警戒指令!」

一分とたたないうちに、全員が子どもの特徴を把握していた。三歳の女の子が自宅の前庭からさらわれたのだ。車はダークグリーン、フォードのピックアップ・トラックで最新のモデル。運転しているのは白人男性、三十代前半でブロンドの長髪。捜索の指揮をとるのはラボックの警察だが、ファインダーズもラボック地区の仲間たちに連絡をして、道路や高速を見張るよう手配した。携帯電話を持つよう伝え、トラックと運転手の特徴を教えた。車で通勤途中の人たちはテープやCDをかけていて、ラジオの警報を聞いていない可能性があるし、周囲のことにはまったく無頓着の人も多い。

緊張の四十五分が過ぎたとき、トラックが見つかり、警察に通報された。運転手は、パトカーの回転灯を見ると、騒ぎ立てることなく車を停めた。蓋《ふた》を開けてみれば、離婚した夫婦の争いで、女の子は男の実の娘だった。女の子はパパといられて大喜びだったから、警官が父親から引き離そうとすると泣きだしたそうだ。

「どうして」ミラはデスクに軽く頭を打ちつけ、うんざりして言った。「自分の子どもをそんな目にあわせるのよ」

「それはね——」ジョアンがミラを諭そうとして、はっと大きく息を呑んだ。「だれが来たと思う?」うわずった声で言う。

ミラは顔をあげ、早くも高鳴る胸の鼓動を聞きながら、ディアスがこちらに向かって、例の猫のような足取りで歩いてくるのを見た。みんながディアスを見ている。通りかかったそばから、会話は途切れ、しんとなってゆく。ブライアンは立ちあがって警戒態勢に入った。自分の群れにまぎれこんだ捕食者に対する、無意識の反応だ。先週、小さなマックスを捜したときに会っているのだから、当然ブライアンはディアスの顔を知っているはずだが、だからといってなんの違いもないようだ。

ディアスはミラの部屋の前で足を止め、背後から接近されないよう斜に構えた。「国境の向こうに出かけよう」ディアスが言った。その顔は、いつもどおりの無表情な仮面に覆われている。

「いますぐ?」

肩をすくめる。「興味があるなら」

ミラは「なにに?」と訊きかけて口をつぐんだ。ジャスティンに関係することでなければ、ここに来るはずがない。

「着替えてくる」そう言って立ちあがった。きょうはサンドレスにサンダルという格好だ。

「そのままで大丈夫だ。ファレスに行くだけだから」

ミラはバッグを取って、念のため、必要なものがすべて入っているかどうか確認した。

「行きましょう」

外階段をおりきると、ディアスは言った。「おれのトラックに乗っていく」ほこりだらけの青いピックアップに案内された。

「車で越えるの? それとも歩いて?」

「歩きだ。そのほうが早い」

「別の車を手配したほうがいい?」スカートの裾《すそ》を掻き寄せ、トラックの座席によじのぼりながら尋ねた。

「必要ない。向こうにも車がある」

「なにをしに行くの？　だれに会うの？」

「おそらく、あんたを刺した奴の姉だ」

15

ふたりは橋のひとつを渡って、運転免許証を提示した。国境の自由地帯に滞在する旅行者にはかならず求められることだ。ディアスはベルトから携帯電話をはずして、手短かに電話をかけた。十分ほどで、にやけたティーンエイジャーが、錆《さ》びの浮いた茶色のシボレーのピックアップを転がしてきた。ディアスは二十ペソ紙幣をたたんで渡し、その子は鍵をディアスに放り投げて背を向け、人込みに消えた。

このトラックは先ほどのよりさらに車高があり、ミラはドアを開けて、よじのぼるための手がかりを探した。スカート姿でそんな離れ業をやってのける前に、ディアスがうしろから彼女のウェストをつかみ、座席まで持ちあげてくれた。

ミラが助手席に落ち着いてシートベルトを締めるあいだに、ディアスは運転席側に回って、ハンドルの前に飛び乗った。体の内側が震えていた。神経がよじれる。「おそらくってどういうこと？」ミラは尋ねた。

「はっきりしないんだ。行ってみればわかるだろう」ディアスは乗りだしてダッシュボードを開け、ホルスターにおさまったオートマチック拳銃を取りだし、座席の横に置いた。

「どうやってその人を見つけたの？」

「方法は問題じゃない」そっけない言葉だが、ミラはそれで納得した。情報提供者も捜査方法も、ディアスだけが知っていればいいことだ。彼女としても、無理に知りたくはなかった。ディアスは喧噪《けんそう》に満ちた道路を巧みに通り抜け、どんどん荒れた地区へと入っていく。哀れみの涙をこぼすべきか、座席の下にもぐりこんで隠れればいいのか、ミラにはわからなかった。ディアスが武装しているのはうれしかったが、自分も武器を持っていればよかったと思った。道は狭く人通りが激しく、両側にはあばら屋が軒を重ね、そこらじゅうにゴミが散らかっている。不機嫌な顔をした男も少年も、怒りとよからぬ心をむきだしにしてミラを睨《ね》めつけてくるが、トラックを運転している男がだれだか気づくと、慌てて視線をそらした。

ミラは言った。「あなたの評判がひとり歩きしてるみたいね」

「このあたりにいたことがある」

ディアスの姿を目にした人たちの反応から判断すると、そのときに相当の損害を与えたのだろう。

車を進めている通りには、錆びついたポンコツ車がずらりと駐まっていたが、ディアスはピックアップ・トラックを押しこむだけのスペースを見つけた。車から降りてタイ・ホルスター（腿に巻きつけるホルスター）をつけ、拳銃のおさまり具合を確かめる。それに満足すると、トラックの助手席側に回り、ミラのためにドアを開けた。座席からミラを降ろして鍵をかけ、一〇ヤードほど先からむっつりとこちらを眺めていた男と目を合わせた。かすかに頭をかしげ、合図を送る。

男が警戒しながらこちらに近づいてきた。「おれたちが戻ってきたとき、この車が無傷だったら、アメリカドルで百ドル払う」ディアスは早口のスペイン語で言った。「もし傷ついていたら、おまえをかならず見つけだす」

男はすぐにうなずいて、車を守るために見張りの位置についた。

予防策が必要かどうか、あえて尋ねなかった。必要に決まっている。でも、拳銃は――

「拳銃をそんなふうに見せびらかしていなきゃならないの？　プレヴェンティーヴォに見つかったらどうするの？」プレヴェンティーヴォとは、メキシコのパトロール警官のことだ。

ディアスは鼻を鳴らした。「まわりを見ろ。警官がこんなところにしょっちゅう来るか？

それに、拳銃はだれからも見えて、すぐ手にできるところにあったほうがいい」

タイ・ホルスターを巻きつけた姿は、まるで現代の無法者だ。歩き方も手足の力がだらりと抜けていて、いまよりも荒々しかった時代に戻ったみたいだ。弾薬帯を胸に交差させ、バンダナで顔の下半分を隠した彼の姿が目に浮かぶ。

奥へ進むほど、さらに狭く、さらに汚らしくなってゆく路地を、ディアスはゆったりとした歩調で歩いていく。ミラは体の前でしっかりとバッグを抱え、離れないようについていったが、彼はそれでもまだ離れすぎだと思ったらしく、左手を伸ばし、ミラの右の手首をつかんで引き寄せた。ミラの手をベルトの内側に押しこむ。「つかまってろ。迷子になるな」

まさか。

なるべく足元に注意して歩いた。サンダルだから倍もたいへんだった。どうやらディアスの「そのままで大丈夫」と、ミラの考える〝大丈夫〟とは隔たりがあるようだ。ゴミやらなにやら、立ち止まって見る気もしないものを掻き分けて進むのなら、パンツにブーツを――それに、できることなら防弾チョッキも――身につけているのが望ましい。

　ディアスの右手は銃の床尾にかかっている。握っているわけではないが、軽く手を添えて、いつでも使えることを誇示している。路地を曲がって、これまでよりさらに狭い道に入り、かつては青く塗られていたらしいドアの前まで来た。いまは点々と青い色が残っているだけ、おまけにところどころに穴が開き、ボール紙をテープでとめてある。ディアスは腐りかけた木枠を叩いて、待った。

　なかからごそごそと音が聞こえて、小さく軋《きし》りながらドアが開き、黒い目が片方だけ覗いた。目の持ち主は怯えてくぐもった声をたてた。ディアスの顔を知っているようだ。

「ローラ・ゲレロ」ディアスが言った。まるで命令口調だ。

「ああ《シ》」女はおそるおそる答えた。

　ディアスは腕を伸ばしてドアを押し開けた。女は声高に抗議しながら、何歩かうしろにさがったが、なかに入ってこないことを見て取ると、ためらいがちにディアスを見返した。ディアスはなにも言わず、ただ待っている。部屋は狭く、明かりも薄暗かったが、ミラは女が警戒の目をこちらに投げたのがわかった。女がいることに安心したのか、「どうぞ《パセ》」と言って、ローラが手招きした。

家のなかはすえた臭いがした。明かりは部屋の隅にある小さな電気スタンドの裸電球だけ、古い扇風機の羽根は金属で、覆いがなく、うなるような音をたてながら空気を掻きまわしている。ローラはおそらく六十代半ばから後半、まるまると太った姿から、部屋はゴミ溜めでも、充分食べられるだけのものを得ていることがわかる。

ディアスの手にまた紙幣が現れ、差しだされる。女はその手を不安そうに見てから、考えなおされてはたいへんとばかりに金をひったくった。「おまえには兄弟がいる」ディアスがスペイン語で言った。「ロレンソだ」

おもしろい尋問方法をとる、とミラは思った。ディアスは質問をしない。あらかじめ事実として知っているような話し方をする。

悲痛な表情が女の顔に浮かんだ。「死んだよ」

ミラはまだディアスのベルトをつかんでいた。革を握る手にぐっと力がこもる。この追跡もまた、空白の壁に突きあたってしまった。うつむいて、苦痛と抗議の叫びを必死でこらえた。ディアスはその苦悩を感じ取ったように、うしろに手を伸ばしてミラを引き寄せ、腕のなかに抱いて、さりげなく肩を叩いた。

「ロレンソはアルトゥーロ・パヴォンという男と一緒に働いていた」

ローラはうなずいて床に唾を吐いた。ローラの家事能力に対するミラの評価がさらにさがる。ローラは憎悪に顔をゆがめている。スペイン語を早口にまくしたてられ、完全にはついていけなかったが、パヴォンがロレンソを殺したか、パヴォンのせいで死ぬことになったと言っているらしい。パヴォンは人間以外の動物や自分の母親とも性行為をするような、犬畜生にも劣る人間だ、というようなことも言っていた。

ローラ・ゲレロはパヴォンを憎んでいる。

ローラの罵り《ののし》がようやくおさまると、ディアスは言った。「十年前に、この女の赤ん坊がパヴォンにさらわれた」

さっとミラに目を向け、ローラはやさしく言った。「かわいそうに、セニョーラ」

「ありがとう《グラシアス》」ローラにもきっと子どもがいるのだろう。母親同士の連帯感がその目によぎり、こう告げていた。「その苦しみはよくわかるわ」

「彼女は襲われて傷を負った。そのとき背中を刺したのがロレンソだったようだ」ディアスは言葉を継いだ。「おまえの弟はナイフ使いとして知られていた。腎臓を刺すのが得意だったな」

まさか。あの男が意図的に腎臓を刺そうとしたと聞いて、寒気を覚えた。ディアスの肩に顔をうずめて、まわりの醜さを締めだしたい。

ディアスは間を置き、なにもかも見透かすような冷たい目をローラに向けた。「おまえはさらわれた赤ん坊の世話をしていた」ディアスは言った。ミラは身をこわばらせ、ぱっと顔をあげた。ローラが一味だった？　さっきの表情は、哀れみではなく、罪悪感だったのだろうか。低いうめき声を聞き、それが自分の喉から出たものだと気づいてショックを受けた。肩を抱くディアスの腕に力が入り、ぴったりと体を抱き寄せられ身動きできなくなった。

「このおれの友人は赤ん坊を取り返そうと戦って、パヴォンの目をえぐりだした。おまえはパヴォンと会ったことがなくとも、ロレンソからその話を聞いているはずだ。その話や、赤ん坊のことを憶えているな」

ローラはディアスからミラへと視線をさまよわせた。どちらがより大きな脅威か、量っているのだろう。ネズミやリスのような小動物に備わっているのと同じ生来の防衛本能を働かせ、ディアスを相手にすることにし、じっと見つめながら、彼がそこまで知っていることに怯えて身じろぎできない。嘘をつこうかどうしようか。ローラは考えている。つぎからつぎへと浮かぶ表情が、思いを雄弁に物語っている。だが、岩のように立ちはだかるディアスを見つめても、彼がなにを知っていて、なにを知らないか、ローラに探りだすすべはない。どのみち嘘は見抜かれると判断したのだろう、ローラはぐっと唾を呑みこむとつぶやいた。

「憶えてるよ」

「赤ん坊をどうした?」

ミラは彼の胸に爪を食いこませ、答えを待った。息ができなかった。

「あんときは五人だった」ローラが言った。「その日のうちに、国境を越える飛行機に乗せた。あの白人の赤ん坊が最後のひとりだった」おずおずとミラに目を向ける。「厄介なことになった。警察が捜していたからね。うかうかしてらんない」

飛行機に乗せた。ミラはぎゅっと目をつぶった。「その飛行機が落ちたの?」声がかすれた。

よいニュースを告げられるとあって、ローラの顔が明るくなった。「いや、いや、それはもっとあとのこと。違う赤ん坊」

ジャスティンではない。ジャスティンは生きている。生きている！　これだけの年月をかけて、やっと確信をつかんだ。嗚咽《おえつ》がこみあげ、ミラは今度こそディアスの胸に顔をうずめた。この十年間、張りつめてきたものが解け、くずおれてしまいそうだった。ディアスは言葉にならない声でミラをなだめ、ローラに意識を戻した。

「誘拐を仕切っていたのはだれだ？　飛行機の所有者は？　おまえはだれから金をもらっていた？」

つぎつぎに質問を浴びせられて、ローラは目をぱちくりさせた。「金をくれたのはロレンソだよ。分け前をもらったんだ」

「ボスはだれだ？」

ローラはかぶりを振る。「それは知らない。金持ちのアメリカ人の男だよ。飛行機もそいつが持ってた。でも、あたしゃ一度も会ったことないし、名前も知らない。ロレンソはものすごく用心してたね。もし話しちまったら、喉を掻き切られるって言ってた。そのアメリカ人が、パヴォンに赤ん坊が何人いるのか命令して、パヴォンが見つけてくるんだ」

「さらってくるのよ」ミラは語気も荒く言い返した。ディアスのシャツに顔をうずめているせいで、声がくぐもっていた。

「ロレンソになにがあった？」ディアスが尋ねた。

「喉を切られたんだよ、セニョール。パヴォンの仕業だ。そうなるって、自分で言ってたとおりにさ。あたしにゃなにも言わなかったけど、だれかにしゃべっちまったんだろうよ。ロレンソってのは、昔からばかだったからね。喉を切られたのは、ほかの奴らへの見せしめだよ。しゃべるなってね」

「ほかにその金持ちのことを知っている人間は？」

「あたしが知ってるのはロレンソと、パヴォンだけだよ。それがいちばんいいんだってさ。手を貸してる女がいるのは、あたしも知ってた。アメリカ女だよ。でも名前までは聞いてない。書類のことで、いろいろやっていたらしい。どこで生まれたとかさ」

「その女の居場所は？　どの州だ？」

ローラは曖昧に手を振った。「国境の向こうだ。テキサスじゃなかったね」

「ニューメキシコ？」

「どうかね。憶えていないんだ。聞かないようにしてたもの、セニョール」

「金持ちの男が住んでいる場所は？」

さっと顔に警戒が走る。「いや、いや、男のことはなにも知らないよ」

「なにか耳にしてるはずだ」

「ほんとうに知らないよ。テキサスに住んでるんじゃないかって、ロレンソは思ってたみたいだけど。エルパソあたりにさ。でも、ちゃんと知ってたわけじゃない。パヴォンは知ってた。でもロレンソは知らなかった」

「パヴォンがいまどこにいるのか、聞いているか?」

ローラはまた唾を吐いた。「あんなブタ野郎に関心はないよ」

「関心を持て」ディアスは命令した。「つぎに来たとき、おまえがパヴォンに関する情報を仕入れていたら、おれももっと友好的な気持ちになるかもしれない」

ディアスが戻ってくるという事実に、ローラは縮みあがったようだ。散らかり放題の暗い部屋をあたふたと見回した。どれくらいあれば荷物をまとめ、逃げだせるか考えているのだろう。

ディアスはわずかに肩をすくめた。「逃げてもいいぞ」ディアスが言う。「だが、なぜわざわざそんなことを? おれはかならず見つける、ローラ・ゲレロ。いずれ、かならず見つける。それに、おれはだれが協力的で、だれがそうじゃなかったか、絶対に忘れない」

ローラは慌ててうなずいた。「わかったよ、セニョール。ここにいる。情報も訊いておく」

「そうしろ」ディアスはミラを抱いていた腕を緩め、ドアのほうへ促した。

ミラはヒールを踏みしめ、振り返って、赤ちゃんの誘拐に手を貸した女に目をやった。「どうしてそんなことができたの?」言葉のひとつひとつに苦痛をにじませた。「母親から赤ちゃんを奪う手伝いを、どうしてできたの?」


ローラは肩をすくめた。「あたしも母親なんだよ、セニョーラ。あたしゃ貧乏だ。自分の赤ん坊を食わせる金が必要だったのさ」

嘘をついている。ローラのいまの歳を考えれば、十年前、いちばん下の子どもでも、成人はしていなかったかもしれないが、思春期には入っていたはずだ。怒濤《どとう》のような怒りに身じろぎもできず、ローラを睨みつけた。ほんとうに赤ん坊がいたのなら理解はできる。だが、ローラは単純にお金のためにやったのだ。ここにいるのは被害者ではない。貧しさに自暴自棄になり、子どもを育てるためならなんでもする母親ではない。この女はロレンソやパヴォンに劣らぬ悪党だ。犯罪組織の一員だ。メキシコ各地で子どもをさらい、母親を悲嘆に暮れさせる犯罪に、みずから進んで加担したのだ。

「嘘つき」ミラは食いしばった歯の隙間から声を絞りだし、女に飛びかかった。

だがその動きを読んでいたのか、ローラはさっとわきによけ、ミラの手をうしろにねじりあげて喉元にナイフを突きつけた。「ばかめ」耳に嚙《か》みつかんばかりに言うと、ナイフをさらに強く押しつけた。ミラは冷たい刃を喉に感じた。

そのとき、カチリと小さな音がした。拳銃の安全装置を親指で解除する音。ローラはその場で石と化した。

「おまえたち一族は、ナイフが好みのようだな」ひどく穏やかな話し方で、声もささやきに近い。「だが、おれの好みは銃だ」

いろいろな意味で平静を失いながらも、ミラは目だけを左に向けて、ディアスが大きな拳銃をローラのこめかみに突きつけているのを見た。ディアスの手に揺れはなく、目に迷いはない。それどころか、凍りつくような怒りに目を細めている。「ひとつ数えるあいだにナイフを落とせ。い——」

ローラが自分からナイフを落とすのを、彼は待ったりしなかった。左手がくねったかと思うとローラの手をつかみ、下にねじ曲げてミラから離した。小枝が折れるのに似たポキリという音とともに、ローラが体をこわばらせ、首を絞められたようなうめき声を延々と喉に響かせた。ナイフが汚い床に音をたてて落ち、電光石火、ディアスは手を伸ばしてミラの腕をつかんで、わきに抱き寄せた。そのあいだ、右手の拳銃はローラの頭を狙ったままだった。

ローラは泣き叫び、手を抱えてよろよろとあとじさった。「折ったね」苦しげにうめいて、ぐらぐらの椅子に倒れこむ。

「ナイフを取りあげておまえの目をえぐらなかったんだから、運がよかったと思え」あいかわらずひどく穏やかな声だ。「おまえはおれの友人を切りつけた。不愉快だ。これでおあいこじゃないのか？　それともおれのほうに貸しがあるかな、骨のもう一本も――」

「あんたが知りたがっていることは、なんでも探りだすよ」ローラは慌てて言い、前後に体を揺すりながら、恐怖のまなざしをディアスに向けた。拳銃ではなく、ディアス本人を見つめている。その理由が、ミラにもわかった。ディアスの顔はあくまでも無表情だが、目だけに生気があり、怒りにぎらぎらと輝いているのが恐ろしいのだ。力が張りつめた体からも、聞き取れないほどひそやかな声からも、怒りが伝わってくる。ディアスは怒ってわれを忘れるような男ではない。怒りを取りこみ、増幅させるのだ。

「なんにせよ、やってもらわなきゃな、セニョーラ。そうでなければ、ほかのことを考えざるをえない」

「よしてよ」ローラは哀れな声を出した。「お願いだよ、セニョール。言われたことはなんでもするから」

思案するように、ディアスは小首を傾けた。「なにをしてもらいたいのか、まだはっきりしない。よく考えて、また知らせる」

「なんでもする」ローラはべそをかきながら、もう一度言った。「誓うよ」

「忘れるな。それから、これも覚えておけ。おれは友人が傷つけられるのを快く思わない」

「忘れないよ、セニョール！　絶対に！」

ディアスはミラを引きずって小屋を出ると、路地を進んだ。ミラはまたディアスのベルトをしっかりつかみ、もう片方の手で痛む喉を押さえた。温かい血が指を濡らし、滴り落ちる。

ディアスは肩越しにミラの喉に目を走らせた。「その傷を消毒して、包帯する必要があるな。深い傷じゃないが、ドレスが汚れる。そのまま押さえておけよ」

トラックはもとの場所にあり、むっつりした男が見張っていた。近づいてくるふたりを見ると背筋を伸ばし、ミラの喉やドレスの血に気づくと不安な表情を浮かべた。なにが起こったにせよ、自分の責任にされるのでは、と怯えているのだろう。ディアスは折りたたんだ白ドル紙幣を手渡し、鍵を出してドアを開けた。ミラを抱きあげて乗せ、男にうなずき、運転席に回った。

「ウォルマートに行こう」ディアスが言う。「なにか着るものと、抗生物質、それに包帯を買ってくる」

ウォルマートはエヘルシト・ナシオナル通りにあった。ディアスの運転でスラムを抜けるあいだ、ミラは喉の傷を押さえながら座っていた。「いったいあの人の手をどうしたの？」ディアスの動きが速すぎてはっきりしなかったし、あのときは少々取り乱してもいた。握り潰して骨を砕いたとか？

ディアスはミラを横目で見た。「右の親指を折った。またナイフを握られるようになるまで、多少の時間がかかるだろう」

ディアスがどういう類いの男かをふいに思い出し、ミラは身震いした。

「しかたなかった」ディアスはそっけなく言い、ミラはそれだけで理解した。恐怖心こそがディアスの最大の味方なのだ。ディアスに怯えるから、人びとはほかの人間には話さないようなことを話す。恐怖心によってディアスは優位に立ち、チャンスをつかむ。恐怖心そのものが武器なのだ。そして、人を怯えさせるために、行動の裏づけがいるなら躊躇しない。

「あの人、逃げるわよ」ミラは言った。

「かもな。だが逃げてもおれはかならず見つけるし、向こうもそれはわかっている」

ウォルマートに着くと、ディアスが必要なものを買いにいくあいだ、ミラはトラックに残った。エンジンはかけたまま、エアコンはつけっぱなしで、ドアはロックして。戻ってくるまで十分もかからなかったから、買い物客はディアスをひと目見ただけで、レジの列のいちばん前に並ぶことを了承したのだろう。店に入る前に、タイ・ホルスターははずしていった。そうでなければ、店内が大騒ぎになっていたはずだ。

ディアスが買ってきたのは、水のボトル、ガーゼ、抗生物質の軟膏薬、救急テープ、蝶々型のバンドエイド、それに安物のスカートとブラウス。ドレスの上からブラウスをはおれば血の染みを隠せる、とミラは言いかけ、ふと下を見て、スカートにも血が流れていたことに気づいた。

ディアスは買い物客を避けるため、店の裏の駐車場に車を回し、人目につかないよう、駐車場に背を向ける形でトラックを駐めた。ガーゼの袋を開けようとすると、ディアスに奪い取られた。「おとなしく座ってろ」

ディアスはガーゼを一枚出して傷口に当て、ミラの手を取って、ガーゼを押さえさせた。「そのまま」ミラは言われたとおり、しっかりと押さえて止血した。血はまだ完全に止まったわけではない。

ディアスはガーゼをまた何枚か出して水で濡らし、首や胸元にこびりついた血をぬぐった。事務的にドレスの前に指を入れ、ブラジャーの縁をかすめる。

「よし、傷を見せてみろ」ディアスは言って、ミラの手を喉からどけた。ガーゼをはがし、満足そうに、うん、とひと言あげる。「悪くない。縫う必要はないだろうが、念のためにバンドエイドを買ってきた」

ディアスは軟膏薬を塗り、蝶型バンドエイドをふたつ使って、傷口をぴったりくっつけた。上からガーゼを貼ってさらに傷口を守る。手当てが終わると、ディアスは言った。「着替える前に、ガーゼの残りで手足をきれいにするといい」

血を落とすことには喜んで従うが、あとのことには異を唱えた。「着替えなくてもいいわ。このままで帰れる」

「血のついた服で国境を越える気か？　だめだ。それにあちらへ戻る前になにか腹に入れよう」

ミラはあまりに疲れていて、国境を渡ることなどすっかり忘れていた。腕の血を落として、袋からスカートとブラウスを取りだし、値札をちぎった。「うしろ向いてて」

ディアスは低い笑い声をたて、車から降りると、窓に背を向けて立った。ミラはきょとんとして、驚きに目をしばたたかせた。いま、声を出して笑った？　本人は笑うと言っていたけれど、正直なところ信じていなかった。それがいま、この耳で聞いたのだ。

ああ、なんてこと。ディアスはミラを腕に抱き、ドレスのなかに手を入れた。ミラはディアスの肩に顔をうずめ、胸に爪を立てた。

坂道を転がるように、ひとつまたひとつと、深く考えもせずに親密さを増してしまった。きょう、自分は取り返しのつかないほど危険なところまで滑り落ちている。あたりまえのようにディアスの腕に抱かれた。ディアスの肩にやすらぎを覚えた。肩は目の前にあった。さあ、使って、と言わんばかりに。

大急ぎでドレスをまくりあげ、頭から脱いで、ブラウスをかぶり、スカートに足を入れた。どちらも少しきつかったが、家に帰るまでなら問題ないだろう。着替え終わると拳骨で窓を叩き、ディアスをトラックに呼び戻した。

「なにが食べたい?」

体内が震え、なにか食べなさい、と命じているものの、フォークを握っていられるかどうかもおぼつかない。「なんでも。ファストフードでいい」

ディアスが車をつけたのはファストフード店ではなく、〝フォンダ〟といって、どこにでもある家族経営の食堂だった。店の前は木陰のテラスになっていて、テーブルが三つあり、ディアスはそこに席を取った。ウェイターは長身の若い男で、如才なくミラの首のガーゼには目を向けなかった。ミラはツナのエンパナーダと水を、ディアスはエンチラーダと黒ビールを注文した。

料理を待つあいだ、ミラはナプキンをたたんだり開いたりした。ブラウスがピチピチすぎるのが落ち着かなくて、こちらもつい手でいじってしまう。いつまでもディアスを無視していられなかったし、じっと見られているのはわかっていたので、とうとう口を開いた。「こっちに詳しいのね」

「メキシコの生まれだ」

「でもアメリカ国民だって言ったわ。市民権はいつ取ったの?」

「生まれたときから持っていたよ。母親がアメリカ人だったから。おれが生まれたとき、たまたまメキシコにいたんだ」

「お父さんは?」

「メキシコ人だ」

ミラはディアスが母親のことを話すときは「だった」と言い、父親のことは「だ」と言うのに気がついた。「お母さんは亡くなっているの？」

「二年前に死んだ。両親が結婚していなかったことは、まず間違いないが」

「お父さんのことはよく知っているの？」

「子ども時代の半分は父と暮らしていた。母親と住むよりもよかったな。そっちは？」

どうやらディアスが用意している身の上話はこれでおしまいのようだ。それでも、ミラはお返しに自分の家族のことや、兄と姉とは仲たがいしていることを話した。「母と父にはつらい思いをさせてる」ミラは言葉を継いだ。「それはわかってるの。でもどうしてもロスやジュリアと顔を合わせる気になれなくて。だって――」どう説明すればいいのか的確な言葉が見つからず、ただ首を振った。ふたりを傷つけたくはないが、同時に、頭をなにかに叩きつけてやりたい気持ちもする。

「ふたりに子どもは？」ディアスが尋ねる。

「どっちにもいる。ロスは三人、ジュリアはふたり」

「じゃあ、あんたの気持ちがわかってもよさそうなものだが」

「でもだめなの。たぶん、できないんだと思う。実際に子どもを失ってみるまで、理解できないのよ。自分の一部が欠けてしまったような感じで、ジャスティンがいたところにはただぽっかりと大きな穴が開いているの」人前で泣くまいと唇を噛んだ。「ジャスティンを捜すのをやめるのは、息をするのをやめるようなものだわ」

憂いのある目、心の奥底まで見通すような目で、ディアスはミラを見つめた。それから小さなテーブルに身を乗りだし、片手でミラの顎を包んで、キスをした。

16

ほんの軽いキスだったのに、不意打ちだったものだから、ぽかんとしてただ座っていただけ。矢継ぎ早にいろんなことが起きた。頭はふらふらだし、心もぐらついていてどうしていいかわからない。とっさに両手でディアスの手首をつかんだものの、さてどうしよう。顎から手が離れ、唇が離れていっても、彼の腕にしがみついたままだった。

冷酷そうな唇は、思っていたよりもやわらかく、やさしかった。情熱的なキスではない。それどころか、なににもまして心が和むものだった。だからこそ、ディアスを恨めしく思った。彼のキスを望むこと自体、間違っている。でも、一度だけするとしたら、心が和むようなキスはいや。

ディアスを睨みつける。「どういうつもり?」

ディアスの口角があがる。これは含み笑いに相当する。「おそらく」彼が言う。「自分の目に、人がなにを見ているのか知らないだろう」

「もちろん知らないわよ」ディアスはそれ以上なにも言わない。ミラは一分待ち、痺《しび》れを切らして尋ねた。「なんなの?」

ディアスは肩をすくめ、それから思案するようなそぶりを見せた。いくつもの言葉を拾っては捨てているみたいに。しばらくして口を開いた。「受難」

この言葉は打撃だった。大打撃。受難。そう、たしかに、受難の道を歩いてきた。子どもをなくした親にしか、この気持ちは理解できないはず。それなのにこの男は、感情の交流といえばせいぜい〝希薄〟どまりに見えるのに、それを見て取り、応えた。おかげでミラは、いまいましい坂道をさらに滑り落ちることになった。

ウェイターが料理を運んできた。食べることに没頭できるのがうれしかったし、エンパナーダはメキシコ料理のなかでも好きなもののひとつだ。ツナを包んだパイが、きょうはまた格別おいしく感じられて、皿が空になるまで口を動かしつづけた。喉を切られたせいで、食欲が湧いた。死にかけることほど、食べ物のありがたみを感じさせられるものはない。

ディアスも同じくあっという間にエンチラーダをたいらげたが、ビールは半分しか減っていない。

「口に合わない？」ミラは瓶を指した。

「もう充分だ。酒はそれほど飲まないから」

「煙草は？」

「まったく吸わない」

「投票は？」

「成人してから、選挙は欠かしたことがない」

シートベルトも、ちゃんと締めるわよね。腹立ちまぎれに彼を睨んだ。こんなにまじめで、公共心にあふれた殺し屋がいる？

きょうのどこかの時点で、ディアスに対する恐怖心が消えていた。それがいつで、なぜなのかわからないけれど、まだ怖がっているなら、ディアスの腕に安らぎを見いだせるわけがない。ディアスは変わっていない。じゃあ、わたしが？　この十日間、感情のローラーコースターに揺られつづけてきたから、その緊張感はそうとうのものだったはず。ディアスのような男に惹かれるくらいだから、正気を失ってしまったに違いない。

ともかく、もろもろの感情や妄想を、ディアスに見抜かれずにすんだ。さっきの軽いキスにも応えなかった。それどころか、あの反応は完璧だった。自分でも意外だったけれど。

「すんだか？」ディアスが尋ねる。

ミラは空っぽの皿を見つめた。「あとは舐めるだけよ」

また口角が持ちあがる。「ほかになにかいるか、って意味だが？」

「ああ、いえ、もう充分。ありがとう」

ディアスが勘定を払い、ふたりでトラックに向かって歩いているとき、ミラははっとした。きょうディアスは、どれぐらいお金を使ったのだろう。「かかった費用は払うから」ディアスには、ファインダーズが経費を持つと思わせておきたかった。ほんとうは自腹を切るのだが。

ディアスは返事をしない。気を悪くしたのだろうか。なにしろ、半分はメキシコ人で、しかも人格形成期にこちらで過ごしている。男らしさを誇示する文化に、多少なりとも影響を受けているのだろう。

「明細書をちょうだい」そのままにしておくことはできないもの。

ディアスの顔はもとの無表情に戻っている。「賄賂《わいろ》をどう記せばいいんだ?」

「賄賂って書いて。わたしたちだってしょっちゅう払っているもの。ほかにどうやって情報を得ればいいの?」

「方法ならほかにもある。賄賂でうまくいくこともあるが」ディアスは携帯電話を取りだしてだれかにかけた。たぶんさっきの男の子に、トラックを引き取りにこいと告げたのだろう。

だが、現れたのは別の男の子だった。最初の子よりいくつか若くて、愛想がよく、ちゃめっけたっぷりの笑顔を見せている。ディアスが鍵といくらかのお金を渡すと、男の子は運転席に飛び乗り、エンジン音を轟《とどろ》かせて走り去った。

「兄弟?」ミラは尋ねた。

「おれのじゃない」

「あのふたりが兄弟かってこと」

「たぶん。同じ家に住んではいるが、いとこかもしれない」

エルパソへ通じる橋を歩いて渡り、トラックを駐めた場所へ戻った。「どこへ?」ディアスが訊く。「オフィスに戻るのか? それとも自宅?」

「うち」食事をしたら、ぴったりだったスカートがさらに窮屈になったので、着替えたかった。「そのあとで、もしよかったら、オフィスまで乗せてもらえるかしら」自分の車を取りにいかなくてはならない。「時間がないようなら、タクシーを呼ぶけど」

「大丈夫だ」

「それはそうと、あの晩、どうやってうちに侵入したの？　ドアも窓も閉まっていたはずなのに」

「閉まっていた。一箇所開けたんだ。防犯装置をつけたほうがいい」

いままでつけていなかった。あの界隈は犯罪率がとても低い。「それであなたは侵入できなくなるの？」

「入ろうと思わなければ」

ミラが二階で着替えるあいだ、ディアスは一階のリビングで待っていた。暑かったから、わざわざ首の包帯を隠す服を探そうとはしなかった。そのかわりに、ぱりっとした黄色のパンツに、ノースリーブの白いブラウスを着て、階下に急いで戻った。

ディアスはリビングに散らばっている小石を見ていた。特別にきれいな石を飾りに使っている。残りの石は、いろんな容器に入れてある。コーヒーテーブルの上の青いボウル、透明の花瓶がふたつ、ガラスの巨大なブタさん貯金箱。「なんでこんなに石があるんだ？」ディアスが尋ね、まごついた犬のように小首をかしげた。

「ジャスティンのために拾っていたの」とても静かな声で、話をつづけた。「小石が好きかと思って。小さな男の子は小石を投げたり、ポケットに入れたりするものでしょう？　そんなことをするには、もう大きくなりすぎたでしょうけど。それでもたまに、めずらしい形のものを見つけると拾ってしまうの。習慣ね」

「おれは虫が好きだったよ」ディアスが言う。「毛虫なんかも」

「やだ！」ミラは鼻にしわを寄せ、ポケットいっぱいの毛虫を想像して身震いした。それから、ため息をついた。「こんな石は捨ててしまったほうがいいんでしょうね。でもどうしてもできなくて。もしかしたら、そのうち捨てられるかも」

「だれかが押し入ってきたら、投げつければいい」

「押し入ったのはあなただけよ」

「女の子みたいに投げるんだろうな」

心ならずも、ミラはディアスにほほえみかけていた。「当然でしょ。ほかにどうするの？」

たしかに、ほかにどうするんだ？　ファアレスに向かって国境の橋を戻りながら、ディアスはひとりごちた。ミラは女らしい女だ。タフであろうと努力しているし、有能で意志も強いが、生まれ持ったものはまさに女だ。ミラの寝室は、いかにも女のそれだった。シーツはサテンの手触り、枕は山のように積まれ、足元にはやわらかな敷物、ランプの笠からはクリスタルの飾りがさがっていた。バスルームは甘く芳しい匂いがした。

ディアスがシーツに触れ、クローゼットを覗いたと知ったら、ミラは快く思わないだろうが、好奇心には勝てなかった。ミラのことを知りたかった。服や香りの好みからミラの心を読みたかった。ジーンズやパンツ、シャツも持ってはいたが、服の大半はドレスやスカート、薄物のブラウスだ。きょうも、着替えて二階から戻ってきたとき、ミラは黄色と白の服に包まれ、さっぱりとして涼しげで、手首には白い淡水真珠のブレスレットをつけていた。首のガーゼは、必要だから貼っているというより、アクセサリーに見えた。タフになろうとしていても、彼女の本質はソフトだから、ディアスはいまこうしてひとりでファアレスに戻っているのだ。こんなに早くディアスが舞い戻ってくるとは、ローラも予想していないだろう。いまが最高のタイミングだ。

ローラが子だくさんでないほうが驚きだ。いまはもう成人しているだろうが、ひとりやふたりは、ローラが弟とパヴォンのためにさらわれた赤ん坊の世話をしているとき、一緒に暮らしていた可能性がある。子どもというのは好奇心が強いから、姿が見えなくても、ちゃんと人の話を聞いていたりする。ローラの子どもたちが、ロレンソとパヴォンの会話を聞いていれば、手がかりを与えてくれるかもしれない。

怖いものはほとんどなかった。苦痛と死をストイックに見つめ、前者から逃れられる人間はほとんどいないこと、後者から逃れられる人間はひとりもいないことを悟った。だが、ローラがミラの首にナイフを突きつけ、その首から血が滴るのを見たとき、ディアスは久かたぶりに恐怖を感じた。その場でローラを殺すこともできたし、事実、もう少しで引き金を引くところだった。だが、ローラの脳味噌を吹き飛ばしたら、ミラがどんな反応をするか考え、踏みとどまった。ディアスは衝動を抑えたが、間一髪だったことを、ローラはその目のなかに見ただろう。

ローラ・ゲレロが石のように冷たい女で、卑しい麻薬中毒者だという評判は聞いていた。だが、ミラが知りたがっている情報を握っている。ディアスには、それを聞きだせる自信があった。ただし、ミラを連れて行ったのは間違いだった。だから、こうしてひとりで戻っているのだ。

あのときは、とっさの判断を下さなければならなかった。あの場でローラを殺さなければ、窮地に立たされる。自分の女を傷つけられたら、黙って立ち去るわけにはいかない。ディアスはミラを友人と呼んだが、だれが信じるものか。ふたりを目にすれば、ローラの家での一件を耳にすれば、だれもがミラをディアスの女と思うはずだ。だから、ミラを切りつけた人間を罰せずにおくことはできない。そうしなければ、ディアスは〝やわ〟になったと思われてしまう。ディアスに逆らっても逃げおおせる、と。殺人と麻薬という激流をなんとか堰き止めようとしているのに、そういうことに手を染めた奴らが、まんまと逃げられると思ってしまう。そのせいで、罪のない人間が死ぬことになるのだ。そうなったら、ディアスにたてつこうという気を失わせるまで、また大勢を殺さなくてはならない。

そういうことが、一瞬にして頭によぎった。殺さないとすれば、ローラをどうする？　ぶちのめす？　時間がかかりすぎるし、ミラは半狂乱になるだろう。いくらローラがクズみたいな人間だとはいえ、女に乱暴を働くのは趣味ではない。撃つか？　だが九ミリの銃を使えば、軽傷ではすまない。大きな銃弾は肉を切り裂き、神経と血管を寸断する。切るか？　どれだけ切り刻んでも、切り傷はすぐに治ってしまうし、どこであれ、体の一部を切り取る気にはなれなかった。

残された選択肢は、骨を折ることだけだった。それならかなり長いあいだ、自由を奪っておける。親指を選んだのはナイフのせい、ミラが切られてかっとなったせいだ。親指を折られては、ローラもしばらくナイフを使えない。それに、この方法は冷酷だし、ローラの犯した罪にもふさわしく、ディアスが〝やわ〟になっていないと知らしめることもできる。そこまで考えが回ると、間髪をいれずに実行した。

世間への声明となる程度に残酷で、かつ、あとに残るような障害を与えない罰を選ぶというばかばかしさは自覚していた。殴りたくはなかったから、指を折った。彼自身、一度ならず殴られた経験があるので、痛みがどれほど長引き、体がどれほど弱るものかわかっていた。ローラの親指は痛むだろうが、深刻な障害を残すわけではない——ナイフの扱いは別にして。体は動く状態にしておいて、うろつきまわってもらわねばならない。殴って半殺しの目にあわせたら、なにも探りだせない。

良心の呵責《かしゃく》などまったく感じずに、ローラを殺すこともできた。もっとも、親指を折るときは胃がむかついたが、ためらいは微塵も見せなかった。もし見せていたら、ミラはいまごろ死んでいるか、重傷を負っていただろう。

ミラは青ざめたが、ディアスがああすべきだったことは、即座に理解した。

なんとしてもパヴォンを捕まえなければ。十年前、幼児をさらっていた男が、いま、いやおうなしの臓器提供に関わっているとは、興味をそそられる。パヴォンは節操なくだれにでもつきそうだが、もしかしたら、ずっと同じボスの下で働いているのかもしれない。

ふたつの問題が同じ矢で繋がっていると思うと、鳩尾《みぞおち》のあたりにぬくもりを感じた。

ミラの息子は消えた。証拠の書類を残すばかはいないし、養子縁組の申請書類は未公開が原則だから、仮に謎を解いて、ジャスティンの偽の出生証明書を見つけたとしても、そこからたどるのは至難の業だろう。それでも息子が墜落した飛行機に乗っていなかったこと、車のトランクで窒息死していなかったことをついに確認できたことは、ミラにとって大きなことだ。ミラの瞳にそれを見た。つかのま、喜びが悲しみを消し去った。

捜査の道筋としてもうひとつ、飛行機事故がある。連邦航空局になにかしら記録が残っているだろう。六人の赤ん坊が死んだ飛行機事故のニュースには、まったく心当たりがなかった。耳にしていたら、忘れられる話ではない。ということは、救助隊や捜査官が到着する前に事故現場に手が入り、小さな死体を片付け、パイロットだけを残していったか、現場が当局に見つかっていないかのどちらかだ。ニューメキシコ州は広大で、そのほとんどが無人だ。小型飛行機が墜落しても、だれの目にもとまらない場所はいくらでもある。

だが飛行機の持ち主は、行方不明になったことを知り、捜索をかけるはずだ。もし見つけたら、そのあとは？　いくら小型機とはいえ、飛行機を完全に処理するのはかなりの労力がかかる。もっとも可能性が高いのは、遺体を持ち去り、飛行機を解体し、マークや製造番号などはすべてとっぱらってから、火をつけることだ。高熱の炎を出すものなどいくらでもある。

ともかく、ディアスなら、そうする。

悪い奴らの考えることを、ディアスは本能的に見抜くことができた。自分ならどうするか考えるだけでよかったし、たいていの場合それが当たった。そのことは、ディアスの性格と関係はないが、有能さの証にはなる。

これからは、もっと気を引きしめなければ。自分はミラのせいで〝やわ〟になっている。なぜだかわからないが、そうなのだ。ミラのために、やらなくてもいいことをやって時間を無駄にしている。会話は苦手なのに、ミラが相手だと話しやすく、自分のことまでしゃべってしまった。驚いたのは、ミラも身の上話をしてくれたことだ。はじめのうち、ミラは彼を怖がっていたが、それには慣れている。いまはもう怖がっておらず、それがうれしかった。

彼を恐れていたのでは、ベッドをともにするはずもない。

ミラはまだ、こちらの気持ちに感づいていないだろう。押しが強すぎて逃げられないよう、自制していた。キスをしたとき、もっと深く触れあい、舌で味わいたかったが、当のミラがきょとんとしてキスを返してこなかったから、やさしく、軽いものにとどめておいた。

それに、ミラは自分の気持ちを意識していないかもしれない。だが、ディアスは人の心を読むことができる。彼女が反応していることを見抜いていた。きょうのミラは、あまりにも簡単にディアスに触れられることを受け入れ、もたれかかり、肩に顔をうずめた。女として、すっかり反応していた。

女にかまわなくなってからずいぶん長くなるが、ミラはどうしても手に入れたかった。辛抱強く時間を与えて慣れさせれば、結果は疑うまでもないだろう。ミラはおれのもの。

今回はトラックを呼ばず、タクシーを拾って、ローラの家のだいぶ手前で降りた。そこからは足音をたてず、さりげなく歩いて、最前とは別の方向から近づいた。武器はブーツに忍ばせたナイフだけだ。ローラはもう、親指の手当てを終えているだろう。いまごろは家に戻り、痛み止めを飲んで、指をさすりながらディアスを呪っているだろう。ローラにとって、ディアスはいちばん会いたくない人間だから、知りたいことはなんでも話すと言って追い払おうとしたのだ。ローラなら、抗議の声ひとつあげず、わが子を差しだすだろう。

みすぼらしいドアを、今度は叩かなかった。開けようとしたら、なかから鍵がかかっていたので、あっさりと蹴破った。

ローラは寝台に横たわっていた。親指は外側に固定されていた。みすぼらしいナイトガウンしか身につけていない。まだ外は暗くなっていないが、どうやら自分なりの薬物療法で痛みを消し、そのまま床につこうとしていたようだ。ローラはディアスの姿を見て息を呑み、恐怖に顔をゆがませた。

「別の質問を思いついた」ディアスはひそやかな声で言った。

トゥルーは機嫌が悪かったので、電話が鳴ったとき、受話器をひったくって吠えた。電話が千本はかかってきた気がする。「なんだ?」

電話の相手はためらっている。それから、おずおずとしたスペイン語訛《なま》りが聞こえた。

「セニョール・ギャラガー?」

「ああ、なんの用だ?」

「ディアスを見かけた者がいないかどうか、知りたがっていると聞きましたが」

トゥルーは背筋を伸ばし、苛々を吹き飛ばして電話に集中した。「そう、そのとおり」

「報酬の話は、まだ生きていますか?」

「現金で。アメリカドルだ」金を払う約束は破ったことがない。情報のパイプラインは金の力で流すものだ。

「奴はきょう、シウダー・ファアレスの町にいました」

ファアレス。近い。もうそんなに近づいているのか。

「ひとりじゃありません」おどおどした声がつづく。

「連れはだれだ?」

「女です。ふたりでうちのフォンダに来ました。ぼくが自分で給仕したんです。あれは絶対にディアスでした」

「女に見覚えは?」

「いいえ、セニョール。でもアメリカ人でした。なにしろ首にガーゼを当てていたんですよ」

首のガーゼがどうしてアメリカ人の理由になるのか、トゥルーにはわからなかった。「ほかには？」

「カールした茶色い髪で、前のほうがひと筋だけ白くなっていました」

トゥルーの顔から血の気が引いた。機械的に報酬の送付先を聞き、今夜じゅうに支払ってやるよう手配した。たったひと言で、ディアスがファアレスにいたことは、ちょっとした気がかりから厄災に変わってしまった。

ミラが一緒にいる。ミラとディアスが手を組んだ。

あの女め。

すぐにでも、ほどけたひもの端を結びなおさねば。パヴォンを見つけて、あのばかがべらべらしゃべらないよう釘をさしておかねば。

17

トゥルーは選択肢の分析に長《た》けていた。だれと敵対しているのか認識しているし、ディアスはひと筋縄ではいかない相手だ。それどころか、これまで会ったり話に聞いたりしたなかで、奴ほど狡猾《こうかつ》な人間はほかにいない。その名前を耳にするだけで、ある種の人間たちは先を争って隠れる。ディアスはかならず獲物を見つけだし、生きて返すとはかぎらない。

ディアスは〝政府公認の処刑人〟だという噂《うわさ》もある。合衆国とメキシコ、両方の政府の。メキシコは、国に帰れば死刑はまぬがれない外国人犯罪者を引き渡さないため、はからずも、好ましからざる輩《やから》の避難場所となっている。合衆国は、そういう連中を捕まえるか、もしくは、ほかの方法で処分したいと思っている。メキシコとしても、彼らが消えればよけいな騒ぎが起きないからありがたい。つまりディアスが、両方の政府から報酬を受けている可能性が出てくる。ひょっとすると。あるいは、たんに腕のいい賞金稼ぎで、イメージ作りにも長けているのか。どちらにしても、ディアスには情報源があり、資金があり、猟犬の鼻がある。

いままでは、ミラの捜索をうまく攪乱することができたが、ディアスが登場したとなると話は別だ。まず、ディアスは恐れられている。ディアスとトゥルー、どちらが怖いか、と問いかけたら、どんな答えが出るのか確信が持てない。

問題は、いかにディアスを惑わすか。ディアスには偽の噂を追わせて、そのあいだにパヴォンを捜しだして片付ける。何年も前にそうしておくべきだった。トゥルー本人をのぞけば、パヴォンはすべてを知る唯一の人間だ——それも、トゥルーが意図したわけではない。みな、パヴォンを見くびっているのだ。そういうトゥルーも、過小評価という同じ過ちを犯した。たしかに、たちの悪いごろつきにすぎないが、パヴォンは、生存本能と、ものごとをうまく処理する能力を身につけている。

そうした能力があるからこそ、戦力として役に立った。パヴォンは命令をまっとうすることができた。要求を伝えれば、それが現実になる。だが、役に立とうと立つまいと、ディアスに狙われていては、お荷物になるばかりだ。

吉報は、パヴォンがディアスに追われていることを聞きつけて、姿をくらましたこと。凶報は、ディアスは絶対にあきらめず、いつかパヴォンは見つかってしまうこと。つまり、トゥルー自身が先にパヴォンを見つける必要があるということだ。パヴォンごとき雑魚は、たとえ死んでも、とおりいっぺんの捜査だけで終わるはずだ。

ほかの選択肢——唯一の選択肢——は、ディアスを片付けることだった。問題は、口で言うほど簡単ではないことだ。たとえ片付けたとしても、ディアスがほんとうに〝政府公認〟なら、いまのトゥルーには手に負えなくなるほど、捜査が過熱するかもしれない。身を隠すという手もあるが、執拗《しつよう》な捜査が打ち切りになるまで隠れつづける必要がある。しかも、連邦政府は執拗な捜査を行なう。こちらは用心に用心を重ねて、段取りをつけなければならない。

やはりここは、偽の噂や名前を流してディアスの手を塞ぎ、時間を稼ぐしかないだろう。パヴォンを見つけて、問題を取り除く。そうすればさらに余裕が生まれ、足跡を消す時間もできるだろう。実入りのいい商売から足を洗わざるをえないのが業腹だ。望みの半分しか、まだ蓄えていないのだから。

とはいえ、金儲けの方法などほかにも考えつく。いつもそうだった。手ごろな元手で、つねにたんまり儲けてきた。

さて、噂話にどんな名前を織りこみ、ディアスの目をそちらに向けさせるか。トゥルーはほくそ笑んだ。これでいくらか楽しめる。仕返しはいつだって愉快、だろ？

暦が九月になると、わずかに暑さがやわらぎ、目に見えて日が短くなった。大気に爽《さわ》やかさの兆しを感じ、人は秋を待ち焦がれる。学校が始まって、あらゆる場所に子どもがあふれ返っているようだ。いくら心が痛んでも、ジャスティンと同年代の子どもたちを目で追わずにいられない。幼稚園児から年々歳があがって。ジャスティンは今年、五年生になる。どこかで、この少年たちと同じように新学期を迎え、エネルギーといたずら心ではちきれんばかりに叫んだり、走りまわったりしているのだろうか。あの子の瞳はブルーのままだろうか？それともミラと同じ茶色の目に変わった？ジャスティンの瞳は、デイヴィッドの目の色合いとそっくりだったから、ブルーのままだろう。

ディアスは消えてしまった――またしても。ファレスに行った日、ディアスと心を通いあわせた気がしたのに、あれから連絡がない。もちろん、こちらが心の結びつきを感じたからといって、向こうも感じたわけではないのだろうし、あいかわらずディアスのことはほとんどなにもわかっていない。ファースト・ネームもはっきりしないのだから。〝ジェイムズ〟という名前はあの日の思いつきで言っただけなのか、それとも本名なのか。ミラにとって、ディアスは〝ディアス〟であって〝ジェイムズ〟ではなく、確認しようともしなかった。

どこに住んでいるのか、歳はいくつなのか、結婚しているのかどうかも知らない。たいへん、結婚してたらどうするの？　ディアスが既婚者かもしれないと考えただけで、胃がむかむかしてきた。子どもがいたら？　あの日、マックスに気やすく接していたし、どこかに子どもがいるという可能性はある。もしかしたら、いまも家族のもとにいるのかもしれない。

なにをばかなことを考えているのだろう。ディアスほど家庭に向かない男は見たことがない。自分の殻に閉じこもった孤独な男。そんな彼が他人と生活をともにするなんて想像できない。逆を言えば、そんな男に惹かれるなんて愚かなこと。でも、男女の仲とはそういうものだ。ディアスのことを考えずにいられるなら、羽ばたいて飛ぶことだってできそうだった。

消えてしまったのはディアスだけではない。トゥルーともまったく会うことがなく、ほっとしていた。これまでも、それほど頻繁に顔を合わせていたわけではないが、あんなことがあったあとでは、もっとしつこくされたらどうしようと思っていた。トゥルーは引きさがると言ったけれど、引き方を知っているか疑わしい。それでも、社交の場でばったり出会うこともなく、安堵《あんど》の胸をなでおろしていた。トゥルーは街を出たのか、すこぶる魅力的なミス九月を見つけたか。後者であってほしい。トゥルーの気持ちがよそに向いているといい。

九月の第二週に母親から電話があり、たまには帰ってこないかと誘われた。春の休み以来、両親には会っていなかった。そのときはロスもジュリアもそれぞれの家族と休暇旅行に出かけていて、両親の家で顔を合わせる心配がなかった。ちょうどいまは学校や課外活動が始まったばかりで忙しい時期だから、ふたりが両親の家に立ち寄ることもないだろう。それに、母親がふたりに電話をかけて、訪ねてこないよう言ってくれるそうだ。

遠出をすれば、ディアスのことをあれこれ考えずにすむ。そこで数日の休みを取り、ケンタッキー州のルイビルへ飛んだ。空港で車を借りてオハイオ川を渡り、両親が暮らしているインディアナ州南部の小さな町へ向かった。

父親は六十五歳で、会計オフィスを退職したばかり。母親は六十三歳、やはり一年前に小学校教師の職を辞していた。父はすでに、二度と雪かきをしなくてもいいフロリダに引っ越したいとぶつぶつ言っているが、母は四十年間暮らし、三人の子どもを育てた家にしっかりと根をおろして、てこでも動きそうにない。

この家は、ミラにとっても〝わが家〟だ。築五十年のありふれた二階建てだが、奥行きのあるポーチと急勾配の屋根、どの部屋にも思い出が詰まっている。二階は三部屋あって、七〇年代に改築したとき、一階の広い居間をバスルーム付きの主寝室に造り替えた。キッチンはダイニングを兼ねていて、全員が座って食事ができるほど広く、リビングでは、胸躍るクリスマスを何度迎えたことだろう。ツリーの下に山ほど積まれたプレゼントの包装紙を破るときの、わくわくする思い。いずれドライヴウェイの雪かきに人を雇うことになるかもしれないが、両親がこの場所から引っ越すなど想像もできない。

かつては、自分も母親とそっくりの人生を歩むだろうと思っていた。教職につき、家庭を育む。いまでは、そんな平和な生活を思い浮かべることすらできない。ミラの人生はめちゃくちゃにされ、あの〝後〟は〝前〟と似ても似つかないものになってしまった。兄姉と疎遠になりたくはないが、ふたりとも、ミラが根本から変わったことを理解しようとしない。流れに身をまかせることを求められても、できないのだからしかたがない。ジャスティンをあきらめることは考えられないし、あきらめるべきだと言ったふたりを許せそうになかった。

キッチンでおしゃべりしていて、母がうっかりロスやジュリアの話に触れてしまい、気まずい沈黙が流れることが三度も重なると、ミラはため息まじりに言った。「ママ、ママがふたりのことを話題に出さずにいられるとは思ってないわ。話したければ、話していいのよ。わたしも、子どもたちのようすを聞きたいし、最近の出来事を知りたいから」

ミセス・エッジもため息をつく。「あなたたちに仲直りしてほしいだけ。休暇にも、ミラだけ帰ってこないなんて」

「いつか、ジャスティンを見つけたらできるかも。だからって、ジャスティンを忘れろと言われたことを、すっかり許せるとは思えない」

母の目に涙があふれる。「ミラ、あなた……まだ本気で見つけられると思っているの？可能性があるとは思えないのに」

「絶対に見つける」ミラは頑《かたく》なに言い張った。母親まであきらめてしまったことが、悲しかった。まだ望みを持っているのは自分だけ？「これまでつかめなかった手がかりをつかんだの。ジャスティンはメキシコから飛行機で、たぶんニューメキシコに運ばれたことがわかった。出生証明書を偽造した女がいることもわかった。わたしからジャスティンを奪った男の名前もわかった。そのうちのひとりは死んでいたけど、もうひとりは――」ミラは言葉を切った。ディアスがいなければ、パヴォンを見つけるチャンスはどんどん小さくなってしまう。でも、もしかしたらそれが、いまディアスのしていることなのかもしれない。追跡。ディアスがいちばん得意なこと。

ミセス・エッジは呆気に取られた顔をしている。「まあ、ほんとうにそこまでわかったの？　最近？　この前電話をくれたときは、そんなことひと言も言っていなかったでしょう」

「先月に入ってからよ」ミラは一カ月以上も両親に電話しなかったことに気づいて、さすがにうしろめたくなった。どれほど忙しかろうと、それは言い訳にならない。「状況は――的確で、しかも母親を不安にさせない言葉を探す。「めまぐるしいの」

「でしょうね」ミセス・エッジは娘の喉の赤い傷跡に目を走らせた。「その傷はどうしたの？」

　ミラは、もじもじと傷跡に触れた。それほどひどい傷ではなかったから、そのうち完全に消えるはずだ。だが、切られた経緯を話して母が喜ぶとも思えない。「切り傷よ」しばらく考えて、ミラは答えた。

「見ればわかるわよ。ひげでも剃ったの？」

　ミラは、まいった、というようにほほえんだ。「ううん。女の人に切られたの。密輸団の一味の女。誘拐された赤ちゃんが国外に運ばれるまで、世話をしていたんですって」

　ミセス・エッジは手近の椅子にどさりと腰をおろした。末娘が襲われたということに青ざめ、同時にもうひとつのニュースにも取り乱している。「その——その人はジャスティンに会ったの？　ほんとうに会ったの？　あの子を憶えていた？」

「憶えていた。ジャスティンは生きていた。大丈夫だった」

「でも——どうして切られたの？」

「わたしがばかなことをしたから」ローラに襲いかかるなんて愚かもいいところだが、墓地で最初にディアスと遭遇したときと一緒で、激情に押し流されてしまったのだ。自分を戒めても無駄だった。同じことを繰り返し、今度は傷まで負った。得意なことはいくつもあるが、喧嘩は含まれていない。

「ばかなことってどんな？」

「その人に殴りかかったの」処置なし、というように手を振る。「ともかく頭にきちゃって、抑えられなかったんだもの。そうしたら、相手がナイフを持っていて」

「死んでいたかもしれないじゃない！」

それを言うなら、この十年、いつ死んでもおかしくない生活をしてきた。ミラがどんな場所に行き、どんな人間と話し、どんなことをしてきたのか、幸いなことに母は知らない。いままで撃たれたり、殴られたり、レイプされたりしなかったのは運がよかったのだろうが、どういうわけか身の安全が脅かされたことはなかった。守護天使が超過勤務で働いてくれているのだろう——危ない目にあわなかった理由として、思いつくのはそれだけだ。

ファレスのときは、もしディアスがいなければ殺されていただろう。ローラはさほどの理由もなく、ミラの喉をざっくり切り裂いていたはずだ。まるで守護天使らしくはないが、ディアスがその役目を果たしてくれた。

ほんのしばらくでもディアスのことは忘れられると思って、インディアナまで来たのに、なんの話をしても、いつのまにかそこに戻ってしまう。思春期のせつない片想いのようなものかも。実際には、ほとんど傷つくことなく十代を過ごしてきた。たぶんあのころ、感情の大揺れをふつうに経験していれば、いまごろディアスに惹かれることもなかっただろう。ディアスは極めつけの不良少年で、ミラの恋心に火をつけた。なんとか彼を心から締めだし、もっと大切なことに集中しなくては。

「なにを考えているの？」母親が怪訝《けげん》そうに訊いた。「なんとも言えないおかしな顔つきをしているわよ。まさかこういうことは前にもあったのに、隠していたの？」

「え？　ああ、ううん、違うわ。そういうんじゃないの。いままでなにも起こらなかったのは運がよかったなと思って」

「運がいい？　ということは、つまり――」

「そうとう危ない場所にも行っていたってこと。赤ちゃんの密輸のことでなにか情報がつかめないかと思ってね。でも、ひとりで乗りこんだことはないわよ」急いでつけ加えた。「一度も」

「そう言われてもねえ」ミセス・エッジは震えるように息を吐いた。「あなたがそんな危ないことをしてると知った以上、今夜から安心して眠れやしない」

「だから、いままで話さなかったのよ」罪悪感にかられながら、ミラは言った。十二歳に戻ったような気持ちになりたければ、帰郷するにかぎる。

ドライヴウェイに車が入ってきたので、ミセス・エッジは立ちあがり、キッチンの窓から覗いた。あっと小さく息を吞む。「ジュリアだわ。どうしたのかしら？　ミラが来ると言っておいたのに」

「気にしないで」ミラは母親を安心させた。自分の部屋にあがって、姉をやりすごそうかとも思ったが、それではいかにも意気地がないので、そのまま残ることにした。ふたりの関係は緊張をはらんでいるけれど、険悪なわけではない。いまのところ、兄にも姉にもわざわざ会いたいとは思わないが、だからといって礼儀正しくできないこともない。

耳をそばだてていると、ミスター・エッジがドアを開ける音、つづけてジュリアの声が聞こえてきた。「あら、パパ。ママとミラはどこ？」

「キッチンだよ」父親の声は、不愉快になりそうな場面から、すたこら逃げだそうと思っている男のそれだった。

ジュリアのきびきびした足音が、廊下の硬材の床に響く。ミラはキャビネットにもたれて、立ったままで待った。忙しいふりも、なにげないふうも装わなかった。

ジュリアはミラより三歳年上で、ロスの二歳下だ。真ん中の子どもは親にあまり関心を払われず、存在感が薄くなるのがふつうだが、ジュリアはその正反対で、いつでも自分に注目を集めようとした。いまもキッチンの戸口で足を止め、しゃれていて落ち着きがあり、毅然《きぜん》としたようすを見せつけている。母親の可憐さを受け継いだ姉は、昔から、家族一の器量よしだった。髪の色はミラと同じでも、こしがあり、ミラのようなくせ毛ではなく、かすかにウェーブがかかっている程度だ。ミラは時間があればパーマをかけ、ボリュームを抑えて扱いやすくしようと努力している。ジュリアはパーマに頼る必要などない。

身長は同じ五フィート七インチ、体つきもだいたい一緒だ。ミラのほうが華やかさに欠けるけれど、だれが見てもふたりは姉妹だ。でも、雰囲気は正反対。ミラの身のこなしはふんわりと優雅で、それがまた、女らしいひらひらの服の好みとよく合っている。ジュリアは自信たっぷりに生き、職場では男仕立てのスーツ、家ではスウェットパンツとTシャツ姿でいるのを好む。

ミラの送っている人生は、ジュリアに向いている。姉なら、感情をコントロールできなくなったりせずに、危険に立ち向かうことができるだろう。

「どうしたの？」心なしかおずおずとした口調で、ミセス・エッジが尋ねた。

「どうしたのって？　べつになにも。ミラが来るって聞いたから、寄ってみただけ」そう言ってミラを睨みつける。まるでミラに喧嘩の口火を切らせようとするように。

「元気そうね」ミラは礼儀正しく、かつ正直に言った。会えてうれしいなどと言えば、嘘になってしまう。

いつもながら、ジュリアは単刀直入だった。「もういいかげんにしたいと思わない？　ミラがいるときには、わたしたちが来れないなんてばかばかしいし、休暇に寄りつかないのは、ママとパパを悲しませるだけよ」

言いたいことは山ほどあったが、ディアスにならって口をつぐみ、ジュリアにしゃべらせることにした。きつい言葉で言い争いをしなくても、すでに母親を苦しめている。

「もう三年になる」ジュリアは言葉をつづけた。「いつまでふくれているつもり？」

ふくれている？　ミラは首をかしげた。なにを言ってるの。わたしの怒りはもっと深刻なもの。〝憤怒〟という言葉が頭に浮かんだ。

母親もその言葉を聞きとがめ、「ジュリア！」と鋭く言って、立ちあがった。

ジュリアが言う。「ほんとうのことでしょ、ママ。あたしたちに痛いところ突かれたから、ミラは腹を立てたの。ねえ、ミラ、赤ちゃんがさらわれたのは気の毒だと思う。なかったことにできるなら、わたしもなんだってするけど、もう十年たつのよ。ジャスティンは消えてしまった。見つかるとは思えない。どこかで踏ん切りをつけて、人生をやりなおさなくちゃ。

まだ若いうちのほうがいい。再婚して、家庭を持ちなさい。いなくなった赤ちゃんのかわりはだれにもできないけど、わたしが言っているのは、かわり云々の話じゃなくて、人生の話よ」

「違う。姉さんや兄さんにとって都合のいい人生の話、でしょ。ふたりともわたしがそばにいると、罪悪感を抱いてしまうから」

「罪悪感！」ジュリアはたじろぎ、きれいな顔に驚きの表情を浮かべた。「なんで罪悪感を抱かなきゃならないのよ？」

「自分の子どもたちが無事で、健やかに育っていること。幸せなこと。なにも欠けていないこと。いわゆる〝生存者の罪悪感〟ね」

「ばか言わないで」

「じゃあ、どうしてわたしの生き方にいちゃもんをつけるの？　麻薬を売ったり、売春をしたりしているなら、文句を言われるのもわかるけど、わたしは行方不明者を捜しているだけ——たいてい子ども。もちろん、息子のこともまだ捜している。それのどこが悪い？　これがクロエだったらどうするの？」クロエは五つになるジュリアの娘で、おちゃめな妖精のように、笑顔ひとつで世界を明るくする。「だれか知らない奴にクロエを、ショッピングモールかどこかで誘拐されたとして、どれくらいたてば『よし、もう充分捜したから、そろそろ自分の人生に戻る頃合ね』って言える？　あの子がどこにいるのか、おなかをすかせたり、寒がったりしていないか、変質者に口では言えないようなことをされていないか、思い悩まずに眠れる夜が来ると思う？　せめてあの子が生きていますように、もう一度会えるチャンスが来ますようにって祈らずにいられる？　自分のことだとして、どれぐらいであきらめる、ジュリア？」

ジュリアの頬から血の気が引いていった。けっして想像力豊かな人間ではないが、クロエになにかあったらどう感じるかということは思い描けるようだ。

「だったら、わたしがあなたとロスにこう言われたとき、どう感じたか想像してみて。『おい、もうずいぶんたつんだから、いいかげんにあきらめろ。悲しげな顔でおれたちを悩ますのはやめてくれ』って。わたしのことなら、悲しい顔をどう思われようとちっとも気にならないけど、ジャスティンのことを、どうでもいい、と言ったことは絶対に許せない！」落ち着いていようという努力もむなしく、最後は激しい口調になっていた。

「そんなこと言ってない！」ジュリアは色を失っている。「どうでもいいわけないじゃない！　でも、いなくなってしまった事実は変えられないのよ。それを受け入れてほしいだけ」

「もし三年前に受け入れていたら、ジャスティンを誘拐した奴らを見つけられなかったわ」ミラは言い返した。「つい先月のことよ。ようやく確実な手がかりを見つけたの。ジャスティンが養子に出されたこと、出生証明書が偽造されていることを探りだしただけかもしれないけど、いままでになかった進展だと思わない？　二週間前までは、ジャスティンがメキシコから連れだされたとき、生きているかどうかもはっきりしなかった！　そうよ、あなたとロスは判断を誤ったんだから、もう放っておいて」

「いいかげんになさい」ミセス・エッジが言い放った。険しい顔つきに怒りが表れている。「やめなさい。ジュリア、おまえのことは愛しているけれど、ここはもう自分の家じゃないでしょう。喧嘩をする気でわざわざ帰ってくるなんてどういうつもり？　どちらの言い分もわかったから。母親として、おまえたちのひとりがいなくなったら、死ぬまで捜すのをやめないでしょう。それにやっぱり母親として、娘が見込みのないことにのめりこんで、ぼろぼろになっていくのを黙って見ていられない」

「でも見込みがなくはないもの」ミラが言う。

「いまのいままで知らなかったことでしょう！　目に見えていることだけで判断するしかないし、わたしたちの目に映っているのは、おまえが人生を台なしにしている姿よ。デイヴィッドと離婚して、例のファインダーズにどっぷり浸かりこんで、昔のあなたはどこへいってしまったの。わたしたちみんなが愛していたあのミラは。ねえ、みんながどれほど心配しているのか――」

「ええ」ミスター・エッジがおずおずと戸口から顔を覗かせた。「邪魔したくはないんだがね、ミラのバッグが鳴っているもんだから」とバッグを差しだす。長年の習慣で、家に足を踏み入れるとすぐにピアノの上に置いたのだ。なかの携帯電話は、着信音を鳴らし、振動し、ガラガラヘビもたじろぐほどの騒がしさだった。

ミラはあたふたとバッグを受け取り、携帯を取りだした。オフィスには実家の電話番号を教えてあるので、ふだんなら休暇中は携帯の電源を切っておくのだが、空港からこちらに車を走らせるあいだは電源を入れて、まだ到着していないことがわかるようにしておいた。そのままもう一度切るのを忘れていたらしい。たぶんファインダーズ関係の電話だろうが、よほどの緊急事態でないかぎり、オフィスの番号を相手に教えてすませる気だった。

通話ボタンを押す。「ミラ・エッジです」

「アイダホで合流するのにどれくらい時間がかかる？」押し殺したように低く、かすれた声がした。あまり使っていないせいで、錆びついてしまったような声。名乗る必要などまったくない。

ミラは息を吸いこんだ。気持ちが苛立ち、神経がピリピリしているときにディアスの声を聞くのは、軽い電気ショックを与えられるに等しかった。「どうしたの？　なにかあったの？」

「ある名前を探りあてた。ローラとあんなことがあったから、連れて行きたくはないが、いちおう行く権利はあるからな」

「あれはわたしが悪かったわ」ミラは非を認めた。「正気を失ってしまって。もう二度としない、約束する」心臓が疾走し、興奮のあまり震えが止まらない。「航空会社に電話して、空きがあるか問い合わせてから、かけなおす。正確にはどこに行けばいいの？」

「ボイシ。ひと晩泊まる予定だ。翌朝、飛行機で帰る」

「すぐにかけなおすわ。いま表示されている番号でいい？」

「ああ」

復路の航空券をバッグから取りだして、そこに載っている電話番号を見た。払い戻しはきかないが、ほかの便に変更してもらうことはできるかもしれない。

「どうしたの？」ミセス・エッジが尋ねながらやってくると、ミラが旅行代理店の番号を押すあいだ、そばに立っていた。飛行機に乗るときはいつも、自分で予約せずに旅行代理店を使うことにしている。直前の変更がしょっちゅうなので、すべての便を把握している代理店を通したほうが、なにかと便利なのだ。

「いまの電話は情報提供者のひとりからだったの」ディアスがだれで、どんな人物なのか、詳しく説明するのは時間がかかりすぎる。「彼はジャスティンを奪った男を追跡していて、なにか知っている人を捜しだしたみたい。アイダホで落ちあうわ」

「でも来たばかりじゃない！」

「これは先延ばしにできないの」

「またこんなことをするなんて信じられない」ジュリアが言った。

ミラはちらりと目をくれた。「なにか見つかるかもしれないチャンスを、わたしが見すごすと思っているほうが信じられない――はい、もしもし」ミラは代理店との電話に意識を向けた。問い合わせてわかったのは、すでに午後も遅く、きょうじゅうに発っても、二度も乗り継ぎをして、ボイシに着くのは翌朝になるということだった。あすの朝まで待って始発に乗っても乗り継ぎは必要だが、アイダホに到着するのは、今夜発つ場合より一時間遅れるだけだ。

考えるまでもない。ミラはあとのほうを選び、詳細を聞いてディアスにかけなおした。

「きょうじゅうに着くのは無理。あすの朝が精いっぱいよ。飛行機が遅れなければ、十一時三分に着く」航空会社と便名を伝える。

「荷物を預けるつもりか？」

ここまで持ってきた荷物の量を考えた。数日はこちらで過ごすつもりだったのだ。「預けるしかないわ。だめなら、持ちこめないぶんは家に送り返す」

荷物を待たなければならないことに、文句はないようだ。ディアスは言った。「手荷物の受取所で会おう。じゃあ、あすの朝」

「ええ、あすね」電話を切ったときには、もう心はこの部屋にいる人たちから遠く離れていた。ジュリアを見もせずにわきをすり抜け、階段をのぼった。荷物を詰めなおすことで頭がいっぱいだった。万が一、預けた荷物がなくなってしまった場合に備えて、大事なものは小さな鞄《かばん》ひとつにまとめ、機内に持ちこんだほうがいい。

「ミラ！」ジュリアが背後から呼びかけたが、ミラは振り返らずに階段をのぼりつづけた。

18

始発の飛行機に乗るために、朝の三時に起きた。車でルイビル空港まで行き、レンタカーを返してからでも、時間に余裕を持ってセキュリティーを通ることができた。途中、空港の自動販売機で手軽な食べ物を買っておいた。機内では食事が出ない確率が高い。ルイビルからシカゴへ、そしてシカゴからソルトレイクシティに飛び、さらに乗り継いでボイシに向かった。

ディアスはすでに待っていて、その姿を目にしただけで、ミラの胸は音をたてて鳴りはじめた。ディアスはほぼいつもどおりの服装だった。ジーンズにゴム底のブーツ、違うのは季節の変わり目に合わせ、黒っぽい色のTシャツに長袖のデニムシャツをはおっているところ。袖はまくりあげている。小さな人だかりから少し離れたところに立ち、あいかわらずの無表情だ。ただ立っているだけなのに、まわりの何人かが、不安そうな視線を投げかけていた。

「なにを探りだしたの？」ディアスに近づきながら、ミラは待ち焦がれたように尋ねた。ここまでの道中、だれに会いにいくのか、その男だか女だかが誘拐のなにを知っているのか、気がもめてしかたがなかった。

「道々話す。ホテルにふた部屋予約を入れてある」ディアスが言う。「荷物を置いて、出かける前に着替えられるように」

「どうして着替えなきゃならないの？」ミラは自分の服を見おろした。パンツとブラウスという楽な格好に薄手のセーターをはおっていた。エルパソの気候に慣れた者にとっては、機内もアイダホも寒すぎるのだ。

「もっとしっかりしたもの、ジーンズやブーツを身につけたほうがいい。なにが起こるかわからない。下見をしてきたが、かなり荒れた土地だった」ふたりは荷物を受け取りに行った。ディアスはいちばん重い鞄を取り、それを左手に持ち替えてから、右手でミラを駐車場のほうへ導いた。

「いつからここに？」

「きのうの夜着いた」

ディアスに会うのは三週間ぶりだが、いまこの瞬間まで、自分がどれほど飢えていたのか意識していなかった。ディアスがそばにいるだけで、渇望の波に呑まれそう。ちょうど出産の痛みのようだ。離れていても、びりびりするほど危険なオーラは思い出せるが、それを肌で感じることはない。そばにいると鼓動が高鳴り、感覚が研ぎすまされる。〝闘争＝逃走反応〟を起こしているみたいだ。もしかしたら、そのとおりなのかもしれない。

すさまじいほどの幸福感にくらくらするし、どきどきもしている。デイヴィッド以来、こんなふうに感じたことはなかった。デイヴィッドを愛していたし、性的にも求めていた。ディアスを愛していないことはたしか。でも、デイヴィッドと別れて以来、どんなに好ましいと思った男からも、こんな反応を引きだされることはなかった。ディアスに会うまでは。ディアスが欲しい。頭の検査をしてもらったほうがいいかも。それでも、欲しい。

レンタカーを予想していたが、案内された先に待っていたのは、黒くて巨大な四輪駆動のピックアップだった。車高が高すぎて、パンツをはいていても、座席までのぼれるかどうか。ディアスはミラの鞄をトラックの荷台に載せてから、運転席の鍵を開けた。「こんなの、どこで調達したの？」ミラは運転席の屋根に搭載されているライトを見あげた。「レンタカーじゃないでしょ」

ディアスはミラのウェストに手を当てて、座席まで持ちあげた。「知りあいのものだ」

運転席にディアスがおさまると、ミラは言った。「〝知りあい〟ですって？　友だちじゃなくて？」

「友だちはいない」

ぶっきらぼうな返答に、ミラの気持ちはざわつき、胸を衝かれ、心が痛んだ。どうしてそんな寂しい生活に耐えられるの？「わたしがいるじゃない」考える前に言葉が出ていた。

ディアスはイグニッションに鍵を入れる手をはたと止め、ゆっくりと首を回してミラを見つめた。彼の目を見ても、気持ちを読み取ることはできない。ただ、黒い瞳が燃えていることだけはわかった。「おれの？」ひそやかな声。

ほんの一瞬、別の意味でそう訊かれた気がして、ミラは動揺した。まったく違うレベルで、きみはおれのものか、と尋ねたのか、それとも、ただ疑念を表しただけなのか。見当もつかない。表情が読めないから、もがくしかなくて、本能的に水の浅いほうへ逃げた。「友だちが欲しければ、作れるわよ。友だちがいなくて、どうやって生きていけるの？」

ディアスは肩をすくめて、鍵を回し、大きなエンジンを点火させた。「簡単だ」

やっぱり、さっきのは言葉どおりの意味で、ほんとうの友だちを持てるかどうか疑っていただけ。がっかりしたような、ほっとしたような。いくらディアスが欲しくても、どうこうできるだけの勇気が出せるとは思えなかった。虎の檻《おり》に入っていくようなものだ。いくら調教師が、よく馴れている、と言ってくれても、不安と恐怖は残る。

ミラはもとの話題に逃げ口を見つけた。「ともかく、その〝知りあい〟は、ちょっと頼んだだけでこんなすごい車を貸してくれるくらいには、あなたと親しいし、信用してるってわけね？」

「信用はされている」

親しいとは言わなかった。でも、これ以上尋ねたところで堂々めぐりだろうし、それよりもディアスがなにを見つけたのか、なぜアイダホに来たのかが気になった。

「わかった、話を進めましょ。なにを見つけたの？」

「まだなにも」この返答に、ミラはがっくりきた。

「わたしはてっきり――」

「その男と話せば、なにかもっとはっきりするだろう。おれが聞いたのは、そいつの兄弟が、墜落した飛行機のパイロットだったということだ」

「パイロットの名前はわかった?」

「たぶん」ミラの苛々した視線を受けて、ディアスは言葉をつづけた。「細い糸のようなものなんだ。それをたどって、どこに着くか確かめる。たいていどこにもたどり着かないが、役立たない情報も、使える情報と同じくらい大切なんだ」

「どっちに行っちゃいけないかわかるってことね」

「それに、その糸を張った人間についても、得るものがある」

「でも、もしかしたら、パイロットの名前を聞いているんじゃない?」

「ジリランドという男が、メキシコから飛行機で荷を運んでいたという話だ。七年か八年前に墜落して死んだ。その男のことでわかっていることは、ノーマン・ジリランドという兄弟がいるということだけだ。ローマンに近いソウトゥース・ウィルダーネスに暮らしている」

急に不安になって、ミラはディアスを見つめた。なぜ腑に落ちないのか、すぐにわかった。

「じゃあ、だれもそのパイロットのことは知らなかったのに、突然その兄弟の名前と住んでいる場所まで思い出した人がいるってこと? パイロットのことはなにも知らないにしては、ずいぶん詳しい情報じゃない?」

ディアスはミラに賞賛のまなざしを向けた。「あんた、追跡の達人なんだろうな。勘がいい」

ミラは拳を握った。「今度もまた、雲をつかむような話なのね? どうしてわざわざ行くの？」

ディアスは間を置いた。「また？」

「この十年、わたしは同じところをぐるぐる回って、どこにもたどり着けないでいるの」ミラは唇を嚙んで、窓の外を見た。

「だれかが偽の情報を流しているとか？」

ゆっくりと振り向いて、ディアスを見つめた。「そう思う？　わざと正しい手がかりから遠ざけられていたと？」

「あんたは頭がいいし優秀だから、そうでもなければ成功させていただろう。人の子どもを捜すことに関しては、やたらと運に恵まれてるんじゃないか？」

黙ってうなずいた。ミラは気味が悪いほど捜し方のこつを心得ていた。迷子や家出した子どもたちの気持ちになって、どこへ行ったのか推理することができるのだ。そのせいで、失望はかえって大きくなった。人の子どもなら見つけられるのに、自分の子どもだけが見つからない。

「この糸もたどってみよう」ディアスが言う。「おれは質問のしかたを間違えていたのかもしれないな。これからは、あんたに嘘を教えた人間はだれか、訊くことにしよう」

ミラは長いあいだ、正真正銘の堂々めぐりをつづけてきた。しかもその轍《わだち》から逸れないよう、だれかがミラの鼻先にニンジンをぶらさげていたのだ。本物の手がかりは、グアダルーペに導かれてディアスと出会ったあの夜のものだけで、その密告者の正体はまだわからない。

ディアスにもわかっていないか、あるいは、教えるつもりがないのか。もしかしたら——

「あなたがグアダルーペにいるって知らせてきた密告者のことは、なにかわかった？」

「いや」

これもまた謎のままだが、この謎だけは有利に働いたようだ。失望と袋小路の連続、持てそうだと思った矢先に叩き潰される希望。そのすべてに対して、新たな目を向けるのはつらかった。だれもなにも教えず、ただ協力を拒むのなら理解できるが、何者かが意図的にでたらめな情報を流していたとしたら、そこに深い悪意が感じられる。

考えごとに没頭していたせいで、ディアスがドアを開けて車から飛び降りるまで、こぢんまりとしたホテルの前に停まったことに気づかなかった。バッグを肩にかけてドアを開けると、ディアスがそこにいて、ウェストをつかんで抱き降ろしてくれた。ディアスと向きあって立つと、トラックと開けたままのドア、それに彼の体にはさまれる格好になった。ふたりのあいだはゆうに六インチはあったが、ふいにディアスの体の熱を感じ、その肌の温かく清潔な香りを嗅いだ。ディアスはひげを剃っていなかった。二、三日分の無精ひげが伸びている。手を伸ばして顔をなで、顎の強《こわ》い毛を掌に感じたいと思う。

「がっかりするな」ディアスが言った。ミラは懸命に心を現実に引き戻した。「偽の情報を流すには、金も影響力も必要だ。これで別の糸が手に入った。糸玉が丸ごと手に入ったも同然だ」

ミラはなんとか笑顔を作り、ディアスはトラックの荷台から彼女の鞄を降ろした。ホテルのなかに入り、こぢんまりとしたフロントカウンターの前を通り過ぎる。勤務中の男はちらりと目をあげただけで、もとの作業に戻った。どこもかしこも清潔で、手入れが行き届いている。小さなエレベーターも同様で、シューッと軽快な音をたてて到着した。

ディアスは三階のボタンを押すと、ドアが閉まって、エレベーターが動きはじめるのを待って言った。「あんたの部屋は三二三号室、おれは三二五だ」ポケットに手を入れて、電子錠のカードキーを取りだし、ミラに手渡した。「そっちのカードだ。エレベーターを降りたら左」ディアスはミラのスーツケースと手荷物を持ち、うしろからついてきた。ミラは三二三号室のドアを開けた。窓に厚いカーテンがかかっていて室内が暗かったので、電気のスイッチをつけた。標準的なホテルの部屋だ。清潔で、飾り気はなく、キングサイズのベッド、戸棚に据え付けた二五インチのテレビ、安楽椅子と足台、別の椅子とデスク。続き部屋のドアが開いていて、向こうの部屋がこちらと対称になっているのが見える。

夜中に忍んでくるつもり？

「これはどこに置く？」ディアスが重たいスーツケースを指した。

「ベッドの上に。服を引っぱりだすから、ちょっと待ってて」

「外で待つ」ディアスがドアから出ていくと、ミラは急いでスーツケースを開け、ジーンズと靴下、スニーカーを取りだした。三分後、バッグにカードを入れ、部屋を出た。

ふたりは駐車場へ引き返した。トラックの座席に持ちあげてもらい、シートベルトを締めながら、苛立ちまぎれに言う。「どうして、はしごがなきゃのぼれないほど車高の高いトラックを借りたの？」

「地面とのあいだにそれだけの余裕が必要な場所に行くからだ」

ミラはあんぐり口を開けてディアスを見つめた。「なにをしに行くの？　オフロードレース？」

「途中からは」

つまり、かなり険しい道を走ることになるのだ。ボイシを出る前に、ディアスが尋ねた。

「腹は？」体力をつけておくことを考えて、ミラはうなずき、ディアスはファストフード店に車をつけた。五分もしないうちに、ふたりはハンバーガーを片手に、また幹線道路に戻っていた。

「行けるところまで車で行くが、そこからは足で歩かなくちゃならない」ディアスが言った。

「そいつはサバイバリストだそうだ。簡単には人が近寄れないよう、万全の対策を取っている」

「撃ってくるかしら？」少し不安になって、ミラは尋ねた。

「かもしれないが、おれが聞いたかぎりでは、暴力的な男ではないらしい。ただ、少し頭がおかしいだけだ」

ものすごく頭がおかしいよりはましだが、サバイバリストはたいてい、見知らぬ者ふたりが近づいてくるのを多少は不安に思うだろうし、あえて自分の家から人を遠ざけようとしている男ならなおさらだ。

三時間後、ミラは〝家〟という言葉がかなり広い意味で使われていたことに気づいた。本道をはずれると、道は起伏の激しい山道になった。いつ車が転倒してもおかしくないでこぼこ道だ。ミラはぎゅっと目をつぶり、安全ベルトにしがみつくしかなかった。山道が終わると――〝山道〟という言葉もまた広義な解釈が必要らしい――そこにはそそり立つ絶壁。ディアスはエンジンを切って言った。「ここから歩く」

ミラはバッグを座席の下に押しこんで、ディアスの助けを待たずにトラックから飛び降り、ゆっくりと円を描くように周囲の山々を見渡した。これまで見てきたところ、アイダホは世界でも有数の景観を誇っている。空は深く鮮やかなブルー、森は常緑と紅葉がみごとな調和を見せ、空気は凛《りん》としてすがすがしい。

ディアスは座席の裏側からバックパックを取りだして背負った。「こっちだ」しんとした森のなかに足を踏み入れる。

「どうして正確な道がわかるの？」

「きのう、偵察にきたと言っただろう」

「でも、こんなに遠くまで来たのなら、そのときに話を聞けばよかったのに」

「夜だった。驚かせたくなかったんだ」

きのうの晩、ここに来た？　ここの自然はあまりにも厳しくて、それに……圧倒的だ。どうやって山路を見つけたり、ましてやそこからはずれずにいられたのか、想像もつかなかった。ディアスは南西部の砂漠地帯ではまさに水を得た魚だけれど、山地では陸《おか》にあがった魚ではないか、と漠然と考えていた。実際はそんなことはなかった。行きたい方向を完璧につかんでいて、巨大な木々のあいだを亡霊のように音もなくすり抜けてゆく。

「登山の経験があるの？」ミラは尋ねた。つね日頃、体を鍛えておいてよかった。この地形は〝カウチポテト〟向きじゃない。

「シエラ・マドレ山脈。ロッキー山脈にも登ったことがある」

「バックパックの中身は？」

「水、食料、防水シート。必需品だ」

「ここで夜を越す気なの？」ミラはびっくりして尋ねた。

「いや、暗くなる前にトラックに戻れるはずだ。ただ、こういう土地では運を天にまかせることはできない」

ディアスのうしろを歩きながら、ゆったりとしたシャツの下のふくらみに気づいた。ディアスなら武装しているのは自然だが、ダッシュボードから取りだすところは目にしなかったし、ホテルでも自分の部屋には入っていないはずだ。でもまさか——「空港に拳銃を持ちこんだの？」

ディアスは肩越しにちらっとミラを見た。「おれは金属探知機を通る必要はない」

「だって、それじゃあ、連邦法違反じゃない？」

ディアスは肩をすくめた。「捕まったら、大騒ぎになるだろうな」

「ここまでどうやって持ってきたの？」

「いや。こっちで手に入れた」

「登録してあるかなんて、訊かないほうがいいんでしょうね」

「してある。おれのものじゃないが」

「盗品？」

ディアスはため息をついた。「盗品じゃない。トラックの持ち主のものだ。それにもし空港で引っかかっても、おれは逮捕されない。向こうは逮捕したがるかもしれないが、そういうことは起こらない」

「どうして？」

「国土安全保障省に知りあいがいるからだ。おれは――その――そこの仕事をしているんだ。フリーランスで」

ディアスが質問に答えてくれたことに面食らった。いつもは口が重いのに。ミラは少しでもディアスの横に並んで歩けるように、歩調を速めた。「テロリストを見つけるの？」驚きで、声が大きくなる。

「たまには」漠然とした声の調子から、このことについては詳しい話をする気がないことがわかった。

「あなた、連邦捜査官？」

ディアスは急に立ち止まり、首をかしげて控えめに苛立ちを表した。「違う。おれはフリーランサーとして仕事をしていると言ったんだ。個人からでも、企業や政府からでも仕事を引き受ける。自分では賞金稼ぎのようなもんだと思っている。基本的に、保釈中の失踪者を捜すことはないが。さあ、質問は終わったか？」

ミラはばかにしたように喉を鳴らした。「まさか」

ゆるやかな笑みが、ディアスの顔つきを一変させた。「なら、帰り道まで待てないか？

まわりの物音に耳をすませたいから」

「いいわ。でも、筋の通った理由があるから、譲るのよ」ミラはディアスのうしろにさがり、そのあとは黙って歩きつづけた。森の静寂を破るのはふたりのくぐもった足音だけ。黙ることにしてよかった。数分もしないうちに細道は急勾配になり、のぼるのに息が必要になったから。

半時間後、勢いよく水の流れる音が聞こえてきた。あるかないかの獣道は、まっすぐ川に向かっていたのだ。水が、山のなかに小さな渓谷を造っていた。とくにこのあたりは両岸が八フィートほどの垂直の岩壁で、川幅は二〇フィートあるかないかの狭さだから、水の流れはかなり速い。急流は水中の岩に当たって泡立ち、沸きあがり、水面に白波を作りだして、ときおりダイヤモンド色のしぶきを飛び散らせている。

ディアスは岸に沿って進んだ。水の流れる音はどんどん大きくなり、川幅はどんどん狭くなって、とうとう一二フィートほどになった。ディアスはそこで立ち止まり、大声をあげて言った。「着いたぞ」

そのとき初めて、ミラにも川の向こう岸にある小屋が見えた。〝小屋〟という言葉はお世辞にすぎない。ありあわせのベニヤ板にタール紙を打ちつけただけの代物だ。森は領地の奪還を図っているらしく、小屋の側面には苔がむして、ブドウの蔓《つる》が屋根から垂れさがっている。タール紙と植物は、いいカモフラージュになっていた。小屋の所在をわずかにも示すのは、小さな窓がひとつと雑に積みあげた石の煙突だけだ。

「おおい！」ディアスが叫ぶ。

少しして粗末なドアが開き、灰色の頭が突きでた。男はしばらく、ふたりに疑いのまなざしを向けていた。それからミラをじっと見つめた。ミラの存在に安心したのか、男はショットガンを抱えて、のろのろと出てきた。熊のような風貌で、背丈は六フィート六インチくらい、体重は三〇〇ポンドほど。灰色の髪をひとつに縛り、背中のなかほどまで垂らしている。ひげは数インチしか伸びていないから、多少は手入れをしているということだろう。とはいえ、身だしなみと呼べるのはそのひげの長さだけだ。迷彩柄のパンツをはき、緑色のネルシャツを着ている。

「なんだ？　おまえらはなにもんだ？」

「おれはディアスという者だ。ノーマン・ジリランド？」

「そのとおり。なんの用だね？」

「もしよければ、兄弟のことで少し質問をさせてもらいたい」

「どの？」

ディアスはためらった。ファーストネームを知らないからだ。「パイロット」

ノーマンは噛みタバコを反対の頬に移し、思案した。「そりゃあ、ヴァージルだな。あいつは死んだよ」

「ああ、わかっている。ただ、なにか知っているかと――」

「密輪のことか？　多少は知っている」ノーマンは息を吐いた。「こっちに来たほうがよさそうだな。あんた、銃は？」

「ピストルだ」ディアスが答える。

「しまっとけ。そうすりゃ、面倒にならない」

ノーマンは慎重な手つきでショットガンを小屋に立てかけ、長い板を持ちあげた。自分で切って、ざっと形を整えたような板で、長さは一五フィート、厚さは三、四インチ、幅は一フィートぐらいだ。重いだろうに、ノーマンはそれを軽々と扱っている。板の手前の端を川岸の窪みに合わせ、それから両膝をついて、反対の端がミラたちのいる岸につけてある窪みにおさまるように板をおろした。「いいぞ」ノーマンが言った。「さあ、渡ってこい」

ミラは板とその下で泡立つ急流を見て、深く息を吸いこんだ。「いつでもどうぞ」ミラはディアスに言った。

ディアスはミラの手をつかみ、自分のベルトに寄せた。「つかまって、バランスを取れ」

ミラは手を引っこめた。「だめよ。もし落ちたら、あなたまで巻きこみたくないもの」

「どっちにしろおれが追うわけないって言い方だな」ディアスはまたミラの手を取り、ベルトに押しあてた。「つかまってろ」

「来るのか、来ないのか?」ノーマンが苛々したように叫ぶ。

「いま行く」ディアスが板の上にそっと足を踏みだし、ミラもあとにつづいた。一二インチといえばかなりの幅だ。子どものころは、もっと狭い縁の上でもバランスを取っていられた。ただし、ミラはもう大人で、子どもがどんなに向こうみずかわかっている。それに、子どものころでさえ、うなりをあげる川を渡ったことはない。どうせやらなければならないなら、こわごわ歩くより、しっかりとした足取りで行くほうが安全だと自分に言い聞かせた。ディアスにしがみつくような真似はせず、ただベルトをつかんだ。それでバランスを取りやすくなった。ほどなくふたりは板を渡りきり、硬い地面に足をつけた。

ディアスもノーマンも握手をしようとしないので、ミラは腹をくくり、自分から手を差しだした。「ミラ・エッジです。お話しいただけて感謝します」

ノーマンはまごついたようすで、ミラの手にじっと目を注いでいたが、やがて大きな手でおそるおそるミラの指先を握り、握手らしきものをした。「ようこそ。客は久しぶりだよ」

ジョークではない。こんなところに住んで、わざと人を遠ざけているのだから。

ノーマンがなかに招き入れようとしないので、ほっとした。小屋が狭いからというだけでなく、彼が家事で高得点をとれるとは思えないから。そばに頃合の岩があり、ノーマンはふたりに座るよう促し、自分も切り株に腰をおろした。「それで、なにが聞きたい?」

「兄弟が密輸していることは知っていたと」ディアスが話しはじめる。

「ああ、知っていた。マリファナだ。かなりの大金を稼いだようだが、ヴァージルは昔から金銭感覚がなかったもんで、全部使っちまったはずだよ。なんにせよ、死んだときにはまったく残っていなかった」

「飛行機事故で死んだのか?」

「ヴァージルが? いいや。肝臓癌だ。九〇年の十一月だった」

ジャスティンが誘拐される前だ。トラックでの会話から、役に立つ情報が得られるとは期待していなかったが、それでも、刺すような失望にため息が出た。

「マリファナ以外の荷は運んでいなかった?」

「そればっかりだと思うが、コカインも混じってたかもな」

「人間はどうだ? 赤ん坊は?」

「聞いたことないね」

「雇い主はひとり?」

「ひとつところに落ち着くような奴じゃなかったからな。病気になるまで、ずっとあちこちを渡り歩いていた。癌にかかってからは速かった。宣告されてから死ぬまで、二カ月しかなかった」

「死んだときはどこに?」

「そりゃあ、ここだよ。裏の森に埋めた。葬式を出してやろうなんて奴はいなかったからな、おいらが面倒みることにしたんだよ」

もう訊くべきことは残っていなかった。ふたりは礼を言い、ディアスは時間を取らせた見返りに、たたんだ紙幣をノーマンの手に滑りこませ、板の橋に戻った。

自信をつけていたミラは、ベルトをつかまないで渡ろうとしたが、ディアスは譲らなかった。勢いよく流れる水を見ると、軽いめまいを感じたものの、下を向かないかぎり大丈夫だ。板のなかばまで来たとき、ディアスが鋭く警告の声をあげた。足元の板が大きくかしぐ。ミラはディアスから手を離し、なんとか体勢を整えようと、両手を振りまわした。突然のことに悲鳴をあげる間もなく、ふたりは氷のように冷たい急流に落ちた。

19

水は体が痺れるほど冷たく、予想よりずっと深かった。水中に沈むと、乱暴な子どもの手のなかのぬいぐるみのように、流れに揉《も》まれた。本能的に水を蹴《け》り、流れに逆らわずに乗ることにしたのがよかったのだろう。すぐに体が浮かびあがった。

顔を水面に出し、喘ぎながら空気を吸う。髪が顔に張りついて視界を遮る。遠くのほうに、叫び声を聞いた気がした。そのとき、またしても奔流に呑まれた。流れに運ばれるうち、左肩をなにかがかすめた。突き刺さりはしなかったものの、その拍子に左を下に水中で横向きになって川の真ん中へと流され、ふたたび水面に出ようと必死でもがいた。なんとか体の向きを変え、流れに沿って必死に泳ぐと、コルクのようにポンと浮かびあがった。

「ミラ！」

名前を呼ぶ声は、張りつめ、かすれていたが、だれの声か言うまでもない。首をめぐらすと、ディアスが右手後方から、力強いストロークで泳いでくるのが目に入った。「大丈夫！」ミラは叫び返し、そのとたん、また水中に引きずりこまれそうになった。さらに強く水を蹴って、水面に顔を出しておくことに集中した。

水を掻く力はディアスのほうが強いが、体重が重いため距離を縮められずにいる。ミラは懸命に泳いでいたが、ディアスにつかまえてもらうために泳ぐのをやめてしまったら、流れに呑まれてしまうだろう。両岸は垂直にそそり立っている。まるでウォーターシュートを滑り落ちるような勢いで押し流されているこの状況では、岸へ寄れたとしても、這いあがることはできない。

川は前方で左に折れていた。右手の岸に倒木があり、水面に届きそうに枝が垂れている。「木!」背後からディアスが怒鳴るのが聞こえ、言いたいことがミラにもわかった。右に方向転換して、枝に手が届く距離まで移動しようとした。息をしようとした途端に顔が沈み、したたか水を飲んだ。もう一度水面に出ようともがいたが、そうした奮闘と寒さが体力を奪ってゆく。腕と脚の筋肉が痛み、肺は焼けつくようだ。あの枝をつかめたら、少しは休めるかもしれない。木を伝って水から出ることもできるかも。

うまくいったのは自分の力ではない。川は親切にもミラを右に押し流し、水の力で岸がえぐられているところまで運んでくれたのだ。無我夢中で手を伸ばして枝をつかんだ。水流にぐいと引っぱられると、枯れ枝が手のなかで折れ、また水中に沈んだ。

急に疲れが増してきて、脚に力が入らなくなり、腕の動きもぎくしゃくしてきた。それでもなんとか水面に顔を出し、必死で空気を吸った。水のうねりに再度引きこまれ、もはやこれまでというそのとき、硬い腕がミラに巻きついて抱きあげた。木で止まることはできなかったが、流される勢いが落ちたため、ディアスが追いついたのだ。

「右に向かうんだ！」ディアスが叫ぶ。「そっち側にトラックがある！」

ディアスが助かると思っているのがわかって、励まされた。ともかくそう思っていなければ、どちらの岸かなど選びはしないだろう。

どのくらい流されたのか見当もつかなかったが、流れがかなり速いので、ノーマンの小屋からもう半マイルは下流に来ていそうだ。そう思ったとき、唐突に川幅が広くなり、水の流れがおさまった。

まだ流れに逆らえるほどではなかったけれど、もみくちゃにされないだけありがたい。巨岩がごろごろしているが、岸の傾斜も多少はゆるやかになった。それほど頑張らなくても顔を出しておけるようになり、ミラは痛む手足を少しは休ませることができた。ただし、骨の髄まで冷えてきたため、体の機能が低下して泳げなくなるまで、あまり時間が残されていないだろう。

「ベルトの端をつかんで、手首に巻いておけ」ディアスがしわがれた声で言い、革のベルトをミラの目の前の水面に叩きつけた。

ミラはベルトをつかんだものの、ためらった。「あなたまで水中に引きずりこんでしまうわ」

「そうはならない。離れるわけにはいかないんだ。つけろ！」

つまり、もし離れたら、ミラは水死体になるということだ。逆に、もしミラがディアスを道連れにすれば、水死体は二体になる。

「時間がない！」ディアスが叫ぶ。「滝に落ちる前に、ここからあがるんだ！」

滝があるの？　冷えきった血がさらに冷たくなる。このまま水に流されて、真っ逆さまに落ちれば、岩に激突して死ぬことは確実だ。ディアスの心のうちは読めなかったけれど、ミラはなんでもする気になった。ベルトをつかみ、何度か手をくねらせて手首に巻きつけた。

「この先は右に曲がっている！」ディアスは咳きこみ、水を吐いた。「このまま進もう。カーブの内側は流れが遅くなるから、そこに望みがある。つかまってろ、絶対に出してやる」

「わたし、まだ水を蹴れる」ミラは言って、自分の声がやけにしわがれていることに驚いた。

「じゃあ、死ぬ気で蹴れ」

ミラは死ぬ気で蹴った。

腿の筋肉は疲れの限界を超え、痛みの限界を超えていた。脚は苦痛のかたまりでしかなかったが、それでもミラは蹴りつづけた。ディアスの腕は自動人形のように水を切り、斜めにふたりを進めていく。前に押される力が強く、斜めに向かう速度はじりじりとしたもので、カーブはもうすぐそこまできている。もっと水の勢いが弱いところまでたどり着けなければ、そのまま流されてしまうだろう。ミラは動物のようなうなり声をあげて、アドレナリンを放出し、ディアスまで一緒に押し進めるほどの力を出した。流れはカーブのほうへ寄っているのだから、ミラが腕を引っぱっていなければ、ディアスはもっとそちらへ近づけるはずだ。

大きな木が右手の水際にしっかりと根をおろしていた。ディアスは右の手を伸ばして、太い根をつかんだ。

ディアスが止まっても、水の流れとミラは止まらなかった。ベルトがいっぱいに引っぱられた瞬間、ミラの体は鞭《むち》の先端のように弾かれたが、ベルトを放しはしなかった。ディアスは顔をゆがめ、歯を食いしばって右手で根にしがみつくと、左手で流れに逆らってミラを引き寄せようとした。ミラが水を蹴り、体の向きを変える。と、ふいに水の力が弱まり、同じ木のディアスがつかんでいる根とは反対側へ流された。ふたりはベルトで繋がれたまま、大木を抱くように手を伸ばしていた。

ミラは木の根をつかんで、すぐわきにある水中の岩になんとか脚を固定しようとした。いまも急流が押し寄せているが、震える膝で岩をはさみ、しがみついた。

「ベルトをはずすわ」ミラはやっとのことで声を出した。「つかまってられるから。そっちは？」

「大丈夫だ」ディアスが言う。ミラはベルトをほどいて、漂うにまかせた。ほんの一瞬、命綱を放すのを待っていましたとばかりに水の勢いが増して、ミラはパニックに陥った。だが、さらに強く木に体を押しつけてしがみついた。

肺がふいごのように伸縮し、酸素の欠乏した筋肉に空気を供給しようとする。聞こえるのは水の音と、自分の心臓が轟く音だけ。

ディアスが背後から彼女の腋の下に手を入れて、岩棚へと持ちあげた。

それで残っていた力を使いつくしたらしく、自分も水からあがると、岩に両手と膝をついて、激しく喘いだ。ミラはうつ伏せのまま、身動きできずにいた。体が数千ポンドにもなったようで、指一本動かすのにもたいへんな努力がいる。

岩は日向にあり、凍えた体に温かかった。服からも、髪からも水が滴る。ミラは目を閉じて、ふたりの苦しげな息づかいと、体じゅうの血管がどくどくいう音を聞いた。生きている。まどろんだのか、気を失ったのか、それともその両方だろうか。しばらくして、どうにか寝返りを打ち、顔に日差しを受けた。いまだ息は荒く、安堵にめまいを起こしつつも、太陽のぬくもりへ顔を向けた。

危機一髪だった。岸までたどり着けたなんてとても信じられない。自分ひとりではとても助からなかっただろう。ディアスが横たわっている足元を、水はごうごうと流れ、渦を巻き、岩やしっかりと根を張った木を舐めている。いずれは岩も木もその支配下におさめるつもりで。時は水の味方なのだから。ディアスの力があったから、水の魔手から逃れることができた。

ミラは喘ぎながら尋ねた。「なんでこんなことに？　どうして落ちたの？」

ディアスが答える。「向こう岸の窪みの土が崩れて、板が傾いたんだ」

ミラがさらに尋ねる、「川の先に滝があるって、どうして知ってたの？」

ディアスは押し黙った。少しして答える。「滝はかならずあるものだから。映画を観ないのか？」

安心と、生きていることへの沸き立つような喜びに圧倒されて、ミラは笑いだした。

ディアスは寝返りを打って、ミラのかたわらに仰向けになった。胸を上下させて懸命に息ていたが、いまは顔をミラに向けて、引き結んだ唇の端を心持ちあげ、ほほえみを作っている。じっとミラに見入り、まぶしい午後の日差しに黒い目を細める。やがて、ディアスが言った。「いますぐあんたのなかに入れるなら、左の睾丸《こうがん》を差しだしてもいい」

ミラの笑い声はその言葉の衝撃に吸いこまれ、跡形もなく消えた。夢に描き、空想にふけり、妄想を抱いてきたけれども、まさか現実になるなんて。その現実が、いまここでミラの顔を見つめている。ディアスと？　わたしが？　彼のむきだしの言葉はあまりに衝撃的で、一瞬、現実がかしいで彼女を置き去りにした。温かな岩の上で、頭はくらくらし、全身の血管をアドレナリンが駆けめぐる。そのまま、彼女は漂っていた。すべてがもとに戻ったと思ったら、今度は官能の渇きが襲いかかってきた。ディアスが――わたしと。彼と体を重ねると思っただけで、内側からぎゅっと縮まる。ディアスが欲しい。初めて見た瞬間、欲しいと思った。そしていまも。

キスされたこともない。フアレスでの慰めのキスは、数に入らない。ディアスの申し出に応えたかった。でも、やめておいたほうがいい理由が、イナゴの大群のように頭のなかに押し寄せていた。ディアスがお手軽なセックスしか求めていないなら、ミラはそのタイプではない。彼がそれ以上のことを望んでいるとはとても思えなかった。なんにしても、相手はディアスだ。いつでも一緒にいてくれるような男ではないし、相手を変えられると思うほどミラはうぶではない。性的な反応を示さないよう、ディアスの肉体に惹かれていることをわずかでもほのめかさないよう、気を配ってきた。なにもかも心のうちに、想像のなかにしまってきたつもりだった。でも、気づかれてしまったみたい。抜け目のない黒い目が、知っていると告げている。

「考えすぎだ」ディアスがもの憂げに言う。「おれは自分の希望を述べただけで、なにも宣戦布告したわけじゃない」

「女はくよくよ考えるものなの」ミラは鼻を鳴らした。「いろんなことの釣りあいを取るためには、よく考えなきゃ」ディアスが喩えに〝戦争〟を使ったのがおかしい――それとも、もしかしたらその言葉がぴったりなのかもしれない。太陽がまぶしくて、なんだか地面が揺れている気がする。つかまるところはないかと探しながら、ミラは言った。「男の人が差しだすのは、いつだって左の睾丸。右じゃないのはどうして？　右だとまずいの？　それとも、右のほうが大事だとか？」

「男をわかっていない」ディアスは目を閉じて、呆れたように息をつき、かすかな笑みをまた浮かべた。「男は、どっちの睾丸も同じように大切にしている」

「じゃあ、わたし、喜ばなくっちゃ」

「でも欲しくはない」

いまなら、軽く「ご愁傷さま」と言って終わりにできる。でも、嘘をつくことができず、ミラは目を閉じて、沈黙が長引くにまかせた。

かたわらでディアスが体を起こすのを感じた。片肘をつき、ミラの上にかがんで太陽の光を遮る。「欲しくない、と言ったほうがいい」ディアスは小声で言って、ミラの腹にぴったたりと手を当てた。掌の熱は濡れた服を通して、冷えきった肌を燃やすほど熱い。ジーンズの縁から指を滑りこませると、その熱はミラの全身を駆けめぐった。

「なんにしても、いまここでどうこうしようというわけじゃない」ディアスは言葉をつづける。「まずはトラックに戻る。おれがしたいことをするには、岩の上はまるで不向きな場所だし、服は濡れていて、寒さで縮みあがったタマは捜すのに一週間もかかりそうなくらいで、おまけにコンドームを持っていない。だが二、三時間もすれば状況は変わるから、もし気乗りしないなら、いますぐノーと言ったほうがいい」

ディアスは正しい。ノーと言うべきだ。

それでも、言わなかった。考えなおすに足る理由をさっきあれだけ並べてみたのに……言わなかった。

ミラは目を開けるかわりに、ディアスが身を乗りだしてきたとき、そちらに顔を向けた。ディアスの唇は冷たかった。ミラの唇はさらに冷えている。だがその舌は温かく、最初ははにかんだようにやさしく探ってきた。左手をミラの濡れた髪に絡ませ、ゆっくりとキスを深めながら、腰に手を当てて抱き寄せた。

筋肉質の体に触れると、体内に温かさがぱあっと広がっていった。それだけで寒さを追い払えそうだったが、気がつくと震えていた。水に流された影響が、いまごろ出はじめたのだ。

ディアスは唇を離し、ミラの顔にかかった髪をなでつけて、気づかわしげな目で見つめた。

「トラックに戻って温まらないとまずいな。じきに日が落ちるから、ここでぐずぐずしていたくはないだろう」

「そうね」ディアスが体を引いたので、ミラはなんとか起きあがった。「ノーマンは警察に通報したと思う？　わたしたちの死体を捜索してもらうために」

「それはないだろう。あいつが叫んだ言葉を聞かなかったようだな」

「だれかがなにかを叫んだのはわかったけど、言葉までは聞き取れなかった」

「『グッドラック』だ」

愕然《がくぜん》として、目をしばたたいた。それからくすくすと笑いながらゆっくり立ちあがった。ノーマンは、自分以外の人間になにが起ころうと気にしないタイプなのだろう。

ふらつく頭で状況の検討を行なった。ディアスが持っていたバックパックは、当然ながらなくなってしまった。頭からつま先まで痛むけど、それが激流に揉まれたせいなのか、筋肉の疲労からくるものなのか判断がつかない。ともかく、運がよかった。傷ができるほど硬いものには当たっていないはずだし、なにより川が深かったことを神さまに感謝しなければ。そのおかげで命が助かったのだろう。もっと浅かったら、岩に当たって死んでいた。

スニーカーは両方、靴下は片方、消えている。靴下が一足でも残っているほうが不思議だ。腕時計は文字盤が割れて使いものにならない。セーターもなくなっているが、ボタンをとめずはおっていただけだからしかたない。

ディアスはミラの足元を見ていた。「その足じゃ歩けないな」そう言って、デニムシャツのボタンをはずしはじめる。シャツを脱ぐと、ポケットからナイフを取りだして袖を切った。

ミラの前で片膝をつき、腿に袖を置いてぽんと叩いた。「ここに足を乗せろ」ミラがおそるおそる片足でバランスを取り、もう片方の足を袖の上に置くと、ディアスはすばやく袖を何重かに巻いて、足の甲に結び目を作った。反対の足も同じようにしてから尋ねた。「どんな感じだ？　皮の靴底には及ばないだろうが、足を保護してくれそうか？　だめなら、足を傷だらけにする前にそう言えよ」

ミラは岩の上を歩いて、布の厚みを試した。小石のひとつひとつを感じられる。「トラックまでどれくらいあると思う？」

ディアスは太陽に目をやった。「おれの読みが正しければ、それほど遠くはない。トラックは下流にあって、おれたちはその方向に流された」

「でもさっきのカーブは左に折れていたわ」

「そのあとで右に曲がった。そうだな……一マイルぐらい」

山林を一マイル、ほとんど裸足で。ディアスもミラと同じ結論に達したようで、首を振ってから、まわりを見渡した。だしぬけに、またナイフを取りだし、木に向かう。刃先を樹皮に刺して、削りはじめた。

「なにしてるの？」

「樹皮を削り取って靴底にする」

ミラはそばに立って、ディアスが樹皮を一〇インチ四方の大きさに削り取るのを感心して見つめた。それから座って、足の布を解いた。ディアスは樹皮を半分に切って、またミラの前で膝をついた。もう片方の膝に長方形の樹皮を器用に載せる。なめらかなほうを上にして、そこに袖を置き、足の裏と木のあいだに二重の布がはさまるようにした。それからミラの足を包みなおし、つぎに樹皮に二重に布がかぶるようにして、先ほどと同じく足の甲に結び目を作った。もう片方の足も同じようにして立ちあがり、ミラの手を取って立たせた。「どうだ？」

「ずっと頑丈になった。樹皮がどれだけもつのかわからないけど」

「なにもないよりはましだろう。崩れたら、また削り取ってやる」

ふたりは川岸を離れ、右手に向かって、森のなかへ出発した。間に合わせの靴は、体の支えにはまったくならなかったので、慎重に歩くしかなかった。それでも、樹皮は山林の悪路から足の裏を守ってくれた。ミラは小枝や石を避け、樹皮をあまり折り曲げないよう気をつけて、ばらばらになるのを防いだ。だがそのせいで、一刻の猶予もならないときに、歩く速度が遅くなった。

樹冠に遮られて日差しが届かないため、数分もしないうちにミラは激しく震えはじめた。濡れた服は氷のようで、水中にいたときよりも低体温症の危険は大きくなっていた。ディアスは筋肉のかたまりだから、ミラよりは体に熱を作りやすいはずだが、それでもはやり震えている。

ディアスが立ち止まってミラに両腕を回し、ふたりのあいだに生まれたささやかな熱を分けあった。たがいに体を押しつけあう。ミラは疲れきってディアスの肩に頭をもたせた。その体は硬く、生命力にあふれているが、こんな状況では寒さで弱らないわけがない。ディアスの胸で心臓が規則的に力強く打ち、血管に温かい血を送る音を聞いているうちに、ミラの体はほんの少し温まった。

「絶対にたどり着く」ディアスがミラのこめかみにつぶやいた。「今夜は大きなお楽しみが待っている。それに、トラックの座席のうしろにトレーナーが二枚ある」

「なんでそれを言わないのよ?」ミラは意志の力で体を引きはがした。「トレーナーが約束されていれば、奇跡も起こせるわ」

ディアスが言った〝一マイル〟は直線で見積もった距離であり、実際にはまっすぐ歩くことなどできなかった。上りあり、下りありで、そのたびに目指す方向へと進路を変えなければならなかった。傾斜がきつく、まっすぐに立っていられないところでは、木にしがみつきながら進んだ。平地なら二十分で着く距離に二時間かかり、二度、即席のサンダルの樹皮を取り替えた。それでも、ディアスの方向感覚は的確で、ふたりはトラックへと道なき道をたどっていった。

たどり着いたときには、すでに日は沈み、夕闇が迫り、太陽のぬくもりはとっくに消え失せていた。ミラは歩くのがやっとで、寒くてしかたがなかった。体じゅうの筋肉が痛み、年寄りのように足を引きずって歩いた。いまここにバックパックがあったら。あのなかには防水シートが詰めてあった。ふたりでシートにくるまって身を寄せあえば、熱を逃がさずにすむのに。食べ物もあればいい。体の機能を活発にする。コーヒー、熱々のコーヒー。ホットチョコレートでもいい。チョコレートならどんな形態でもかまわない。

ディアスのこと、今夜ふたりのあいだになにが起きるのかを考えた——ホテルに戻れた場合の話だけれど。

もう一歩も歩けない、そう思って目をあげると、そこにあれがあった。あの巨大なトラックが。これほどありがたいと思ったことはない。「鍵」ミラは唐突にしわがれ声をあげた。「鍵はまだポケットに入ってる?」

ジーンズは濡れたときに効力を発揮する。くっつくのだ。ポケットに入れたものは、たいていそのままだ。たとえ急流に揉まれても。ディアスは冷たく濡れたポケットになんとか指を入れ、鍵を取りだした。「助かった」ミラは息をついた。

つぎの難関は、ばかでかいトラックに乗りこむこと。

ディアスはミラを抱えあげようとしたが、できなかった。どうにかこうにか床に這《け》いつくばれる高さまで持ちあげてもらって、ミラはくすくす笑いながら、そこから座席によじのぼった。笑いごとではないのだが、こんなときは、笑うか泣くか、ふたつにひとつだ。ディアスはハンドルをつかんで自分を引っぱりあげた。震えが激しくて、イグニッションに鍵を差すのに三度もやりなおさなければならなかった。ともかく、トラックのなかは外より暖かく、エンジンを回して数分もたつと、温風が通気孔から吹きだした。ディアスが座席のうしろからトレーナーを引っぱりだす。まだ値札がついたままだ。万一に備えて買っておいたのだろう。その用心深さには恐れ入る。川に落ちることまで、予想できたはずがないもの。

ディアスは袖のないデニムシャツの残骸とTシャツを脱ぎ捨てた。薄く胸毛の生えた、岩のように硬くて広い胸、割れた腹を目の前にすれば、どんなに疲れていたって興味を掻き立てられる。ミラもブラウスを脱ぎ、濡れたブラジャーをはずすと、いきなりぎゅっと引き寄せられ、ハンドルとディアスの胸とのあいだでキスされた。裸の上半身がこすれあい、寒さで尖った乳首を胸毛にこすられぞくぞくした。片手をディアスの首を巻きつけ、もう片方は背中に回し、そのなめらかな肌と厚い筋肉に掌を押しあてる。今度のキスには、はにかみもやさしさもなかった。ホテルに着くまで待てるものかと舌で突き、歯で嚙む。乳房に手を這わせ、その形とやわらかさと、馴染み具合を掌に覚えこませる。

ミラは、小さくすすり泣くような声をあげた。こんなふうに感じるのは久しぶり、ほんとうに久しぶり。信じられない。ディアスも同じぐらい欲しがってくれていたなんて。

体を離したとき、ディアスは震えていたが、もう寒さのせいではない。「服を着たほうがいい」ぶっきらぼうに言って、トレーナーをミラの頭からかぶせた。男物でだぶだぶだったけれど、気にならない。厚手だし乾いているし、その温かさに涙が出そうだ。ディアスも自分のを着て、濡れたブーツと靴下を脱ぎ、血の通わない足を突きだして通風孔の温風を当てた。ミラも助手席でそれにならった。車内の温度は急速にあがったが、震えが止まり、痺れていた足が温かさでジンジンしてくるまで、たっぷり十五分はかかった。ディアスが運転できると判断したときには、あたりはすっかり暗くなっていた。

ボイシまでは長い道のりが待っている。もう寒くはなかったが、精も根も尽きはてていた。

ディアスも同じように感じているはずだ。ミラはディアスの腕に手を置いた。「ボイシまで行ける？　どこかで休んだほうがいいんじゃない？」

「行ける。幹線道路に戻ったら、どんな店だろうと、最初に目についたレストランで停まって温かいものを胃に入れる」

天国だ。ミラはクルンクルンの巻き毛を押さえつけた。髪は乾いたけれど、まるで野生の女だ。暴走族がたむろしているような店以外で、すんなり入れてもらえたらかえって驚き。

「ピストルもなくなったんでしょ？」

「川の底だ」

「残念。お店で食べ物を出してもらうために、必要になるかもしれないのに」

ディアスはミラを横目で見て、ほほえんだ。「おれがなんとかする」

運よく最初に見つけたのは、ドライヴスルーのあるハンバーガー屋だった。食べ物を手に入れたあと、路肩に寄せて車を停めた。そのころには空腹を感じるほど元気になっていたので、ミラはこの日ふたつめのハンバーガーをたいらげた。ディアスが買ってきたLサイズのコーヒーを手に、ふたりはゆったりと座席にもたれ、至福を味わった。

「コンドームを売っているところを探そう」だしぬけにディアスが言った。「ひとつも持っていないんだ」

その声に緊張を感じて、ミラは横目でディアスをうかがった。心配そうに顔をさすっている。

急に落ち着かない気分になってきた。「また今度でもいいのよ。ためらいがあるようなら、無理に――」

「いや、そうじゃないんだ」ディアスは手をおろして、きまじめな顔を見せた。「ただ、おれは――この二、三年、自分の手じゃないものとやっていないから、だから――」

「二、三年？」ミラは繰り返した。「わたしのほうがもっとご無沙汰よ。たしかに、わたしはお色気たっぷりのタイプじゃないし」

「あんたを楽しませてやりたいが、そんなに長くもちそうにない」

「たぶん、わたしもよ」嘘ではない。さっきのキスからこっち、体が期待でざわついている。

ディアスはそれでもこだわった。「だが、ひと晩じゅうかけてでも、埋めあわせはする」

彼が不安に思っていることに好感が持てた。ミラは、生来えり好みが激しく、手当たりしだいの乱交は好きではない。だから、ディアスの告白にほっとした。「あなた、健康？」そう訊いたのは、訊かないほど正気を失っていないからだ。

「ああ。つきあった女はそれほど多くないし、売春婦や麻薬中毒とやったことはない。三カ月ごとに赤十字社で献血しているから、定期的に検査をしてる」まじめな口ぶりに心を動かされた。ほかのことならなんにでも自信たっぷりの人が、不安になっているなんて。そこに人間臭さを感じる。ディアスは相手の女を心から信頼しないかぎり、警戒を解いて親密になることができず、またそうなっても、感情が暴走しないよう手綱をしっかり握りつづけるのだろう。

今夜、わかる。

ミラはディアスに身を寄せて、キスをした。「コンドームのことは忘れましょ。わたし、避妊してるの」

ディアスがキスの主導権を奪った。経験豊富ではないのかもしれないが、やり方は知っている。ねっとりとして、ちょっと荒々しく、焦燥感に駆られたようなキスだった。ミラから体を離したとき、ディアスの目は細くぎらぎらしていた。無言でトラックのギアを入れ、ボイシに向かって走りだした。

20

ホテルに近づくにつれ、ふたりの緊張感はいやまして、息苦しいほどだった。全身がピリピリし、これからなにをするのか考えると、顔がカーッとほてる。あらゆる分別に逆らい、ディアスとベッドをともにするのだ。一緒に危険を乗り越えた人間同士の、自然な反応なのかもしれないし、朝になったら後悔するかもしれない。それでもかまわなかった。ディアスに飢えていた。彼が欲しくて欲しくて体が疼《うず》く。自分のなかに彼を感じたいという思いはあまりに激しく、ちょっと触れられただけで絶頂に達してしまいそうだった。緊張のあまり死んでしまう前に、車を停めて、と言おうか。彼に馬乗りになり、いま、すぐにでもやりたい。けれども、ディアスが言っていたように、やるならベッドの上でやりたかったから、沈黙を守り、歯を食いしばって、体に食らいつくむきだしの欲望に耐えた。

とうとう着いた。ディアスは濡れたブーツに足を押しこみ、靴下は床に残して、車から降りた。布と樹皮しか足を守るものがない状態で飛び降りる気はなかったので、ミラは彼がドアを開け、降ろしてくれるのを待った。抱き寄せて、体を滑らせるように降ろしてくれると思ったのに、ディアスは、体と体のあいだに六インチも隙間を取ったまま、ミラをそっと地面に降ろした。険しく、無表情な顔を予期して目をあげると、やはり、いつもどおりの顔がそこにあった。ディアスはそこでミラをかたわらに引き寄せ、一緒にホテルへと歩きはじめた。

夜勤のフロント係は、近づくふたりに好奇の目を向けた。足に布をくくりつけた女を、あまり見たことがないのだろう。新品のトレーナーのおかげで、ホームレスには見えないはずだ。そうでなければ、警備員を呼ばれていたかもしれない。

エレベーターのなかでは、ミラとディアスは並んで立ち、なにもしゃべらなかった。鼓動のひとつひとつが聞こえる。指先までチクチクしている。

ディアスがカードキーを差しこむ。まだ使えるなんて、奇跡中の奇跡。

ドアを開けてミラを先に通し、狭い入口の電気をつける。突然、ミュージカルの〝アニー〟になったような気がして、ミラは自分の部屋につづく扉へにじり寄った。「あの、足の布をほどいて、シャワーを浴びて、それから――」

「座れ」ディアスが言った。

ミラは目をしばたたいた。

ディアスは椅子を引きだして、強引にミラを座らせた。ベッドサイドのランプをつけ、膝を突き、結び目をほどいて袖を足からはずした。裸足になると、ディアスはじっくりと調べ、かすり傷や切り傷がないか目をこらしたが、ミラは無傷で苦難を乗り越えていた。

ディアスが点検を終えて立ちあがったので、ミラも同じようにし、ぼさぼさの髪に手を突っこんだ。「シャワーを浴びてくる」もう一度そう言って、ディアスの横をすり抜けようとしたが、腰に腕が巻きついて引き戻された。

「シャワーはあとでもいい」

「髪が——川の水が——」

「水はきれいだった」

「さっぱりしたほうがいいと思うの」なぜいまになってあれこれ言い訳し、遅らせようとしているのか自分でもわからなかったが、急に不安になってしまったのだ。久しぶりのことだし、ディアスはふつうの男ではない。そのふたつの事実が目の前にちらついて、もう少しゆっくりことを進めたくなった。

ディアスがミラのジーンズのボタンをはずしながら言った。「そのままのあんたが欲しい」そして、キスした。

ロマンティックなところなどひとつもなかった。甘い言葉も、やさしいしぐさもなく、ただ貪欲《どんよく》にキスを重ね、深めるだけ。こんなふうにキスされたのははじめて。その激しさがすべてを剝ぎ取り、飾り気のない要素だけが残る。男と女。片手をミラの髪に滑りこませ、掌で頭蓋骨をつかみ、彼女の顔をのけぞらせ、その唇を味わいつくす。それは、そう、奪われる感じ。彼は奪いながら、与えてもくれた。歓びを。ミラは燃えあがった。彼の唇と舌が火をつけた炎に、ミラは焼かれた。

ジーンズの股間が盛りあがっている。岩のように硬いものにおなかを押されると、腿のあいだが欲望でぎゅっと引きしまった。熱くなった体をわずかに引いて、彼のジーンズのボタンやジッパーと格闘し、湿った布地をたぐり、怒張したものを解放してやって、握りしめた。指を絡め、その太さと、なめらかな感触を楽しんだ。手を上下させて大きな冠をなでまわすと、深くかすれたうなり声がして、彼が全身を震わせた。

ディアスの腕に力が入り、ミラはベッドに押し倒された。嵐のような二十秒で裸にされていた。つぎの十秒で、ディアスは自分の服を床に放った。両手をミラの膝に当てて押し広げ、ミラの承諾を待たずにのしかかってきた。両手をその胸に当てて支えると、ディアスは片肘で体重を支え、あいた手でペニスを導き、荒々しい動きでいっきに深く突き立てた。

ディアスはそこで凍りつき、軽く開いた唇から荒い息を吐き、ミラの目を見つめた。ミラは動けなかった。彼がなかにいる感触はあまりに鋭く、あまりに強烈で痛いほどだ。やわらかなランプの光のなかで、ふたりの視線が絡みあう。ディアスの張りつめた顔と、動かすものかと言わんばかりに固まった鋼の筋肉に、ミラはうっとりとなった。欲望はつのりにつのり、もうじれったくてたまらないのに、まるで剃刀《かみそり》の刃の上でバランスを取っているみたいで、どうにも身動きできない。ふいに彼の胸が膨らみ、喘《あえ》ぎながら息を吸いこんだかと思ったら、長く深いひと突きで根元までうずめた。

引き絞った。ヴァギナで、全身で。放すものかと引き絞った。視界がかすみ、絶頂へと昇りはじめる。つぎからつぎへと、目もくらむ快楽の波が押し寄せてくる。こんなふうにいくのははじめて。肉体のなかに埋没し、なにもかも失う。自分も、周囲も、なにもかも。あるのはこの瞬間、腹部から脚へ、神経の先端へと震えながら伝わるエクスタシーだけ。そのあいだ、彼はミラを駆り、深く突き、自分も達しようとしながら、ミラの絶頂を長引かせた。またかすれ声を絞りだしてのけぞり、激しくわななきながら腰を引いては沈め、長い数秒の後に、全身の筋肉という筋肉を震わせながら、ゆっくりと彼女の上にくずおれた。

そのあとのことは、荒地のように空虚で、荒涼としていた。ミラはディアスの下で疲れはてて動くこともできず、かろうじて息をしながら、泣きたい衝動と闘っていた。セックスのあとにめそめそしたことはないし、どうしていま泣きたいのかわからないけれど、慰めを求める気持ちは容易に消えそうになかった。ディアスの肩に顔をうずめて、子どものように泣きじゃくりたい。

とんでもない間違いを犯してしまったから？　それとも、それが終わってしまったから？　ミラに重くのしかかり、深く息を吸っていても、ディアスの筋肉はまだほんのわずか緊張していた。完全にリラックスすることはないのだろう——もうすでにつぎの行動を考えているみたいだ。

こんな経験をしたあと、なにを言えばいいの？　「ワオ」じゃ不適切で的はずれな気がする。「もう一回して」そう言いたい。いまはただ、ディアスの体から離れたくなかった。そのうち正気に戻るだろう。数分後。それともあすになって。それまでは、ずっと体のなかにいてほしかった。ついさっき感じたことを、もう一度感じたい。それだけの力を奮い起こせるだろうか。奮い起こせたとして、もう一度やりとおせるだろうか。

「もう一回して」言わずにはいられなかった。脚を彼の体に絡ませ、腕でしがみつき、やわらかになったペニスを放すまいと腰を押しつけた。

ディアスは笑った。あの錆びついて轟くような低い笑い声をあげ、温かな息をミラの髪にかけた。「おれは十六歳じゃない。あと数分は時間をくれないか」まだ息があがっている。でも、ミラのなかから出ようとはしなかった。むしろようやくリラックスしたように、さらに重く身を沈めた。ふたりが動かないかぎり、ディアスのペニスはミラのなかに入ったままだ。「十五秒ももたなかったな」

「わたしはそこまでも、もたなかったわ」ミラはつぶやいて目を閉じ、立ちのぼる男の匂いを吸いこんだ。

「よかった」ディアスはミラのこめかみに鼻をこすりつけてささやいた。「お休み」目を閉じ、自分も眠るようなそぶりをみせた。

はじめて会ったとき、同じ言葉を言われた。でも、あのときとはまるで違う。いまは、彼と体を重ねていることがうれしすぎて、涙をこらえているのだもの。一トンもありそうな彼の体に押し潰され、息も絶えだえなのに、眠れると思う？　彼にしがみついて、泣きたいのに笑いだしたくもある、そんな気持ちのときに、眠れると思う？　ここで筋肉を緩めたら彼を失ってしまう、そんな状態で眠れると思う？　それでも、疲れきっていたので、眠りに落ちた。

ゆっくりと、深く貫かれて目を覚ました。ディアスが腰に手を回し、体を抱えあげるようにして、クリトリスを自分の恥骨にこすりつけていた。経験豊富ではないのかもしれないが、ディアスにはわかっている。ミラの体のどこが感じるのか、どこが気持ちいいのかを探りあて、その知識を使ってミラを高みへと押しあげ、そこに踏みとどまらせた。今回は、あっという間だった前回に比べれば長かった。早く絶頂に達したくてもがき、解き放ってと戦いを挑んだが、力の差は歴然で、彼の準備ができるまで焦らされっぱなしだった。ついに、素早く激しく突かれて、ふたり同時に絶頂へと昇りつめた。

ようやくシャワーを浴びることができたが、ディアスが一緒に入っていては、シャワーを浴びるというより、性の饗宴だった。ディアスはふと動きを止め、お湯を浴びながら、ミラの尻のパッチに触れた。「これは?」

「避妊パッチ」

しげしげと眺める。「はじめて見た。もしはずれてしまったら?」

「自分で取らないかぎり、はずれたことはないわ。しっかり貼りついてるから。でも、シャワーを浴びるたびに確かめているけど」

ディアスが乳房のふくらみに指を這わせ、乳首をぐるりとなぜる。真剣な顔つきで。「コンドームなしでセックスしたのは初めてだ」

「一度も?」

ディアスは首を振った。自分の指先が、鳩尾をなでおろし、なだらかな腹を越えて、脚のあいだの割れ目へと消えていくのを見つめる。二本の指が襞《ひだ》を掻き分けてなかに入る。ミラは声にならない声をあげ、つま先立ちになってディアスの肩にしがみついた。

「よかった」ディアスが小声で言う。

「なに？」話の筋を完全に見失っていた。

「直接なかに入ること。そのパッチ、なくすなよ」

ミラは、倒錯的なセックスの経験などまったくなかった。オーラルセックスは、許容範囲をはるかに超えていた。でも、ディアスはミラの体に限界がないことを知っていて、ミラは肉体の快楽に溺れていた。ディアスのしたいことはなんでもさせた。シャワーの下で、床で、化粧台の上で奪われた。壁に押しつけられ、立ったまました。こんなセックスは、いままでまったく知らなかった。荒々しく、力強くて、驚くほど技巧的なのに、その目的と意図は原始的だ。ミラは繰り返し求めて、ペニスを口に含んで奮い立たせ、両手で重い睾丸を包みこんで硬くなるのを感じ、ディアスがしてくれたことをお返しにしてあげて、太いうなり声が漏れるのを聞いた。

朝までには、あそこがひりひりとして、歩くのもたいへんになっていた。朝までには、ディアスの体を知らなかったころのことは、思い出せなくなっていた。ディアスを体のなかに感じ、腕に抱き、彼が絶頂に達するときの突きの強さを体で受け止めたあとでは、それより前のことなど、思い出せるはずもない。朝までには、彼のものになっていた。

目を覚ますと、窓にかかったカーテンの縁から光が射しこんでいた。ディアスは隣に横たわり、重い腕をミラのウェストにかけていた。なんだかばかみたいな気がした。少なからず自分にショックを受けていたけれど、でも、そうなのだ。彼のもの。こんなふうにデイヴィッドのものだったことはなかった。それに気づくと、心が痛んだ。ジャスティンが誘拐された日まで、結婚生活は幸せで、ミラはミラ、デイヴィッドはデイヴィッドのままでいられた。デイヴィッドは仕事に打ちこみ、ふたりのあいだに、ほんのわずかな距離があることに、ミラは満足していた。自立して、人生を自分の手中におさめていると感じるのは悪くなかった。デイヴィッドは、礼儀正しい人間だった。ディアスは……そうではない。そんなわずかな距離を、彼は許してくれなかった。

ベッドをともにしたのは、すべてを奪い取ろうとする相手だ。危険で、あてにならなくて、それなのに、彼の腕のなかほど安心できる場所はほかにない。ミラは快楽のために使われたが、そのかわり、ディアスは同じように自分の身を差しだした。ただセックスをするものと思っていたのに、そうではなかった。ゆうべのあれは……求めあいであり、生々しく、みだらで、予測のつかないものだった。

あそこまで求められるなんて。ただのセックスだったら、もっと感情をうまく抑えられただろう。ディアスはわかっていて、情け容赦なく肉体を使い、感情を結びつけてしまった。求め、繋いだ。なんにせよ、いま、ふたりは結ばれた。おたがいのあいだを流れたものの記憶によってだけではない。そう、ほかにもなにか、これだとはっきりは言えないけれど、もっと原始的で、本源的ななにかによって結ばれたのだ。

愛？　とてもそうは呼べない。細胞レベルにいたるまで、ふたりが強く惹かれあっていることはたしかだが、愛ではない。ディアスがミラを愛していないことは、確実だ。似たもの同士、不完全なふたりがくっついて、完全な姿になるようなもの。そんなふうに考えると、愛について考えるよりもよほど落ち着かない気分にさせられた。わたしがディアスに似ている？　この無情な男と？　執拗にジャスティを捜しているうちに、彼のようになってしまったの？

ディアスが身じろぎして、ミラの肩にキスした。「空港に向かわないと」眠そうな声を出す。

動きたくなかった。「わたしの休みはあと二日残っているの」エルパソに戻るべきなのはわかっている。ディアスはパヴォン捜しを再開するべきだし、何者かが長年、ミラに偽の情報を流しつづけてきたことがはっきりしたのだから、別の角度から調査を進めなければならない。それでも十年間、空白の壁に体を打ちつけてきて、くたびれはてていた。昨日は川で溺れ死ぬところだった。自分のためだけに二日、絶え間ない苦闘から逃げだしたいと思うのは、そんなにひどいことだろうか？

二日間、望んでいるのはそれだけ。いままでは、そんなこと、しようと思ったこともなかった。

「もし、帰ったらどうするんだ？」

「たぶん、仕事に戻るわ」ミラは正直に言った。地元にいるなら話は違う。エルパソはすべての中心地なのだ。そこにいたら、仕事をせずにはいられない。ボイシは別世界で、知りあいなどひとりもいない。

ディアスは寝返りを打って受話器を取った。「飛行機の予約を取り消す」

21

アルトゥーロ・パヴォンは、だれかれとなく言うのが好きだ。おれは、こけにした奴をぜったいに許さない、と。それを聞くと相手がさっと警戒し、慌てて視線をそらせるのを見るのが好きだ。嘘ではない。こけにされれば、たとえそれが思いすごしであっても、絶対に忘れなかった。ただし、ひとりだけ、パヴォンに傷を負わせながら逃げおおせている人間がいる。その事実が鳩尾あたりに小さなかたまりとなってわだかまり、そいつを抱えたまま生きなければならなかった。だが、忘れたわけではない。復讐をあきらめたわけではない。好機はなかなか訪れないが、いずれかならず来る。いつかたがいの道が交差したときは、あのアメリカ女に、生まれてきたのを後悔するような目にあわせてやる。

この十年、失った片目のつけを払わせる日を待ちつづけた。

実際、そうできる機会は何度もあった。あの女はつまらない質問をひっさげ、しょっちゅうこの国にやってきて嗅ぎまわっているのだから。だが、ギャラガーがだめだと言った。あの女はあまりに有名だから、もし姿を消せば厄介なことになる。捜査当局の目をごまかすのに大金を使うはめになる。悪くすれば、アメリカかメキシコの刑務所で余生を送ることになる。どっちの刑務所に入るかは、どこで捕まるかによる。万が一そうなったら、アメリカの刑務所がいい。エアコン完備、タバコも吸えて、カラーテレビも見られる。

ギャラガー。パヴォンは、彼を信用していなかったが、それを言うなら、だれも信用していない。ふたりのつきあいは長いが、金だけの繫がりだった。ギャラガーは自分と金のあいだになにも割りこませない。はじめて出会ったとき、あいつは貧乏人だったが、やる気と度胸と才覚があり、良心のかけらもないことが強みだった。ギャラガーは、金の作り方を知っている。作れなければ、盗み、その過程でどれだけの人間を踏みつけにしようとまったく意に介さない。こういう男はのしあがる。

ひとり立ちしてギャラガーのような人間と張りあえば、いずれ消されるのが落ちだ。それよりは手を組んで、重宝がられるほうがいい。だれかを消したいとギャラガーが思えば、パヴォンが消す。なにかを盗みたいとギャラガーが思えば、パヴォンが盗む。だれかを懲らしめたいとギャラガーが思えば、パヴォンが大喜びで懲らしめる。セニョール・ギャラガーにたてつくことがいかに愚かなことか、絶対に忘れられないよう焼きを入れてやる。

人生は順風満帆だった。十年前までは。単純な仕事だった。少なくとも週に三回、小さな村の朝市に買い物に来るアメリカ女から、ブロンドの赤ん坊を奪うこと。だから、アルトゥーロとロレンソはその村に行って、待った。ラッキーだった。初日に女が現れたからだ。

ちょろいもんだと思った。ひとつだけ問題だったのは、女が赤ん坊を腕に抱かず、籠《かご》にも入れず、胸から吊るしていたことだ。だが、ロレンソはナイフを持ち歩いていたので、アメリカ女をふたりで囲むことにした。ロレンソがベビースリングのひもを切る。パヴォンが赤ん坊を奪う。ふたりで走って逃げる。ブロンドの赤ん坊を養子にするために、大金を払うアメリカ人がいるから、この赤ん坊は格好の標的だった。あの女は買い物に気を取られていたし、やわで無防備な、典型的アメリカ人に見えた。

だが、みくびっていたのだ。おおかたヒステリックにただ騒ぐだけだと思っていたのに、予想もしない激しさで反撃された。いまだに悪夢にうなされて目を覚ますことがある。指で目をえぐられ、燃えるような痛みと恐怖によろめき、顔じゅうが火を吹いたように熱い。ロレンソが女の背中を刺したから逃げだせたが、残念ながら女はまだ生きている。彼自身も回復に長い時間がかかり、そのあいだじゅう、女を呪い、復讐を誓って過ごした。かつて目のあったところは、醜い穴になっている。頬の引っかき傷は一生消えない。やっと回復して動きまわれるようになったものの、知覚力が低下し、前ほどうまく撃てなくなっていた。それに、人込みにまぎれることもできなくなった。傷ついた顔は人目を引くからだ。

こんな目にあわせやがって、あの女のことはけっして忘れるものか。

だが、いま、彼はもっと面倒なことになっていた。危険が迫っている。女のことは、いずれ折りをみて片付ければいい。だが、ディアスのことは……ディアスに追われているとなれば、相当の用心をしなければならない。さもなけりゃ、死ぬ。

ディアスが金で雇われて人を狩っていることは、だれもが知っていた。それなりに名をあげたい気持ちはあるが、パヴォンは官憲に目をつけられないよう気を配ってきた。ギャラガーがよく言うように、レーダーの下にいろ、だ。なのになぜ、いつの間にかディアスを雇うほどの金持ちの怒りを買ったのか？　考えに考え、出た答えはひとつだった。

シスクという女を天国行きにした晩、ミラ・ブーンがグアダルーペにいたと聞いてからこっち、ずっといやな気分がしていたのだ。ミラはすぐそばまで来ていた。同じ場所、同じ時間に。ギャラガーの命令で、この十年間、慎重に避けてきたのに。彼女が満員の酒場で、ディアスに繋がる情報を知らせた者にアメリカドルで一万ドル払うと宣言したのは偶然か？ただの情報に一万ドルも払えるなら、あと何十万ドル持っているんだ？　雇いたいのでなければ、なぜディアスを呼ぶ？　すばらしい仕事ぶりだと褒めるためだけに呼びたくなるような男ではないし、ましてやそれだけのために一万ドル払う人間はいない。

二と二を足せば、答えは簡単に出る。ミラ・ブーンがパヴォンを捜しだすために、ディアスを雇った。あのあとすぐに、ディアスがパヴォンを追っているという噂が入ってきたんだから、そうに違いない。理由を考えてぐずぐずしている暇はなかった。ディアスが人を追うのはおしゃべりするためじゃない。ディアスに狩られた人間は、ただ……消えてしまう。死人は別だ。死体はいつでも簡単に発見される。あとの者は、二度と姿を見せないし、便りもよこさない。ディアスがなにをしたか、いろいろな憶測を呼んでいる。

パヴォンはすぐさまチワワを離れた。未来が突然未知数になった。ディアスは絶対にあきらめない。時間など問題ではないのだ。

生まれてはじめて、パヴォンは恐怖を感じた。

メキシコ湾に向かい、そこで遠い親戚に漁船を用意してもらった。ここにあるのはジャングルと湿地帯、蚊《か》の大群、そして沖合いの油田だけ。メキシコのほかの地域と違って、旅行客であふれかえっていない。パヴォンは漁船に必需品を乗せて、湾に停泊した。ここなら、だれも近づけない——ディアスがスキューバ・ダイビングをしなければ。そんなこと考えつかなければよかったのに、とパヴォンは思った。それ以来、水上だけでなく、ボートのまわりの水中を見ても不安を感じるようになってしまったからだ。

じめついた気候には気が滅入る。砂漠育ちのパヴォンは、重ったるい空気を憎んだ。しかもハリケーンの時期なので、毎日欠かさずにラジオで天気予報を聞かなければならない。もし大きな嵐がやってくるなら、早めに陸にあがらなければ。

週に一度、必要な物を調達するため上陸する。そのときにギャラガーに電話をかける。ギャラガーは携帯電話を信用していない。一台持っているのに、携帯では絶対に仕事の話をしなかった。コードレスの電話も使わないほど用心深い。パヴォンは、盗聴されない、安全な携帯電話を用立てできると何度も訴えてきたが、だめだった。異常なほどの警戒心の強さは、ギャラガーの奇癖のひとつだ。

ディアスが自分のことを尋ねまわっていると知ってからは、その慎重さを真似ることにした。それで命が助かることだってありうる。

長期的な解決策として唯一思いつくのは、ディアスとミラ・ブーンを殺すことだった。ディアスを殺す理由は、直接的な最大の脅威だから。女を殺す理由は、だれかが成功するまでつぎからつぎへと人を雇われてはたまったものじゃないから。どうやって、パヴォンと誘拐とを結びつけたのかはわからない。ギャラガーの脅しにもかかわらず、だれかがしゃべったに違いない。

ふたりを殺すには、綿密に計画を立てなければならない。ともかく、ディアスが相手の場合は。女のほうは簡単だから、あとまわしでいい。あの女には、死ぬ前に、本物の男ってのがどういうもんか教えてやろう。そうだ、完璧な最期を用意してやろうじゃないか！ 用ずみになったら、その体を提供してやればいい。世の中に善行を施すってわけだ。自分の思いつきにほくそ笑んだものの、すぐに真顔になった。

なによりむずかしいのは、ディアスに近づくことだ。あの男は煙みたいなもんだ。風に乗って現れたり、消えたり。まったく足跡を残さない。ディアスを見つけるためには、パヴォン自身がおとりになる必要がある。猛獣を呼び寄せるための、木に繋がれた山羊になるのだ。そうやってディアスをおびきだす――山羊が武装して待ちかまえていることに、ディアスが気づいたときにはあとの祭だ。

よくよく考え、計画を練る必要がある。ひと晩でできるようなことではない。すべてが完璧でなければ――さもないと、死ぬのはこっちだ。

ギャラガーほど慎重で緻密《ちみつ》な人間はいないから、その週、パヴォンは陸にあがって定期連絡を入れたとき、計画を切りだした。「ディアスをおびき寄せなきゃならない」パヴォンは言った。「それも、おびきだされたことに気づかれない方法で」

ギャラガーは一瞬の間を置いてから答えた。「それはいいアイデアだ。方法は考えさせてくれ。いま、どこにいる？」

「安全な場所」用心深いのはギャラガーだけじゃない。

「会って話したい」

なるほど。電話ではできない話があるということだ。「きょうじゅうにそっちへ行くのは無理だ」ほんとうは行けるが、もっとずっと遠くにいると思わせておきたかった。メキシコ最南端の州、チアパスあたりに。

「じゃあ、いつだ？」ギャラガーの声には苛立ちと……ほかにもなにか。不安、だろうか？だが、なぜギャラガーが不安な声を出す？　ディアスに追われているのは彼じゃない——その瞬間、パヴォンは悟った。彼にとって危険なのはディアスだけではないことを。パヴォンは、ギャラガーといまの仕事を結びつける糸というだけじゃなく、ギャラガーと十年前に誘拐されたミラ・ブーンの子どもを結びつける糸でもある。ギャラガーが自分の身を守るには、その糸を断ち切るのがいちばんだ。

「たぶん……二週間後でどうかな？」パヴォンはずる賢く言った。

「二週——ふざけるな、もっと早く来れるだろう」

「すごくいいところだから、離れたくないのかもな。ここならなんでも揃ってるし、だれにも見つからない。そっちに行ったら、みんなおれの顔を知ってるだろ。そこで、おれは自分の胸に訊くわけだ。セニョール・ギャラガーとセニョール・ディアス、どっちが恐ろしい？

ディアスがだれかの喉元にナイフを突きつけて、おれの居場所を知っているかと訊いたら、そいつは嘘をつくか、しゃべっちまうか、どっちだ？　小便ちびって、べらべらしゃべると思うぜ」

ギャラガーは怒りをつのらせて、大きく息をついた。「わかった。怖いんなら、怖がってろ。度胸《コホーネス》がついたら連絡しろ。会う日を決める」

男らしさを傷つければ、かっとなっておれが出ていくと思ったのか？　パヴォンはにんまりして電話を切った。しかし、笑みはすぐに消えた。ギャラガーの助けを期待できないとなったら、どうすればいい？

自分でディアスをどうにかするしかない。ほかに選択肢はなさそうだ。ただし、どうやるかが問題だった。ディアスをどうにかできないか？　ディアスはあの女に雇われているんだから、女のためなら来るだろう。罠だと勘づかないかぎりは。どうやって女を手に入れ、しかも裏になにもないと思わせるか？

結局は、自分をおとりに使う、という考えに戻る。だが女に対してであって、ディアスにじゃない。どうにかしてディアスをよそに追い払い、そのうえで、ブーンが無視できないような情報、ディアスを待っていられないような情報を流せばいい。そうすれば、ひとりで来るし、ひとりなら捕らえられる。女を捕らえれば、ディアスを捕らえたも同然だ。すぐにというわけにはいかないだろうが、ディアスを待つあいだ、女に楽しませてもらえばいい。

うん。いい計画だ。

あっという間に数日が過ぎ、だんだん涼しくなってきた。一度だけ、夏はそれほど暑くなかったと思うほどの熱波に襲われたが、それでも、夏が過ぎて、秋が訪れるのがうれしかった。ミラはスザンナとの約束を果たし、買い置きがなくなる前に避妊パッチの処方箋を手に入れることができた。性生活が劇的に変わったことを考えれば、ひと安心といったところだ。

「あのときのことは、謝らなくちゃ」自責の念を顔に浮かべて、スザンナが言った。「失礼なことをしてしまったわ。あなたの言うことをちゃんと聞いて、自分のほうがわかってるなんて思うべきじゃなかった」

ミラは目をぱちくりさせ、途方に暮れた。診察台に足をくくりつけられているときに、おしゃべりしたい気分になるわけもなく、ほかのことを考えて気をまぎらわせようとしていたのだ。この数日、〝ほかのこと〟がディアスのことを指す確率は、恐ろしいほど高かった。ようやく腑《ふ》に落ちて、トゥルーとのことを思い出した。「いいのよ」ミラは答えた。「なにも問題ないから。彼は前に、わたしの〝ノー〟を額面どおりに受け取ろうとしなかったから、もう一度はっきりと言えてよかったと思う。あれ以来、連絡がないもの」

「ならいいけど。トゥルーがあなたを煩わせていなくてよかった、ってことよ。でもファインダーズは？　彼、まだスポンサー？　もう体を起こしていいわよ」

ささやかな慎みとして与えられていた紙のシートをつかんで、ミラは脚をおろし、さっと揃えて起きあがった。看護師が細胞の標本を作るための書類を整えはじめ、スザンナは背を向けて手を洗った。

「彼を袖にしても援助に影響はないって言ってたから、その言葉を信じるしかない」

「そう。トゥルーは、料簡の狭い人じゃないと思うわ。それほどよくは知らないけど、それでふくれっ面をするようには見えない」

ミラは吹きだした。たしかに、トゥルーのふくれっ面は想像がつかない。最近、まったくトゥルーのことを考えていなかったことに気づいた。ミラの心を占めているのはふたつのことだけだ。仕事とディアス。

「トゥルーにも電話して、謝ったの」スザンナがつづける。「それで、ほかにもいろいろと話したんだけど、ジャスティンをさらった男の手がかりをつかんだんですってね。ディエゴ？　ディアス？」

「ううん、まだなにもわかってないの」ディアスのことはなにも教えたくなくて、ミラは反射的に答えた。ディアスがどんな仕事をしているのかわかったからには、できるだけ話さないほうがいい。

「まあ。今回はてっきり――いいえ、なんでもないわ。でも、なにか情報が入ったら知らせてね」

「そうする」でも、すでに秘密にしている情報がたくさんあった。ディアスの説によれば、ミラは長年わざと袋小路に追いこまれていたわけだから、人に話すことは少なければ少ないほどいい。スザンナのことは信頼できても、スザンナの知りあい全員を信頼できる？　スザンナの友だちの友だちは？　信頼できるわけがない。だから、ディアスを見ならって口をつぐんだ。

スザンナは用紙に処方箋を書きなぐった。「どこも悪いところはなさそうよ。結果が出たら電話する」

「家にいなかったら、留守電に入れて」

スザンナはミラのカルテになにかを書きつけ、ほほえんで言った。「ランチの時間を捻出できたら、電話するわ」

ミラもほほえみ返した。ミラが着替えられるよう、スザンナと看護師は診察室を出た。そのとたん、笑みは消えた。不安に苛《さいな》まれていた。アイダホから戻ったあと、ディアスはメキシコをうろついていた。ふた晩、ミラの家に現れたが、追跡のせいで薄汚れ、牙をむき、飢えていた。利口な女なら、鬼気迫るほど神経を尖らせているディアスに近づこうとはしないだろうが、ミラは、ディアスの前で利口ぶらないと決めていた。どちらの晩も、食事を与え、シャワーを浴びさせ、汚れた服を洗ってやった。どちらの晩も、ディアスはされるがままになっていたが、野獣のような目で彼女の動きを追っていた。飛びかかるチャンスをうかがっているのだ。そう思うと、膝の力が抜けた。そしてどちらの晩も、ディアスはシャワーから出てきたとたん、タオルを床に落とす間もなく、ミラにのしかかっていた。

性欲が満たされると、ディアスはまた腹をすかせる。なにをしているにせよ、満足に食べていないようだ。ミラはサンドウィッチを作り、一緒にテーブルに座って、ディアスが食べながら、仕入れてきた情報の話をするのに耳を傾けたが、貴重な情報は少なかった。ただし、いくらささやかでも、そうした情報は実のあるもので、煙幕ではないという気がした。

「噂では、パヴォンは最初から同じ男の下で働いているらしい」四日前、最後に会ったとき、ディアスは言った。「奴らは赤ん坊をさらっていた。いまは、臓器を密輸している。だが、街の噂は乏しい。よほど慎重にやっているらしい」

「ローラの子どもは見つかった？」

「いちばん上、長男は十五年前、喧嘩して刺されて死んだ。末っ子には八年会っていないそうだが、マタモロスにいるのを突きとめた。漁師でちょうど漁に出ていた。三日後に戻ってくるそうだ。あちらで帰りを待つ」

翌朝、目が覚めてもしばらくそのままでいた。とっても……満ち足りて、かたわらに彼がいるから。そのことに愕然とした。ミラが目覚めると、ディアスも気配で目を覚まし、すぐにミラを抱き寄せた。一緒にいるときは緊張がほぐれているようだ――ディアスなりのほぐれ方ではあるけれど。

ミラはディアスの胸に手を滑らせ、強い胸毛の感触や肌の温かさ、強く、規則的な鼓動を掌に感じた。ディアスのものも目を覚まし、触れてくれと誘うので、ミラはしかたなく手を滑りこませて包みこんだ。「こんなの信じられない」ディアスの肩にキスをしながら小さく言った。「あなたのファースト・ネームさえ知らないのに」

「知ってるだろ」眉をひそめる。「ジェイムズ」

「ほんとうだったの？　偽名だと思ってた」

「ジェイムズ・アレハンドロ・ゼイヴィアー・ディアス。これがアメリカ版」

「〝ゼイヴィアー〟？　スペイン語ではザビエルね。はじめてよ、ザビエルという名前の人に会うの。メキシコ版だとどうなるの？」

「ほとんど同じだ。いてっ！」ディアスはかすれた笑い声をたてて、身をかわした。ミラが敏感なところをつねったから。めったにないことなので、笑い声を聞くといつもとろけてしまう。

　ディアスが笑いの発作で弱っているあいだに、ミラはちゃっかり彼の上に乗り、ペニスの位置を調節してそっと腰を滑らせ、やさしく迎え入れた。ディアスが大きく息をついて目を閉じ、両手をミラの腰に当てて捏《こ》ねくりまわす。ミラは、朝の交わりを愛していた。まだ眠くて反応が鈍く、時間のことも、絶頂に達するかどうかも気にならない。ただ横たわり、腕と体で彼を抱きしめるだけでもいい。それで、ほぼ充分。ほぼ。そのうち、動かずにいられなくなる。それとも、彼のほうが矢も楯もたまらなくなって、最初のひと突きで理性のたががはずれてしまう。ミラが彼を駆り立てる、さあ、もっと激しく、もっと素早く。そうやっていっきに昇りつめて果て、ディアスの胸に崩れ落ちると、今度はディアスが馬乗りになり、満足するまで彼女を駆るのだ。

　朝食のあと、ディアスは出かけ、それから四日も連絡がない。十月の第一週が終わろうとしている。ディアスは無事だろうか？　ローラの息子を見つけられただろうか？

ミラが去ると、スザンナは自分のオフィスからトゥルーに電話をかけた。「いまさっきミラに会ったわ。まだ安全よ。彼女、ディアスのことはなにも知らなかった。偽の情報だと思っているみたい」

トゥルーは黙りこんだ。それから、ひどい悪態をついた。「ばかめ、ミラは、ディアスに会っているんだぞ！　一緒にいるところを、先月ファレスで目撃されている」

スザンナの血が凍りついた。「ミラがわたしに嘘をついた？」

「ディアスのことを知らないと言ったなら、そうだ」

「でもどうして？　長年の友だちなのに」

トゥルーは鼻先で笑った。友だちだと？　スザンナ・コスパーみたいな友だちなら、こっちから願いさげだ。

「おまえを疑っているのかもしれないぞ」トゥルーは言い放つ。「ディアスは思ったより近づいているのかもしれない」

またもや、先に切られてしまった。スザンナは受話器を戻し、蛇でも見るような目つきで電話をながめた。ミラには感服しているけれど、根は甘ちゃんだと思っていた。甘ちゃんだったのは、こっちなのだろうか。ミラに騙《だま》されていた？

パニックが喉にこみあげ、息が詰まりそうになる。懸命に働いて築いてきたものを、いま台なしにするわけにはいかない。なにか手を打たなければ、それも急いで。

22

　タバコの煙が立ちこめる酒場に入り、ディアスは壁を背にする場所を選んだ。ここなら顔が陰になり、客の出入りを見張ってもいられる。音楽は騒々しく、金属のテーブルの上に空き瓶が並び、奥の隅に樽《たる》で作った便所があった。売春婦ふたりが商売に精を出している。メキシコ人の農夫や漁師はくつろぎ、ご機嫌で、声を合わせて民謡を歌い、つぎからつぎへと乾杯の音頭をとる。そうやって空の酒瓶を増やし、それがまた乾杯を呼ぶ。バーテンダー《カンティネーロ》は、装塡《そうてん》ずみのライフルを手元に置いているタイプだが、こんな陽気な酒場では、ライフルの出番はめったにないだろう。

　エンリケ・ゲレロを捜しだすには、相当の時間と忍耐力が必要だった。ディアスはエンリケを追って、メキシコをほぼ半周した。だが、とうとう追いつめた。ベラクルスの港町の、込みあった馴染みの小さな酒場で。エンリケが仲間に囲まれ、安心だと思っている場所で。

　ローラが警告したに違いない。それとも、マタモロスにいる仲間か。エンリケは逃げた。隠すことがないなら、なぜそんなことをする？　そのようすをうかがっているうち、エンリケがけちなこそ泥だとわかった。まわりの人間に目を光らせ、飲みすぎで注意が散漫になった奴から金をくすねる。なかなか器用だが、酒場は薄暗く紫煙で煙り、みんな大酒を食らっているのだから、五歳児でもそれぐらいできる。エンリケも飲んでいるが、度を超すほどではないからうまくやれるのだ。それでも、ラテンアメリカの農夫《カンパシーモ》はたいてい、大型ナイフ《マチェーテ》を持ち歩いている。彼ら好みの武器だ。そいつで切りあうのは国民的スポーツと言っても過言ではない。エンリケがもし捕まったら、目にあざを作るぐらいではすまない。

　ディアスはまったく飲まなかった。微動だにせず立っているので、ほとんどの者は気づきもしない。だれとも目を合わさず、じっとエンリケを見張り、チャンスを待った。

　エンリケはそれほど飲んでいなかったため、隅の樽に通う必要もなかった。用を足しに立ったら、その背後に寄り、やさしくエスコートして近くのドアから路地《カーリエホーン》へ抜けるつもりだった。この人込みなら、だれも目をとめないだろうし、とめたとしてもまったく気にしないだろう。ディアスは、影の濃いほうへと移動し、ひたと視線を当てたまま待ちつづけた。

　もうじき夜が明けるというころ、エンリケは立ちあがった。仲間の背中をぽんと叩き、賑やかに悪口を叩きあい、酔っ払いの笑いにすべてを流した。いただくものはちゃんといただいたのだろう。おいしい仕事だ。盗られたほうは酔いが覚めても、ワイワイやって有り金残らず使いはたしたと思うだろうから。

　エンリケがドアを開けた。新鮮な空気が流れこんできても、手で触れられそうなほど厚く垂れこめた煙の壁はびくともしない。ディアスは慌てずにその場を離れ、頃合を見計らって、エンリケのあとから店を出た。ゆうゆうとした足取りだったから、ディアスの姿を見た者がいたとしても、なにか目的があるとは思わなかっただろう。

背後でドアが閉まったとたん、ディアスの手はエンリケの口を覆っていた。ナイフの切っ先を耳の下に突きつけ、こそ泥を細い路地の暗闇へを引きずりこんだ。

「話せば、生かしておいてやる」スペイン語で言った。「抵抗すれば、おまえは死ぬ」エンリケの口から手を離す。本気だとわからせるために、ナイフの八分の一インチほど刃を沈めた。刃はブスリと突き刺さって血が流れはじめたが、命に関わるところは切らないよう注意した。

エンリケはすでに恐怖で泣きじゃくり、なんでも約束する、セニョールの望むことならなんでもする、と訴えた。ほら、金ならここに――

「手を動かすな、ばか野郎《カブロン》」ディアスはさらにナイフを沈めた。あいている手を素早く動かし、エンリケがポケットから出そうとした飛びだしナイフを奪い取る。「おまえの友だちの金が欲しいわけじゃない。二、三、質問に答えてもらいたい」

「ああ、なんでも」

「おまえの母親に訊いてきた。おれはディアスだ」

エンリケは膝をガクガクさせた。母親を罵倒する悪口雑言を吐いたが、ローラがもしそれを聞いたとしても、鼻にもかけないだろう。この親子のあいだに愛情はない。そうでなければ、ローラは息子の居場所をディアスに教えたりしなかったはずだ。つまり、母親は自分のことしか気にかけない女で、その気性を息子はちゃんと受け継いでいるということだ。

「十年前、ローラが誘拐された赤ん坊の世話をしていたころ、一緒に住んでいたな」

「おれは赤ん坊のことなんてなんにも――」

「黙れ。赤ん坊のことは訊いていない。アルトゥーロ・パヴォンと、おまえのおじのロレンソを雇っていたのはだれだ？」

「アメ公」エンリケが口走る。

「国籍は訊いていない。名前だ」

「いや……名前は知らない。おれが聞いたのはエルパソに住んでるってことだけ」

「それだけか？」

「誓うよ！」

「がっかりだ。そんなことはもう知っている」

エンリケは震えはじめた。「おれは会ったことないんだ。パヴォンは用心深くて、名前は一度も漏らさなかった」

「だがロレンソはどうかな？　自慢話は好きだったか？」

「自慢話はしょっちゅうだったけど、でも中身は空っぽだった。なにも知らなかったんだ！」

「ロレンソが言っていたことを話せ。中身があるかどうかはおれが判断する」

「もうずいぶん前の話だし、おれ、もう憶えて――」

ディアスは舌を鳴らした。ナイフはまったく動かしていない。動かす必要がなかった。不本意そうな舌打ちを聞いただけで、エンリケは恐怖のあまり理性を失い、ぶるぶると震えて泣きだした。小便の臭いが立ちのぼる。

「パヴォンがアメリカ人の赤ん坊をさらって、片目をなくしたときのことは憶えているか？赤ん坊の母親が、奴の目をえぐりだしたときのことを？　それなら記憶にあるだろう」

「憶えてる」泣きじゃくりながら答える。

「これで、おまえが記憶喪失じゃないことがわかった。で、なにを思い出す？」

「エルパソの男のことはなにも、ほんとうになにも知らないんだ！　だけど、そのアメリカ人の赤ん坊は……ロレンソは女の医者が手を貸してるって言っていた」

女の医者。

ミラの友人、ドクター・コスパーはミラの分娩に立ち会い、以来つきあいを絶やさない。それにエルパソに住んでいる。

パズルの大きな断片が、かちりと音をたててはまった。臓器を盗られた被害者は、むやみに切り刻まれたのではない。臓器はきちんと摘出されていた。つまり、外科的な技術が使われたということだ。傷ついた臓器はなんの価値もない。葬儀屋だって内臓の摘出ができるだろうが、医者の可能性のほうが高い。

ミラの赤ん坊が盗まれた村と、死体が発見されている国境付近、この両方の近くに住んでいた医者はだれだ？

スザンナ・コスパー以外にいない。

ミラに警告しなければ。

十月のなかばを過ぎても、ディアスは戻らず、ミラは心配でほとんどなにも手につかなくなった。なにかあったのだろうか？　メキシコは親しみにあふれ、人を温かく迎えてくれる国だ。でも、世界じゅうのどんな国でもそうだが、ひどく荒っぽい世界も混在している。ディアスならどんな相手でも大丈夫だろうが、いくらすご腕のハンターでも、大勢の敵に囲まれたらかなわないだろう。それに、大口径のライフルには太刀打ちできないだろうし。

心配でやきもきしていないときは、腹が立ってしかたがなかった。大切な人がまたふっつりと消えてしまったらどんな思いがするか。それぐらい考えてくれてもいいのに。もちろんディアスとジャスティンは比較にならないし、ミラの心に結びついているということしか共通点がない。息子と、恋人。どちらにしても、ふたりをこんな残酷な形で失っていいはずがない。終わりがなく、ただ苦しみと、虚しさと、疑いだけが残されるなんて。今度ディアスが現れたら、自分の気持ちをきっちり言ってやる。ディアスが気に入らなくても、これは譲れない。ディアスのほうから、ふたりの関係を切りたいというならしかたないけれど、関係がある以上、手軽な性欲のはけ口みたいな扱いをされるのはまっぴらだ。

何度もディアスの携帯電話にかけてみたが、運に見放された。録音メッセージによれば、通話できない状態か、電波の届かないところにいるそうだ。留守番電話サービスに入っているとしても、作動させていない。

多忙だった。悲しいことに、ファインダーズの仕事でずっと忙しかった。家出人や、誘拐された子どもが大発生し、登山者たちは判で捺したように遭難した。いなくなった原因はどうでもいい。必要とされるのは地道な捜索活動で、それならファインダーズの独壇場だ。ほんの一週間のうちに、ミラはシアトルからジャクソンヴィルへ、フロリダからカンザスシティへ、そこからサンディエゴへと飛びまわって、やっとエルパソに帰ってきた。戻ったときには疲れきっていたが、帰宅してまず最初にしたのは留守番電話に入っているメッセージを確認することだった。かなりたまっていたが、ディアスからのものはなかった。携帯電話のほうにかけてくれたとも思わなかったが、着信履歴がまったく表示できなくなっていて、ディアスからの電話を受け損ねたのかどうかもわからなかった。

よく考えてみれば、ミラはこの二日間、だれからも電話を受けていなかった。飛行機に乗っている時間が長かったし、オフィスには頻繁に連絡を入れていたから、そのことに思いあたらなかった。かけるのに支障はなかったが、受けるのは？

自宅の電話を取って、自分の携帯電話にかけてみた。受話器に耳をつければ呼びだし音が聞こえるのに、携帯電話はうんともすんともいわない。

うんざりしてミラは電話を切り、携帯電話をバッグに放りこんだ。明日の朝一番で修理業者に預けて、代替品を借りるか、必要なら新しいものを買うしかない。役立たずの携帯が壊れたあとに、ディアスから電話がかかってきたかもしれないと思うのは耐えられなかった。でも、もしディアスが自宅の番号を知っているだろうか？　教えたかどうかも思い出せなかった。

アスがミラに連絡をとる必要があって、携帯でつかまらないなら、ファインダーズにかけて伝言するか、番号案内にかけて自宅の番号を調べ、メッセージを残せばいいのだ。

だいたい、いまどこにいるの？

家の電話が鳴り、ミラは受話器に飛びついた。もしかして――

「セニョーラ・ブーン」

「ええ、わたしです」声に聞き覚えはなかった。そのせいで、あの八月、ディアスの居場所を告げた電話のことを思い出した。もっとも、あのときと同じ声ではない。それは確信できた。あの電話の声は、もっと高くてやわらかかった。今回のはしゃがれているし、訛りも違う。

「アルトゥーロ・パヴォンに興味があるか？」

たいへん。ミラは胸が高鳴るのを抑えようとして、生唾を呑みこんだ。お願い、お願いだから、これが本物の情報でありますように。偽情報ではありませんように。「あるわ」

「奴は今夜、シウダー・フアレスに現れる。ブルー・ピッグという酒場だ」

「何時？」尋ねたときには電話は切れていた。番号通知の表示を見たが、〝非通知〟だった。すがる思いで、もう一度ディアスの携帯にかける。三度、呼びだし音が鳴ったあと、録音メッセージが答え、電話の使用者は電波の届かないところにいると告げた。

ミラは時間を確かめた。四時半。今週は大忙しだったから、オフィスのスタッフは国じゅうに散らばっている。ブライアンはテネシーに。ジョアンはアリゾナに。デブラ・シュメイルとオリヴィアはふたりとも悪性のウィルスに胃をやられて病欠だ。

ひとりで行くべきでないことぐらいはわかっていた。ブルー・ピッグがどんな場所なのかは知らないが、もし一般的な酒場だとしたら、ミラは歓迎されないし、女が入店を許されるナイトクラブなら、自動的に売春婦とみなされる。だが、パヴォンがそれほど高級な店にいるとは思えない。そう、いるとすれば、一般的な酒場だろう。その場合、ミラが店に足を踏み入れれば、面倒を招いてしまう。

ミラは頭を絞って、だれか手があいていて、腕の立つ人がいないか考えた。

ひとつの名前が浮かびあがった。

ディアスがトゥルー・ギャラガーから離れていろと言った以上、単なる独占欲でなく、しかるべき理由があるのだろう。ふたりが恋人同士になる前の発言だし、それも最初に聞かされた警告だ。なぜトゥルーを信用しないのか、はっきり訊いておけばよかった。だが、ディアスとブライアンをのぞけば、こういう状況で頼りになりそうなのはトゥルーしかいない。

そんなことはどうでもいい。ディアスがわけもなく警告するはずないのだから、信頼するしかない。つぎにディアスと会ったらすぐに、なぜトゥルーと敵対しているのか詳しく訊こう。それまでは、自分の感覚を信じる。ならば、信頼すべきはディアスだった。

だれかいるはずだ。仕事と、ジャスティン捜しにのめりこむことの問題は、社交的なつきあいがかぎられる点だ。こういう状況では頼れる人間が必要なのに、知りあいなら大勢いても、親しい人はだれもいなかった。

そこでほっと安堵の息を吐いた。もうひとりいた。連絡が取れれば、だけれど。リップ・コスパー。すぐにリップのオフィスの番号を調べた。リップは麻酔医だから患者を診察するわけではないが、書類仕事や経理の仕事をする場として、仲間と共同でオフィスを構え、そこを連絡先にしている。

まだ病院から戻っていない、と電話に出た女性が言った。緊急の用件だから電話が欲しいと言って名前と電話番号を教えると、なんとか連絡を取ってみます、とその女性は約束してくれた。リップからの電話を待つあいだ、ミラは二階に駆けあがって、ジーンズとスニーカーに着替えた。

リップが電話をくれるまで一時間以上かかった。それまでに、部屋を行ったり来たりしながら三度もディアスの携帯に電話をかけ、どうにかサンドウィッチを喉に押しこんだ。密告者は時間を言わなかった。徹夜になる可能性もある。

「ミラ?」やっと電話をくれたリップは、心配そうな声を出した。「なにかあった?」

「今夜、一緒にファレスへ行ってくれる人が必要なの」ミラは言った。「うちの職員は、よそにいるか病気かで頼めないし、ひとりではできないことなの。一緒に行ってくれる?おかしなことに巻きこむのは申し訳ないんだけど、思いつく友だちはあなたしかいなくて」

「いいよ、もちろん。場所と時間は?」

ミラはどちらの橋で、いつ落ちあうか伝えた。「できれば、着替えてきて。わたしたちが行く酒場は、たぶん荒っぽいところだから」

「まかしとけ」リップが調子を合わせて言う。「酒場にもぐりこむのは久しぶりだよ」

「それともうひとつ。どれくらい時間がかかるかわからないの。ひと晩じゅうになるかも」

「あしたはそれほど忙しくないから大丈夫。昼近くまでなにもない。問題なしだ」

「ありがとう、リップ。いい人ね」

「そのとおり」リップはすまして言った。

一時間後、ふたりはファアレスへと歩いて橋を渡った。これまで、チェラの世話になるのは、国境地方を離れる場合だけだったが、どんな場所だろうと、武器を持たないでパヴォンに近づく気はしない。だから、この武器の売人に連絡を入れ、会う手はずを整えておいた。「拳銃の扱い方、知ってる?」ファアレス側に着いたとき、ミラはリップに尋ねた。

「一度も使ったことがない。狩猟をしたことならあるが、あれはライフルだった。しかも、まだ当たったことがない」ミラに心配そうな目を向ける。「本気で銃が必要だと?」

「持っていて必要なくなるほうが、その逆よりいいと思う。話していなかったけど、ジャスティンをさらった男が、今夜その酒場に現れるはずなの。ほんとうに現れるなら、そいつは絶対に武装している」

リップは急に立ち止まり、ますます不安そうな表情を見せた。「警察を呼ぶべきだとは思わないのかい? こういうことを扱ってくれそうな警察に」

「それでなんて言うの? 十年前にちらっと見た男に違いありませんって?」それに州だろうと連邦だろうと、司法警察にかけあう気はしなかった。どちらもメキシコでは評判が悪い。

「きみはそいつの片目をえぐり取ったんだろ？　見分けるのは簡単じゃないか」

「片目だからってどの人も同じ男だとは思えないわ。ほんとうに来るかどうかもわからないし。来るっていう匿名の電話を受けたの。そういう電話がいままでどれくらいかかってきていると思う？　そのうちどれくらいが、中身のある情報だったか、想像してみて」

「そう多くはなかったろうな」リップが言って、緊張を解く。

「たったひとつよ」

「じゃあ今回も、空振りかもしれないな」

「そうね。行ってみないとわからない。だけど、身を守るすべもなく、荒っぽい酒場に近づく気にはどうしてもなれない」

リップはメキシコの酒場とはどういうところか知っていて、ミラがなかに入れないことも承知していた――つまり、ミラは車に残ることになる。車で待っているつもりだが、それも安全とは言えない。

おなじみのベニートが、にやにや笑いを浮かべて待っていた。今回のフォード・トーラスはかなりましな状態だ。彼はブルー・ピッグの場所も知っていて、詳しい道順を教えてくれた。警告つきで。ブルー・ピッグの評判は最悪だった。メキシコの酒場はたいてい親しみやすく、男なら安心してべろんべろんになるまで酔っぱらえるところだが、このブルー・ピッグは、荒くれが集まる場所らしい。

それほどひどい場所なら、ほんとうにパヴォンが来るかもしれない。

それからチェラに会った。無言で買い物袋を渡し、金を受け取り、歩き去る。「いつもこんなに簡単なのかい?」リップがびっくりして尋ねた。

「そうね。でも、もし警官に中身を見せろなんて言われたら、これは捨てて逃げる」

「ぼくも一緒に逃げるよ」リップがにっと笑う。

トーラスに戻り、ミラが運転席に座った。期待はできないが、ブルー・ピッグへ行く前に、もう一度だけディアスの番号を試すことにした。まったく思いがけないことに、ディアスが電話に出た。

「どこに行っていたのよ?」思わず大声で怒鳴り、それからわれに返って顔を赤らめた。知る権利があるような言い方をしてしまった。そこで思いなおした、知る権利はある。ふたりは恋人で、ミラはずっと心配していたのだから。

三拍分の間があいた。やっとディアスが口を開く。「同じことを訊くつもりだった」

「わたしの携帯は、受信できなくなっているの。こちらからはかけられるんだけど、それだけ」

「おれはたいてい電源を切っている」

「どうして?」

「鳴らしたくないからだ」

今度はミラが言葉を継ぐまで時間をかける番だった。車のダッシュボードに頭を打ちつけたくなる衝動と闘う。いまごろきっと、あの小さなほほえみを浮かべているに違いない。

「なんで？」

「音をたてて注意を引きたくない」

つまり、張りこみをしていたのだ。「なにか見つかった？」

「おもしろいことがわかった。いまどこにいる？」

「ファレス。だから連絡を取ろうとしていたの。きょうの午後、パヴォンがブルー・ピッグという酒場に現れるって電話があったから」

「そこは知っている。おれが行くまでいまいる場所を動くな。ひとりでは行くなよ」

「ひとりじゃない。リップ・コスパーが一緒よ」

ふいにディアスの声が張りつめた。「コスパー？」

「わたしの友だちのスザンナとリップを憶えてる？」

「あの女は関わっている、ミラ。一味だ。その男から離れてエルパソに逃げろ。いますぐだ」

ミラは電話を耳から離し、驚きの目で見つめ、また耳に当てた。「なんですって？」

「スザンナ。ジャスティンの誘拐を企てたのはスザンナだ。たぶん、臓器密売にもどっぷり浸かっている。内臓を摘出する技術のある人間が絡んでいるが、医者の可能性がいちばん高い」

呆然として頭が働かなかった。スザンナ？　そんなのばかげている。スザンナは友だちで、ジャスティンの出産に立ち会ってくれたし、長年のあいだミラを見守り、交流を絶やさなかった。スザンナは、誘拐犯を追うミラをずっと見守ってきた。

ミラは呼吸亢進していた。めまいを起こす前に、ひと呼吸して息を止め、ぎゅっと目を閉じる。

「ミラ？」リップが、気づかわしそうに問いかける。「大丈夫？」

「そいつから離れろ」耳に響くディアスの声は険しかった。

「どれくらいでここに来れるの？」ミラは、意志の力を総動員して、落ち着いた口ぶりで尋ねた。

「七〇キロ離れている。早くとも一時間」

「パヴォンを見つけるチャンスは逃せない。たぶん現れないのはわかっているけど、それでも可能性はあるから」

どうやら、ミラを家に帰そうとするのは無駄な努力だと悟って、ディアスは深く息を吐いた。「武器は？」

「持ってる」

「リップは？」

「いまはまだ」

「そのままにしておけ。どんな車に乗ってる？」

ミラはトーラスの特徴を伝えた。

「車の外に出るな。ドアに鍵をかけろ。路上駐車して、おれが見つけられるようにしておけ。

できるだけ早く行く。で、もしコスパーが少しでもあやしい動きを見せたら、ケツを撃て」

「ええ、わかった」ミラは矢継ぎ早の命令に応えた。

ディアスは電話を切り、ミラも同じようにした。戦争神経症になった感じで、とてもリップを見られなかった。関わっているはずがない。リップは違う。温厚な本物の紳士だ。リップが愛想を失うのを目にしたのは一度きり、スザンナがミラとトゥルーをくっつけようとお膳立てしたときだけだ。トゥルーを嫌っていることを、はっきりと態度で示していた。

ディアスもそうだ。ふたりの男が、同じ人間を積極的に嫌っているのは偶然にしてもおかしいし、リップがトゥルーを嫌っていることを知りながら、スザンナがミラとトゥルーをくっつけようとしたのもおかしい。どうしてそんなことを？

トゥルーとスザンナは知りあいだ。それだけでは罪にならない。いまトゥルーはお金持ちだが、貧困からのしあがってきた人間だ。エルパソでももっとも卑しく、荒れた地区の出身だという噂《うわさ》だ。いまでもその世界と繋がりがあり、密輸業者のような評判の芳しくない連中とつきあいがある。

スザンナ……とトゥルー？

それで筋が通る。証拠もなにもない、ただ直感だけで考えを進めているが、ともかく、筋は通る。

ミラは拳銃を一丁だけ買い物袋から取りだし、もう一丁はなかに残したまま、袋を足元の床に置いた。リップの手の届かない側に。

「どうした?」リップが訊く。「だれから?」

「ディアスという男よ」

リップはうめくような息を吐いた。「名前は聞いたことがある」

「なんで?」

「スザンナとトゥルーが話しているのを聞いたんだ」リップは窓の外に目をそらした。「その男は、スザンナのことを知っているんじゃないか」

ぎょっとしてリップを見つめ、拳銃は手にかけたままでいた。リップが目をこする。「スザンナには無用心なところがある。言っちゃならないことを口にする。声が伝わることも考えずに。たとえば、スザンナの書斎は音を増幅させるらしい。そこでの会話を何年も聞いてきたが、全体像が見えてきたのはここ二、三カ月のことだ。ある日、スザンナはトゥルーと電話で話していて――正確な言葉は忘れたけど、ともかく意味ははっきりしていた。赤ん坊でいくら儲かったかとか、ジャスティンのごたごたで危うく捕まりそうになったとか、そういうことだ。儲かった。金が儲かったという言葉を使っていた」

「どうしてなにも言わなかったの?」ミラは問いつめた。「警察には?」

「証拠が足りない。いや、証拠はゼロだ。電話の会話を盗み聞いただけ、しかもぼくにはスザンナの言葉しか聞こえない。スザンナはトゥルーに、そのディアスという男に尻尾をつかまれないかぎり、心配する必要はないというようなことを言っていた。トゥルーの返答はわからないが、ディアスを重く見ていることは明らかだった。それでぼくも自分で調べることにして、盗み聞きを繰り返して、グアダルーペの教会の裏で、なにかの荷が引き渡されることを知った。ぼくにも、裏の世界に通じてるメキシコ人の知りあいがいるから、そのひとりに連絡して、その情報をディアスに知らせたら喜ぶんじゃないかと言い、うまくいくように祈った。それからきみに電話をかけ、わざと訛りをつけて、そこにディアスが来ると言ったんだ。確信はできなかったが、来る可能性はあったから。うまくいったようだね?」

あの匿名の電話はリップだったのだ。間違いない。そうでなければ、あの夜のことを知っているはずがない。「いったわ」喉を詰まらせて、ミラは言った。

リップは頭を垂れた。「スザンナがなにをしてきたのか知ったとき……ぼくは彼女を二十年愛してきて、ほんとうの姿を知らずにいた。金のためだと思う。ぼくたちは学費のローンやカードの支払いなんかで破産寸前だった。だからメキシコに行ったんだ。一年間、借金の取り立てから逃げるために。あの年、急に経済状況がよくなった。いまならその理由がわかる。赤ちゃんを売っていたんだ。なにしろ、スザンナが取りあげたんだから、性別も、歳も、健康状態も知っててあたりまえだ」

それなのに、貧しいメキシコの女性たちは、出産時に本物の医者に立ち会ってもらうため、遠路はるばる診療所を訪れた。誘拐はかなり広い地域で行なわれていたから、だれに取りあげてもらったか、だれも尋ねようとしなかった。一年で戻ってきたから、スザンナに嫌疑がかかることはなかった。

「スザンナはジャスティンを売った」リップが言葉を継ぐ。「かなりの大金を受け取っていた。すまない、ミラ、どこに送られたかはわからないんだ。書類を漁ってみたが、赤ちゃんたちの行き先を記したものはなかった。スザンナにはどうでもいいことだったんだろう」リップの目に涙がたまる。「この十年間、きみに自分の尻尾を追わせてきた、と言っていた。あいつらは、全力で妨害しつづけてきたんだ」

「あなたはこれからどうするの？」か細い声で、ミラは尋ねた。傷ついていた。ショックを受け、傷つき、怒っていた。この場にいなくて、スザンナは運がいい。そうでなければ、暴力に訴えていただろう。

「そうだな。離婚は確実だ。いままでしなかったのは、いろいろと嗅ぎまわれるところにいたかったからなんだ。ぼくに、スザンナの不利になるような証言ができるだろうか？　そこまでできるかどうか、自信がないんだ」

「ディアスは、彼女が臓器移植のブラックマーケットにも関わっていると考えているの。人を殺して、その内臓を密売しているって」

リップは目をみはり、口を開けたが、声にならなかった。ようやくのことで、言葉にする。

「そ――そんなこと、できるはずがない。それは、あまりにも――」

「あの夜、グアダルーペで移送されていた〝荷〟は人間だった」

「まさか、まさかそんな」リップはすっかり血の気を失って、目をつぶった。いまにも嘔吐しそうな顔だ。

ミラも気分が悪くなってきた。時間を確認すると、アドレナリンがほとばしり、反射的にエンジンをかける手つきが荒っぽくなった。「酒場に行っておかないと。パヴォンがもう来ているかも」

「さっきは、来ないかもって言ったじゃ——」

「可能性はいつでもあるのよ」

23

パヴォンは早めにブルー・ピッグにやってきた。女が来て彼を待つようすを、眺めたかったからだ。電話で話したときは胸が高鳴り、興奮で股間が疼いて、思わずなでさすりたくなった。ひたすら機会を待った。あの薄汚れた漁船にこもり、幼い少女のように縮こまって魂を蝕んできた。女をおびき寄せる前に、ディアスの居場所を突き止める必要があったが、これがなかなかたいへんだった。

だが、ついに運命がほほえんだ。あの〝猟犬〟ディアスが、マタモロスでエンリケ・ゲレロを捜していることを、漁師のひとりが聞きつけ、パヴォンの親戚に耳打ちしたのだ。その知らせには、恐れもしたし、安心もした。安心したのは、エンリケが南部に逃げ去ったとも聞いたからで、ディアスは追っていったに違いない。恐ろしいのは、ディアスがかならずエンリケを捕まえるからで、そうなったら、エンリケが口をつぐんでいられるとは思えない。自分の命が助かるなら母親を悪魔に売るような奴だからだ。まあ、ローラが母親じゃあ、それほど責められないだろう。しかも、ロレンソが知っていたことは、エンリケも知っていると思って間違いない。さらに、エンリケが知っていることは、ほどなくディアスの知るところとなる。

ギャラガーと縁を切り、姿をくらますのに、いまが潮時だ。ディアスがでかい魚を追うことに満足し、雑魚《ざこ》は見逃してくれる可能性もある。だが、ディアスは冷酷非情で、ひとりとして逃さないという噂だ。ある日、ひょっこり悪魔と遭遇しないともかぎらない。最初の計画どおり、女をさらってそれを餌にディアスを捕らえ、殺してしまったほうがいい。そうやってはじめて、安全な日が来る。

そんなわけで、パヴォンは酒場に腰を落ち着けて、待った——数杯のビールでみずからを慰めながら待った。どこにいやがる？　わざわざ国境を越えて会いにくるほど、おれを重要視してないってことか？　なるべく見つけやすいように、入り口から目につきやすい場所に陣取ってやってるんだぞ。

四本めのビールに口をつけたとき、女は酒場に入ってこないかもしれないと思いあたった。わざわざ揉めごとを起こしたいんじゃなければ、酒場に入るのは売春婦だけだ。まっとうな女はそんなことをしないし、あの女はまっとうだ。

毒づきながら立ちあがって、ドアへと歩きだし、半分ほど進んだところでくるりと向きを変えた。ばか！　店の入り口に車を停めていたらどうするんだ？　そんなところに駐車するのもまぬけだが、ありえないことじゃない。女に見つかる前に、女を見つけたかったので、裏口に向かった。

ぐるりと回って店の正面に戻ったが、これが簡単にはいかなかった。このあたりは建物がぎっしりと立ち並んでいるため、狭くて臭い裏道を通り抜け、一度大通りに出てから戻るしかないのだ。建物の陰に隠れつつ、人込みから外れないように気をつけた。女が捜しているのはひとりでいる男で、団体じゃないはずだ。運よく、このあたりは夜になるととくに人出が多く、そのほとんどはまっとうな女なら顔を合わせたいと思わないような男たちだった。

パヴォンは慎重に歩いた。道の反対側に停車しているかもしれないし、こちらと向かいあう位置にいるかもしれない。一台ずつ調べていくと——いた！　しかも都合のいい位置に停めている。道のこちら側で、パヴォンに背を向けている。

間違いようがない。明るい色の巻き毛、ブロンドに近いほど明るい茶色の髪。あの巻き毛、あれはとりわけ鮮明に憶えていた。暗いから輪郭しかわからなくても、あの巻き毛は別の生き物のように頭のまわりに漂っている。ひな鳥の羽根のようにやわらかそうだ。下の毛もくるくるなんだろうかと考え、にんまりした。すぐにわかることだからだ。

この十年、売春婦以外の女とやっていない——ともかく、合意の上では——それもこれも、あの女に顔を台なしにされたからだ。そのつけを払わせる。慈悲を求めて泣き叫ぶまで、攻めまくってやる。

ディアスを殺したあとも、女をしばらく生かしておこうか。金を取って、ほかの奴らにやらせてやるんだ。収入は必要だから。

車のなかにだれかが一緒にいる。男だ。

パヴォンは立ち止まり、血を凍らせた。ディアス——どうやってこんなに早く戻った？

この阿呆《イディオータ》！　心のなかで自分に平手打ちを食らわせた。パヴォンは飛行機に乗らない。セキュリティーや身元の確認が厳しすぎるせいだが、だからといって、みんながみんなそれほどこそこそしているとはかぎらない。ディアスは国のどこにいても、数時間もあれば帰ってこれる。

だが、これは逆にチャンスかもしれない。ふたりが揃っていて、背後からパヴォンが迫っていることに気づいていないのだから。窓越しにディアスの頭に弾をぶちこめばいい。それで事足りる。女のほうは……ここで殺すのが得策だろう。残念だがしかたない。ああ、そうだ。ディアスを先に撃つことには変わりないが、それでは、女に行動する時間を与えてしまう。わざわざ正面に回れば、大急ぎでふたりを撃たなければならなくなる。まずはうしろから近づいて、横に回り、サイドミラーに映らないようにしながら、ディアスの頭を狙える位置につける。ディアスを撃ったら、女の姿が見えるところまで前進して、ばっちり撃ち抜く。あの女は悲鳴をあげ、動きまわるだろうし、車を発進させようとすることだってありうる。素早く、正確に撃たなきゃならないが、片目しかないいまはそれがそう簡単ではないのだ。悪いことに、なくなったのは左目で、ふたりはパヴォンの左手にいる。

男が車から降りた。パヴォンはその場で凍りついた。ディアスじゃない！　この男はもっと明るい髪の色をしているし、歳も上で、背が低く、ずんぐりしている。顔を見て、呆然とした。ドクター・コスパーの旦那、もうひとりのドクター・コスパーじゃないか。

なんだってんだ！　こんなところでなにしてる？

理由などどうだっていい。こっちのドクター・コスパーはブルー・ピッグに入って、どうやらパヴォンを捜す気らしい。これ以上のチャンスはない。あの女はドクター・コスパーを目で追っていて、ほかのことには気が回らなく――いや、バックミラーを見て、サイドミラーを確認している。パヴォンは石と化した。パヴォンの姿がミラーに映っているはずはないものの、思ったよりもずっと警戒心を強め、注意深くなっている。女の姿がよく見える位置につけるためには、左側から接近していくしかないが、そうすると、こちらも姿を見られてしまう。

かつてあの女を見くびったせいで、ひどい目にあった。同じ過ちは犯さない。

ドアはロックされているだろう。それほどばかじゃないはずだ。窓もあげてある。だが、ドクター・コスパーが出ていったあと、助手席側のドアをロックしたか？

パヴォンが飲んだ四本のビールが、確かめる方法はひとつしかない、と告げていた。

ミラーに映らないように腰をかがめ、車の右側まで急いで進んだ。ドアのハンドルを引くと、開いた。奇跡だ！　車内に上半身を入れ、拳銃を女の右側頭部に突きつける。

「やあ《オラ》！」パヴォンはにやにや笑いながら、助手席に滑りこみ、ドアを閉めた。「おれを憶えているかな？」

パヴォンは女が目を丸くするのを見た。最高の反応だ――と、そのとき、蛇のような素早さで女の手があがり、気づくとパヴォンも、残ったほうの目を狙う銃口を見つめることになった。

「ヒホ・デ・ラ・チンガーダ、わたしを憶えている?」ゆっくりとスペイン語で言う。〝クソったれ、わたしを憶えている?〟

女の手は震えていない。目には凍りつくような憎悪を湛えている。パヴォンはその目を見て、死を覚悟した。こっちが先に引き金を引かないかぎり——

横のドアが開き、右耳の下にもう一丁、銃を押しつけられた。「パヴォン、ブタ野郎」穏やかな声だが、脅しとしては充分で、パヴォンは恐怖のあまり小便を漏らしそうになった。だれの声かわかったし、自分がしくじったこと、挽回の余地はないことをはっきりと悟った。

「おれの女を脅してくれたな? おれを怒らせる気か?」

リップはかたわらで棒立ちになって、震えを抑えられずにいた。車に戻ろうとして、ミラが見知らぬ男の頭に銃を構え、その男もまたミラに銃を突きつけているのを見たときは、失神しそうになった。そのとき、ふたりめの男、黒髪の恐ろしげな男が助手席側に立ち、ドアを開けて、なかの男に銃を向けた。パニック状態のリップが数えたところ、拳銃は三丁、狙われている頭はふたつ。だれが死んでもおかしくない。

それからはあっという間だった。ミラと一緒に前の座席に座っていた男は銃を取りあげられ、リップは気がつくと後部座席に座っていて、その隣では生きた凶器がパヴォンの後頭部に銃を構え、同時にもう一丁の銃の照準をリップに合わせていた。言われなくとも、これがあの悪名高いディアスなのはわかった。実際に会ってみて、ディアスにまつわる血なまぐさい評判を完全に理解した。リップが知りうるかぎり、これほど恐ろしい人間はいない。なにも言わなくても、なにもしなくても、死を感じさせるオーラだけで充分だった。銃を向けられている恐怖でリップは声も出なかったが、ミラは、見知らぬ土地へと車を走らせながら、早口で、さきほどリップと話したことをあまさず報告している。自分たちを引きあわせた匿名電話の主がリップだったことや、トゥルー・ギャラガーについてリップが話したことを聞くと、ディアスはこちらに向けていた銃をさげ、脚に巻いたホルスターにおさめた。まるで本物のガンマンだ。

いま、四人はフアレスやエルパソの街から遠く離れた砂漠にいて、リップはがたがた震えていた。寒いせいでも、死のオーラのせいでもない。リップが震えているのは、ディアスがパヴォンをどう扱うか見て、ディアスの評判が当然どころか、控えめなくらいだとわかったからだ。

パヴォンは、まさに文字どおり、くそも出ないほど震えあがっている。裸にされ、大の字で地面に張りつけにされていた。最初のうちは大声で長々と悪態をついていたが、そのうちに取引を持ちかけ、いまはただただ嘆願していた。ディアスはあの静かな声で質問をつづけ、その答えを聞いている途中、リップは背を向けて吐いた。パヴォンはなにもかもしゃべった。大勢の赤ちゃんが家畜のように売られていったこと、密輸の手順、スザンナの役目、そして、ニューメキシコの裁判所の職員で、白紙の出生証明書を盗み、偽造していた女の名前。出生証明書に新しい名前を書きこむだけで、赤ちゃんたちはすぐさま別人になる。

パヴォンはトゥルー・ギャラガーについても、知っているかぎりぶちまけ、リップは怒りで愕然とした。ディアスはいっそう冷静になり、そのナイフさばきはいっそう非情になった。ブラックマーケットで売るために、人を殺して臓器を取りだしていたこと。臓器の摘出はスザンナが担当していること、ギャラガーがどんどん金持ちになっていること。リップが顔をそむけて吐いたのはこのときだった。地面に張りつけにされ、不快きわまる言葉をわめきちらす悪党には胸が悪くなるが、自分の妻が同類の非情な殺し屋だと知って、骨の髄まで揺さぶられた。

質問がすべて終わると、ディアスは手を止めてナイフをぬぐい、ブーツの内側の鞘《さや》におさめた。立ちあがって、足元ですすり泣き、鼻水を垂らしているクズを見おろし、おもむろに腿のホルスターから拳銃を抜いた。

パヴォンがまた懇願をはじめる。

ディアスは手にした銃の床尾を先にして、ミラに差しだした。「自分で手を下すか?」おごそかな口調だった。「あんたに権利がある」

ミラは長いことその拳銃を見つめ、それからゆっくりと手を伸ばし、受け取った。

「ミラ!」リップは驚いて、声をあげた。「それは殺人だ!」

「いや」ディアスが指摘する。鋭い声と貫くような視線は、リップに黙れと言っていた。「こいつらのしたことが殺人で、これは処刑だ」

ミラはパヴォンと、手にずしりとくる拳銃を見おろした。チェラから買ったものより口径の大きな銃で、これならやりそこなうことはない。だからディアスはこちらを渡したのだろう。ミラは十年間、パヴォンの死を願い、殺すことを夢見てきた。自分の手で絞め殺すことを夢見てきた。だが、想像してきたのは怒りにまかせて殺すところで、冷静に判断して殺すところではない。

パヴォンは今夜、ここで死ぬ。それは決まっている。ミラが殺さなくとも、ディアスが殺すだけだ。パヴォンがミラにしたことを考慮して、ディアスは報復の機会を与えてくれたのだ。

じょじょに銃をあげて、狙いを定めた。パヴォンは目を閉じ、ぴくりとして、生きて聞くことのできない音を待った。

ミラは引き金を引かなかった。銃の重さで、手が震えはじめる。

パヴォンは目を開け、笑いだした。なんにしても、今夜ここで死ぬことはわかっている。だれが引き金を引こうが関係ないが、最後に一度だけこの女を苦しめる機会があるなら、それを使わない手はない。「まぬけな女だ」パヴォンはあざけり、自分の血を飲んで咳きこんだ。「おまえはふにゃふにゃの役立たずだよ。おまえの赤ん坊も、ふにゃふにゃの役立たずだったが、買い手はかわいい男の子を欲しがった。そいつは小さな男の子が大好きでね。わかるか？　おまえの赤ん坊は小児性愛者の変態に売られて、性の奴隷として育てられてるんだ。いまごろはそれが好きになってるかもな。自分の――」

最後の言葉が口にされることはなかった。

なにもかもディアスが処理した。パヴォンの死体を見つかりやすい場所に移動させ、服や、身元確認の役に立ちそうなものはきちんとたたんで、死体の隣に置き、ばらばらにならないように、その上から大きな石を載せた。

始末が面倒なのは拳銃だ。ミラとブライアンはいつでも廃棄するのだが、ディアスはそうしなかった。つぎに使うときのためにどこかに預けた。ファレスにはディアスの車があった。まずチワワへ飛び、そこで所用をすませて車で来たらしい。なんの用だったのか、説明はなかった。車はミラが前に見たピックアップではなかった。ディアスには無尽蔵の供給源があるようだ。以前と同じように、国境に取りにきてもらうよう手配した。また、ベニートに連絡して、ミラとリップが乗っていた車をどこで回収すればいいか伝えた。それから、ふたりを連れて国境を越えた。

リップとミラは今夜の出来事の衝撃で、終始無言だった。リップがようやく口を開いたのは、自分の車の鍵を開け、目に苦悩を浮かべて顔をあげたときだ。「家には帰れない。もうスザンナの顔を見られない。これからどうなる？　捕まるのか？」

「証拠がない」ディアスが答える。「メキシコだったら——」言葉を切り、肩をすくめる。メキシコだったら、トゥルーとスザンナはすでに逮捕されていて、あちらでは七十二時間以内に……あるいは必要なだけ時間をかけて、公訴を提起しなければならないという法律もない。しかし、ここは合衆国で、死んだメキシコ人犯罪者がこういうことを言った、と警察に通報しても協力は得られない。「だが、なにを調べればいいのかはっきりした。こちら側には、おれよりそういうことがうまい人間がいる。あとはそこに任せる」

リップは、はっとして目をあげた。「どういう意味だい？　きみは、ええと、なんていうか、当局者？」

ディアスはその質問を無視した。「ホテルに泊まれ。女房と話すな。おまえは感情を表に出しすぎる。彼女が怯えて逃げだすはめになったらまずい。もし逃げたら、おれが追うことになる」

リップはディアスに追われた者の末路を見てきたばかりなので、震えあがった。

ディアスはそれきりリップにはかまわず、ミラをトヨタの助手席に乗せると、なにも言わずに走り去った。リップはそれを見送り、また震えだした。自分の車の運転席に座り、しばらくそのままでいた。さまざまな筋書きが心をよぎったが、楽しいものはひとつもなかった。スザンナのことを思った。それから、ハンドルに頭を押しつけて泣いた。

感情の嵐が全身で荒れ狂っていて、ミラはひとつのことに集中して考えることができなかった。安堵と後悔、達成感と悲哀、恥辱とゆがんだ満足感。座席に頭をつけ、ぼんやりと光る街灯を眺め、それから、光がつぎつぎに流れ去るさまを、めまいに似たものを感じながら見つめた。ダッシュボードの時計は、まだ午後十一時だと告げている。もう夜明けも近いと思っていたのに。

今夜、ミラはディアスに感じていたものが、行為として形をとるのを目の当たりにした。ディアスに襲われ、首の骨を折ると脅されたときからずっと感じていたことだ。ディアスの持つ破壊力は空恐ろしいものだ――それでいて、ミラは怖くなかった。ディアスは自分の性格のそういう面を取りあげ、成形して、敵に対する武器として使っている。敵とは、法を無視して、みずから破滅を呼び寄せるような社会のクズのことだ。ディアスはより残忍に、より非情になることで勝利してきた。罪がないと認めた者にその力を揮《ふる》うことはない。絶対に。ミラは、警察署のなかにいるより、ディアスと一緒にいるほうが安心できた。

「ありがとう」ミラは言った。

「なにが？」

「助けてくれたこと」ディアスがいなければ、終わらせられたかどうか。パヴォンが毒を吐きはじめたとき、ディアスは無言でミラの手を覆い、一緒に引き金を引いてくれた。ディアスの手がミラの手を安定させ、その指がミラの指に力を与えてくれた。ひとりでできなかったことが恥ずかしいが、それでいて、ひとりでしなくてすんだことにほっとしてもいる。

「あんたひとりでもできただろう」あっさりと言う。「おれは、あいつの話をあれ以上聞かせたくなかった」

「嘘だと思う？」あの汚らしい言葉が、冷たい恐怖となって胸に広がり、ミラはぎゅっと目をつぶった。

「あいつは赤ん坊がどうなったのかまったく知らない。ただ、あんたが傷つくことを言いたかっただけだ」

なら、大成功だ。

家に着くと、ボタンを押してガレージの扉をあげた。あがりきる前に、ディアスはトヨタをなかに入れ、ミラがシートベルトをはずして車のドアを開ける前には、もう扉をおろしていた。ミラは鍵を引っぱりだし、ガレージからキッチンへ通じる扉の鍵を開け、家に入って灯りをつけた。

ディアスはさっとミラを冷蔵庫に押しつけ、ぎゅっとウエストをつかんだ。ミラは驚いてバッグと鍵を床に落とし、目をあげて、いつもどおりの顔と獰猛《どうもう》な瞳を見つめた。「二度と、あんなことはするな」食いしばった歯の隙間から言う。

なにを言っているのか、尋ねる必要はなかった。パヴォンの銃にまっすぐ頭を狙われていた時間は、長く、恐ろしかった。

「わたしは車のなか――」ミラは言い訳をはじめたが、キスに阻まれた。狂おしく飢えた熱いキス。持ちあげられてつま先立ちになり、強く体を押しつけられる。硬くなったものがやわらかな小山を突く。ミラは憤怒した男の侵略にたちまち降伏し、両腕をディアスに巻きつけ、すぐさま抑えがたい欲望の波に呑まれた。ディアスは片手をミラのジーンズのウエストに移動させて、ホックをはずし、ジッパーをおろしてパンティに手を突っこみ、掌をクリトリスに当てながら、指を曲げてなかに入れた。いきなりの情欲に鞭《むち》で打たれたように、ミラは跳ねあがり、ディアスの指を濡らし全身で抱きしめた。

ディアスはミラを冷蔵庫から離し、ジーンズを脱がし、自分も脱ぎ落として、ミラをキッチンテーブルにうつ伏せにした。ミラはテーブルの端をつかんで激しい突きに身構え、彼のものを根元までおさめようとお尻を突きだした。それからディアスの手にまさぐられ、愛撫され、巧みな指づかいであっという間にいかされた。ディアスはミラの尻をつかみ、うしろから覆いかぶさって、自分も達するまで激しく腰を使った。震えながら昇りつめると、ミラのうなじに熱い唇を押しつける。「まったく」もごもごとつぶやく。「あいつがあんたの頭に銃を突きつけているのを見たときには――」

「わたしも向こうに銃を向けてた」

「先に引き金を引かれたら、死ぬことに変わりはない」ディアスはミラの肩を嚙《か》んでから、ゆっくりと身を引いてミラを自分のほうに向かせた。髪に指をうずめて頭を押さえ、ディアスは顔を近づけ、むさぼるようにキスをした。いまさっき愛を交わしたのが嘘みたい。ディアスの手首を握り、その鋼のような強さを吸収して自分のものとし、激しくキスを返した。まだやることがたくさんある……あすになったら。今夜は、ただ恋人と一緒に過ごしたい。あす、ニューメキシコに行く。ミラの使命は一部が完了しただけだ。まだ、息子が見つかっていないのだから。

24

夜中、ミラが頭をディアスの肩にもたせ、片腕をおなかに回してまどろんでいると、ディアスがぽつりと言った。「話しておきたいことがある」

小さく返事ができるほどには、意識があった。「なに？」

「トゥルーは半分だけ血の繋がった兄だ」

ミラはベッドの上に起きあがった。「なんですって？」

「こっちに戻れ」ディアスはミラをぐいと引いて、また腕のなかにおさめた。

「ふたりとも、自分たちの関係をわざわざ言いふらしていないみたいね」ミラは皮肉っぽく言った。

「あいつはおれを心から憎んでいるし、おれも同じだ。そういう関係だ」

「じゃあ、わたしが最初に尋ねたとき、トゥルーはあなたが何者で、どこへ行けば見つかるのか、ちゃんと知っていたんじゃない！」

「いや、おれの居場所は知らないはずだ」

まあ。ずいぶんと仲がよろしいこと。「きっと、お母さんが同じね」

「同じだった。もう死んだから。でも、そのとおりだ。たぶん、あいつが五歳くらいのとき、母は息子と夫を捨てて、おれの父と一緒にメキシコへ行った。そこでおれを産んで、おれの父を捨て、別の男を見つけた」

「でも、あなたのことは連れて行った」

「しばらくは一緒に暮らした。十歳ぐらいまでは。そのころ、父に引き渡された。いま考えると、両親は結婚していなかったように思う。おれが生まれる前に、トゥルーの父親が母と離婚手続きをとっていなければ、おれの名前は法的にはギャラガーになっていたかもしれない」多少は興味のあるような口ぶりだが、ディアスがわざわざ法的記録を調べて確かめることはないだろう。

「どうして憎むの？　トゥルーはあなたのことを知ってる？」

「会ったことがある」そっけなく言う。「憎しみの理由は、おれの母はおれの父親を取って、あいつを捨てたから。おれの父親を捨てるときは、おれを連れて行ったから。ありがちな怨恨だ。それにおれは半分メキシコ人だから。あいつはメキシコ人を嫌っている。だからだ」

トゥルーが偏見を抱いていると感じたことはないが、これも、トゥルーの隠しごとだったのかもしれない。エルパソではなおさらだ。どこまでものぼりつめようという男なら、そのあと押しをしてくれる人たちを怒らせるのは得策ではない。

「これからどうなるの？　あなたの雇い主」――ミラは手を振って天を示した――「であるだれかさんに、スザンナとトゥルーのことを知らせなくていいの？」

「エンリケ・ゲレロと話してから、すぐ報告した。すでにあのふたりは国外逃亡しないよう、見張られている。たしかな証拠を集めるのは、ほかの連中の仕事だ。ふつう、おれは人を捜すだけなんだ。犯罪の解決には関わらない」

なんだか味気ない感じがした。テレビの犯罪ドラマの観すぎなのだろうが、戦ったり、真相を告白したりする大詰めがあって、トゥルーが手錠をかけられ、引き立てられていくところが見たかった。でも、そんなふうに進むなら、訊きたくてしかたがない質問ができない。どうしてあんなことをしたの？　いまとなってはトゥルーには近づけない。もうふつうの態度でいられないから、それで警告を与えることになってしまうし、捕まったあとは面会を許されないだろう。

罪の告白などどうでもいい、慎重な証拠集めなどどうでもいい。パヴォンが張りつけにされたように、トゥルーが張りつけられている姿が見たかった。自分が苦しんだのと同じ苦しみを与えたかった。パヴォンのことで良心が咎《とが》めないのは、人としてどうだろうとは思うが、咎めないものはしかたがない。パヴォンが死んでうれしい。自分で手を下せたのがうれしかった。

「あす、例の女に会いにニューメキシコへ行くわ」いまはまだトゥルーにかかずらうことはできないので、ミラは話題を変えた。まだ、終わったわけではない。「その人が、鎖のつぎの輪よ。どれが偽の出生証明書か知っているもの」

「養子の記録はたいてい極秘扱いだ。こういう場合なら、さらにその確率は高い。すぐに行きづまる」

ミラは首を振った。「それには耳を貸せないわ。わたしはまだ息子を見つけていないから、まだ頑張らなきゃ。誘拐犯を見つけたのは——ほんの一歩、まだ最初の一歩を踏みだしただけ」

ディアスは黙りこみ、ミラの裸の背中をなでさすった。ディアスの匂いと温かさにくるまれてやすらぎを得ると、短い小休止で気力を満たした。すぐにまた、はてしのない奔走に身を投じなければならないのだから。ディアスにぴったりと寄り添い、眠りに落ちそうなのを意識する。今度は、ディアスもそのまま寝かせてくれた。

朝起きると、ディアスは去っていた。ベッドに起きあがり、隣が空いていることにうろたえる。行ってしまった。一階でコーヒーを淹《い》れているのでもなく、バスルームにいるのでもない。家のなかに自分しかいないのが、感覚でわかった。

ベッドから出て、書き置きでもないかと探したが、そんなものはもちろんなかった。ディアスのコミュニケーション能力は控えめに言っても、錆びついている。そうしようと思えば、意思の疎通を図れるのかもしれないが、たいていの場合、その必要を感じないのだろう。ミラは、携帯電話を試してみた。例の癇《かん》にさわる声が、通話できない状態だと告げた。つまり、あのいまいましい器械の電源を入れていないということだ。苛立ちにうめいた。

ディアスの携帯のことを考えたおかげで、自分の携帯が壊れていることを思い出した。きょう、ニューメキシコへ発つ前に、どうにかしなくてはならない。ミラはコーヒーの用意をしてから、地図帳を引っぱりだし、パヴォンが言っていた、女が出生証明書を偽造していた場所を探した。エルパソから行くのはかなり面倒な土地だ。時計に目を走らせる。旅行代理店はまだ開いていない。飛行機の時刻表によっては、車で行くほうが早く着く。〝早く〟というのは相対的な言葉だ。どんなに急いでも、あちらに着くのは午後遅くになるだろう。飛行機を使うなら、まずはロズウェルへ飛んで、車を借りて北へ走るか、アルバカーキへ飛んで東へ走るか。

ミラは十年間待ちつづけた。きょう見つけられないなら、あす見つけるまでだ。

結局はそのとおりになった。旅行代理店が開くと、アルバカーキへもロズウェルへも、希望の時間帯には、どの航空会社でも直行便がなかった。当然だ。つぎの直行便で席が取れるのは、午後遅くだった。アルバカーキに泊まってあすの朝早くから始めるか、そんな小さな町に泊まれるような宿があるかどうかわからないまま、夜間ひとりで、見知らぬ土地に車を走らせるか。

飛行機で行って空港で車を借りる案は捨てることにした。けっこうな距離だが、早朝に車で出発すれば、その日のうちに着ける。それなら午後一番で発てば、暗くなる前にロズウェルに到着できそうだ。ぎりぎりだろうが、夜はそちらに泊まって、あすの早朝から行動を開始すればいい。頭を悩ますまでもなかった。

小旅行の準備をしていると、リップから電話がかかってきた。「大丈夫かい？」沈んだ声だ。

「平気よ」ともかく悪夢は見なかったし、それを言うなら、思い出せるかぎり、まったく夢を見なかった。「あなたは?」

「疲れたよ。ゆうべのことが現実だとは信じられない。なにか……ええと、こっちに影響が及ぶようなことは?」

リップはそう見ているのだ。殺人に関与した、と。ミラの見方はディアスに近かった。あれは処刑だ。ディアスの仕事を考えれば——最初に質問をしたことを抜かせば——ちょっとやりすぎたのかもしれないが、パヴォンの死が調査されることはない気がした。「いいえ、ないと思う。あなたは安全よ」詳しいことを説明しかけたが、電話で多くを話しすぎてはいけないと用心した。リップも慎重になっている。秘密を守れないような環境でしゃべりすぎてしまったスザンナの例から、それがどんな結果を引き起こすのか学んだのだ。

「昨夜はホテルに泊まって、きょうの仕事は同僚に代わってもらった。あんまり忙しくなくてよかったよ。どうしても病院には——きのう、家に帰らなかったから、スザンナが病院に連絡してくるだろうからね。いまはまだ話をする気になれない。あすなら、大丈夫かも」

かわいそうなリップ。人生をめちゃくちゃにされ、二十年間にわたった結婚生活は粉々、世の中を見る目は百八十度変わってしまったはずだ。それでも踏ん張りつづけなければならない。ほとんどの人がそうやって生きているのだ。

ミラはさっと決断した。ファインダーズの仲間は、だれがいつ戻ってくるのか予想がつかないから、だれも一緒に来てもらえないようなら、リップに頼もう。それならスザンナから離れていられるし、気持ちが落ち着くまでの時間が取れる。もっとも、きのうのきょうでは、ミラと一緒にどこかへ行くのは二度とごめんだと拒否されるかもしれないし、そうだとしても責められない。

それでも、ファインダーズのだれかに頼むのがいちばんだから、まずそちらにあたってからのことだ。「きょう、連絡を取るには？」

携帯の番号と、ホテルの電話番号、そしてルームナンバーを教えてもらった。きょうのところはホテルを引き払わず、ただ、スザンナが絶対にいない時間を見計らって着替えや洗面用具を取りに帰るつもりらしい。

オフィスにかけるとオリヴィアが電話を取り、間延びしたような声を出した。「動けるようになった」ミラが具合を尋ねると、そう答えた。「でも体力が落ちていて、まだそれほど気分がよくないの。デブラに電話したら、あっちはまだ吐き気がおさまらないみたい」

「きょう、みんなの予定は？」

「ジョアンは引きつづき捜索中。子どもが心配だわ。もう四日めだから。ブライアンは今夜六時くらいに帰ってくる」

「そっちはどうだったの？」

「不幸な結果」

ミラはため息をついた。詳細は訊かなかった。「きょう、午後から車でロズウェルに行って、今夜は向こうに泊まる。ジャスティンのことで、また手がかりをつかんだの。赤ちゃんたちを養子縁組できるように、出生証明書を偽造していた女がいたのよ」

「すごいじゃない!」声の調子がぐんとあがる。「だれと一緒に行く?」

「人手不足なようだから、友だちに頼んでみる。リップ・コスパー。来てくれるかどうかわからないけど、彼、スザンナとちょっとあって、距離を置きたがっているから」

「あらま」オリヴィアが言う。スタッフの多くはリップとスザンナのことを知っている。ミラの長年の友人だし、よくファインダーズに電話をかけてきていたからだ。それほど頻繁に連絡をくれた理由がわかったいま、ミラは怒りでわめき散らしたい気分だった。

電話の故障のことを知らせてオリヴィアとの電話を終え、リップにかけなおして計画を説明すると、一緒に来たいかどうか尋ねた。

「同僚に確かめないと」リップが言う。「またかけなおす」

そうだった。医師としての業務があるのだ。いつでも好きなときに出かけられるはずがない。一日の滑りだしは順調というわけにはいかなかった。ミラの苛立ちを無視するように、じりじりと進んでいった。

携帯電話を修理に出そうとしたら、保証期間を過ぎていたため、修理代が新しく買うのと同じくらいかかるということがわかった。それで新しいものを買い、予備のバッテリーと、自宅用、車用の充電器も買った。そんなこんなで一時間もかかった。早く出発したいと焦ってもなにも解決しない。

トヨタに乗るとすぐに携帯電話のプラグを差し、充電をしながら、車の電力を使ってもう一度ディアスにかけた。通じない。首を絞めてやりたい。どうして書き置きのひとつくらい残しておけないの？

リップは電話をかけてきた。同僚と話がついたようで、今週いっぱい休みを取ったそうだ。ミラの準備が整いしだい、出られると言う。

ロズウェルに着くころには、とっぷりと日が暮れていた。気を揉《も》みどおしで神経がズタズタだった。待たされたり、苛立ったりの一日で、ディアスはまだ電話に出ない。ミラとリップはモーテルに部屋を取り、ステーキ屋で夕飯を取ってモーテルに戻り、それぞれの部屋に引きあげた。

翌日の早朝、ロズウェルを出発して北に向かった。リップはいつもより口数が少なく、考えごとにふけっている。スザンナのオフィスには、街の外に用があるから二日は戻らないとメッセージを残していた。そうしておいて携帯の電源を切った。

ふたりが向かっている土地は乾いてはいるが、砂漠ではなかった。朝の空気は涼しく、すがすがしく、日中になってもそれほど気温があがらない。ミラの携帯は電波が繋がらなくなったが、この空漠たる景色を見れば、それも驚きではなかった。ニューメキシコは広大な美しい州で、人口は二百万足らず、その大多数は都会に集まっている。人口密度は平均すると一平方マイルにふたりになるが、これは一平方マイルにかならずふたり人間がいるというわけではない。現に、何マイルものあいだ人口ゼロの場所を何度も通り過ぎてきた。前夜に走ることにしなくてよかった。

郡庁所在地は、人口三千人程度の小さな町だった。郡庁舎は煉瓦造りのこぢんまりとした建物で、やはり煉瓦造りの保安官事務所が隣接している。最初の一歩は、エリン・ドーゼットなる女がまだ検認裁判所で働いているかどうかを確認することだ。

検認裁判所のオフィスは一階の右手にあり、ふたりがフロントカウンターに近づくと、ひと目で染めたとわかる赤い髪をしたよく太った女性が、笑顔を浮かべながら出てきた。「どういったご用件でしょう?」名札にエリン・ドーゼットとあり、ミラはカウンターの縁をぎゅっとつかんだ。

「わたしはミラ・ブーンです」捜索時にいつも使っている名前を名乗る。「こちらはリップ・コスパー。じつは、あなたと内密にお話ししたいことがあるんです」

エリンはオフィスを見まわした。ほかにはだれもいない。「ここで充分だと思いますが」

「誘拐された赤ちゃんと、出生証明書の偽造についてのお話です」

エリンの顔つきがさっと変わり、親しげなほほえみは消え失せた。ふたりを睨み、ため息をついて言った。「判事の部屋に行きましょう。少なくとも、あと一時間はランチから戻らないから」

狭くて雑然とした部屋に案内すると、エリンはふたりのうしろでドアを閉めた。椅子は三脚しかなく、そのうちのひとつは判事のデスクの椅子だったので、エリンがそこに陣取り、またもため息をついた。「それで、お尋ねの出生証明書の偽造ってなんのことです? いまはなにもかもコンピューター化されていて、とても可能だとは思えませんけど」

「ここのオフィスがコンピューター化されたのはいつですか？」

「どうだったかしら」

「十年前は？」

エリンはミラを値踏みするように、とっくりと眺めた。「いいえ、それほど前じゃありません。たしか、五、六年前から」

エリンは落ち着きはらって、ふたりがどれだけ知っているのか探ろうとしている。ミラは、教えてやることにした。「わたしの息子は、そうして誘拐されたうちのひとりです」

「それはお気の毒に」

「長い時間がかかったけど、わたしは赤ちゃんを誘拐した一味を突きとめました。一味の名前をいくつか教えてさしあげましょう。アルトゥーロ・パヴォン」ひとつずつ名前をあげて、エリンを観察するのだ。パヴォンにはなんの反応も示さない。「スザンナ・コスパー」反応なし。「ボスは、トゥルー・ギャラガー」よし、警報装置が点滅している。「エリン・ドーゼット」

「もう！」エリンは拳でデスクをドンと叩いた。「なんだってのよ！　全部終わったものと思っていたのに。もう終わったと」

「逃げおおせたと思っていたのね」

「もう昔のことなんだから、あたりまえよ！」エリンはもはや言い逃れはできないと気づいたようだ。「あんたたち、おまわり？」

「いいえ、警官がやってくるかどうか、わたしにはわからない。やってこないとは約束できないけど、あなたのことを通報する気もない――情報と引き替えなら」

「自分の赤ちゃんを捜したいんだね」

「わたしにはそれ以上に重要なことはないの」

「あたしが証拠を残してると思う？　そんなまぬけに見える？」

むしろ、自分の利益に聡い、抜け目のない女に見える。「ええ、証拠を握っていると思うわ。それで優位にも立てるでしょう？　取引の道具にもできる。わたしのような人間相手でも、地方検事でも、トゥルー・ギャラガーでも。もし、トゥルーのことを信用できないと思えば、切り札が必要になる」

「ひとつは正しいね。あたしはギャラガーをまったく信用していない」

ミラは椅子に背をつけ、脚を組んで、落ち着いた視線でエリンを射抜いた。「力になってくれればいいと、心から思うわ。そうでなければ、あなたはまったく役に立たなくなるから」

「警察に突きだすって脅してるんだね」

「逆よ。約束しているの。助けてくれれば、そんなことしないと約束する。ただ、さっきも言ったように、警察の手が回るかどうかほんとうにわからないの。あなたが関わっていた一味は、いま、連続殺人に手を染めていて、捕まる寸前よ。もしかしたら、捜査はそれだけで終わるかもしれない」リップが隣でさっと緊張するのを感じ、腕をぽんと叩いて慰めてあげたくなった。でもそうはせずエリンに集中し、顔と声に、持てる意志の力をすべて注ぎこんだ。「連続殺人に関わっていたのが、何年も前に誘拐を仕切っていた連中と同じでなかったら、たぶんここまでたどり着けなかった。でも、もし助けてもらえないのなら、一も二もなく通報する」

エリンは言った。「わかった」あまりにあっさり言ったので、ミラは思わず耳を疑った。

「信じる。名簿を見せてあげる」

「名簿をとってあるの？」ミラは虚を衝かれた。

「あたりまえでしょ。どの証明書が合法でどれがそうじゃないか、ほかにどうやって憶えておくの？　なにも〝偽物〟ってでかでかと書いたわけじゃないわよ」

三人は表のオフィスに移動し、エリンはがたついた金属のデスクに座った。「さて、あたしはここで働いて三十年になる。だれかがデスクを漁って名簿を見つけ、疑いを抱いたらどうしようなんて心配する必要はない。ただの名簿で、一見しただけじゃなにもわからないようにしてあるから。もし交通事故や心臓発作で死んで、名簿が見つかったってかまやしないってわけ」

「かまやしない、ね」ミラは頭を振った。

「ここよ」エリンは引き出しを開けて、分厚いファイルを取りだし、デスクの上に置いた。

ミラは目を見開いた。「こんなに？」

「え？　まさか。ほとんどはほかの書類」エリンは親指で書類をめくりはじめた。最後まで見通して、鼻を鳴らし、また最初からやりなおす。「見逃したようね」だが、二回めも、探しているものは見つからなかった。とまどいの表情を浮かべて、さらにもう一度、今度は一枚ずつめくっていく。「ない。なんで、ここに入れたのに！」

なぜだか、ミラはエリンを信じた。その焦りようは本物だ。ミラの心に新たな不安が忍び寄ってくる。「まさかだれかが——トゥルーかだれかが忍びこんで名簿を盗んでいった？」

「トゥルーは名簿の存在すら知らない。だいたい、あいつが盗んでなんになるの？　保安官事務所はすぐ隣よ。忍びこむのはそう簡単じゃない。それに、防犯カメラがある」エリンは巨大な棚に向かってうなずいてみせた。壁いっぱいに大きな帳簿が並んでいる。

ミラはそちらを見たが、カメラなんてどこにもない。「どこ？」

「ものすごくちっぽけな代物だからね。左上のほうにある。支柱に、棚を移動させるための穴が開いてるのがわかる？　上から三番めの穴がそう」

なるほど。たしかに、三番めの穴はなにかで塞がれているように見える。「あれがカメラ？」

「よくできてるでしょ？　郡の行政官のひとりが、奥さんと、前の判事との浮気を疑ったことがあってね、ここでこっそり会ってるんじゃないかって。それである週末、警備会社にこっそり出かけて、このオフィスにカメラを仕掛けさせた。それで、現場を押さえた」

「録画テープを見られないかしら？　それとも、あなたが名簿を動かした可能性は？」

「名簿を動かしたことはない」エリンはきっぱりと言う。「一度も。それに、一カ月ほど前にはちゃんとここにあった。探し物をしててこのファイルを調べたときに見たからね。だが、すべてが失われたわけではない。シェイクスピアは言った。さて、あたしは言う。こんなまぬけに見える？　貸し金庫にコピーがあるよ」

ミラは安堵でへたりこみそうになった。ありがとう神さま、ありがとう、心のなかで熱心に唱える。こんなに近くまできて、また壁にぶち当たるのは、耐えられる限界を超えている。

「でもまずは、テープを見にいこう。だれが嗅ぎまわっているのか気になるから」それにエリンには、自分がどんな状況に置かれているのか正確に知っておく必要があった。万一、トゥルーが名簿のことを知っていて、自分の立場を少しでもよくしようとしているのなら、エリンも身を守らなければならない。同じ考えが、ミラの頭にも浮かんだ。エリンはトゥルーに使われる前に、エリンは先手を打って名簿を保身の材料にしたほうがいい。エリンは狭い階段を降りて、ほこりっぽく、かび臭い地下にふたりを案内した。ヒスパニックの男が、金属のデスクに向かって新聞を読んでいた。「エリン」挨拶がわりに言う。

「おはよう、ヘイスース。防犯カメラの録画テープを見せてもらいたいんだけど」

「あいよ。なにかあったのか？」

「それがはっきりしなくて。だれかがあたしのオフィスに入ったかもしれないの」

「ゆうべ？」

「見当もつかない。このひと月くらいなら、いつでもおかしくないから」

「テープは七日ごとに自動で巻き戻されて、重ね撮りされるんだ。それより前なら、なにも見つからんよ」

ヘイスースはセキュリティー・システムの録画機からテープを取りだして、一三インチのテレビと繋がっている再生機に押しこんだ。再生ボタンを押し、それから巻き戻しのボタンを押す。全員が集まって、逆回転の映像を見る。もちろん、いちばん新しい客はミラとリップだ。朝のうちは数人がぱらぱらと寄り、一度だけ、三人もの人間がエリンの助けを求めて列を作った大忙しの時間もあった。そのあと、つまりオフィスが開く前の長い時間はなにも起こらなかった。逆回転で夜になり、オフィスの電灯は一本だけついたまま残っている。そこで、どこからともなく、黒い影がエリンのオフィスに現れた。

「これだ！」

「こりゃあ、どういうことだ」ヘイスースが緊張の面持ちで背筋を伸ばす。「こいつはいったい、どこから入った？　押し入られた跡はなかったし、けさ来たときには、どこもかしこもしっかりと鍵がかかっていたんだぞ」その黒い姿がドアから入ってくるところまで巻き戻し、いったん止めて、ふつうに再生させる。

ミラの心臓がどきっと跳ねあがり、また跳ねた。隣で、リップが言った。「あの野郎！」

全身を黒い服に包んだ男は、オフィスのなかをそっと歩きまわって、位置を確かめている。エリンのデスクに来てプレートの名前を見ると、椅子に腰をおろした。引き出しを開け、ファイルを取り、時間はいくらでもあるというようにのんびりと調べる。まったくもって悠然としたものだ。ある書類に達すると、男は手を止め、それを読み、ファイルから引き抜いて脇に置いた。その後も整然とデスクの調査をつづけたが、ほかの書類は抜かなかった。引き出しの裏面まで調べている。

「ったく、なに捜してんだよ？」ヘイスースが言った。だれも答えなかった。

画面の男は捜査対象をオフィスじゅうに広げた。しばらくすると、目当てのものを見つけて満足したらしく、エリンのデスクに戻って、一枚の紙を取りあげた。それを持って、ある機械へ向かい、なかに入れた。

「シュレッダーよ！」エリンが言う。

最後まで終わると、男はシュレッダーを持ちあげて、ゴミ箱にあけ、切り刻まれた紙片をビニールの袋に入れた。エリンのデスクをもとどおりにして、入ってきたときと同様、静かに出ていった。

ミラの胸に痛みが広がり、息ができないほど苦しくなった。それから怒りが追いついて、自制するために拳を握りしめた。

男はディアスだった。


携帯の電源を切っておいたのも納得できる。夜中にそっと出ていったわけもわかった。ジャスティンを捜すための名簿を、ミラのために盗ってくれたという可能性はない。なにしろ、破棄していたんだから。ディアスの頭のなかは複雑怪奇だが、ともかくミラに息子を捜させたくない、ということだ。

へイスースは保安官に連絡をしたがったが、エリンが止めた。盗まれたのは個人的な書類で、追うつもりはないからと言って。ミラは意識を集中して、二の次にできそうなものは頭から追いだした。まだやることがある。

小さな地方銀行は、ふつうより遅い一時から二時までが昼休みで、客が昼休みのときに銀行で用事をすませられるようにしている。二時ちょうどに、エリンはミラとリップを伴って銀行に行き、貸し金庫を開けた。

あった。一枚の紙に、名前が三列並んでいる。三人は車に戻って名簿を眺めた。どの名前の隣にも数字が記されていた。「これが出生証明の番号?」ミラは尋ねた。

「あら、それは日付け。探しやすいようにと思ってね。日付けを逆に書いただけ。一九九二年の十二月十三日なら、２９９１２１３１。単純なもんよ」

ミラはジャスティンが誘拐された日と、すぐにメキシコから運ばれたことを伝えた。

「どれ」エリンは言って、数字の羅列に指を走らせた。「かなり絞れるね。その週は、白人の男の子はひとりだけ。たしかに、赤ちゃんたちはすぐにさばかれる。養子手続きもあっという間よ。ともかく、ほかはヒスパニックの男の子の名前がふたつ、女の子の名前が三つ。だからこれがあなたの赤ちゃん。わたしがつけた名前はマイケル・グレイディ、〝マイケル〟にしたのは、男の子の名前ではいちばんありがちだから。もちろん、これは養子が決まるまでの名前で、新しい両親は名前をつけなおすよ」

庁舎の地下に戻り、そこでエリンはマイクロフィッシュから、マイケル・グレイディの出生証明書を探した。「あった。父親は不明、母親の名前はわたしがでっちあげたもの」

「母親の社会保障番号はどうなる?」リップがマイクロフィッシュの画面を見ながら尋ねた。

「そんなもの、いちいち確認されると思う? それも十年前の養子縁組よ? 最近じゃあ、そういうことも調べられるのかもしれないけど、母親が署名して、承諾が公証されているのに、わざわざ社会保障番号を調べる奴なんている? なんにしても、赤ちゃんには新しい両親が、新しい社会保障番号をあげるわけだし」

せめてもの希望を繋いで、ミラは尋ねた。「赤ちゃんたちがどこへもらわれていったか、なにか知らない? 養子縁組の手続きを取った代理人とか、わからないかしら」その情報がなければ、進展していないも同然だ。

エリンはにやりとした。「さてと。その名簿をもっと価値あるものにするためには、裏打ちが必要だね? 法的手続きは、この町の弁護士に頼んでいた。ずいぶん養子が多いとは思っていただろうけど、お金さえ払えばあまり詮索《せんさく》されなかった。まあいちおうは、貧しいヒスパニック家庭が家計を楽にするのを助けるために、養子縁組を請け負っているって言ってあったし、それに、ヒスパニックは、若い娘の結婚前の不始末は隠そうとするからね。彼らの社会がそれを許さない。だから、ヒスパニックの娘は、妊娠しても赤ん坊を育てられない。ともかく、ハーデンにはそう言った。いまから会いに行こう。最悪でも、里親側の弁護士の名前は知っているだろうから」

二時間後、リップの運転でロズウェルへと戻った。ミラは涙が止まらず、前が見えなかったからだ。ジャスティンの偽造出生証明書と、ハーデン・シムズがコピーしてくれたその養子縁組の関連書類をしっかりと胸に抱いていた。相手方の弁護士は、ノースカロライナ州のシャーロットでオフィスを構えている。

さんざん言われてきた。養子縁組の記録は極秘だろうから、閲覧するには裁判所の許可がいる、と。それでも、必要な情報をノースカロライナの弁護士から手に入れるつもりだった。たとえその弁護士を告訴して、裁判所命令を得なければならないかもしれないとしても。ただ、いまの状況とミラの知名度を考えれば、勝訴の見込みは高い。

ロズウェルにはとどまらず、そのまま帰ることにした。道のりは長く、帰り着くのは夜遅くなるだろうが、それでも家に戻りたかった。

「これからどうするんだい？」リップが真顔になって訊く。ディアスのことを言っているのだ。

「さあ」そのことはまだ深く考えたくなかった。考えたらどうにかなりそう。ディアスの裏切りに、心はずたずただった。スザンナの裏切りを知ったときより、痛みはずっと強かった。ディアスのことをだれよりも信用していたのに。人生も体も、心もあずけていたのに。ジャスティンを捜すのにどれだけの時間をかけ、どれだけの苦労をしたのか知っていて、なぜこんなことができるの？　ディアスは自分の手でミラの背中を刺したのだ。ともに過ごした時間を振り返って、なにか手がかりがないかと考えたが、なにもなかった。ふたりで過ごした最後の夜に、完全に頭がおかしくなってしまったか、それとも、最初からずっと別の計画を秘めていたのだろうか。

エルパソに着いたのは夜中を回っていた。早朝から十八時間以上動きまわり、疲労困憊《こんぱい》だった。カールスバッドで運転を代わっていたので、ミラはまずリップをホテルで降ろし、とにかく疲れていたから、いつも以上に運転に注意して家に帰った。

ガレージの戸を開け、なかに車を入れたとき、もう一方の駐車スペースにピックアップが駐まっているのを、危うく見すごすところだった。ゆっくりと車から降りて、ピックアップを見つめた。あんなことをしておいて、よくもまあ。疲れてふらふらになっているいま、愁嘆場を演じる気にはなれなかったが、家から、そして人生からディアスを追いだしたかった。

ガレージを抜けてキッチンに入り、バッグとファイルをテーブルに投げだす。リビングの電気がついていて、ディアスはそこにいた。戸枠にもたれ、ミラを見つめている。

ミラはディアスのほうを見なかった。見られなかった。全身の筋肉に震えが走り、テーブルに寄りかかった。

「スザンナが落ちた」ようやく、ディアスが言った。「逮捕された。トゥルーもだ。ほんの数時間前に」

「そう」短く返した。どこへ行っていたのか、なぜ夜中に出ていったのかという言い訳もなし、ミラがこの二日間なにをしていたのかという質問もなし。とうとうミラは目をあげた。目には怒りと憎しみがはっきりと表れている。「出てって」

ディアスは戸枠から体を離した。かすかにもの問いたげな表情が浮かんだが、まばたきひとつでもとのよそよそしい顔に戻った。

「充分に確認しなかったのね」ミラは言う。「防犯カメラがあったの。あなたの行動が映っていた」

ディアスは口を閉ざし、ミラを見つめた。刻々と時が過ぎる。ようやく静かな声で言った。「そうするのがいちばんだ。あの子の手を離すときがきた。十年たつんだ。もうあんたの子どもじゃない、ミラ、ほかのだれかの子どもだ。あんたがしゃしゃり出ていったら、子どもの人生はめちゃめちゃになる」

「話しかけないで!」怒りを爆発させて言う。ディアスはなにもわかっていない。ミラのことも、ミラの気持ちもまったくわかっていない。「あんたには……なんの……権利も……ない! あの子はわたしの子よ!」ミラはそれだけ叫ぶと、あとはぐっとこらえて拳を握った。

「いまはもう違う」ディアスはまるで裁判官と陪審員を足して二で割ったように、人間の感情にはまったく反応しない。殺してやりたかった。

涙が頬を伝う。怒りと、悲しみと、ディアスに襲いかからないようにする超人的な努力による涙だ。「残念ね。彼女、コピーを取っていたの」頬の涙をぬぐった。「ジャスティンを見つけるのに必要な情報はすべて手に入れたし、なんと言われようと見つけるわ。さあ、わたしの家から出てって。もう顔も見たくない」

ディアスはディアスなので、そこに立って自分の意見を述べたりしなかった。好きにしろ、というように肩をすくめることすらしなかった。無言でミラの横をすり抜け、出ていった。ガレージのドアが開き、エンジンがかかり、車が走りだす音が聞こえた。あっさりしたものだった。

ミラはテーブルに向かって座り、腕を組んでそこに頭を載せ、子どものように泣きじゃくった。

25

デイヴィッドに似ていた。

フェンスで囲まれた校庭を駆けまわるその子の姿を、ミラは双眼鏡で追いつづけた。元気がありあまっているようだが、あの年ごろの子はみんなそうなのだろう。とくに仲のいい子が三、四人いて、体をぶつけあい、ジョークを言っては騒々しい笑い声をあげ、そのくせ格好をつけたり気取ったり、クールに見せようとしている。もしかしたらほかの十歳児にとって、あの子たちはほんとうにクールなのかもしれないけれど。

ミラの心臓は喉元で暴れまわっていて、ほとんど息もできなかった。涙で目がチクチクしたが、懸命にまばたきして押さえた。ほんの一秒でも、あの子から目を離すのは耐えられなかった。助手席から高価なカメラを取りあげ、ズームレンズの焦点を定め、連続して何枚か写した。

だれにも気づかれないよう、私立学校から充分に距離をおいて車を停めた。だれにも警戒されたくない。とりわけジャスティンには。それでも、飢えた心に記憶を刻みこむために、ひと目だけでも見にこずにはいられなかった。けさ、ウィンボーン家の近くに駐車して、あの子の服装を確認しておいた。ジャスティンは飛んだり跳ねたりしながら階段を降り、スクールバスへと向かった。ロンダ・ウィンボーンは玄関に佇《たたず》み、子どもが無事にバスに乗るまで見守っていた。子どもはそんな母親におざなりに手を振った。カーキ色のパンツに青いシャツの制服の上から、真っ赤なウィンドブレーカーをはおっていた。赤いウィンドブレーカーは寒さから守ってくれるだけではなく、ほかの子と見分ける目印にもなった。

愛《いと》し子がバスに乗りこみ、ほかの女に手を振っているのを見ながら、ミラは声をあげて泣いた。あの子のなにもかもが懐かしかった。髪の色や頭の形、それに歩き方まで。まだあどけない顔つきだが、それでもそろそろしっかりした線が出て、思春期に近づいていることをうかがわせる。髪はブロンドで、目の色はブルー、笑顔はデイヴィッドそっくりだった。

あまりの感動と興奮に、レンタカーから降りて、頭をのけぞらせ、思いきり大声で叫びたかった。フェンスまで駆け寄り、あの子の名前を呼びたかった。そんなことをすれば当然、頭がおかしいと思われて、学校側から警察に通報がいくのはわかっていた。踊りたい、笑いたい、泣きたい。さまざまな感情が吹き荒れて、なにをしていいのかわからない。他人のふりなどやめて、あの子を指さし「わたしの子よ！」と言いたかった。

そんなことはいままでもできなかったし、いまもできない。あの子を守るのがなにより重要なことなのに、最悪の状況で事実を知らせ、怖がらせてしまっては元も子もない。

この一週間は、ずっと感情のローラーコースターに乗っているようだった。いろいろなことがつぎつぎに起こって、とても反応しきれなかった。ディアスが葬ろうとした情報を、いったん手に入れると、あとはまっすぐにジャスティンまでの道をたどることができた。

ロンダとリー・ウィンボーンの夫妻はどちらもブロンドで、ブロンドの赤ちゃんを、できれば男の子を養子に取りたがっていた。夫妻は子どもが欲しくてたまらないのに、三人流産し、四人めは生まれて数時間で亡くした。車は買えても、赤ちゃんを買えるほどの金持ちではない。トゥルーの提示する金額を支払うには、全財産をなげうっても足りなかったが、差額は両方の実家が出してくれた。その後、リーの事業がうまくいくようになった。そうして四年前、シャーロットのアッパーミドルクラスが住む地区に引っ越し、ジャスティンを私立校に入れるだけの余裕もできた。ミラの見たところ、ウィンボーン夫妻は申し分のない親のようだ。人柄がよく堅実で、息子を愛し、きちんとした人間に育てるため最善を尽くしている。

ミラの手から奪われた子どもだとは、夢にも思っていないのだ。ふたりが聞かされたのは、産みの親には育てることができず、ほかの子どもたちを食べさせるために大金が必要で、しかもそのうちのひとりは目の矯正手術が必要だという話だ。あまりにできすぎな話だと思ったかもしれないが、疑う理由もない。養子縁組手続きを取っている弁護士も知らないことを、ウィンボーン夫妻は知る由《よし》もない。わかるのは、ふたりにようやく息子ができたということだけだ。

彼らの息子ではない。わたしの息子。ミラの心がささやく。わたしの。

自分に似ているところがあるとすれば、鼻と顎の線くらいだろうか。ジャスティンを眺めながら、ミラは思った。あとはどこもかしこもデイヴィッドにそっくり。喜びが、血管で沸きかえっている。ジャスティンは生きていて、元気で、愛されていた。愛しい赤ちゃんは、ちゃんと育っていた。

ウィンボーン家では、それぞれの祖父からとって、ジャスティンをザカリー・タナーと名付けていた。ザックと呼んでいる。それでも、ミラにとってはジャスティンだ。この長い年月、死にもの狂いで祈りつづけてきたため、その名前が心にも頭にも記憶にも刻みこまれているのだ。

これでデイヴィッドに話せる。自分の目で見て、ほんとうにジャスティンだと確かめるまでは、いたずらに期待させたくなかった。間違う可能性もあったからだ。ほかの子だという可能性もあった。書類を見て、頭ではこの子どもがジャスティンだとわかったものの、実際に目で見ないうちは信じることができなかった。

ジャスティンだ。デイヴィッドに似ている。

ミラは双眼鏡を置いて顔を両手にうずめ、肩を震わせてすすり泣いた。泣きながらも笑いがこみあげてきて、とうとう泣いているんだか、笑っているんだかわからなくなった。休み時間が終わるまでそこに座っていた。先生が騒々しい子どもたちを集め、こぎれいな黄色い煉瓦造りの建物に導き入れた。ジャスティンがなかに入るのを見守った。十一月の太陽を浴びて、ブロンドの髪がきらきら輝いている。階段の最後の一段を飛び越し、笑いながら両開きの扉へ向かい、そして、ミラの視界から消えた。

震えが止まって携帯電話が持てるようになったとき、涙で詰まっていた喉が通ってちゃんとしゃべれるようになったとき、ミラはデイヴィッドの診療所に電話をかけて、明日の予約を取った。患者としてでなければ、そんなにすぐに会えない。デイヴィッドはつねに、どんなときでも、どんな時間でも会うと言ってくれていて、どうやら病院のスタッフにもミラのことを優先するように指示していたらしい。受付の女性に名前を告げると、正午に予約を入れてくれた。

電話で告げたいような話ではなかった。このことは、デイヴィッドが気にするとは思わない。昼休みを邪魔してしまうが、デイヴィッドが気にするとは思わない。ジャスティンが生まれたときと同じように、顔を見ながら思いを分かちあいたい。家に電話をかけて、職場ではなく自宅を訪ねることもできた。だが、身勝手かもしれないが、ジェンナや子どもたちのいないところで、デイヴィッドとふたりきりで話したかった。一度だけ、最後に一度だけ、ふたりきりになりたかった。

法的な書類はブリーフケースにおさまっている。なにもかも準備をすませておきたくて、ここに来る前に集めておいた。

大きく息をついて、ミラはシャーロット空港へ走りだし、レンタカーを返して、シカゴへの便に乗った。

デイヴィッドの診療所は、勤め先の病院に隣接した研究所のなかにあった。内装は趣味がよく、〝金〟の匂いをぷんぷんとさせている。デイヴィッドが加わっている外科医のグループは全員が超一流で、デイヴィッドはなかでも花形だ。若くて、ハンサムで、才能があふれている。まだ三十八歳だから、光の道はこれから何年もつづくだろう。

待合室が空っぽだったところを見ると、ミラから電話があったと知ったときに、デイヴィッドは先の約束をキャンセルするよう秘書に言ったのだろう。廊下へとつづくドアを閉め、受付に向かって濃い灰色の絨毯《じゅうたん》の上を歩きだす。受付ではブロンドの中年女性と、看護師姿のはつらつとしたブルネットの女の子が、食い入るようにミラを見つめていた。だがそこにたどり着く前に、左手のドアが開いて、デイヴィッドが現れた。二十代のころよりもさらに魅力的になった長身の男。概して男のほうがうまく歳を取るが、デイヴィッドも例外ではない。顔つきがたくましくなり、目尻に何本かしわができて、肩に厚みが出たようだった。

「ミラ」デイヴィッドは言って、手を差しだし、きのう、息子の顔に見たのとそっくりな笑顔を放った。クリスマスツリーを目にしたときの、輝くような笑顔。青い目が温かい。「元気そうだ。ぼくの部屋に行こう」

デイヴィッドはドアを押さえ、ミラはさらに奥の廊下に足を踏み入れた。検査室や治療室が並んでいる。人種も年齢もまちまちの女性が三人、それぞれの仕事から目をあげ、ミラが通り過ぎるのを見送った。受付のふたりも顔を突きだして覗いている。

「振り返って見たりしないでね」ミラは口の端からこっそりとデイヴィッドに言った。「でも、あなたのハーレムって物見高いみたい」

デイヴィッドはミラを私室へと招き入れながら、声をあげて笑い、ドアを閉めた。「ジェンナもそう呼ぶんだ。ぼくはボディガードと言っているけどね。みんなに囲まれていると安全なんだ」

「イケイケな女を遠ざけてくれるってわけね？」

デイヴィッドがにやりとする。「手術もさせてくれない。そういう人は同僚に回される。ぼくに残されるのは、よれよれかガミガミ」

デイヴィッドが根っこのところで変わっていないのを見て、ミラの心は軽くなった。デイヴィッドが善人だからだ。オフィスのスタッフがデイヴィッドを守りたがるのもわかる気がする。デイヴィッドが善人だからだ。奥さんひと筋で、浮ついた看護師や患者がつけいる隙がないことを、一点の曇りもなく信じられる。あのデイヴィッドならそうだろう。仕事と、家族に一身を捧げているのだろう。すばらしい人生を送るに値する人間だ。

デスクの一角に写真がいくつか飾ってある。なにが写っているのか知りながら、ミラは回りこんで見た。一枚には、かわいらしい赤毛の女性が、こちらまで笑みを誘われそうな笑顔で写っていて、これがジェンナに違いない。もう一枚、同じ女性とデイヴィッドがおたがいの体に腕を回し、カメラに向かってポーズを取っているスナップ写真があった。小さなハート形の写真立てには、ぽっちゃりとした女の子がおさまっている。人形の髪を持っていて、当の本人も長いレースのドレスにくるまれたお人形みたいだ。ジェンナが赤ちゃんを抱いて、満面に喜びを湛えている写真もあった。この子が新しい家族なのだろう。「すてきね」ミラは心から言って、ほほえんだ。デイヴィッドが幸せなのがうれしかった。「名前は？」

「ちっちゃなお姫さまはキャメロン・ローズで、キャミーって呼んでいる。ちびはウィリアム・ゲイジ。リアムと呼ぶつもりだけど、まだそう呼ぶのには幼すぎる。なぜだかわからないが、キャミーは弟をドットと呼んでいる」

ミラは吹きだした。そうして、まだ笑っているうちに、もう胸におさめておくことができなくなった。「見つけたわ。ジャスティンを見つけた」

デイヴィッドの脚ががくがくし、来客用の椅子にどさりと腰をおろした。ミラをまじまじと見つめ、ショックで青ざめて、言葉を発することができない。目にじわじわと涙があふれ、頬を伝った。わななく唇から、どうにかして声を絞りだす。「たしかなのか？」

ミラは唇を嚙み、やはり涙をこらえてうなずいた。「わたしたち、誘拐犯の一味を突きとめたの。出生証明書を偽造していた女が、たぶん保身か脅迫のためだと思うけど、詳しい記録を残していたのよ」

「あの子は――」デイヴィッドは喘ぎ、しゃくりあげるのを抑え、か細く震える声で、親ならではの質問をした。「あの子は無事か？」

ミラはまたうなずいた。デイヴィッドがミラに両手を差しだし、たがいに抱きつきながら泣き崩れた。デイヴィッドの体は嗚咽《おえつ》で波打っている。ミラはデイヴィッドの肩や背中や髪をなでて、「大丈夫、あの子は元気で、無事だから」と言おうとしたが、自分も泣きじゃくっているので、どれだけ理解してもらえたかわからなかった。それから、デイヴィッドはミラと同じことをした。笑いを抑えられなくなったのだ。泣くのと笑うのを繰り返し、ミラを揺さぶり、手を離して顔をぬぐい、またミラをつかむ。

「信じられない」何度も言う。「まさか、こんなに時間がたってから……」

ようやくミラは体を離した。「写真を持っているのよ」そう言って、早く見せたい焦りでブリーフケースのなかを掻きまわした。「きのう撮ったもの」

スナップ写真を取りだして、デイヴィッドに手渡す。デイヴィッドは一枚めの写真を見て、そのまま動かなくなった。飢えた人間の目つきで息子を凝視する。手を震わせながら、一枚一枚見てゆき、また最初から見なおした。嵐のなかから顔を出した太陽のように、晴ればれとした表情が広がっていく。「ぼくに似ている」勝ち誇ったように言った。

男特有のずうずうしさに、ミラは笑いだした。「ばかね、昔っから、生まれたときからあなたに似ていたじゃない。憶えてるかしら、スザンナが――」デイヴィッドはスザンナのことを知らないのを思い出して、ミラはふいに言葉を切った。

デイヴィッドはまだ写真を見つめている。「ぼくがクローンを作った、と言った」

「スザンナが関わっていたの」ミラはぽつりと言った。

デイヴィッドは驚いて顔をあげた。「なんだって？」

「誘拐犯に、ジャスティンのことや、わたしが週に何回か市場へ行くことを教えたのはスザンナだった。わたしは待ち伏せされてたの。ブロンドの男の子っていう注文があったから」

「だけど……なぜ？」友人だと思っていた女がそんなことをしたと知って、狼狽《ろうばい》しきっている。

「お金」ミラは吐き捨てるように言った。「お金のため」

デイヴィッドは右手を固く握りしめた。「あの女。懸賞金がかかってたじゃないか！　息子を取り戻すためなら、全財産をくれたやったのに！」

「懸賞金は、里親にふっかけた金額に比べれば、微々たるものだと思う」

「あの子は、売られたのか？　盗まれた赤ちゃんと知りながら里親になるなんて、いったいどんな――」

「その人たちは知らないの」ミラは慌てて口をはさんだ。「責めないで。まったく知らなかったんだから」

「どうしてわかる？」

「養子縁組の仲介をした弁護士も知らなかったから。偽造の出生証明書と、架空の母親からの法的書類を使ったすごく巧妙な仕組なの。養子をもらうほうの人たちは、すべて合法だと信じているわけ」

「あの子はどこに？」デイヴィッドが尋ねる。「里親は？」

「名前はリーとロンダ・ウィンボーン。ノースカロライナ州のシャーロットに住んでいる。調べてみたけど、いい人たちよ。まじめで、立派な人たち。あの子をザカリーと名付けていたわ」

「あの子はジャスティンだ」デイヴィッドは噛みつくように言った。写真をしっかりと手に持ったままデスクの椅子に腰かけ、もう一度写真を見て、ジャスティンの目鼻立ちをあらためる。「まさか見つけるとは、とても信じられない」ひとり言のように、ぼんやりと口にした。「きみは叶うことのない望みに、心を打ち砕かれたと思っていた」

「やめられなかっただけ」短い言葉だが、その裏に隠れた真実は計りしれないほど深かった。

「そうだね」デイヴィッドは目をあげて、写真を見るのと同じように、ミラの顔を食い入るように見つめた。「結局、きみのことを理解していなかった」小さくつぶやく。「打ちのめされはしたが、本質的にはぼくは変わらなかった。きみは……変わった……」的確な言葉を探すように、口をつぐむ。「女戦士《アマゾン》になった。ぼくは肩を並べるどころか、追いつくこともできなかった。勇ましくて、毅然《きぜん》として、ぼくを振り切って進んでいった」

「そうしたかったわけじゃないの」ミラは言って、ため息を漏らした。「だけど、なにも見えないし、なにも聞こえなくなっていた。その先にジャスティンがいると知っていたから、見つけるしかなかった」

「ぼくも、そこまで信じられればよかった。きみが一心不乱になって、あの子がまだ生きていると信じていたのが妬《ねた》ましかったんだ。ぼくには確信できなかった。あの子は死んだものとして何年も前に葬り、それで折りあいをつけたと思いこんでいた。だ——だけど、いま、生きていたことがわかってみると、あの子をあきらめたなんて、ぼくは最低の人間だという気がする」デイヴィッドは両手に顔をうずめた。

「やめて」さっとそばに寄って、デイヴィッドの肩に手を回した。「わたしがなにより恐れていたのは、あの子が死んでいることだったの。だから、確かめるまで、捜すのをやめられなかったのよ。あなたがしなかったことで、できたかもしれないことはなにも――」

「あの子を捜せたかもしれない！　きみのそばにいて、助けてあげられたかもしれない」

「ばか言わないで。もちろん、できなかったわ。デイヴィッド、あなたが手術をしなかったとしたら、何人が死んでいた？」

デイヴィッドが考えこむ。「たぶん、ひとりも。この街には優秀な医者がたくさんいる」それから、生まれついての外科医としての自信が顔を覗かせた。「降参。たぶん、二十人くらい。三十人かも」

ミラはにっこり笑いかけた。「それでこそあなたよ、ドギー。あなたは、あなたのするべきことをした。わたしは、わたしにできることをした。いいも悪いもないし、〝でも〟も〝かも〟もなし。哀れむのはやめて、未来のことを話しあいましょう」

五分後、ミラがこれからどうしたいのか、ふたりがなにをすべきなのか説明すると、デイヴィッドの顔はショックでもう一度真っ青になった。

26

デイヴィッドとの時間は、つらくても必要なものだった。部屋から出ようとして、おそらく二度とデイヴィッドには会わないだろうと思った。だから、さよならを言い、頬にキスして、幸せな人生を祈った。「扶養料の支払いもやめられるわ」涙を浮かべながら、ほほえみかけた。「これも、医者をつづけた理由よね。あなたは捜索の資金を提供してくれたの。あなたがうしろで支えてくれて、あの子を捜すのにお金の心配をしなくていいんだって断言してくれなかったら、とてもやり遂げられなかったわ」

「だけど、これからどうするつもりなんだ?」デイヴィッドが気づかわしげに訊く。

「同じよ、たぶん。いなくなった子どもを捜す。多少は給料をもらうことになると思うけど」正直なところ、これからどうしたらいいのか見当もつかなかった。ずっと長いあいだ、ミラの人生はひとつのこと、ジャスティンを捜すことを中心に回ってきたので、いまそれが叶ってみると、壁にぶち当たって前が見えないような感じだった。あらゆる意味で疲れていた。精神的にも、肉体的にも、感情的にも。エルパソに戻ってからのことを想像しても、ぽっかりと穴が開いているだけ。あそこでは多くのことが起こった。あまりに多くのことが。

ノースカロライナに戻って手続きを終えたら、二日ほど眠ろう。目が覚めたときにはもっと気分がよくなっているかもしれない。ミラは行方不明者を見つけるのが得意だ。自分の子どもが見つかったからといって、いまさらやめられる？

デイヴィッドは、部屋を出ようとするミラをきつく抱きしめた。ふたりを繋ぐ最後の絆《きずな》が裁ち切られたのを、デイヴィッドもまた悟ったのだ。「きみもやっと先に進めるね」

どこに？　そう尋ねたかった。いつか、わかる日が来るかもしれない。いまは、つぎにするべきことに目を向けるのが精いっぱいだ。

その日の午後遅くに、シャーロットへ戻る便を予約してあった。飛行機が着陸したとき頭にあったのは、ホテルにチェックインしてベッドにもぐりこみ、少なくとも十二時間は眠ることだけだった。実際には、ルームサービスを注文し、サンドウィッチが来るのを待つあいだに荷物をといた。あす着る服にアイロンをかける余裕もあった。

食べ終わると、ルームサービスのトレイをドアの外に出して、かぎられた空間を行きつ戻りつしながら、考えをまとめた。ようやく、携帯電話を片手に、地元の電話帳でウィンボーン家の番号を調べて電話をかけた。

四度めの呼びだし音で、朗らかな声の女性が電話に出た。〝オー〟の発音が、〝ウー〟と聞こえるので、カロライナ育ちだとわかる。「もしもし《ハルー》？」

「ミセス・ウィンボーンでいらっしゃいますか？」

「ええ、そうです」

「わたしはミラ・エッジという者です。ファインダーズという団体の創設者で、行方不明になった子どもや誘拐された子どもを捜しています」

「ええ、もちろん」ロンダが親しみをこめて言う。「そういった立派な理由でしたら、喜んで寄付を――」

「いえ、寄付集めのためにおかけしたわけではないんです」ミラは慌てて遮った。「養子に取られた息子さんのことで、お話があります」

電話の向こうにふっつりと沈黙が訪れた。ロンダの息づかいさえ聞こえない。

「どういうことです?」しばらくしてロンダがかすれた声で言った。「なにか問題が――息子が養子だということに」ささやくような声に熱がこもっている。「わたしたちは弁護士を通して、なにもかも合法だと確認しました。そちらがあえて――」

「込みいった問題なんです」ロンダを安心させようと慌てて付け加えた。「事務手続きが必要なことがありまして。旦那さまとおふたりで、あす、会っていただけないでしょうか?お手間は取らせませんから」

「どういう手続きなんですか?」

「法的なものです」ミラはそれ以上言わなかった。電話では詳しい話をしたくなかった。ここで脅かしたら、ウィンボーン夫妻は、ジャスティンの手を握って夜中に姿をくらましてしまうかもしれない。きっと自分ならそうする。息子を失うぐらいなら。「いくつか署名をいただきたいだけですから。だれも養子縁組に異を唱えているわけではありません」

「じゃあどうして――ファインダーズはどう関係しているんですか？」

「それも、込みいった話なんです。すべてあす、ご説明します。ご都合のいい時間は？」

「ちょっと待って」ロンダの声が消えた。コトン、と受話器を置く音がして、ミラは目を閉じ、ロンダがジャスティン、いや、ザックの聞こえないところで、リーに耳打ちしているようすを思い浮かべた。リーは妻がうろたえているのを感じて、息子の身になにかありそうだと警戒し、電話へ駆けつけ――

「リー・ウィンボーンです。どういったご用件でしょうか？」

「奥さまを脅かしてしまったようで申し訳ありません」ミラは謝った。「そんなつもりではなかったんです。とても重要なことなんですが、おふたりにお会いして、息子さんの養子縁組のことでご説明したうえで、目を通していただきたい書類があるんです」

「電話で説明してもらえれば――」

「いいえ、申し訳ありませんが、それはできかねます。奥さまにも申しましたが、込みいったお話なんです。書類を読んでいただければ、ご理解くださると思います。あす、ご都合のいい時間は？　息子さんが学校に行っている時間帯をおすすめしますが」ミラは声をやわらげた。「お願いします。脅すようなことではないんです」

「わかった」リーはぶっきらぼうに言った。「一時だ。うちの住所は？」

「わかります。ありがとうございます。ではあす、一時ちょうどにうかがいますから」電話を切って、目を閉じたとき、体じゅうが震えているのに気づいた。やり遂げた。あとは、つぎの一歩を進むあいだ、自分がばらばらに崩れないようにするだけだ。かなり早い時間に約束を取りつけられたので、ミラは航空会社に電話をかけ、なんとかシャーロット発六時の便に変更してもらった。あすの夜は、ようやく自分の家に帰れる。もうかれこれ……はっきりした日にちを思い出せなかった。たぶん、一週間以上は帰っていない。

翌朝はできるだけ遅くまで寝て、遅めの朝食を取り、朝のトーク番組を見て、シャワーを浴び髪を洗った。ことさら念入りに髪型を整えた。ごく薄く化粧した。つまらない見栄だが、印象をよくしたかった。

着るものも慎重に選んだ。すらりとした紺色のスカート、それとよく似合う薄い緑色の長袖ブラウスにはスカートと同じ紺色のボタンがついている。女らしくて、かつ、専門家らしく見える。昔ながらのごまかしだ。ピリピリしているときほど、ミラは見た目に気を配った。洋服に集中していれば、神経が悲鳴をあげ、胃に吐き気がこみあげ、緊張がこめかみで脈打っているのを無視することができた。たとえようもない苦しみに対峙《たいじ》したとき、落ち着いた顔をしていられる方法を身につけていた。いまもその方法をとった。ともかくも、表面上はディアスみたい——だめ、彼のことは考えちゃだめ。厳しく自分を戒める。人生から締めだした——結局はそれが大事なのだから。鏡からこちらを見返す顔にはまったく表情がない。人なのだから。

天気予報で、きょうのシャーロットの最高気温は十七度で北風がやや強いと言っていたので、ミラは荷物を詰めるとき、キャメル色のコートをわきによけておいた。テレビの画面上でチェックアウトをすませると、ちょうど出かける時刻になった。十二時半。深呼吸して、口紅がきちんとしているか見て、客室係へのチップと一緒に部屋の鍵をベッドサイドテーブルに置いた。必要な書類がブリーフケースにおさまっていることをもう一度だけ確認する。やり残しがないことに満足すると、肩をいからせ、コートとブリーフケースをうまくスーツケースの上に載せてバッグを肩にかけ、ドアを開けた。そこで、死んだように立ち止まった。せっかくの勢いが、いっさいに削がれた。

ディアスがドアの横の壁に寄りかかっている。

さまざまな考えや感情が渦巻いて、どれかひとつでも取りあげることができない。いちばん大きいのはショックだ。もう二度と会わないと思い、会わないことを願っていた。ディアスの肉体がどれほどの強烈な力を発するか、あの冷たく、暗い目で射抜かれるのがどういうことか、忘れかけていたのに。

その瞳も、裸で横たわるミラにみだらなことをささやくときには、冷たくなかった。そんな思いの暗い小道に迷いこもうとする自分を、無理やり引き戻す。

もう、どうしてだれも警備員を呼ばなかったの？　どれくらいの時間か知らないけれど、ホテルの部屋の外は人通りが多いんだから、だれひとり気づかなかったわけじゃないでしょうに。たとえ、ほかの客は疑いを持たなかったとしても、客室係は絶対にディアスに気づいたはず。ミラは大きく首を回して廊下を端から端まで眺めまわした。廊下の入り口から三番め、右手の部屋の前に、清掃用のワゴンがとまっている。ひとつの階につき、係がひとりだとしたら、見咎められずにすむかもしれない。それとも、ディアスが脅し文句を吐いて、客室係は死ぬほど怯《おび》え、あの部屋に隠れてディアスが立ち去るのを待っているのかも。

「よりによってあなたが、ここでなにをしているの？」心の乱れとはうらはらに、冷たく、刺々しい声で尋ねた。

ディアスは体を起こし、肩をすくめた。「好奇心。交通事故の見物に来たようなものだ」

「わたしがここにいることが、どうしてわかったのよ？」

「それがおれの仕事だ」

この説明で充分だろう。この男はジャスティンの居場所を知っているのだから、そこからたどればわかる。シャーロットは五十万人都市だが、ディアスなら、数人に電話を入れただけで事足りたのかもしれない。ホテルは客室の番号を人に教えてはならないはずだけど、現に、こうして部屋の前で待っていた。どこに行こうとしているのか、なぜわかったの？　きょう行くことを、なぜ知っているの？　知りたくてたまらなかったが、尋ねるくらいなら舌を嚙んだほうがいい。ひと言だってしゃべりたくなかった。

ミラは部屋のドアを閉め、スーツケースを引いて、絨毯敷きの廊下をエレベーターに向かって歩きだした。予想どおり、ディアスは隣で歩調を合わせた。あっちへ行けなどと言って、時間を無駄にする気はなかった。ディアスからは逃げることもできないし、消えてくれと説得することもできない。できるのは無視することだけなので、そうした――狼を無視する程度には。

ディアスのきょうの外見は、こまかいところまで脳裏に焼きついていた。ひげを剃《そ》って、灰色がかった紺のきちんとしたスーツを着ている。髪も、手で梳《す》いただけというのではなく、ちゃんと櫛目《くしめ》が入っている。これなら、堅気で通るかも。でもミラはもっとよく知っている。あの冷たく謎めいた目に、まったくなにも映っていないとしても、その奥には荒々しい潮が流れているのだ。おそらく、脚にはナイフを忍ばせ、背中の窪みに小型の銃をおさめたホルスターをつけているし、ほかにどんな武器を隠し持っているのかわかったものではない。

でも、どうしてここに？　ディアスには関係ないことなのに。ひどい別れ方をしたし、これから悲痛な時間を過ごそうというときに、だれよりもそばにいてほしくないのがディアスだ。激しい怒りはおさまっておらず、こうして隣にいるのにも我慢がならない。また怒りが沸騰し、喉がこわばるのを感じる。どうしてわざわざ——？

怒りが吹きこぼれる前に、考えるのをやめた。いくら考えても、ディアスがしたことには変わりはないし、自分の気持ちも変わらない。もちろん、わかってもらおうと説明してみてもいいけれど、それがなんになる？　ディアスは完全に見誤った。彼のしたことは悪い。たとえ謝られても、許せるかどうかわからない。ジャスティンがどれほど大切な存在か知っていながら、どれほど苦労して捜してきたのか承知のうえで、息子の居場所を隠そうとしたのだ。とうてい許せることではない。

彼がいまも、ミラのほうこそ間違っていると思っていることも腹立たしい。歯がガタガタ鳴るぐらい、思いきりひっぱたいてやりたい。だがそのかわりに、無視した。

「チェックアウトはすませたのか?」

「ええ」どうしてもしゃべらなきゃならないのなら、できるだけ短くすませたい。

表玄関を出て、駐車係に車の受取証を渡そうとすると、ディアスが言った。「車はここに置いていけ。おれが運転する」

「あなたの車には乗りたくない」

「楽に乗るか、つらい思いをして乗るか、どちらかだ。選べ」

ミラはディアスに目を向けることもせず、ただ隣を歩きつづけ、ダークブルーのジープ、リバティが駐めてあるところまでついていった。楽なほうも充分つらかった。つらいほうを選んでいたらどんな目にあったか、考えたくもない。天気予報で言っていたとおりの北風が、服の奥まで染みとおる。外に出る前にコートを着ておけばよかった。寒さに神経を集中して、ほかのことや、これから向かいあうことを考えないようにした。

ディアスはミラのスーツケースをぼろぼろのダッフルバッグと一緒に荷台に載せ、助手席のドアを開けてミラを乗せた。ジープの車内は日差しで暖まっており、風から逃れられほっとした。それでもミラは寒いほうがよかったし、どこかほかのところにいたかったし、だれかほかの人と一緒にいたかった。これから正しいことができるように、強さと自制心と助力を祈った。ディアスのことは頭から締めだし、ジャスティンのことだけを考えなければ、とてもやり遂げられそうにない。

「住所はご存じ?」ディアスが運転席に座り、エンジンをかけて駐車場から出たとき、ミラはよそよそしく尋ねた。

「ああ、きのう下見してきた」

つまり、ディアスのほうが一日リードしていたのだ。もっと早く顔を見せなかったことに、昨夜、シカゴのホテルに現れなかったことに驚いた。でも、ここでミラがウィンボーン夫妻と話すのを邪魔できるのに、わざわざシカゴに来ることもないだろう。ミラははっと体を硬くした。車内に閉じこめられ、ディアスの思いどおりどこへでも連れて行かれてしまう。しまった！

大急ぎでシートベルトをはずし、殺気だった視線を浴びせた。「もしウィンボーンの家以外のところに連れて行くなら、わたしは誓って――」

「そこに向かっている」ディアスは憮然《ぶぜん》として言った。「だが、もしおれが別のことを考えていたら、いまさら遅すぎる」

「そう、つまりわたしはあなたほど、こそこそと汚い手を使うのがうまくないってことね」

ミラはやり返し、ぷいとフロントガラスに顔を向けた。ディアスがどこで曲がるかしっかりと注意して、ふと気づいたらシャーロットから出るハイウェイを走っていた、などということがないように目を光らせた。ひとつでも間違った道に入ったら、悲鳴をあげて、殴りつけて、ハンドルにむしゃぶりついて――注意を引けることならなんだってしてやる。

それでも、もし本気でディアスがミラをさらうつもりなら、なにをしても止められない。ミラを気絶させて、どこへでも行ける。でも、どこかへ連れて行って、一生閉じこめておく気でもなければ、そんなことをしてなんになる？　ウィンボーン夫妻に会いにいく気持ちは絶対に変わらない。すでに決意を固めたのだから、あとはまっとうするだけだ。

残りの道中は無言だった。十二時五十七分、ディアスはウィンボーン家の短いコンクリートのドライヴウェイにジープをつけた。駐車区画の右手には、ロンダのシャンパン色のインフィニティ、左手には、もっとがっしりしていて座席の広い、リーのフォードのピックアップが停まっている。ミラの鼓動は突然二倍になり、足の力が抜けて、頭がふらふらしてきた。気を失わせないでください、ミラは心のなかで懇願した。お願いですから、気を失わせないで。ゆっくりと、深く息をして、心拍数をさげようとした。

ディアスが助手席側に来て、ミラのためにドアを開けた。眉間にしわを寄せて、ミラをじっくり見回したが、なにも言わず、腕を取って車から降ろした。もしそばにディアスがいなかったら、とっくにくじけていただろう。ミラはブリーフケースをつかみ、バッグは座席の下に置いたままにした。ディアスはむろんそれに気づいていたから、車に鍵をかけた。

こぢんまりとした前庭は一分の隙もなく整えられ、厚い芝生は茶に色を変えはじめて、真っ赤なキクの鉢が並んでいる。さらにたくさんの鉢植えが、屋根付きの玄関へとつづく階段に飾ってあった。きっとロンダには園芸の才能があるのだろう。ロンダが鼻歌を歌いながら、慎重な手つきで鉢を植え替え、枯葉や小枝を除いているところを思い浮かべると、好感が持てた。

玄関の呼び鈴に手をかける前に、ドアが開いた。揃って立つふたりの顔は、不安でげっそりとやつれているように見えた。不憫《ふびん》で、ミラの心も痛んだ。安心させようとしたけれど、やり方を間違えたのかもしれない。そうだとしても、もう遅すぎる。リーが手を伸ばして、ガラスの防風ドアを開けた。

笑顔とはいかないものの、なんとか親しげな表情を作った。「はじめまして、ミラ・エッジです。昨晩、電話でお話した者です。こちらはジェイムズ・ディアス」

「わたしはリー・ウィンボーン、それに妻のロンダだ」リーは言って、無意識にミラと握手し、それからディアスとも握手した。リーの手は力強くて、少しごつごつしていた。ゴルフや釣りが好きで、狩りをすることもあるのだ。ジャスティン——ザックのTボールのチームでコーチもしているし、ちびっ子フットボール・チームでも手伝っている。四十四歳、ミラより十一も年上だが、精力にあふれ、日焼けのせいで目尻にしわが刻まれていても、濃いブロンドの髪に白いものは見えない。目の色はブルーだ。

ロンダは中背で、白っぽいブロンドの髪を垢抜《あかぬ》けたスタイルにカットして、化粧も上品だ。スマートな体を、すっきりしたパンツと青紫のセーターに包み、それが灰色の目によく似合っている。このふたりの髪の色なら、わざわざ言わないかぎり、ジャスティンが実子ではないと思われることはないだろう。ザック。いまはもうザックだ、とつねに意識していなければならなかった。

「どうぞ」リーが不安そうな声で言う。ふたりは一歩さがって、なかに入るようミラとディアスに示した。ロンダは夫の手を取り、その力が必要だというように指を絡ませた。

リビングは居心地がよさそうで、いい意味の生活感、つまり実際に使っている感じがした。暖炉では、丸太に似せたガスバーナーが小さな炎を燃やしている。書棚にはずらりと本が並び、小説のあいだに子ども向けの本がはさまり、長年かけて集めてきた家族の思い出の品が飾ってあった。ヒトデ、ガラスの箱に入ったサインつきの野球ボール、写真、小箱——

写真。ミラは部屋を見渡し、心のなかでうめいた。まだぷくぷくした赤ちゃんだったころのジャスティンの写真。笑顔に、小さな白い歯が一本だけきらめき、ブロンドの髪がたんぽぽのように立っている。ぽっちゃりとした足を、えくぼのついた手を、バラ色の頰を見た。おむつだけつけて、はいはいしている写真がある。笑みを誘われるようなよちよち歩きで、おもちゃのバットをこん棒のように持っている写真もあった。海岸で、小さなシャベルとバケツを持って、赤い野球帽をかぶっている写真。誕生日パーティー。誇らしげな顔をしてバックパックを握っているのは、きっと初めての登校日。二本前歯が欠けた顔で、茶目っ気たっぷりに笑っているのを見て、ミラは泣き声をあげそうになった。わたしの赤ちゃん。そしてミラはここに並んでいるすべてを逃したのだ。Tボールのユニフォームを着て、バットを掲げ、大きい男の子たちがやるのを真似て、睨みつけるような顔をしている。フットボールのユニフォーム姿の写真もある。ヘルメットでほとんど顔が隠れている。ジャスティンはまだまだ小さくて、元気いっぱいで、幸せそうだった。

ほかにも、学校で撮った写真、写真屋でもっとすまして撮った写真もあった。一歳くらいのジャスティン、手につかんでいるテディベアはぼろぼろになっていて、いつも持ち歩いているのがわかる。おもちゃのトラクターに座って、ハンドルをぎゅっとつかみ、運転するふりをしているジャスティン。エンジンの音を真似しているのが聞こえてきそうだ。

「ザックです」食い入るように写真を見つめるミラに気づいて、ロンダがおそるおそる言った。「写真を撮りすぎだとは思うんですけど、でも――」言葉を切って唇を噛む。

「どうぞ、掛けてください」リーは言って、ミラとディアスに予備の椅子を示し、自分たちは並んで長椅子に腰かけた。「どういうことか話してください。あえて言いますが、ゆうべは妻もわたしも一睡もできなかった。なにか手違いでもあったのかと不安で不安で。そんなことはないと信じていますが――ともかく、心配で」

ミラはブリーフケースを足元におろし、大きく息を吸って両手を握りあわせた。どう話すか、練習しておこうとは思ったが、どんな言葉も正しくは聞こえず、だから、ミラはいつもしている話、聴衆を前に繰り返してきた話に頼ることにした。ただし、今回は結末が決まっている。

「わたしの元夫は外科医です」ミラは話しはじめた。「現実のドギー・ハウザーなんですよ」デイヴィッドのことを考えたら、小さくほほえむことができた。「十一年前、夫と数名の医師が一年間の有給休暇《サバティカル》を取って、メキシコの田舎で小さな診療所を開きました。ちょうどあちらへ行くときに、わたしは妊娠したとわかりましたが、医師の仲間に信頼できる産科医がいたので、計画は変更せず、息子、ジャスティンはメキシコで生まれました。生後六週間のころ、村の市場でふたりの男がわたしから息子を奪い、逃げていきました。そのとき、わたしは背中を刺されて死にかけたのですが、どうにか回復したときは、もうわたしたちの赤ちゃんは跡形もなく消えていました」

ロンダはまたリーの手を握った。「なんて恐ろしい」ロンダは言った。気分が悪そうなのは、母親としてミラに共感したのか、それとも予感を得たのか。

「ともかく、わたしは息子を捜しはじめました。あの子になにがあったのか確認するまでは、あきらめられませんでした。さらわれた赤ちゃんたちはたいてい、メキシコから車のトランクに積まれて密輸されますが、暑い日には、そこで死んでしまう子も多いんです。だからわたしはジャスティンがどうなったのか確かめるまでは、あきらめられず、もし死んでいたら……」ミラは言葉を切って唾を呑みこんだ。

「夫とは、ジャスティンがさらわれた一年後に離婚しました。子どもが死んだり、行方不明になったあとで離婚する夫婦は多いんです。ただ、わたしたちの離婚は、ほとんどわたしのせい――いいえ、完全にわたしの落ち度です。デイヴィッドの妻でいることに興味を持てなくなってしまったんですから。ともかくジャスティンを捜すことで手いっぱいでした。そうこうするうちに、わたしは、ボランティア中心の団体を立ちあげました。ボランティアは国じゅうにいて、だれかがいなくなれば足を使って捜し、警戒指令があれば車に乗って捜します。警察が資金や人出を割けない家出人捜しにも貢献しています。わたしたちは――」これではいつものスピーチになってしまう。また、ひとつ大きく息を吐いた。

「ファインダーズのことはこれくらいにしましょう。簡単に言いますと、そのあいだずっとわたしはジャスティンを捜しつづけ、誘拐犯の手がかりや、ジャスティンのその後を調べつづけました。つい最近、こちらのミスター・ディアスの助力を得て、誘拐犯が捕まり、そこで手に入れた書類から、誘拐された子どもたちの行き先がわかるようになったのです」

ここだ。いまだ。喉が詰まり、血が通わなくなるほど強く両手を握りしめていた。「ザックはわたしの息子、ジャスティンです」

ロンダは小さな悲鳴をあげて体をうしろに引いた。顔から血の気が失せている。リーはさっと立ちあがり、拳を握った。「嘘をつくな」語気荒く言う。「ブラックマーケットなどから赤ちゃんを買うものか。わたしたちは弁護士を通してザックを養子にした。もし息子を取りあげようなどと企んでいるなら、命をかけて戦うことになるぞ」

命をかけた戦いならもう終わっている、とミラは思った。十年かけて、終わらせた。「あなたの弁護士も知らないことです。出生証明書は偽造です。偽造していた女性が記録を残していました。わたしの言葉を鵜呑みになさるとは思っていませんでした。ですから、書類すべてのコピーを持ってきました」ミラは身をかがめてブリーフケースを持ちあげ、蓋《ふた》を開けて、書類の束をふたりに渡した。リーが受け取り、ぱらぱらとめくっていく。否定の言葉が言葉にならず、喉で低く鳴っている。

震える手で、ミラは二枚の書類を出した。「この書類には、デイヴィッドとわたしがふたりともジャスティンの――ザックの、親権をあなた方に譲渡すると書いてあります」

ロンダとリーはふたりとも凍りつき、ミラの言葉が信じられないというように、差しだされた書類を呆然と見つめている。ミラは喉にこみあげる苦悶を抑えつけた。あと、ほんの少しだけ……。

「なんの条件もありません。おふたりからあの子を奪ってしまっては、子どもに深い傷を残すことになります。わたしたちは、あの子を、あ、愛しているので、とてもそんなことはできません。わたしたちのことを教えるかどうか、また、なにを教えるかはすべてお任せします。あなた方は、あの子を育て、愛し、世界じゅうのだれよりもよくわかっているんですから。よ……養子のことは？」

無言でロンダがうなずく。リーが言う「でも、なにも訊かないんですよ」

ジャスティンは幸せで健康で、うまく馴染んで、両親の愛に包まれている。ほかのものを必要としていないのだ。いつか、訊く日が来るかもしれないが、それは純粋な好奇心からだろう。

ミラは分厚い茶封筒を出して、それも渡した。「これはデイヴィッドとわたしの個人情報です。病歴や血液型など、万が一ザックになにかあったとき、必要になるかもしれない情報がすべて載っています。それから電話番号と住所、もしどちらかが引っ越したときはお知らせしますから。わたしたちの両親の連絡先。それから、写真を何枚か入れました。もし……もし、あの子が興味を持って、おふたりが話すことを決められたときの場合に。事件のことが載っている新聞の切り抜き。あの子に、いらないから手放したのだとは、思ってほしくありません」ミラは酸素を吸った。「あの子の父親は天才的なＩＱで、わたしの知るなかでも最高の男性です。ブロンドにブルーの目。ザックは父親似なんです。わたしたちはふたりとも健康で、知るかぎりでは遺伝的な問題もありません」

神さま、あとどれくらいもつでしょう？　ロンダは両の拳を口に押しあて、とめどもなく涙を流しながらミラを見つめている。リーは派手な音をたてて息を呑み、平静を保とうとしている。ディアスは隣でじっと影のように控えていた。ミラはディアスを見なかった。ちらりと目を走らせることさえなかった。

切れぎれに、ミラは言葉をつづけた。「いつか、あの子が、わたしたちのことを知りたい、会いたい、と思ってくれればいいと思います。でも、もし望まなくても、背後を気になさる必要はありません。情報を更新するとき以外は、もう二度と連絡はしません。あの子の両親はあなた方です。わたしたちのことを、本人には伝えないと決めるなら、それを受け入れます」終わった。これ以上はもうもたない。さっと立ちあがり手を差しだす。「あの子を愛してくださってありがとう」

リーは手を取り、下顎をわななかせながら、もう片方の手でミラの手を包みこんだ。ディアスも立ちあがり、腰をかがめてブリーフケースを閉め、手に持った。

ロンダが飛びあがった。激しく泣きじゃくっていて、なかなか言葉が出てこない。「待って――あなた、ごらんになってたでしょ……あの子の写真。何枚か持っていかれませんか？」

27

なんとかふたりにさよならを言い、握手をして、もらった写真の一枚を手に持ったまま、ジープへ逃げこんだ。ほかの写真はディアスが持っているブリーフケースにおさまっている。ディアスの運転で、息子の人生から離れていくあいだ、ミラは助手席で身じろぎひとつしなかった。視線はまっすぐ前に据えられ、眉ひとつ動かさない顔は彫像のようだ。やり遂げた。とにかく取り乱さずにすんだ。息子を託し終えたいま、心に大きな傷がぱっくり開いて、そこから人生という血がどくどくと流れだしているようだ。苦しみは、すでに猛獣のようにミラの意識に食らいつき、その大きさは最初にジャスティンを奪われたときと変わらない。痛みの質は違う。もっと鋭く胸を刺すような、受け入れがたい痛み——ここに来るまでに、何年という時間が、じわじわと容赦なく過ぎていったのだから。それでも、猛獣それ自体は同じだった。

もう希望は残されていない。時間を戻して、赤ちゃんだったジャスティンを取り返すことはできず、ジャスティンの成長とともに部屋の壁を写真で埋めていくこともできない。もう、ほかの人の子どもで、ミラは残りの人生をジャスティンなしで生きていくしかない。

そっけなく、軽いといってもいいほどの口調で、ディアスが言った。「おれはめったに感服しないが、あれほど勇敢な行為はいままでに見たことがない」

やかんのなかでお湯が沸騰して湯気が噴きだすように、怒りが沸くのを感じた。止めるすべはない。どんどんどんどん沸いてきて、立ちのぼる湯気で窒息しそうだ。視界が赤くかすみ、獣じみた声が自分の喉から漏れるのを聞いた。そこで怒りが爆発し、シートベルトで押さえつけられたにもかかわらず、コンソールに身を乗りだしてディアスに襲いかかり、大声で罵《ののし》りながら、拳で、掌で手当たりしだいに叩いた。「うるさい！　よくもジャスティンを見つける邪魔をしたわね！　殺してやる、憎くてたまらない――」

ディアスは右腕でミラの攻撃をかわしながら、ハンドルを右に切り、車の流れから抜けて、路肩に車を停めた。憤怒と涙でぼやけてディアスの姿ははっきりしないけれど、表情が変わっていないのは見て取れた。あいかわらずわれ関せずの態度で――

ディアスはギアをパーキングに入れ、叩かれても平然と座っている。ミラの言葉はだんだんと支離滅裂な叫びになっていった。こらえきれない苦しみの声が、心の奥底から立ちのぼり、喉を裂いて出てきたのだ。なにかを壊したかった。だれかほかの人、ほんのわずかでも気持ちをわかってくれる人と一緒にいたかった。すさまじい力に吹き飛ばされ、大きな重圧に心が音をあげていた。

それから、体をふたつ折りにして、息もできないほど激しく泣きじゃくった。こんなふうに泣けるとは思ってもみなかった。はじめのころの、絶望的な日々でもこんなふうには泣かなかった。あのときは目標があり、生きる目的があった。いまはなにもない。ふいに泣き声が途絶えて喉が詰まり、弾かれたように咳きこんだ。ディアスはミラの肩をつかんで引っぱりあげ、ドアにもたせかけた。遠くのほうから、ディアスの声が「これを飲め」と言っているのが聞こえて、口元に水のボトルを押しあてられた。なんとかひと口飲みこんだが、これほど喉が痛んで腫《は》れていると飲みこむのがむずかしいことに、ぼんやりと驚いた。

始まったときと同じように、唐突に嵐はおさまった。ミラは疲労に身を沈めて目を閉じた。ディアスが電話をかけ、小声で話しているのがわかったが、内容に耳を傾けるほどの気力はなかった。どこかに逃げこんで、死んでしまいたい。こんな苦痛を抱えて生きていけるはずがない。

ミラは死ななかった。そのかわり、茫然自失の状態に陥った。感情がすっかり干からびてなにも知覚できず、ただ、ふたたび車が動きだし、ディアスが無言で運転していることだけを認識する。その後、一度、もしかしたら二度停まったと思ったが、はっきりとはわからない。ミラは眠り、ときおりふと目を覚ましてフロントガラスの向こうを見つめても、完全に空っぽになった心では、いまどこにいるのか、どこに向かっているのかもわからず、知りたいとも思わず、完全に理解することもなかった。

暗闇が落ちて、対向車のヘッドライトに催眠術をかけられたように、ミラはまた眠っていた。つぎに目を覚ましたのは、ディアスがジープを停めて外に出たときで、隣に停まっていた車から男が現れてディアスになにかを渡し、軽く会釈してからまた車に乗って走り去っていった。

ディアスは助手席側に来て、ドアを開けた。「おいで」

車から降りて、老女のようにのろのろと動く。車を停めたのは、羽目板張りのこぢんまりとした家の裏口で、小さなポーチがあった。冷たい風がミラの脚を鞭打ち、服を吹き抜けてゆく。足元の地面はさらさらとした砂で、どこからか耳慣れない音が鳴り響いている。

どこにいるのか見当もつかなかった。「六時の飛行機を予約してあるの」と言って、自分の声がひどくかすれているのにびっくりした。

「それには乗れない」ディアスはそっけなく言い、ミラの腕を取って、三段の上がり段をのぼらせ、家のドアへと導いた。防風ドアを開けて体で押さえながら、木の扉の鍵を開けていっぱいに押しやり、腕を伸ばして手探りで電気のスイッチを探した。頭上の明かりがつくと、ミラはまぶしくて目をしばたたいた。ディアスについてなかに入り、気がつくと小さめのキッチンに立っていた。あらゆるものに独特の匂いが染みついている。なんとなく覚えがあるような、かといって不潔な臭いではなく、ただ……独特だ。

ディアスはまた外に出ていって、ミラはそのままそこに立っていた。ひどく疲れ、打ちのめされ、無気力で、ディアスがどこへ行ったのかも気にならなかった。ドアの閉まる音がした。ほどなく、ディアスがダッフルバッグとスーツケースを持って戻ってきた。

ディアスはキッチンを抜けて別の部屋に入り、また明かりがついた。ミラは目を閉じて、戻ってくるのを待った。彼はいつだって戻ってくる……。

それから手を引かれ、前に進むよう促された。「バスルームを使いたいはずだ」ディアスが言う。

かすかに驚きながら、そのとおりだと気づいた。ミラはいつの間にかバスルームに立っていた。床は緑色と灰色のセラミックのタイルで、浴槽は大きめだ。ディアスはドアを閉めて、最低限のプライバシーを与えてくれたものの、用を足して、手を洗いはじめるとすぐにまたドアが開いたから、戸のすぐ向こうに立っていたに違いない。

「スープを温める」ディアスはそう言うと、ミラをキッチンに連れ戻した。

ディアスが戸棚を漁り、必要なものを探しているあいだ、ミラは座ってぼんやりとまわりを見ていた。しばらくしてからかすれた声で尋ねた。「ここはどこ?」

「アウターバンクス」

一瞬、それがどこなのかまったくわからなかった。わずかに眉を寄せ、疲れた頭を働かせて、役に立ちそうな情報を引きだした。ようやく、自分がノースカロライナにいることと、アウターバンクスが海辺の町だということを思い出した。そうか、あのうなるような音は波の音だったのだ。独特の匂いだと思ったのは、潮の匂いだ。

ディアスが湯気のたった野菜スープと牛乳を、ミラの前に置く。自分の分をボウルいっぱいによそって、向かいに腰をおろし食べはじめる。

用心しながら、ミラはスープにスプーンを浸し、汁だけすすった。腫れた喉が焼けるようだが、同時に、その熱が心地よかった。これまでの人生で食欲を失ったことは一度もなかったが、スプーンを持ちあげる行為自体に努力が必要で、食べつづけるのがひと苦労だった。うつむいて、スープのボウルから視線をそらさなかった。ほかのものを見て、ほかのことを考えるわけにはいかない。いまはまだ感覚が麻痺していても、苦しみは意識の通路の曲がり角で、また襲いかかろうと待ちかまえている。

ミラが食べ終わると、ディアスは食器類を片付け、もう一度彼女をバスルームに連れて行った。バスタオルが二枚と、浴用タオルが一枚用意されていた。「脱げ」ディアスが命令する。「お湯に浸かってろ。ナイトガウンを取ってくる」

もっと気力があれば、言いあいになっていたかもしれないし、いないあいだに鍵をかけたかもしれない。だがそうはせずにミラはお湯を出して、従順に服を脱ぎ、充分に熱くなったところで蛇口をひねってお湯を止め、浴槽のなかに入った。ドアは透明のガラスで、プライバシーもなにもあったものではない。それに、気にかけるだけの気力もなかった。

体を拭き終えたとき、ディアスが必要そうなものをすべて抱えて戻ってきた。洗面道具とポーチに入った化粧道具を並べ、ドライヤーを戸棚の引き出しにしまい、ナイトガウンを化粧台のスツールに置く。

ナイトガウンを着てスツールに腰かけ、基礎化粧品をじっと見つめて、ふだんどうやって肌の手入れをしていたのか思い出そうとした。「これだ」ディアスが言って、化粧水をそっと前に押しだした。ディアスはミラの寝支度を一度ならず見てきたのだ。バスルームの戸枠にもたれて、辛抱強く、だが飢えたような目でじっと見つめながら。

ミラは半分眠ったような状態で、コットンに化粧水を染みこませ、顔をぬぐった。つぎに押しだされたローションを素直に手に取って、顔や首に塗った。そこまで終わると、ディアスはミラを抱きあげ、バスルームから短い廊下に出て寝室に向かった。ベッドサイドのランプがついていて、カバーはめくってあった。ディアスはミラをシーツの上におろし、カバーを掛けてランプを消した。「お休み」部屋から出て、うしろ手にドアを閉めた。

脳のスイッチが切れたように、ミラはすっと眠りに落ち、数時間後、泣きながら目を覚ました。顔に伝った涙に触れ、一瞬それを見つめて途方に暮れ、すぐさま、えぐるような痛みとともに記憶が戻ってきた。

苦痛が強すぎて、横たわっていることができなかった。起きあがって、おなかのあたりを腕で抱き、小さな部屋のなかを歩きまわる。それで痛みを抑えられるというような格好だったが、先ほどと同じ、深く、引き裂くような音がミラの胸や喉からほとばしっていた。嘆きの声は咆哮《ほうこう》に近く、そのときはじめて、ある地域の文化で遺族が髪を引き抜いたり、衣服を引き裂いたりする理由を理解した。家具を打ちこわし、なにかを投げつけたかった。叫びながら海岸まで走って、そのまま海に身を投げたかった。溺れ死ぬほうが、この苦しみよりましなはずだ。

やがて疲れきり、奇妙に感覚が麻痺して落ち着きを取り戻し、ベッドに倒れこんだ。

朝が来た。晴れて、大気はいくらか暖かだ。ミラはベッドから出て、着替えてから窓の外を見た。こうして日が昇ってみれば、大西洋が砂の丘のすぐ向こうまで迫っているのが見える。絶えることなく押し寄せる波に乗って、すぐそばまで水が来るような気がした。ここと似たような家が、海岸沿いに並んでいる。新しくて大きな家もあったし、古くて小さな家もあった。夏のあいだは休暇を過ごす人たちであふれかえるのだろうが、けさは人っこひとりいない。しばらく海を眺めたあと、足を引きずるようにキッチンに向かった。

ディアスはコーヒーを淹れてくれていた。本人の姿はどこにもなく、外のジープも消えている。キッチンテーブルの上に書置きが残されていた。〝買い出しに行く〟

ミラはコーヒーを注ぎ、家のなかを歩きまわって間取りを把握した。キッチンとバスルーム、ミラが寝た部屋以外に同じくらい小さな寝室がふたつある。ディアスが使ったのはミラのすぐ隣の部屋で、枕はへこみ、ベッドは起きたときのままだった。キッチンはダイニングを兼ねていて、ちょうど洗濯機と乾燥機がおさまる程度の狭い洗濯機置場がある。表側にリビングがあり、座り心地のよさそうな椅子と、二五インチのテレビが置いてあった。家の正面は屋根付きのポーチで、白い柳細工の家具が置かれ、カラフルな花柄のクッションが載っていた。ポーチからは海を見渡すことができ、きょうの海は空の色を映したように真っ青だ。朝の空気は冷たく、ミラは数分でなかに戻り、キッチンテーブルに座ってもう一杯コーヒーを飲んだ。

ただ侘《わび》しかった。十年間、ひとつのことに専念して生きてきた。それもたしかに苦しかったけれど、まだ目的があった。もうなにもない。

自宅の小石を捨ててしまわなければ。もうジャスティンが石を欲しがることはない。

三年前から覚悟していた。もし息子を見つけたとしても、一緒には暮らせないことを。ジャスティンの七歳の誕生日、もう取り返せないという事実を思い知った。たとえその日に見つかっても、ジャスティンの人生と安全はほかの人たちに守られており、そこから連れ去れば深い傷を与えてしまう。息子を愛しているからこそ、身を引くしかないと悟った。それでも捜しつづけたし、無事を確認せずにはいられなかったけれど……ミラはジャスティンを失った。自分のものになることはけっしてない。

あの子が幸せな生活を送り、いい両親に恵まれていることに慰めを見いだしたいと願ってきた。それが現実になり、たしかに慰められてはいるのだが、悲しみもまた大きくて、どう乗り越えればいいのかわからない。

息子が死んだようなもの、もう一度失ったようなものだ。ミラのしたことは取り消せない。そのことを告げたとき、デイヴィッドは度を失った。すすり泣き、怒り――ミラがすでにひとりでやったことをすべて繰り返した。「やっと見つけたのに！」デイヴィッドは叫んだ。

「どうしてそんなことができる？　会いもしない、話もしないで？」

「この子の顔を見て」ミラはやさしく言い、自分が撮った写真にもう一度目を向けさせた。

「幸せそうでしょ。どうしてわたしたちがそれを奪えるの？」

「会うことぐらいできるはずだ」デイヴィッドは必死に食いさがった。「ぼくたちの正体を知らなくてもかまわない。ぼくは――だめだ、ミラ、たしかに、あの子の人生をめちゃくちゃにはできない。なにも無理やり奪い返したりはしないが、こうしてやっと――」

「だめよ。わたしたちが勝手に会いにいったりしたら、里親はどうすると思う？　ジャスティンを取りあげるつもりのないことを、ちゃんと説明してからでないとだめ。そうでなきゃ、きっとあの子を連れて逃げるわ。わたしだったらそうするもの」

「でも、会うぐらい」ミラの主張が正しいと納得しながらも、抵抗を試みる。

「その判断は新しい両親にゆだねるべきよ。そうしなくちゃ。わたしたちのためじゃない。ジャスティンのためなの。デイヴィッド、あなたには愛する家族がいる。家族のことも考えなきゃ。わたしたちのわがままのせいで、ほかのみんなの人生を引き裂くことはできないのよ」

「息子に会いたいと思うのがわがままか？　ぼくはともかく——きみは人生を犠牲にして、ジャスティンを捜しつづけ、ぼくにはとてもできないことをした。せめてあの子と話したいとは思わないのか？」

「思うわよ」ミラはかっとして言った。「抱きしめて、二度と離したくない。でも、もう遅い、何年も遅いのよ。わたしたちはもうあの子の家族じゃない。わたしたちが会えるかどうかは、将来のあの子の判断によるわ。そうでなければ、心の傷は取り返しがつかないものになるし、だいたい、わたしが長いあいだ頑張ってジャスティンを捜してきたのは、自分が幸せになるためじゃない。あの子が無事で、愛されているかどうか知りたかっただけ。あの子は、愛されている」ミラはぐっと唾を呑みこみ、繰り返した。「愛されている」

涙で目を曇らせながら、デイヴィッドはとうとう書類にサインをして、ジャスティンへの手紙を綴った。心から愛していることや、いつの日か会える日が来ることを願っていることを記した手紙だ。ミラはその手紙を、ほかの書類や自分の手紙と一緒にした。

ミラの最後の望みは、いつかジャスティン——ザック——が手紙を読み、好奇心を持って、デイヴィッドやミラに連絡してみようと思ってくれることだ。ウィンボーン夫妻が、書類を捨てないでくれることを願った。法的な書類も含まれているし、捨てることはないと思うが、すべて貸し金庫に預けて、ザックには実の親のことをひと言も話さないという可能性はある。そうならないことを祈ったが、なったとしても責められない。ジャスティンを守るために、猛然と戦ってきた日々を思えば、彼らがそうしないとどうして言えるだろう。

何年も前に覚悟は決めていた。そのときが来たら自分が灰のように燃えつきることも予想していた。予想できなかったのは、その味がここまで苦いことだ。

キッチンのドアが開いて、ディアスが紙袋を抱えて戻ってきた。考えごとに没頭していて、車の音が耳に入らなかったのだ。ディアスはミラに鋭い視線を投げたが、なにも言わずに、買ってきた食料品を片付けている。

ミラはディアスの存在を完全には意識していなかった。いつもなら、そばにいるだけで、意識しすぎるほどなのに。ディアスはただそこにいるだけ、家具と同じようなものだった。悲しみと痛みに目が曇り、ディアスの存在を認識できても、それ以上のことはぼやけて見えなくなっていた。

「どっちがいい？」ディアスが訊く。「シリアルとベーグル」

わたしに決めろと？　なにを食べたからってどんな違いがあるというの？「ベーグル」ミラはけだるく言った。スプーンを使わなくてすむから選んだにすぎない。

ディアスはベーグルをトーストしてクリームチーズまで塗り、皿に載せてミラの前に置いた。ひと口ちぎって嚙んだ。嚙みつづけた。ひと口分が口のなかでどんどん大きくなっていって、喉が詰まってしまうのではないかと思った。

なにごともなかったように食事をしている。きのう、息子を手放したというのに。

ミラはテーブルに手をついて立ちあがり、椅子をうしろに引っくり返した。猫のような動きでディアスが近づいてくると、いつ攻撃されてもいいように構えの体勢を取った。ミラのなかで、抑えようのない怒りがふいに爆発した。水切り籠《かご》から、ゆうべディアスがスープを温めるのに使った鍋をつかみ、力いっぱい壁に投げつけた。鍋は大きな音をたてて当たり、床に落ちた。スプーンを投げ、ボウルを投げた。ボウルは、気持ちがいいほど粉々に割れた。

すすり泣きながら食器棚を開け、手当たりしだいにつかみだした。皿、受け皿、ボウル、カップ、グラス。力いっぱい投げつける。言葉にならない苦痛の叫びをあげながら、つぎからつぎへと皿を叩きつけ、ガラスのかけらを部屋じゅうに飛び散らした。

ディアスは動かなかった。〝手投げミサイル〟が近くに飛んできたときだけ、ひょいとわきによけるが、それでも足は動かさなかった。ミラが手際よくキッチンを破壊していくのを、黙って見守っていた。爆発した怒りのエネルギーが唐突に尽きて、ミラが膝をついて泣き崩れるまで。

それからミラを抱き起こし、寝室へと連れ戻してベッドに寝かせた。ミラは横向きに体を丸め、泣きながら眠った。

数時間後に目を覚まし、よろめきながら部屋を出てみると、キッチンはきれいに掃除され、ディアスはまた姿を消していた。

ようやく戻ってきたとき、ディアスは色も形もばらばらの皿や、カップ、受け皿の入ったダンボール箱を持っていた。もう一度外に出て、また別のダンボールを運び入れ、そこからグラスを十個以上、ボウルをいくつか取りだす。揃いのものはない。すべて箱から出すと、皿洗い機に入れてスイッチを押した。

鈍い頭痛がして目はひりひりと腫れあがり、喉が痛んだ。「ごめんなさい」しわがれ声で言った。

「かまわない」

ミラは息を吸った。「食器をどこで手に入れたの？」

「ガレージセールを見つけた。そこで買うか、キティホークのウォルマートに行くしかなかった」

この時期のアウターバンクスがどれほど閑散としているか考えれば、ガレージセールを見つけたのは奇跡だ。つかのま、頭の靄《もや》が晴れて、黒服の捕食者が、ふらりとガレージセールに立ち寄って、中古の食器を買っている場面がぱっと浮かんだ。本人はどれだけ場違いか意識していないだろうが、その場に居合わせた者はそう思ったに違いない。

ディアスが作ったサンドウィッチを食べてから、スニーカーとコートを身につけ、海岸に向かった。何時間にも感じられるあいだ、ミラは冷たい風を顔に受け、心が麻痺してなにも考えられなくなるまで歩いた。考えないのはいいことだ。ようやく帰る気になり、振り返ったところで足を止めた。ディアスがついてきていた。三、四〇ヤード離れて。邪魔にならないように、見守っていたのだ。

ディアスもそこで足を止めた。両手を黒いジーンズに突っこみ、風に目を細めながらこちらのようすをうかがっている。理不尽だとはわかっていても、彼がついてきていたことに腹が立った。彼のわきをすり抜けながら、嚙みつくように言った。「わたしが海で溺れ死ぬんじゃないかって?」

皮肉を言ったつもりだったが、「そうだ」と穏やかに返され、ミラは黙りこんだ。歩きながら涙をこらえる。泣きたくなかった。まぶたが腫れあがり、痛くてたまらないので、もう絶対に泣きたくなかった。ゆうべ、海に走っていって身投げしたいと考えたことを思い出す。悲しみと痛みで苦しくてたまらず、ほんの少しでも楽になりたいとは思うが、それでも、実行しないことはわかっていた。降参するのは性に合わない。そうでなければこれほどの年月、意志を強く持っていられなかっただろう。

昔から家族のなかでも、理想が高く夢見がちだった。その皮膚のすぐ下に不屈の精神が脈々と息づき、骨の髄までしっかりと根を張っていることを、きっとだれも知らない。

家まで戻るころには、ミラの足取りは引きずるように重くなって、太陽は沈みかけ、同時に気温もさがってきた。疲れきった体を横たえて眠り、ディアスに揺さぶられ、食事の時間だと告げられるまで目を覚まさなかった。

そんなふうに何日か過ぎた。悲しみにぼやけた意識に、怒りの爆発が区切りをつける。疲れた心のなかで単調な一日が別の一日と混じりあい、時間がのろのろと過ぎてゆく。食べ、眠り、泣いた。怒りの発作はだしぬけで、まったく予想もしていないときに爆発し、おさまったあとは、決まって自制心のなさを恥じた。叫び、拳で壁を叩き、運命を呪った。ようやく息子を見つけたときには手遅れだったという運命を。

努めてなにも考えないようにしながら、ひと気のない海岸を何キロも歩いた。あるとき、オフィスに連絡を入れていないことに気づいて、ディアスに話した。「おれが電話した」ディアスが言った。「ここに来る途中で」

ここに来るまでの道中のことは、ほとんど憶えていなかった。ただ、地獄の苦しみに囚われていたこと以外は。

ディアスのことが憎くてたまらず、顔を見られない日もあった。怒りがふつふつと煮えたぎる。ジャスティンのためを思ってのこととはいえ、それでディアスの罪が軽くなるわけがなかった。ジャスティンをミラから遠ざける権利は彼にはないし、彼が決めることでもない。ディアスにはミラの気持ちがよくわかるらしく、距離を置き、食事を告げるなど必要なこと以外は話しかけなかった。

ディアスはミラが食べて、眠ることに気を配っていた。洗濯もディアスがした。ミラの頭にはちらりとかすめもしなかったからだ。洗濯機や乾燥機が回る音を聞いても、なんの意味もなさなかった。ただの雑音でしかない。きれいな服が寝室に現れるので、それを着た。それ以上は深く考えなかった。

ある日、ここに来てどれくらいたつのか尋ねると、ディアスは言った。「三週間」

その答えに仰天し、ショックで少しだけ目が覚めた。ミラはディアスを見つめた。この三週間、ずっとそうだったどんよりした目ではなかった。「でも……じゃあ、感謝祭は？」間の抜けた問いかけだが、それしか思い浮かばなかった。

「おれたち抜きで祝ったんだろう」

三週間。ということは……もう十二月の第一週だ。「感謝祭を一緒に祝う人なんていないもの」ミラはうっかり漏らした。

「家族がいるじゃないか」

「家族とは休暇を過ごしていないの、知ってるでしょ」そう言ってから、ふいに口をつぐんだ。ジャスティンを見つけたのに、母親に知らせていないからだ。これで母は、ミラがロスとジュリアのことを許し、水に流すことを期待するだろうが、できそうもない。いまはまだ。この先、許せるようになるかどうかもわからない。

ディアスは肩をすくめた。「じゃあ、おれとはじめて感謝祭を過ごしたことになる」

なにをして？　叫んで？　泣いて？　壁を叩いて？　それが新しい習慣にならないことを願った。

日が短くなり、気温はかなりさがっていた。ミラが散歩に出かけるとき、ディアスは厚手の靴下を履かせるようになった。たとえ日差しが弱くても、外に出ると気持ちが落ち着いた。海を眺めれば、救われる気がした。灰色のときもあり、青いときもあったけれど、海は不変の、はてしない存在だった。

怒りを爆発させる回数はだんだん減ってきて、身も世もなく泣くことも少なくなってきた。精神的にも感情的にも疲れきって、ごく小さな範囲でしか心が動かなくなっていた。ディアスがここに連れてきてくれなかったら、どうなっていたかわからない。借りを作るのはいやだったが、もしかしたら、これがディアスなりの詫びの入れ方なのかもしれない。けれど、そうしてもらったからといって、ディアスに対する気持ちが変わるとは思えなかった。一度にひとつのことしか対処できず、彼の番はまだきていない。

わずかな温かさを求めて冬の太陽を見あげるとき、生きていることを実感できた。

28

おぼろげな意識の片隅で、ディアスがつねに自分を見ていることに気づいていた。ディアスがけっしてあきらめず、目標を見失わない男だということも知っている。彼の目的がいつでもはっきりとわかるわけではないが、ディアス本人の頭には欲しいものが明確に描かれているに違いない。

ディアスが欲しいのはミラだ。それは感じていたが、それでも、どうしたらふたりがまた一緒になれるのか、とても想像がつかなかった。ふたりのあいだに入った亀裂は、ミラにとって決定的で修復不可能なものだ。ディアスは致命的な方法でミラを裏切った。それに、人を許すことが、ミラは得意ではない。恨みは心にずしりと重くはなかった。いつまでも抱えていられるだろう。

ディアスは親切心からミラの世話をしているのではない。狼が、傷ついた仲間の面倒をみるように世話をした。

彼にはじめて抱かれたときに感じた――似たもの同士の絆を。ディアスがそれを断ち切ることはないだろう。

ディアスのそばにいては危険だ。それはわかっていた。肉体的なことではない。肉体的に、傷つけられることはないはずだ。でも感情的に、彼はミラに痛手を与えることができ、ミラはこれ以上の痛手には耐えられそうになかった。虚脱状態で過ごしたこの小さな家を去るべきなのはわかっていた。たとえ小さくても回復への一歩を踏みだすべきだ。ファインダーズはミラを必要としている。いつまでも無為に過ごしていないで、なにかしたほうがいい。ディアスから離れなければ。でも、なにをするにしても、それだけの精神力が残っていなかった。考えることにも、感じることにも疲れきっていたのだ。ただ存在するだけで精いっぱいだった。

ある日、ディアスの外出中に、ミラは行動を起こし、ファインダーズに電話をかけてジョアンに連絡を入れようとした。だがここに来て以来、携帯電話を放っておいたため、電池が切れていた。家の電話からかけてみようとしたが、長距離電話は制限されているのがわかった。座って電話を見つめ、料金を自宅の電話の勘定につけるための暗証番号を思い出そうとしたが、頭に浮かんだ数字は社会保障の番号だけで、それでは役に立たない。

ディアスが入ってきて、ミラが電話のそばに座っているのを目にとめた。「なにをしているんだ？」

「オフィスに電話をかけようとしたの」

「なぜ？」ひと言だけ尋ねる。

ミラはぽかんと見返した。ミラにとっては、答えは明らかだからだ。「もう三週間もたつから、ようすを見なきゃ」

「あんたがいなくても、ちゃんとやっている」

「どうしてわかるのよ？」苛立ちでさっと顔を上気させ、ミラは尋ねた。

「電話した」

「いつ？　どうしてわたしにジョアンと話させてくれなかったの？」

「二度、電話した。最初にこちらの居場所を知らせて、二度めにしばらくここにいることを伝えた」

ジョアンと話したいと言ったことは、まるっきり無視された。「もう帰ってもいいころよ」ディアスは首をさする。「まだだ」

「もう帰る！」驚いたことに、ミラは泣きだしていた。「なんでよ」と言って、寝室に引きあげた。この二日間、泣いていなかったのに、どうしてこんなささいなことで？　ディアスが正しいことが証明されたようなものだったが、間違っていてほしかった。なにかしたかったし、考えるべきことが多くて、自分の惨めさにかまける暇のない日常に戻りたかった。

でも、ほんとうに家に帰りたいの？　飛行機に乗って？　ピーナッツはいかがですか、と客室乗務員に尋ねられただけで、わっと泣きだしてしまうだろうに。

一時間ほど目をぬぐい、鼻をかみつづけたあとで、暗くなる前に散歩に行くことにした。靴下を履きコートをはおる。廊下を抜けたとき、ディアスが顔をあげて訊いた。「どこへ？」

「散歩」ミラは答えた。わかりきったことじゃない？　そうして裏口のドアを開け、なぜそんなことを訊かれたのかわかった。灰色の雨がしとしとと降っていた。壁の時計に目を走らせると、思ったより遅い時間ではないことがわかった。低い雲が空を覆っていて、昼間でも暗かったのだ。「無理ね」ミラはため息まじりに言った。

ディアスがリビングの暖炉のガスバーナーに火をつけた。心地よいぬくもりに引きつけられる。彼と一緒には過ごしたくなかった。でも、ほかにやることといえば、寝室に戻って四方の壁を眺めることだけ。テレビに映っているのは衛星放送で、つまりどんな番組でも観れるということだ。意外なことに、ディアスが見ているのは家と園芸の専門チャンネルで、模様替えの特集番組だった。ほかの惑星から来たかのように、当惑した表情を浮かべているところをみると、ランプの傘にふさ飾りをつけたがる人間がいることが、彼には理解できないらしい。

「インテリア・デザイナーに転職する気?」ミラから会話を始めたことに、ふたりとも驚いていた。

「頭に銃を突きつけられたら、しかたないかな」

自分がほほえみを浮かべていることに気づき、二度びっくりした。そのとたん、小さな笑みは消え去った。

ほほえみ。二度とほほえむことも、笑うこともないと思っていたのに。ディアスは気づかなかっただろうけど、ミラは気づいた。椅子の上で体を丸め、ディアスと一緒にテレビを観ていたが、雨音に眠気を誘われ、午後はうたたねをして過ごした。

　夕食は早めにすませた。ミラがシャワーを浴びているあいだに、ディアスはその日最後の見回りに出かけた。安全を脅かすものがあるとも思えないが、用心深さは習性になっているのだろう。ジープにちゃんと鍵がかかっているか、あやしい人間がひそんでいないか、毎晩確認して回っている。こんな季節にアウターバンクスにやってきているのだから、こちらのほうがよほどあやしく見られているだろうに、そんなことは関係ないらしい。

　ちょうどナイトガウンを着たとき、ノックもなしにバスルームのドアが開いて、ディアスが言った。「コートを着て靴を履いたら出てこい」

　気ぜわしい口調に触発されて、ミラはなにも尋ねず、ナイトガウンの上にコートをはおり、素足に靴を履いた。ディアスと一緒に裏口から一歩踏みだし、「まあ！」と喜びの声をあげた。

　雨が雪に変わっていた。積もるほどではなさそうだ。気温は凍りつくほどではなかったし、地面はまだ暖かく、濡れている。でも、雪は魔法のように、黒い空から舞い落ちてくる。

　ディアスはミラが靴下を履いていないのを見て首を振り、なにも言わずに抱きあげ、そのまま歩きだした。ミラは機械的に彼の肩に腕を回し、体を支えた。「どこに行くの？」

「海岸」

　ディアスはミラを抱えたまま低い砂丘を越え、真っ暗な波打ち際で立ち止まった。静寂を破るのは規則的に打ち寄せる波の音だけ。乱れ舞う雪はふたりの体に触れたとたんにふっと消えてしまう。冬に雪が降るのがあたりまえの土地で育ったが、エルパソに移ってからは、旅行でもしないかぎり見る機会がなくなっていた。まさかここで、南部の海岸で見るとは思ってもいなかった。体はすぐに震えはじめたが、せっかくの雪を見逃したくなかった。

雪のシャワーは長くはつづかず、やんだあとも、ミラは数分のあいだ暗い空を見あげて、もっと降るのを待った。「これで終わりみたいね」ミラは言って、ため息をついた。

ディアスはミラを抱く腕に力をこめ、家のなかへと運んだ。

ミラはそのあとベッドに直行し、すぐに眠ってしまった。ここに来てから、ふだんの二倍は眠っている。体が、何年もつづいた不規則な生活と、途絶えることのないストレスの埋めあわせをして、うち萎《しお》れた心を休ませようとしているのだろう。夢もだんだんと正常に戻ってきて、毎晩泣きながら目を覚ますこともなくなった。その日の晩はまったく夢を見ていなかったが、なんの前触れもなく眠りから覚めると、暗い影がぬっと現れた。裸の重い体に押さえつけられる。

「静かに」ディアスは言って、ナイトガウンを腰までたくしあげ、ミラの脚を開いた。「考えるな」

「なに――」ペニスの先端で花唇を探られ、濡れてきたところで押し入られると、はっと鋭く息を吸った。二頭筋に爪を立てる。たしかに濡れているけれど、まだ準備はできていない。やわらかな襞《ひだ》を押し広げて入ってくる感覚は、あまりにも鮮烈だった。

考えるな？　どうしたら考えずにいられるの？　でも、心は数週間の嘆きで疲れ、ぼろぼろだったから、ほっと救われるような気持ちで、肉体の感覚に身をゆだねた。だめ、と言うべきだったが、言わなかった。キスされると、顔をあげてキスを返した。こうして自分自身から逃げる必要があったことを、ディアスは見抜いていたのだ。

ディアスのリズムがゆっくりになると、肩に手を滑らせてしがみついた。はじめから興奮していたわけではない。胸をまさぐられ、キスをされて、押しては引く動きをなかで感じながら、体がだんだんに反応するのを待つしかなかった。ディアスがだんだん張りつめてゆき、絶頂を迎えまいと戦っているのがわかった。肩や背中に汗がにじみ、手が滑りやすくなったが、ディアスはためらわずに腰を動かした。開け放たれた寝室のドアから入ってくる廊下の明かりだけでも、ディアスがぎらついた目でこちらを見つめ、息づかいや鼓動の速さ、脚をあげて腰を抱えこむ動きなど、どんな小さな反応も見逃すまいと待ちかまえているのがわかった。ゆるやかに突かれるたびに腰を浮かして迎え入れ、両手を首に巻きつけた。

いつまでも終わってほしくなかった。いつかは終わる。彼だっていつまでも持ちこたえられはしない。でも、彼がなかにいるかぎり、世の中を寄せつけずにすむ。彼が与えてくれるのは快感だけでなく、小休止だ。何週間もミラを観察しながらじっと待ち、そして今夜、行動を起こした。いつかするだろうとは思っていた。これほど長く待ったことが意外だった。

ディアスといると安心する。守られていると感じられる。ともかく外の敵からは。でも、ディアスから身を守ることだけはできない。そして今夜、守りたいかどうかもわからなくなってしまった。求められ、交わる。ミラは彼のものだ。でも彼は？　もしミラのものだとしたら、これからどうしたらいいの？

「あなたがなにを欲しがっているのかもわからない」どんどん強くなる快感でわれを忘れながら、ミラは苛立ちを口にした。

「これだ」ディアスは低く、荒っぽい口調でつぶやく。「おまえ。すべて」

ミラは頭をのけぞらせて、腰を突きだし、絶頂を迎えはじめた。抱きしめられあやされながら、ゆっくりとした彼の動きにつれて、知らず知らずにあげている叫びは消え、背中に突き立てた指から力が抜け、腰に巻きつけていた脚がほどけた。枕に頭をつけ、目を閉じた。筋肉の力が抜け、体は満たされている。

ディアスはミラの額にやさしくキスをすると、体を引き、カバーを掛け、入ってきたときと同様、静かに出ていった。

横たわったままとろとろとしながら、ほんの少しのあいだ、どうしようか考えようとした。いつものように起きて体を洗いたかったけれど、とても眠いし、それにそれほど濡れてもいないみたい——

はっきりと目が覚めた。なにが起きたのか気づいて。なにが起こらなかったか、といったほうがいいかもしれない。ディアスは達してない。ミラがいくのを見届けただけで、去って行った。

ベッドから出た。考えがまとまる前に、体が動きはじめていた。廊下に出るとシャワーの音がした。ドアを開けて、ガラス越しにディアスの姿を見た。頭を垂れ、片腕をすぐ前の壁に突いている。お湯に当たりながら、もう片方の手をゆっくりと上下に動かしている。

だめ。ミラはナイトガウンを脱ぎ捨て、床に落とした。あんなに献身的な姿を見せられたあとで、ディアスがこんなふうにひとり寂しく放つなんて。そんなことさせられるはずがない。浴室のドアを開け、なかに入った。「それはわたしのものでしょ」手を伸ばして彼の拳の動きを止め、かわりに自分の手をあてがった。

ディアスはそろそろと頭をあげた。その暗い瞳の猛々しさに、ミラは思わずたじろいだ。

「本気じゃないなら、するな」ディアスはかすれた声で言った。

最終通告にもためらわなかった。髪を振り払って熱い雨の下に立った。ディアスのものは手のなかで鉄のように硬くなっていたが、おさまるべきなのはそこではない。考えることを自分に許さなかった。ただシャワーの管を握って懸垂のように自分を持ちあげ、ディアスの腰に脚を巻きつけた。それでも高さが足りなかったので、片腕で肩を抱いてよじのぼり、そそりたつものになんとか体を沈めた。

うなり声をあげ、ディアスは片手でミラの腰を抱いて引き寄せ、左の乳首を口に含んだ。ペニスが脚のあいだを突いてくる。喘《あえ》ぎながら少し位置をずらし、身を沈め、熱く濡れたものでディアスを包みこんだ。体を落としていくと、ディアスは乳首を口から離し、喉で荒々しい音をたてた。

ディアスがさっきしてくれたように、ミラはゆっくりと上下に動き、体全体で愛撫して反応を引きだそうとした。ディアスは歯ぎしりして抵抗し、ミラはいかせようと攻める。どうして抑えようとするのよ——そのとき、自分のうめき声を聞いた。この動きは、彼をいかせるためだけではなかった。

シャワーの下での戦いは、接近戦さながらだった。全身で締めつけてディアスを絶頂に導こうと激しく腰を上下させた。ディアスは片手でミラの腰を押さえて、勢いを落とそうとしながら、円を描くように体をこすりつけて、ミラをいっきに昇りつめさせようとした。

お湯の出が悪くなっていたが、ふたりの体が生みだす熱のせいで、ほとんど気づかなかった。ディアスはミラを抱いたまましぶきの下から出ると、ミラの手を管からはずし、そのかわりタイルの壁に強く押しつけた。ミラは両手で彼の顔を包み、ありったけの激しさでキスをした。そこで戦いを忘れ、頭をのけぞらせて絶頂に達した。ディアスは限界を超したというように、動物的な声をあげ、衝動的にぐいと押しこむと、素早く強く突き、その動きで頂点を超し、ミラも大きく叫んだ。

ディアスが壁に倒れこみ、ミラをタイルに押さえつけた。疲れも、眠気も限度を超していた。ディアスがミラの肩にキスして膝を曲げたので、ふたりしてずるずるとくずおれ、タイルの床に手足を投げだして座った。

ふたたび沈黙が訪れた。いましがたの行動をどう説明していいのか途方に暮れていたが、ともかく、ディアスの言ったことの意味ははっきりわかっていた。本気じゃないなら、するな。ディアスを恋人と認めていないなら、するな。いまふたりのあいだに流れた感情を、恋人同士のそれと呼べるかどうかは疑問だけれど。ミラがふたりのあいだに作った壁を壊さないなら、するな。ミラはディアスのもの、ディアスはミラのもの、そこから派生するもろもろの問題もひっくるめてそうでないなら、するな。ミラは、した。そして、ありがたいことに、本気だった。

出会ってからいままでのどこかで、愚かにもディアスを愛するようになっていた。愛していなければ、裏切られてもそれほど傷つかなかったはずだ。もちろん、怒りはする。でも傷つきはしない。どうしてなのか想像もつかないが、ミラは一生のうちで、デイヴィッドとディアスという正反対の男を愛した。ひとりは光、ひとりは闇。でも、説明はつけられる。以前のミラならディアスを愛せなかっただろうが、ミラはもう以前のミラではないのだから。そうありたかったけれど、できなかった。あの恐ろしい出来事が、ミラを変えてしまった。いまでもおしゃれしたり、髪の毛をいじくったり、部屋を飾りつけたりするのは大好きだ。あのテレビ番組でディアスを困惑させた人たちがしていたようなことが。でも、ジャスティンを奪われたあのときから、強くしたたかで、勇ましい女になった。

ここで、大きな疑問が浮かんでくる。わたしたちはこれからどうするの？　ミラはあの朝と変わらず呆然としていた。違うのは、もうひとりではないこと。

29

翌朝、ディアスの腕のなかで目を覚ました。灰色の十二月の朝には、ディアスの体のぬくもりは安らぎだ。前日よりも激しい雨が降っている。いつものように、ディアスはほぼ同時に目を覚ました。気持ちが通いあっているから、ミラより遅くまで寝ていられないのか、それとも、生まれつき用心深くて、隙だらけの姿をさらしておけないのか。ディアスという男をよく知っているから、後者だと判断した。

体を起こし、伸びをして、こわばった筋肉をほぐした。長時間同じ姿勢でいたせいだ。ディアスは隣に横たわったまま、手を伸ばしてミラのむきだしの背中をなでた。髪が目にかかったのでうしろに払う。昨夜、ベッドにもつれこんだとき、まだ髪が濡れていたから、さぞひどい状態に違いない。ミラのベッドではなく、ディアスのベッドだ。でも、ゆうべのあとでは、〝ディアスの〟も〝ミラの〟もない。これからは〝ふたりの〟になる。将来のことを考えると不安になった。いちばん大切な疑問にはゆうべ答えが出たけれど、未解決なことはたくさん残っている。

「暖房をつけてくる」ディアスが起きあがって、部屋を出ていった。ミラは両手で膝を抱き、窓の外を眺めた。両隣とも空き家だ。それどころか、ずらりと貸家が並ぶこのあたりで、人が住んでいるのはここだけ。だから、地上にふたりきりのような気がする。むろん、地元の人たちはいるけれど。海岸で散歩しているとき、やはり運動のために歩いている人とたまにすれ違うことはあるが、たいていは海岸のどこを見回してもひとりきりだ。吹きさらしの寂《せき》寞《ばく》とした光景は傷ついたミラの心に訴え、いまのようなどしゃぶりの雨にも心が動かされた。みじめな気分だった。ゆうべのあれは、とんでもない過ちだったのだろうか？　もしそうなら、多少でも取り返しはつくのだろうか？

ディアスがミラのローブとスリッパを持って戻ってきて、コーヒーを淹れるためにまた出ていった。けさのディアスは口数が少なく――まあ、いつものことだけれど――それがありがたかった。ベッドから這《は》いでて急いでローブをはおり、あたふたとバスルームに向かった。バスルームにもパネルヒーターがあって、ディアスはそのスイッチも入れておいてくれた。狭い場所だからそれだけ早く暖まるので、バスルームはもう快適な温度だった。鏡に映った姿を眺め、顔をしかめた。髪はひどいものだ。それでもほんとうに久しぶりに、目が悲しみに曇っていなかった。きらきら輝くとまではいかないが、生気が戻ってきている。

蛇口をひねってお湯を出し、さっと髪を洗った。引きつった筋肉にお湯が心地よく、ゆうべ、ディアスに執拗《しつよう》に求められたことを思い出した。最初の一戦がすむと、彼は忍耐強くなったけれど、お世辞にもやさしかったとは言えない。はじめて愛を交わしたときよりも飢えていて、それも肉体的なものだけではなかった。その違いを分析しようとしたが、答えはするりと逃げてゆく。ディアス本人が捉えどころがなく、よそよそしい人間だから？　でも、驚いたことに、ゆうべのディアスはそのどちらでもなかった。

体を拭きながら無意識にお尻に触れ、避妊パッチがあるのを確かめようとして凍りついた。指はすべすべした肌にしか触れない。愕然《がくぜん》として鏡のなかの自分を見つめ、かなり前からなかったことに思いあたった。厳密に言うと三週間前から。

そのあいだに生理が来た。それはなんとなく憶えている。ディアスがタンポンを買いに行ってくれたからだ。ふだんは週に一度パッチを取り替えて三週間過ごし、それからの一週間は貼らずにおく。その一週間に生理がやってくる。そのときにパッチを剝がしたか、本来の使用期間より長く貼ったままにしていたので自然に剝がれてしまったのか。いずれにしても、一週間たてば効果はなくなるし、そのときに生理が来たのだ。パッチをいじくった記憶はいっさいなく、貼りかえることなど頭をかすめもしなかった。

ゆうべのことがなければ、まったく問題なかったのに。

理性的に考えれば、妊娠する可能性はごくわずかだ。避妊パッチをやめても、二カ月は正常に戻らない。でも、事故はいつだって起きるものだし、まさかと思うときにかぎって妊娠する。

不安な思いを胸に、ミラは髪を乾かし、苦労して髪を整え、コーヒーの香りに誘われてバスルームをあとにした。まずは寝室に寄って、いちばん暖かい服、スウェットパンツとネルシャツを着た。そのときはじめて、自分が持ってきた服ではないことに気づき、眉をひそめた。ディアスが買ってきてくれたのだろう。この数週間、ディアスの行動にはほとんど注意を払っていなかった。そういう無関心が舞い戻ってきて、取り憑《つ》かれないようにしなければ。

ディアスは朝食を作っていた。ミラはコーヒーを注いだ。「避妊パッチを貼っていないの」

ディアスがベーコンをフォークで返す。「知ってる」

まさかそういう返事が返ってこようとは。呆然としてディアスを見つめる。「どうして言ってくれなかったの？」

「知ってると思っていた」

「いいえ、気づいていなかったわ」ミラはコーヒーをすすった。「困ったことになるかも」

「おれは困らない」

あまりに冷淡な発言に、言葉も出ないほど驚き、それから、彼の言った意味が頭を直撃した。ミラが妊娠するかもしれないと知っても、ディアスはまったく動転しない。

その方向に話を持っていきたくなかった。

「たぶん大丈夫だと思うけど」ミラは言った。「体の機能が正常に戻るまでしばらくかかるから」

「いつはっきりする？」

ミラはうめいて顔をさすった。「はっきりとはわからない。生理がいつからだったか憶えてる？」

「ここに来てから二日めに始まった」

デイヴィッドに会いにいく前にパッチを取り替えておくべきだったのに。すっかり忘れていた。心のなかで日にちを数える。今月は排卵がありませんように。もしあるとすれば、排卵期は月経中期だから、だいたい……いまごろ。たぶん。ずいぶん前からパッチをつけているので、自然な周期が正確にいつなのか、もうわからなくなっていた。ともかく、同じ危険を冒すつもりはない。もし——このつぎ——セックスするときは、避妊具を使わなければ。

「コンドームを用意しておく」ディアスは言って、ボウルに卵を割り、少量の牛乳を加えてフォークで掻き混ぜた。ミラの心を読んだか、同じ結論に達したのだろう。

ディアスはなにをやらせても手際のいい男で、朝食の支度もさっとすませた。ミラはスクランブル・エッグ、ベーコン、トーストを詰めこみ、そこではたと気づいた。ここに来てから、風呂に入ることと食べること以外はなにひとつしていない。買い物から掃除まで、なにもかもディアスがしていたのだ。ばつの悪さを感じながらも、ディアスの魂胆を探ることはやめにした。ようやく自分自身と向きあうことができるようになったばかりなのだから。それも、ごくかぎられた範囲で。ディアスがなにを望んでいるか考える心の準備はまだできていない。

食べ終わったあと、ミラが片付けを手伝うと、ディアスは軽い驚きの表情を浮かべただけで、なにも言わなかった。それからシャワーを浴び、〝コンドーム探求の旅〟に出かけていった。大事なことをあとまわしにはしないのだ。

ディアスがいなくなると、ミラは家じゅうを片付けてまわった。リビングの椅子のクッシヨンを、色の調和を考えて並べなおし、ベッドを整え、自分のベッドのシーツを剝がして洗濯機に放りこんだ。こっちのベッドではもう寝ないだろうから。そのことに不安を感じているのか、それとも安心しているのか、自分でもわからなかった。ついきのうまで、ディアスのことは一生許せないし、ふたりの仲は完全に永久に壊れたと思っていた。ところが、ふたりを隔てていた壁は、ディアスのひと吹きであっさり崩れ落ち、ミラはすぐさまもとの場所に戻っていた。ベッドの上、彼の下。

ゆうべは、そこ以外のどこにもいたくなかった。

やっと家のなかですることがなくなると、コーヒーを新しく淹れなおして、クローゼットからブランケットを取りだし、コーヒーのカップと一緒に持って表のポーチに出た。ブランケットにくるまり、柳細工のラブチェアに座った。脚を引き寄せて暖を取る。暗く雲に覆われた空、灰色の荒れ狂う大西洋、やはり灰色の冷たい雨、それらが混ざりあって、日差しだけでなく色彩までも奪っている。ミラは両手で温かいカップを包み、芳しい湯気を吸いこみ、雨の帳《とばり》を見つめながら、頭のなかで渦を巻く思考を整理しようとした。

身を切られるような苦痛が、この数日でずいぶんやわらいだことに、そのときはじめて気づいた。家事をこなせる。ほかのことを考え、会話をすることもできる。笑うことだって。痛みがなくなったわけではないが、我慢できる程度になってきた。数週間したら、数年後には、もっと楽になっているだろう。

もしディアスがいなかったら、どうなっていたか。そばにいることが疎ましくても、ディアスに頼りきっていた。彼はほっておいてくれた。背後に控えて何時間もしゃべらず、それでも生活の面倒はちゃんとみてくれた。はじめのころは散歩にもついてきたものだが、最近はそれもしなくなった。ミラが苦しみを乗り越えられるように、彼はただ黙々と世話をしてくれたのだ。

ディアスはわたしを愛している。

気がつくと、目がくらんだ。うつむいて、抱えた膝に額をつけて頭を休めた。この数週間、面倒をみてくれたことに免じて、ジャスティンに関してディアスがしたことを許せというの？

車のエンジン音が聞こえた。それがやむと、ドアの閉まる音がした。戻ってきた。ディアスが裏口の戸を開け、なかに入る音に耳をすませたが、追跡もそこまでだった。ディアスは例の猫のような歩き方をするから、足音は聞こえない。

ポーチのドアが開いて、ディアスが姿を現した。ミラの無事を確認するように鋭い視線をくれると、たちまち状況を見て取った。両手をポケットに入れて防風ドアの戸枠にもたれ、灰色の海に視線を向けて、きまじめな横顔を見せる。

「すまなかった」低い声でつぶやいた。

言葉がふたりのあいだにわだかまる。ゆうべのことを謝ったわけではない――それは想像もつかない――ジャスティンのことだ。これまでに一度でもディアスがだれかに謝ったことがあるのか疑わしいが、単純な言葉には誠意があり、心からのものだと告げている。

「あの子を守るつもりだったのはわかっているの」なぜディアスをかばうようなことを言っているの？

「あんたの計画を知らなかった。まったく思いつかなかったんだ」

「訊いてくれればよかったのに」

でも、ディアスは人を簡単に信用したり、自分から心を開いて人を近づけたりするような人間ではない。どうしてミラの行動が予測できる？　ディアスは母親に捨てられたも同然だ。母親は、自分の都合で彼を引き戻した。彼のなかの母親像は経験から形作られたものだ。たいていの母親は、心から子どもを愛していると頭では理解し、その目で見たとしても、ディアス本人はそういう愛情に接したことがない。

例の法的な書類をウィンボーン夫妻に手渡す瞬間まで、ほんとうにやり遂げられるのかおぼつかなかったし、心は張り裂けんばかりだった。自分でも確信が持てなかったのに、ジャスティンを傷つけるつもりのないことを直感的にわかれと、ディアスに期待するほうが無理だ。

それでも、まだ水に流すことはできなかった。ミラは言った。「ベッドのなかで訊けたはずよ。『ミラ、ジャスティンを見つけたらどうするんだ？　ジャスティンにとって唯一の家族から、彼を奪い取るつもりか？』って。そうしたら、わたしがどう思っているのか、わたしがどんな覚悟をしていたか、わかったはず」

ディアスは肩越しにミラに目をやった。「まったく思いつかなかった」ディアスは繰り返した。「おれは——あの書類をあんたが出したとき、膝をついて足にキスしたかった。でも、そんなことをすれば、蹴《け》り飛ばされるのがおちだと思った」

「そうね、きっとそうしてた」

ディアスはうなずいてまた海に目を戻した。「おれは、あんたを愛していなかった」ディアスは低い声で曖昧《あいまい》に言った。的確な言葉を選びながら。「あるいは、愛していないと思っていた。最初のうちは。だが叩きだされたとき、おれは」——言葉を切って、そのときの感情を思い返すように眉をひそめる。「ふたつに引き裂かれた」

「わかるわ」ミラは言って、自分の喪失感を思い出した。

「振り返ってみると、いつ起こったのかわかる。転覆したときだ」ディアスは手を揺り動かし、愛している状態と愛していない状態のわずかな差を示した。「アイダホで。川から引きあげると、あんたは寝返りをうって仰向けになり、笑いだした。あのときだ」

そして、ディアスが行動を起こしたのもあのときだ。ふたりはだんだんに惹かれあってはいたけれど、それにミラはディアスが欲しくて気が変になりそうだったけれど、あのときまではどちらもなにもしなかった。太陽がふたりに降り注ぎ、生きているという安堵《あんど》に襲われたあの瞬間、ディアスはミラを見つめて言った——

ミラはくすくすと笑いを漏らした。「愛の告白のようなものだったわね。左の睾丸を差しだしたんだから」

「愛の告白じゃない。あれは意志の表明だ。いましているのが、愛の告白だ」ディアスは問いかけるように小首をかしげた。ミラの大好きなしぐさだ。コミュニケーション能力に問題がある男としては、まったく悪くない。

沈黙が流れた。ふたりともその言葉を噛みしめていた。ミラの口から、許す、わたしも愛している、という言葉が出てくるのを、ディアスは待っている。だが、片方ははっきりしても、もう片方はできるかどうかわからなかった。いまのところは、その片方を心の奥に閉じこめて、いいわ、わたしたち、ここから始めましょう、と言うのが精いっぱいだ。許しの質を問われるなら、たぶん、喜んで前に進みたいという気持ちこそが許しだ。けれども、相手はディアス。ただの恋人ではない。ディアスと一緒に、どこへ進むというのだろう？

ディアスとの未来は見えなかったが、同時に、ディアスのいない未来も見えない。

「口に出さなくても同じだ」ディアスが海を見つめたまま、つぶやく。愛を告げてから、まだ一度もこちらを見ていない。「おれは知っている」

「あなたを愛してるって？　そうよ」ため息をついて、コーヒーに口をつけた。すっかり冷めていたから、顔をしかめてカップをわきに押しやった。「愛してるわ」

「結婚して、子どもを作るのに充分なぐらい？」

息が止まって、あやうく倒れそうになった。「えっ？」ショックで声がうわずっている。

「結婚。おれと結婚してくれるか？」

「どうしたらそんなことできるの？」

「おれはあんたを愛している。あんたはおれを愛している。自然な成りゆきだ」

髪を掻きあげる。ディアスからのプロポーズに、考えられないほど気を動転させていた。予想もしていなかったし、心が疼《うず》くほど魅力的だけれど、ふたりが結婚した場合に直面する問題は大きすぎてとても把握できない。それに、ミラはどこかで恐れてもいた。ディアスは結婚だけでなく、子どものことも口にした。わたしが子どもを？

「結婚は、賢いとは思えないけど」ミラは言った。

ディアスは振り向いて、あの暗く、凄みのある目でミラを見つめながら、言葉のつづきを待っている。

「わたしたちのあいだには、旅客機をいっぱいにできるくらい感情の荷物があるの。わたし、たぶんセラピーにかかったほうがいいと思う」ミラはかすれた笑い声をあげた。「それに、あなたは暗殺者だわ。それが安定した職業って言える？　だいたい、わたしはこれからなにがしたいかもわからないの。ファインダーズをつづけるべきか、昔から憧れていた教職に就くか。ファインダーズをやめたい気もするけど、やめられる？　自分の得意なことをしているんだもの。ただちょっと疲れて――」

「怖がっている」

「未来を？　それはそうよ」

「違う。幸せになることを怖がっているんだ」

ミラは目をみはり、凍りついた。もっともらしい言い訳の煙幕の奥にあるものを、彼に見抜かれたから。

「ジャスティンをみすみす奪われたから、自分はどんなものにも値しないと、まだそんなふうに思いこんでいるのか？」ディアスは容赦なくミラを追いつめた。「新しい夫も、別の子どもも持ってはいけないと思っている。なぜなら、ジャスティンをもっと強く抱いていなかった悪い母親だからか？　そんなことで？」

息を吸いこもうと喉が上下する。肺が塞がって、心臓が止まってしまった。彼女の落ち度だとは、だれも言わなかった。赤ちゃんを守るために戦ったのだから。命を賭して戦った。それを阻んだのは、背中に突きたてられたナイフ。それでも、この十年以上、子どもを守れなかったという自責の念に苛《さいな》まれつづけた。「わ……わたしは、市場にあの子を連れて行くべきじゃなかった」喉を詰まらせて言った。「まだ生後六週間だったのに。まだ小さすぎて――」

「子どもを置いて出かけられなかったんだろう。ほかにどうするんだ？」

ミラの唇がわななないた。その問いが、ずっと心にわだかまっていた！　ほかにどうすればよかったのか？　なにかあったはず。彼女には考えつけなかった、見つけられなかった。だから、みすみすあいつらにジャスティンを奪われてしまった。

「いままでほかの子どもたちを見つけてきたことで、償いはもう充分についたんじゃないか？　あんたが自分を許すにはどうしたらいい？」

わたしの赤ちゃんが家にいて、無事で、安全なこと。でも絶対にそれは叶わない。

ディアスはドアから離れ、ミラの前にしゃがみ、その手を自分の手で包みこんだ。冷たく、湿った風が髪に絡み、巻き毛を躍らせる。「だから、ジャスティンを譲ったのか？　償うために？」

「違う。ジャスティンを任せたのは、そうするのが正しいことだから」

ディアスが震えているのを見て、いままで上着も着ないで外に出ていたことに気づいた。とっさにブランケットを広げ、ぬくもりに彼を招き入れた。彼はすぐさま受け入れたが、ふたりで椅子に腰かけてみると、なぜかミラは半分ディアスの膝に乗るような格好で、ひとつのブランケットに一緒にくるまり、ディアスの肩の窪みに頭をもたせかけていた。ぴたりと寄り添ったふたりの熱で、あっという間に寒さを追い払った。

「生きてもいいんだ」ディアスはやさしい声で言い、人さし指でミラの顔の輪郭をなぞった。

「もう一度、幸せになってもいいんだ」

断崖でバランスを取っていたのに、強い風が吹いて落ちてゆきそう。「まだ早すぎるわ」いつか、幸せになること、人生をつづけることを自分に許す日が来るかもしれないと認めるだけでも、片足をあげて、もう片方の足を崖にかけるようなものだ。

「十年たった。息子を見つけて、あの子のためになることをした。それでもまだ〝早すぎる〟と言うのか？」

「そのとおりよ」またミラは理屈に逃げ道を求めた。「幸せっていうけど、あなたと結婚するってことでしょ」

「おれはあんたを幸せにできる」

そしてミラは彼を幸せにできる。そう考えると、頭がくらくらした。ディアスは複雑でむずかしい男だ。もし断って、孤独に落としこんだら、ディアスは二度と結婚しないだろう。彼にとっては、ミラこそが、家庭を作り、多少なりともふつうの生活を送る唯一のチャンスなのだ。

ジェイムズ・ディアスにふつうの生活が送れると仮定して。

「どうしたら結婚できるの？　わたしたち、おたがいのことを知ってる？　あなたの歳も知らないのよ」

「三十三」

ミラは口をつぐみ、驚いたせいで、これから話そうとしていた重要な問題点からあっという間に脱線してしまった。髪に白いものが混じっているわけでも、顔にしわがあるわけでもないが、ディアスはもっと年上に見える。「同い年よ。誕生日は？」

「八月七日」

「やだ、わたしのほうが年上じゃない！　わたしの誕生日は四月二十七日だもの」

ミラがあまりにうろたえているのを見て、ディアスの口角が持ちあがった。「昔から、年上の女と寝たいと思っていた」

親指でディアスの胸をぐいっと押すと、お返しはキスだった。期待した以上に熱く、長いキス。唇が離れると、冷たくなった鼻を喉元にこすりつけ、立ちのぼる温かな匂いを吸いこんだ。イエス、と言いたかった。ディアスを愛している。もう二度とこれほど男を愛せるとは思えない。むずかしい男だが、いろいろな意味でふたりはたがいを補いあえる。ミラと一緒なら、ディアスは話し、ジョークを言い、笑いさえする。ミラのなにかが、ディアスの心を開いた。

それでも、ミラが自分に課した硬直した生き方から、ディアスのなにかが引き戻してくれた。ふたりが直面している問題については、ミラが正しい。それははっきりしている。結婚はそうした問題をさらに複雑にするだけだ。「仕事はどうするの？ もし結婚するなら、いまみたいに悪者を追いかけて、メキシコじゅうを捜しまわることはできないのよ。もしかしたら、殺され――」ミラは口ごもった。つづきを言葉にすることはできなかった。

「ほかになにができるのかわからないが、なにか見つける」

元賞金稼ぎ兼暗殺者にそうそう仕事の口があるとは思えない。事務仕事をしているところはもとより、一般市民と関わるような仕事をしている姿は思い浮かばない。どんな仕事ならできるのだろう？

気がつけば、未来について考えていた。ものごとがすごい速さで進んでいくのに、ミラはまだ足元がふらふらしている状態で、感情的になって話していた。「いい返事はできないわ」ミラは言った。「いまはまだ。解決しなきゃならない問題がたくさんあると思うの」

ディアスはまたキスをして、目を閉じ、ぎゅっとミラを抱きしめた。「おれはどこにもいかない。来年、また訊く」ミラを腕に抱いたまま立ちあがり、なんとかドアを開いた。

十分後、いつもの場所におさまり、ディアスを迎え入れようと脚を開いたとき、いまが十二月だということに気づいた。あと三週間で来年だ。

30

「ママ！　セインがあたしの宿題を破いてるよ！　とめて！」

ミラはスパゲティのソースをかき混ぜながら、リビングに素早く視線を投げた。甲高い声がどんどん大きくなっていく。「ジェイムズ！　セインをリネアから離して」

彼はすでにそちらへ向かっていた。セインを八歳のお姉ちゃんの宿題から引きはがしているあいだは、悲鳴がますます大きくなっていったけれど、ほんの数分で家庭は恵みの平穏に包まれた。リネアがページを直しているあいだ、ときおり不満を言う声をのぞけば。ディアスが、セインを連れて戸口に現れた。セインはきゃっきゃと笑いながら、ディアスの首に巻きついている。「この子をどうしたらいい？」

「遊んでやって。そうじゃなきゃ椅子に縛りつけるとか。なんとかして」

六歳のザーラはキッチンテーブルに向かい、書き取りの練習をしている。正しく書こうと一所懸命だ。黒い瞳にきまじめな表情を浮かべて言う。「椅子に縛られたら、いやがると思う」

「冗談を言ったのよ」三人の子どもたちのなかで、ザーラがいちばんディアスに似ている。

きまじめなところ、激しいところを受け継いでいる。リネアが騒々しく体当たりで人生を突き進んでいるのに対し、ザーラは一歩うしろにさがって、観察している。ミラは手を止めて、下の娘を安心させるために抱きしめ、そのあいだにディアスはセインの元気をなにかで発散させるため、表に連れて行った。なにかを壊すような遊びでないといいけど、とミラは願った。

セインは思いがけずにできた赤ちゃんで、ミラの四十一歳の誕生日の二日後に生まれた。娘ふたりで満足して、もうひとり子どもを作る気はなかったのだが、破れたコンドームが小さな男の子をもたらした。この子には、ハリケーンと名付ければよかった。ハイハイができるようになる前から、セインは探検がしたいからおろせというように、いつでも身をくねらせている子どもだった。そうしてハイハイを覚えると、家じゅうで追いかけっこが始まった。セインがいたずらできるものを見つけて、這ってたどり着く前に捕まえなければならない。二歳になったいま、ミラは拘束服のことを考えはじめている——自分のために。

おかしなものだけれど、結局はなるようになった。ミラとディアスが——いまだに、ジェイムズと呼ぶよう気をつけてないといけない——結婚してから九年がたつ。ミラはふたりの問題が解決するまで結婚をおあずけにしていた。はっきり言えば、ミラの仕事と、ディアスの仕事の問題だ。ミラはいまでもファインダーズの理事だが、日常の業務はジョアン・ウェストフォールに引き継いで、ミラ自身は終わりなき寄付金集めに専念している。給料をもらい、規則的な時間割で働き、子どもたちを残して泊りがけで出かけることはしなかった。

ディアスは火器の製造業者から、製品の実地テストを請け負い、また、エルパソの警察署や保安官事務所、民間の警備会社などでコンサルタント業のようなこともしている。そのことを聞いたとき、ミラは涙が出そうになるほどほっとした。ディアスの特殊な能力を生かせるまっとうな仕事があるのかどうか、心配でならなかったからだ。ふたりは大金持ちにはなれないだろうが、子どもたちを育て、たまの贅沢《ぜいたく》をする程度の稼ぎはあるので、それで充分だった。

ミラの家で、大勢の隣人に囲まれて暮らすことは、ディアスを神経質にさせた。不満は口にしなかったが、ディアスはどうしてもその環境に落ち着くことができず、しだいに神経過敏になっていった。リネアを身ごもって五カ月たったとき、ディアスがミラの神経にさわりはじめたので、どうにかしようと決心をつけた。そこでディアスは方々を探しまわって、自分が緊張を解ける程度に人から離れていて、ミラが寂しくない程度に人と交われる場所を見つけた。家は新築ではないけれど快適で、庭には日よけの木が植えられ、広々とした寝室が四部屋ある。そのときは、四部屋すべて必要になるとは思っていなかった。ふたりはその家を買い、赤ちゃんの安全のために庭にフェンスをめぐらし、引っ越した。

ミラは幸せだった。ついに結婚した当座は、まだ疑いを持っていたが、最初にプロポーズされてから一年後には、このうえなく幸せになっていた。

ディアスが子どもたちといる姿を見るのは、いまだに胸がよじれそうになるほどの喜びだ。ディアスは爆弾でも扱うようにこわごわとリネアに接したものだが、それでいて、おむつの取り替え方や、赤ちゃんと過ごすために必要なことをすべて、根気強く学んでいた。ただし、しつけという概念を、ディアスはどうしても呑みこめなかった。あるとき、ディアスは大まじめに、そして少々困惑しながら、ミラにこう説明した。叱ると子どもたちが泣くから、やめるしかないんだ。少し声を荒らげようものなら、子どもたちはびっくりして、三人ともあっという間に従順になったから、厳しく接するのは、ディアスにとっては恐ろしいことに違いない。不公平だ。ときどき、声をかぎりに叫んでも、子どもたちの注意を引けないのではと思うことがある。もっとも、これはおおげさ。三人とも、明るくて、好奇心が強く、おおむね素直なふつうの子どもたちだ。つまり、たまには苦労させられるということ。

子どもたちを怒れることがうれしかった。妊娠中になにより不安だったのは、過去の悲劇に取り憑かれて、過保護な、ガチガチの母親になることだったから。母親になる能力があるのかどうかも心もとなかった。ありがたいことに、リネアはそれほど手のかからない子どもだった。ザーラが生まれるころには、もう気持ちに余裕ができていた。それからの四年間は、平和で、ほぼ理想的だった――セインが生まれるまでは。それからの二年は、喜びに満ちたものだったが、けっして平和ではなかった。

「手を洗って、テーブルの用意を手伝ってくれない？」ミラが声をかけると、ザーラは素直に宿題を片づけ、手を洗いに駆けだしていった。

リネアが言う。「あたしもお手伝いする」リビングから飛びだしてザーラを追いかけ、一階のバスルームで一緒に手を洗う。

大きなサラダのボウルをテーブルに置き、オーブンに入れたロールパンを確認した。いい色に焼けていたので、取りだして籠に並べた。ディアスがセインを連れて戻ってくると、泥だらけの顔と手を洗ってやるため、バスルームに直行した。そのあいだに、ミラはスパゲティを水切りにあけた。

娘ふたりがせっせと皿を並べているとき、ドアの呼び鈴が鳴った。ミラはため息をついた。もうこれだから。さあ食事をしよう、というときにかぎって邪魔が入る。「わたしが出る」ミラは言い、セインを腕に抱えてバスルームから出てきたディアスとすれ違った。

ドアを開けると、長身の若い男性が立っていた。ブロンドの髪、ブルーの目。膝の力が抜け、涙がこみあげてきて、戸口にもたれかかった。

すぐにわかった。顔を見た瞬間にわかった。

若い男は緊張しているようだ。咳ばらいをする。「お邪魔してすみません、ぼくは――ミラ・エッジさんですか？」

「ミラ・ディアスよ、いまは」どうにか言葉を出した。

男はまた咳ばらいをして、ミラの背後に不安そうな目を向けた。力強い手を腰に回して、体を支えてくれる前から、ディアスがこちらに来たことはわかっていた。

「ぼくは――あの――ザック・ウィルボーン、ジャスティンです。あなたの息子です」最後の言葉は必要なかった。

顔じゅうが濡れていた。とめどなく涙があふれる。ジャスティンの姿が涙でかすむ。止める間もなく嗚咽を漏らすと、ジャスティンの顔にさっと不安がよぎった。嗚咽が唐突に笑いに変わり、ジャスティンに手を差し伸べる。「ずっと待っていたのよ」そう言って、家のなかに招き入れた。

訳者あとがき

ごく最近、実際に起きた事件をご紹介しよう。舞台は南米のコロンビア。六月一日の夕方、ボゴタ近郊の町の産婦人科医院で、妊婦のアンジェラさんが見知らぬ中年女性から声をかけられた。「うちの子どものベビー服があるからあげるわよ。うちに遊びに来ない」途中で清涼飲料水を勧められ、飲むと意識が朦朧《もうろう》とし、気がつくとジャングルのなかにただひとり。せりだしていたおなかは空っぽ、胎児がいない！　おなかには縫合された傷跡。意識が朦朧とするなか、子どもの泣き声がかすかに聞えたが、どうすることもできなかったそうだ。翌日、待合室で声をかけてきた女が逮捕され、赤ちゃんも無事保護された。帝王切開手術の手際が鮮やかなことから、医療関係者が関わっている可能性もあるとか。逮捕された女は「どうしても子どもが欲しかった」と供述したそうだが、臓器売買組織などが関与している可能性もあるとみられている。

なんともはや、とんでもない事件が起きたものだ。子ども欲しさの犯行にしても、臓器売買組織が関わっているにしても、暗澹《あんたん》とした気持にさせられる。身代金目当ての誘拐が頻発する南米でも、胎児の誘拐は前代未聞だ。アメリカ合衆国でも幼児の誘拐事件はあとをたたない。ミルクのカートンに誘拐された子どもの写真と連絡先が印刷されているのを目にした方もいるだろう。誘拐された子は、ブラックマーケットで高値で売買される場合もある。子どもが欲しくてたまらず、手に入るのならひと財産なげうってもかまわない、という人がいるからだ。

ある日突然、最愛の息子が、娘が姿を消してしまったら、母親の心痛と悲嘆はどれほどのものだろう。食事は喉を通らない。眠ることもできない。子どもは無事だろうか、痛い思いをしていないだろうか、食事はちゃんと与えられているだろうか。いてもたってもいられぬ思いでビラを作り、街頭に立って情報提供を呼びかけるだろう。

本書の主人公ミラも、そんな筆舌に尽くしがたい体験をした母親だ。生後わずか六週間の息子ジャスティンを、メキシコの小さな町の市場で、白昼、二人組みの男たちに奪われた。必死で抵抗し、ひとりの男の頬に爪を立て、片目をえぐったが、もうひとりの男に背中を刺され、薄れゆく意識のなかで幼子の泣き声を聞いた。

九死に一生を得たミラは、ジャスティンを捜すことに全人生を賭ける。最愛の夫と別れてまでも。夫のデイヴィッドは超がつくほど優秀な若手の外科医で、ジャスティンが生まれたころ、一年の休暇を取って、医者仲間とメキシコで診療所を開き、無償で医療活動を行なっていたのだ。デイヴィッドは別れたあと、ミラがジャスティン捜しに専念できるようにと、金銭的援助をつづけてくれた（なんとまあ、理想の元亭主！）。

それから十年、「ジャスティンのことはもうあきらめて、新しい人生を始めたらどう？」と周囲から言われても、ミラは聞く耳もたない。ジャスティンをあきらめることが、どうしてできるだろう。いまでは〈ファインダーズ〉という行方不明者の捜索を専門に手がけるボランティア組織まで作り、持てるエネルギーのすべてを注いでいた。だから当然、男性とデートすることもめったにない。

そんなミラの前に、謎の男ディアスが現れる。二年前のこと、「ジャスティン誘拐事件について、ディアスという男がなにか知っているかもしれない」と、ある女が耳打ちしてくれたのだ。それから二十五カ月間、ミラは猟犬のようにディアスを追いつづけたが、手に入ったのはでたらめな噂話だけだった。ある老人はこんな忠告をくれた。「ディアスを見つけるのは、死を見つけるのと同じだ。関わりにならないのがいちばんだ」

無表情で寡黙な男、ディアス。完全に自分をコントロールし、超然としている。余談だけれど、『パーティーガール』のラッソ署長とは正反対。おしゃべりで陽気でユーモアたっぷりのラッソ署長が、個人的には大好きですが、わたしは。

男と女、なにが起きるかわからない。殺し屋だという噂もあるディアスに、ミラは惹かれる。ミラの女の部分がぐいぐいと惹きつけられる。男と女のあいだに生ずる不思議な化学反応とでもいおうか。子どもを失った女と、母の愛を知らない孤独な男が、たがいに引き寄せられるのは自然なことかもしれない。

『Mr.パーフェクト』と『パーティーガール』では、〝笑い〟の分野で新境地を開いたリンダが、本書で魅せるのは〝涙〟。なぜそうなのか、ここでは詳しく書けないが（ネタばらしになるので）、本書は人間の〝再生〟を描いたヒューマンドラマでもある。そこに涙を誘われる。女性の真情をきめ細やかに描くことに長《た》けているリンダだが、そこに深みが加わった。心にずしりと響く言葉がいくつも散りばめられている。まさに円熟の境地。

いつものように〝リンダ一気読み〟しよう、でもその前にあとがきを読んでおこう、と思ったあなた、かたわらにティッシュをひと箱、あるいは大判のタオルをご用意ください！

ザ・ミステリ・コレクション
悲《かな》しみにさようなら

［著　者］　リンダ・ハワード
［訳　者］　加藤《かとう》 洋子《ようこ》

［発行所］　株式会社 二見書房
東京都千代田区神田神保町1-5-10
電話　03(3219)2311［営業］
03(3219)2315［編集］
振替　00170-4-2639

［印　刷］　株式会社堀内印刷所
［製　本］　ナショナル製本協同組合

落丁・乱丁本はお取り替えいたします。
定価は、カバーに表示してあります。

ISBN4-576-04085-5
http://www.futami.co.jp

Mr.パーフェクト
リンダ・ハワード
加藤洋子［訳］

金曜の晩のジェインの楽しみは、バーで同僚たちと「完璧な男」を語ること。思いつくまま条件をリストにした彼女たちの情報が、世間に知れたとき…！

夜を忘れたい
リンダ・ハワード
林 啓恵［訳］

かつて他人の心を感知する特殊能力を持っていたマーリーの脳裏に、何者かが女性を殺害するシーンが映る。そして彼女の不安どおり、事件は現実と化し…

あの日を探して
リンダ・ハワード
林 啓恵［訳］

かなわぬ恋と知りながら、想いを寄せた男に町を追われたフェイス。引き金となった失踪事件を追う彼女の行く手には、甘く危険な駆け引きが招く結末が…

パーティガール
リンダ・ハワード
加藤洋子［訳］

すべてが地味でさえない図書館司書デイジー。34歳にしてクールな女に変身したのはいいが、夜遊びデビュー早々ひょんなことから殺人事件に巻き込まれ…

見知らぬあなた
リンダ・ハワード
林 啓恵［訳］

一夜の恋で運命が一変するとしたら…。平穏な生活を〝見知らぬあなた〟に変えられた女性たちを、華麗な筆致で紡ぐ三編のスリリングな傑作オムニバス。

一度しか死ねない
リンダ・ハワード
加藤洋子［訳］

彼女はボディガード、そして美しき女執事——不可解な連続殺人を追う刑事と汚名を着せられた女。事件の裏で渦巻く狂気と燃えあがる愛の行方は!?